有爱的青春陪伴者

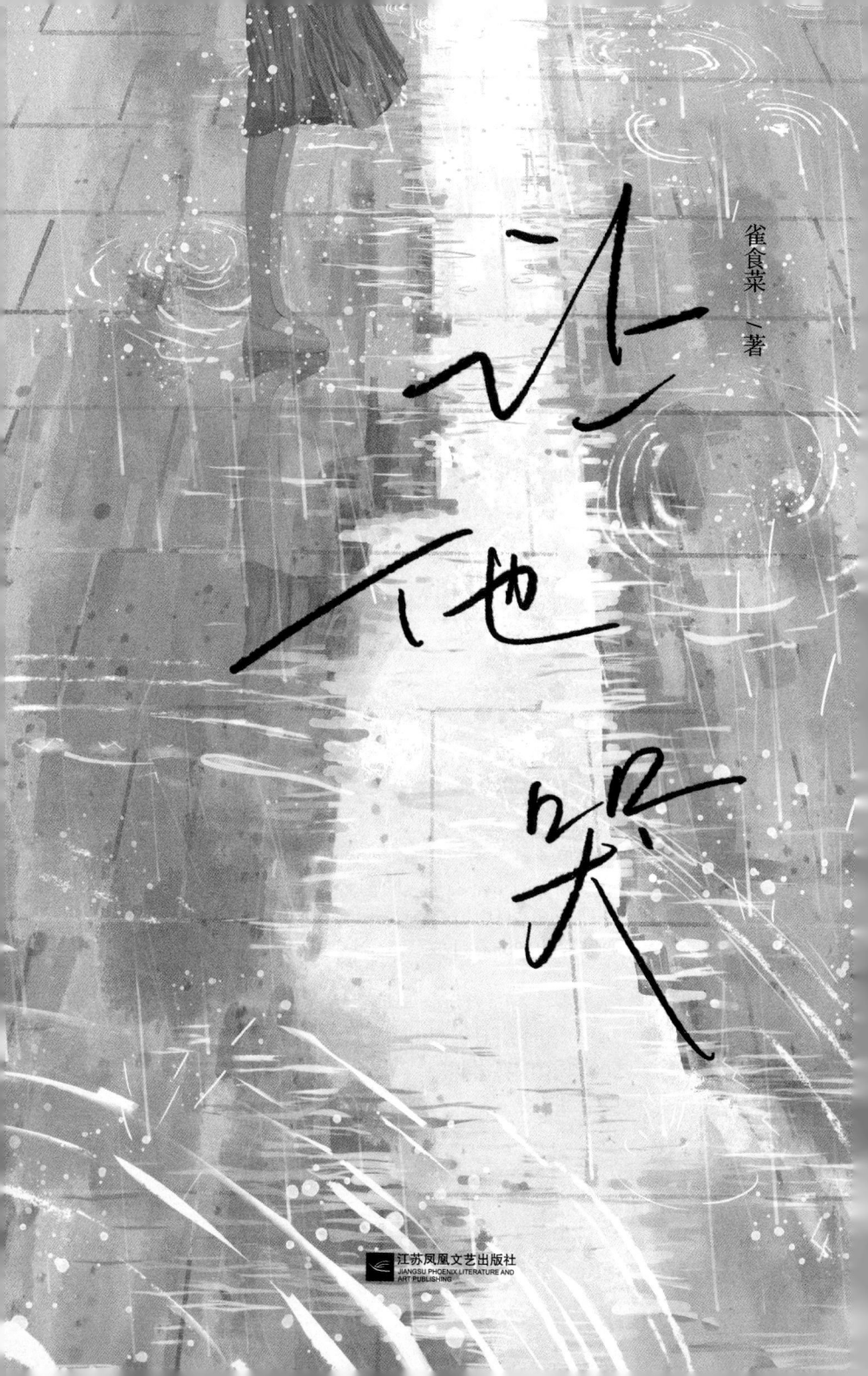

让他哭

雀食菜 著

江苏凤凰文艺出版社

图书在版编目（CIP）数据

让他哭 / 雀食菜著. -- 南京 : 江苏凤凰文艺出版社, 2024. 10. -- ISBN 978-7-5594-8946-3

Ⅰ. I247.5

中国国家版本馆CIP数据核字第2024Z6A078号

让他哭

雀食菜　著

责任编辑	王昕宁	
特约编辑	周丽萍	
出版发行	江苏凤凰文艺出版社	
	南京市中央路165号，邮编：210009	
网　　址	http://www.jswenyi.com	
印　　刷	天津睿和印艺科技有限公司	
开　　本	880mm×1230mm　1/32	
印　　张	10	
字　　数	348千字	
版　　次	2024年10月第1版	
印　　次	2024年10月第1次印刷	
书　　号	ISBN 978-7-5594-8946-3	
定　　价	45.80元	

江苏凤凰文艺版图书凡印刷、装订错误，可向出版社调换，联系电话025-83280257

目录 /contents

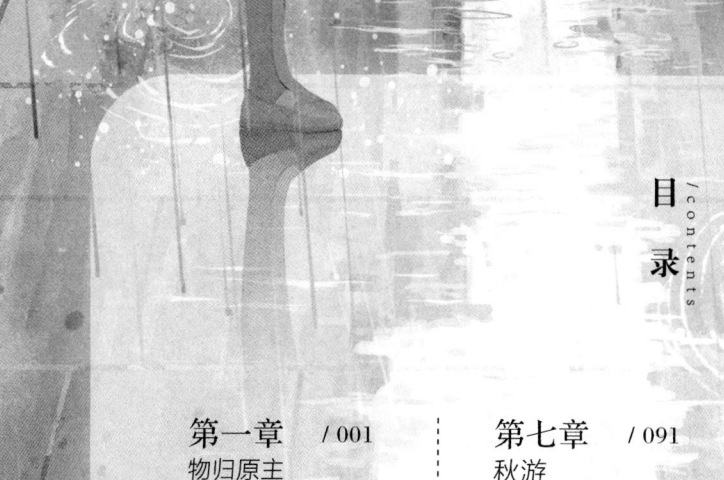

第一章　/ 001
物归原主

第二章　/ 015
只可远观

第三章　/ 029
我也不喜欢她

第四章　/ 045
保持距离

第五章　/ 062
田螺姑娘

第六章　/ 077
你带我走吧

第七章　/ 091
秋游

第八章　/ 106
晚安小橘

第九章　/ 123
烟花

第十章　/ 139
为班争光

第十一章　/ 153
生日礼物

第十二章　/ 167
想陪陪你

目 录 /contents

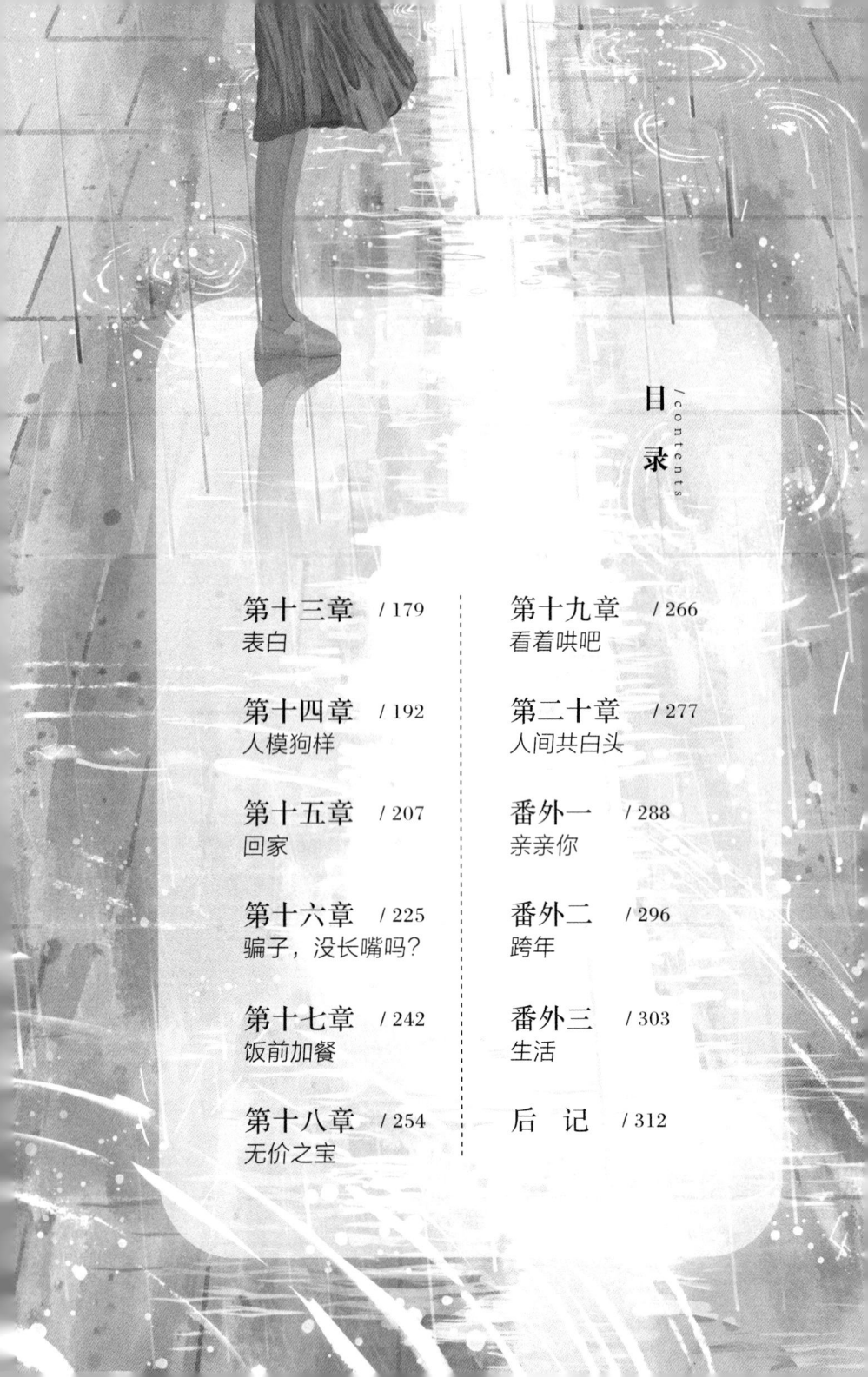

第十三章　/ 179
表白

第十四章　/ 192
人模狗样

第十五章　/ 207
回家

第十六章　/ 225
骗子，没长嘴吗？

第十七章　/ 242
饭前加餐

第十八章　/ 254
无价之宝

第十九章　/ 266
看着哄吧

第二十章　/ 277
人间共白头

番外一　/ 288
亲亲你

番外二　/ 296
跨年

番外三　/ 303
生活

后　记　/ 312

第一章 / 物归原主

九月初的天，温度还没降下来，好在前一天下过雨，这会儿不闷，有风。

姜晚橘坐在公园的长椅上，用植物环保科普赛的硬壳奖品本子垫着，无所事事地刷卷子。

"这么久没见，你还是乖得像个假人。"

说话的男生往边上挪了些，两人中间隔了很大的空隙，像是两兄妹分开的那八年。

姜晚橘侧眼一瞥，对方穿一件涂鸦印花衬衫，一米八往上的个子蛮出挑，即便戴个口罩也没遮住脸上被人揍出的青紫痕迹。

她回道："你活得还挺'五颜六色'的。"

霍成文辜负了父母寄托在他名字里的期望，没能成文，一头扎进向"武"的路。十几岁的他，颇为热爱"打打杀杀"。

即便不在一个地方上学，这位兄长的一些事迹姜晚橘还是有所耳闻。恶人自有恶人磨，想必这次他是碰上更横的角色了。

妹妹很给面子没多嘴问，当哥哥的打了个哈哈："那是比你充实多了。"

姜晚橘头还低着，眉梢轻轻一扬："那不一定。"

她也就是因为上一段校园生活太"丰富"才被父母"发配边疆"。

这座小城里什么都是慢的，风吹得慢，人走得慢，车开得也慢。

姜晚橘跟霍成文是表兄妹关系，儿时凑在一起闹过，后来分开了，这是两人分开八年后头次见面。

霍成文手上掂着瓶冰水，问："渴不渴？"

姜晚橘不扭捏："挺渴的。"

她看着身旁的大男孩开始拧瓶盖，心想这个哥哥虽然有时候浑了点，但人还是不坏的，比如现在就颇有兄长风范。

"啪"的一声轻响，瓶盖开了。

霍成文说："我喝给你看。"

"……谢谢啊，那可真是辛苦你了。"姜晚橘咬牙，庆幸自己没有像傻子一样伸手。

霍成文带着几分恶劣的笑看着她，站起身拍了拍屁股："行了，走吧。我就接你这么一段，在学校里别跟我套近乎，我对好学生过敏。"

姜晚橘慢悠悠地收拾卷子，随手折起捏着，回道："放心，看到你，我一定绕着走。"

两人一前一后，姜晚橘拖着行李箱背着包，自力更生。

天有些暗，好像要下雨的样子。

姜晚橘望着前面，深一脚浅一脚的。箱子的拉杆不小心碰到些什么，"唰啦"一声响——有东西顺着风落下来掉在了地上。

她向后转头去看，是张报纸，跟现在这个智能手机横行的现代化世界很是不搭，而且崭新得像是刚买的。

姜晚橘停住脚步，视线往上，多看了两眼。

公园长椅的宽窄刚好，上面躺了个人，那报纸似乎是那人拿来盖脸遮光的。对方身高腿长，黑色的发，绀色的衣，在夏天光线的照射下显得又冷又硬。

少年皮囊优秀，面色平淡，手掌垫在后脑躺得闲散随意，眉心却浅浅地皱着，也不知道是什么时候睡在这里的。

姜晚橘想着，自己这一生虽说不算行善积德，但无功无过，在到陌生城市的第一天能看个帅气男生也是合情合理。

她弯腰刚想捡起被自己弄掉的报纸给他盖回去，才发现报纸已经被地上的积水弄湿。

姜晚橘犹豫两秒，折起报纸放在一旁，打开了刚做一半的卷子。

霍成文在前面边刷着手机边催促："磨蹭什么呢，你那腿迈得比八百岁的老王八还慢，车都到了。"

躺着的那位似乎是被吵醒了，微微皱眉掀起眼皮，神色并不和善。

姜晚橘撞上那道飘忽的视线滞了滞，随后继续之前的动作，最后一松手。

等上车后再望一眼，她才后知后觉地品出一丝不对味。

白纸盖面，有一种入土为安的安详。

被迫"入土"的那位倒也没有马上伸手拿开试卷，四轮出租车跑出很远，右侧后视镜里才显示对方懒洋洋地把试卷往下拉了拉，露出了一双眼。

霍成文："看什么呢？"

姜晚橘："看帅哥。"

霍成文伸手把她掰得面朝中间的那面小镜子："那你得往这儿瞅啊。"

姜晚橘平静地看着镜子里的两张脸，说道："只看到美女与野兽。"

"你还是哑着吧。说话没大没小,跟八年前一样不讨喜。"霍成文松手推了把她的脑袋,意思意思地朝后一望,暗自嘀咕,"得什么样啊,哥还差他点?"

姜晚橘对于脸没有太多痴迷,那玩意儿还没花草树木讨她喜欢,只是对方确实出挑。

不过也就一面之缘,萍水相逢。

因为姑父姑母在忙,没时间过来,霍成文把姜晚橘送到住处后接了个电话,就骂骂咧咧地走了。姜晚橘自己收拾完行李,看了眼暂租的小屋。

这栋楼的三楼是霍成文家,毕竟都不是小孩了,住一起不方便,姑母姜雅兰给她安排在了第十七层。

一个人住的话,这地方还是有些空荡了。

姜晚橘站在客厅正中央,凉风吹面,她过去把窗一关,披了件外套。

没有离家的伤春悲秋和多愁善感,非常务实。

夜里吃完了饭,姜晚橘跟许久未见的姑父姑母寒暄了两句不冷不热的话就回了楼上。

那不知道在哪里鬼混的霍成文没回来,他爹妈似乎已经习以为常。

出于礼貌,姜晚橘动筷前问了一句:"不用等他吗?"

霍立国不以为意:"没事儿,狗不上桌。"

姜雅兰连眼睛都没抬,打开手机翻了半天,翻出个花里胡哨的头像,发了条语音:"死了没?"

对面很快发来消息——当儿子的扣了个"1"。

姜雅兰抬筷示意:"继续吃,不用管。"

……父慈子孝,母子情深,家庭和睦。

因为人生地不熟又无事可做,姜晚橘决定下楼转转。

电梯落到一楼,姜晚橘看了眼手机,没有电话,不过当父母的有发来两条消息。

邹女士:妈妈走了,照顾好自己。

爸爸:你在姑母姑父家乖一点,有事联系我。

姜晚橘收起手机,觉得有点冷,紧了紧外套。

楼贴着街,路灯连成串。晚上七八点,下午又下过雨,很凉快,小区里到处是散步的人,小孩儿嬉笑,老人唠家常。她走到拐角,眼尖地看见了一株橘子树。

小区里都是常绿小乔木、披针叶，照理来说这儿是没有这东西的，大概是闲来无事的老人家种的。

姜晚橘凑近看着，还没开花结果，不经意间，视线穿过小区的栅栏落到了街对面。

那是个公交车站，现在这个时间，应该是没什么车了，但是等车的长椅上坐了个人。

很巧，是白天睡公园的那个。

即便隔得很远，也不难发现对方从头发到衣服全湿了，显然是下午淋了雨。

他安安静静地坐在那里，脸色似乎不太好，正垂着眼。

车来车往，人们走走停停，只有他是定格画面，好似世界悲欢跟他毫无瓜葛。

姜晚橘犹豫了会儿，拐出大门朝他那里去了。

为什么要去？她问自己。

最终答案是——不知道，闲的吧。

姜晚橘遵纪守法在马路对面等绿灯。大概是因为被盯久了，那人抬起头跟她对视了一眼。

这一眼不过一秒，轻飘飘又沉甸甸的，在少女的心上挠了一道。

他未干的碎发落下来，眼里黯淡无光，像条品种高贵毛色颇好但没人要的流浪狗。

姜晚橘不紧不慢地走过去，在他跟前站定，双手插兜："没赶上车？"

问得非常自来熟。

肖厌不是很想说话，但还是有些敷衍地"嗯"了一声。

"怎么不打车？"

"没钱。"

姜晚橘想了想，拿出手机："我帮你叫，你住哪儿？"

"没地方住。"

闻言，她把视线焦点从手机屏幕转移到他身上。

这话听着就没什么可信度了。

姜晚橘用她十六岁的脑子推理了一下，这厮要么是叛逆期跟爹妈吵架了，要么就是跟霍成文一样的二流货色，四海为家。她主观觉得前一种的可能性大一点，至少这张脸这会儿可怜兮兮，看着不像浪荡的。

姜晚橘坐到他身边，正思考怎么给无家可归的"丧犬"指点迷津，就闻见一股不属于这个充满钢筋混凝土城市的味道，也不属于某款沐浴露或者洗发水，而是很干净的草木气息。

她侧瞥一眼，在他后肩上看到一颗苍耳，视线往下，是沾了泥的鞋，像是刚去过山上。

身边人气压很低，不等姜晚橘说下一句就已经站起来。

他正准备走，但又忽然停住，好似想起些什么，从兜里掏出一张已经皱了的纸，展开往她脑袋上一盖。

"物归原主。八题错五道，是个人才。"

姜晚橘沉默两秒才把卷子拿下来。

这位朋友还能开口嘲讽，看来也不是特别消沉。

她看着那背影，又低头扫了眼自己画满花花草草的试卷——事实证明，立好学生人设这事，任重道远。

姜晚橘收起自己多管闲事的心，没再上赶着打扰，安静地目送对方。

那句"没地方住"的另一层意思大概是"别搭理我"。

生活照旧，次日，姜晚橘起床上学。

转校第一天不好迟到，不过她夜里没睡好，好似梦魇了，做了一晚上光怪陆离的梦，其中不乏漂亮男鬼给她盖白盖头叫她陪葬。

挺晦气的。

更晦气的是她还真迟到了。

凛风是所不错的学校，开学很快步入正轨，最近为抓走读生的筋骨，迟到记大名。

姜晚橘因为才转学过来，并不知道还有这么个规矩。

她站在校门口，犹豫两秒，草草落下三个字：刘亦菲。

刚撂笔，她就看到后面跟了个一样不要脸的，写下"吴彦祖"。

那人手指修长，字很漂亮，透着慵懒乖张。姜晚橘抬眼去看，果不其然，就是昨夜的"丧犬"。

对方换了校服，视线从她身上不做停留地划过，给了两个字："让让。"

不近人情。

短短两天，接连碰到三次，只能说孽缘不浅。

姜晚橘很配合，往前两步，让了。

凛风中学占地面积很大，听说这地方先前是生态园林，后来才改成学校，自然环境颇好，到处都是名贵的树木。

姜晚橘乐意来这里也有这点原因，但这会儿对这儿还不熟，霍成文没来学校，也没有给她介绍的心思，妹妹这种东西，永远都是别人家的带着来劲。

好在现在有个免费"导游"。

她走在肖厌斜后方，隔了一段距离，好让自己显得不那么突兀。

天气不错，没有昨天的阴雨，日头照下来映出浅浅人影。

虽说迟到了，但进了学校走了一段距离后，就有了走动的学生，三三两两凑一起打趣说笑。

前面的男同学自始至终一个人。

姜晚橘没觉得这有什么，世上多的是不合群的群居动物，不交朋友不犯罪。但很有意思的是，周围那些人的态度似乎不是陌生和不搭理，而是有意无意与他保持距离。

以他为中心的两米半径内，被孤立于无形。

也许也不是孤立。

她初来新校，参不透。

穿行行政大楼后就是教学区，小路不宽，应该是学生走多了踩出来的近道，校方放弃挣扎铺了算得上新的石砖。

姜晚橘还在打量周围名贵的树木，浑然不知肖厌已经停住步子。

等回过神，她已经在半径之内。

好在她没有像校园文那样愚蠢地撞在人背后，"哎呀"惊呼加抱歉。

周围有其他人来来去去，依旧时刻保持"两米定律"。

肖厌回头，身高原因，他垂着眼，难免显得高高在上。

姜晚橘表情不变，扫他一眼，悠悠然地回赠了两个熟悉的字："让让。"

自然，到位，无懈可击。

教学区到了，"导游"也该下岗了。

她不等人开口，决定绕过去。刚迈出一步，她就听到那人说："走岔了，学妹。"

十几岁少年的声音好听，只是比起昨晚更沙哑了点。

姜晚橘抬头侧眸。

对方似乎收起了昨晚的颓废，但依旧是一张对人爱搭不理的臭脸，只是眼里多了几分意味不明的打趣。

他冲前面那栋楼一抬下巴："高二去那儿，八班在三楼第一间。"

姜晚橘沉默两秒，平静回道："好的，谢了。"

自以为是的愚蠢跟撞上去的愚蠢难分伯仲,后者可能还蠢得自然可爱点。

她转身,后知后觉意识到一件事——他怎么会知道自己要去哪儿?

高二(8)班普普通通,没有排行榜大佬云集,也不算差生遍野,卷得刚好,"摆烂"得恰当。

姜晚橘例行完成所有转校生的程序,到教师办公室报到,再去教室挑座位。

八班的班主任是个年过半百的中年人,叫孟子武,半秃不秃,挺"佛系",长得也佛,笑眯眯的,这种人多半有点幽默细胞在身上。

他坐着,和和气气道:"很厉害啊,有个市里的奖。"

近两年国家开展了不少有关生态环保方面的比赛,姜晚橘恰好对植物有点兴趣,参加了一个科普类的拿了奖。

姜晚橘谦虚道:"运气比较好。"

孟子武夸完,话头又一转:"之前学校出了点事是吗?"

这个"点"字很微妙。

姜晚橘生得白净,有一种江南姑娘的柔和,但本身似乎又没有那种软糯,不过乍一看还是乖顺的。

她老实回道:"嗯。"

孟子武带过不少学生,也见过足够多的问题少年,一般转校过来的,除了搬家之类的原因,多多少少沾了点恶习。姜晚橘这样的不多见——没染发,没戴耳钉,高马尾,衣着得体。

有些孩子长得就像是来"报恩"的。

姜晚橘还等着孟子武继续问细节,他却笑呵呵地把她的资料往桌上一盖:"翻篇了,去教室熟悉熟悉。"

她望着那沓纸,心里的憋闷忽然就散了。

这老师不错,有必要的话,好学生人设还是要立一立的。

开学没多久,十六七岁少年们玩野的心还没收,离上课还有些时间,教室里乱哄哄的,学生们聊天说笑,补作业打闹。

姜晚橘从办公室出来,站在八班教室后门,就近的角落短暂安静了会儿,几双打量的眼睛在她身上扫了个来回。

"这是几班的?"

"是不是新来的?"

后排聚集的永远是吊儿郎当不良组合。

四人正一起偷偷玩三国杀，门边的胖子靠着门框望风。

椅子堵住了教室靠后走道的路，一个没穿校服的"黑皮"朝姜晚橘一摆头："到前门去。"

胖子得令一般抬脚横踏住门框，伸手扬了扬："换地进吧，椅子挪来挪去怪麻烦的。"

其他学生听见动静，望过来看。

姜晚橘背着包站了会儿，没说什么，最后转身去了前门，似乎非常好欺负的样子。

"对新生这么横，一会儿老孟过来把你们的椅子劈开烧了。"身边路过一个女生，长得明朗大方，也往前门绕着走，笑骂完对姜晚橘开口，"别搭理他们，谁班里还没几个傻子。"

姜晚橘笑了笑。

姜晚橘从前门进教室，绕到里边靠窗的空位子，放下自己的包，朝外一望。

后面高三的楼和这里差不了多少，走廊上这会儿没几个人，她无意一扫，刚好扫见给她指路的那个人。

肖厌刚好转身，背朝外，懒懒地靠着栏杆，没看风景，面向一堵白墙，不知道在想什么。

姜晚橘就这么看他发呆，看他站直，看他进了高三（10）班。

她继续干自己手头的事，随后下楼拿教材。

她没叫人帮忙，走了两趟。

第一回绕的前门，之前那几个玩三国杀的同学回到了自己位子上，走廊靠窗的四张桌坐了俩，低着头，大概在摸手机玩，后排椅子歪歪扭扭，空着。

第二回准备抄近道走后边，到门口发现牌局又续上了。

"黑皮"叫孙墨，人如其名，黑得健康。

他往后扭头看一眼姜晚橘，重复一遍："前面。"

旁边的胖子一人能堵半扇门，跟着出声，透出几分不耐烦："刚才不说了吗，没见别人都往那里走？"

班上的人习惯打闹说笑，氛围还行，虽然偶尔不爽也没人讲什么，毕竟就多走两步的事，省得惹一身麻烦。

此时不少人在看热闹。

各班自有一套系统，知道什么人好说话好欺负，明白谁不是善茬。新生进入旧群体并不是一件容易的事。

姜晚橘迎着那些视线,把手里的书朝怀里紧了紧,往前两步停在窗边。四方的窗开了半扇,窗外是走廊,窗里是打牌四人组的位子。她一手攀住窗,抬脚踏在窗框上,在附近同学错愕的眼神里跨进窗,踩过两张桌子,走下椅子,稳稳落地。

这一整套动作行云流水,轻松得好似抬脚跨门槛,书都没歪半点。

大家显然没料到新同学会如此生猛。

胖子暗骂了一声。

孙墨停下牌,望向那看似乖顺的女同学,头一次切实明白了什么叫人不可貌相。女生皮肤白,外面的光照进来落在她身上,把她细长手臂的线条都勾得透亮。

姜晚橘对上孙墨的视线,从口袋拿出包纸巾,往桌上一丢,话语平和:"自己擦擦。"

有礼貌,但不多。

胖子骂骂咧咧地拿起纸巾抽了一张。

不良少年们觉得自己好似碰到另一个隐藏不良。

打牌节奏乱了,孙墨手上还捏着扑克,眼神却已经跟着跑远。

女生的高马尾晃出一个漂亮的弧度,衬得脖颈修长。

突然,身后传来一个声音:"怎么不打了,这牌没女同学的后脑勺好看?"

"哎,要说不说,那还真没。"

边上一壮实的男生抬了眼,见着慈眉善目的老孟,心一沉,往孙墨脚上一踢。

当事人没注意到不对,收回神:"你踢什么?来,接着打,一会儿谁输了谁要号码去。"

老孟:"我给你们要呗。"

孙墨回头一乐:"那敢情好……像有点不合适……"

"是吧,老师觉得也是。"孟子武收了牌,并表示接下来的课余时间都会邀请他们到办公室在各科老师眼皮底下打牌。

打个痛快,打个你死我活,打个天荒地老。

第一节课平平开局,自我介绍都是那些俗不可耐的话,姜晚橘交代完名字就回了位子。

下课后,广播里突然冒出"刺啦"一声响。

她望向窗外,天朗气清。

高三楼里氛围紧张,但也不是人人都紧张,十班就显得非常特立独行,吵闹玩乐从没停,似乎没人在意自己的未来。

肖厌窝在教室后排,头埋臂间,昏昏沉沉,半睡半醒。

追逐打闹犯不到他这地界,没人理他,也没人敢理他。

忽然,一声清澈干净的声音混了嘈杂里:"你好,我找人。"

声音有点耳熟,不出意外就是试卷准确率高达37.5%的那位人才。

姜晚橘站在高三(10)班教室门口,望着开黑跟化妆的学长学姐,在喧哗里伸手打开了他们班被关掉的广播。

教导主任听起来有点生气:"请高中段的'刘亦菲''吴彦祖'同学马上来教务处!"

说第一遍时,教室里还在吵。

说第二遍时,学生们安静下来。

广播清清楚楚。门边的学生豪放地"哈哈"笑了一阵:"笑死我了,哪位朋友这么勇?"

那人笑完扭头问姜晚橘:"对了,你找谁?"

"'吴彦祖'。"

姜晚橘吐字清晰,话语清晰得让肖厌从倦意里得来一丝清醒,也清晰得让教室里重回一波热闹,笑声时紧时松。

"嚯,莫非你就是'刘亦菲'?"那人打趣道。

底下有起哄笑闹声:

"阿祖艳福不浅。"

"吴彦祖别低调了,手脚麻利点,收拾收拾就去吧。"

"这妹妹有点脸生,是不是高一新生?"

他们日常无趣,偶尔碰着一些有意思的事就显得更好做消遣。其中一个当事人还没被扒出来是谁,众人的视线都在另一个身上。

姜晚橘刚在高二(8)班被盯完一轮,这会儿又在高三(10)班续上。

她的视线扫过一圈,停在一个角落。

肖厌额前的黑发被压得有些乱,眉眼迷蒙困倦,还没有站起来的意思。

周围的闲侃还在继续,姜晚橘不甚在意,走进教室拐弯径直向他而去,最后停下步子,手背朝下屈指敲了敲那张干净的桌面。

"咚咚"两声,不算吵。

"走了。"

姜晚橘停在肖厌身边的时候,那些调笑忽然一层一层掩下去。像是摇晃过的汽水,"刺啦刺啦"冒着气泡,然后偃旗息鼓,最后死水一潭。

肖厌懒洋洋地看了看姜晚橘,十七八岁的少年眼尾稍长,抬头时下颌弧度赏心悦目,疏离锋利地伏在散漫之下。

他没说什么,掌心撑桌,不紧不慢地站起来,往后挪的椅子发出一声短促的响动。

那好似不存在又过分惹眼的少年很听话,跟在漂亮女同学身后出去了。

剩下的学生你看看我我看看你,像闻着瓜味又不知道怎么下口的猹。

震惊不解跟好奇并驾齐驱。

——那女生是谁?什么情况?

两个人并排下楼梯太挤,只能错开。

姜晚橘跟在肖厌身后。

她一开始没想这么"社牛",不过初来乍到,教务处的主任们是个什么风格她还不清楚,单枪匹马地去风险太大,不如再拉一个一起受教育。

肖厌自顾自地往下走,姜晚橘也不说话。

对付沉默最好的办法就是比他更沉默。

一路安安静静,只有风吹鸟叫。

七拐八拐之后两人进了教务处,那儿的老师见了肖厌好似见熟人,沉默两秒,摆摆手让他先出去了。

姜晚橘不解。

从现在的情况看来,这位朋友应该是有点特殊情况在身上的,大概率不是什么好情况,毕竟她真切地在严肃的教导主任眼睛里看到了佛家的怜悯。

不过被怜悯的没走,站在原地和她同甘共苦,还挺讲义气。

两人在接受大同小异的灵魂洗礼后,喜得检讨书一份。男老师看他们认错态度端正,叫他们退了,最后还不忘给姜晚橘加一句:"女孩子家家长得漂漂亮亮的,别和男孩儿似的皮,要好好学习。"

姜晚橘心道:有点难,比较叛逆。

离开教务处后,她终于知道这人名叫肖厌,一起挨过训后,她觉得他不算讨厌,没话找话地问了一句:"刚才怎么不出去?"

肖厌回道:"来都来了。"

于他而言,在哪儿都是混时间,没区别。

姜晚橘笑他:"是,来都来了,不写个检讨浑身不舒服。"

她说的是玩笑话，不过对方似乎真的不太舒服。

偶尔没压住的闷咳、怠倦的眉眼，从被她喊起来到现在回去，肖厌的脸色一直不太好。

即便这人不讲，姜晚橘也明显感觉得到。

昨夜淋了雨，感冒发烧也正常。

他们不熟，姜晚橘说不出关心的话，自己之前已经够多管闲事，再管就不礼貌了。

两人从拐角往回走，前面有条贴边的路。

铁栅栏围起校园，像是一条线分割出两个世界，里面是安安静静的学校，往外是人潮汹涌的街道。

他们并排往前走，后街传来几声摩托车的轰鸣。姜晚橘靠外，侧头扫了眼。

她对那两轮东西不熟悉，也看不懂牌子和配置好坏，只觉得应该是值几个钱的。

骑车的一个是寸头瘦子，一个是绿毛胖子，很是骚气，另一个匀称的锡纸烫，没车，坐在寸头后面。他们像是社会闲散人员，在漫无目的地闲逛。

其中那个绿毛胖子跟姜晚橘对上视线，随后越过去，毫无遮掩地说了句脏话，又说："运气不错，兄弟们，真在学校。"

锡纸烫跟寸头跟着望过来。

"什么日子啊，姓肖的穿校服了？"

"太阳从西边出来的日子，姓肖的还泡上妞了。"

姜晚橘站在靠他们那边，被几人上下打量。

前面那些话她没听清，不知道身边的肖厌和他们有什么关系，认识应该是认识的，好坏就不清楚了。

她正打算瞄一眼对方的表情，手腕忽然被握住，随后被一股力道带到了里侧。

肖厌站在姜晚橘和三人组中间，隔开那些恨不得趴栅栏上死盯的视线，不大愉悦地瞥了他们一眼。

寸头痞里痞气："怎么还护上了？"

绿毛胖子嬉皮笑脸："这新校服啊？之前那件不是给我们擦机油了？"

锡纸烫恶狠狠的："肖厌，上回的事儿还没算清呢，找你两天了。堵你可真难，今天放学咱们校门口见。"

听了这么些话，关系就不只是不好了。

一个校服被毁、放学被堵、寡不敌众、受尽欺辱的可怜虫形象呼之欲出。

雨夜落水狗，班级隐形人，惹上社会佬。

校园被害者要素叠满。

肖厌自始至终没说话，不知道是因为身体不适懒得开口，还是逆来顺受听惯了。

外面的人喊："你能不能出个声？"

姜晚橘表情有些冷，拉住肖厌的衣袖往里侧拽，顺势走到另一边把位置换回去。她挡在他前面，开口帮忙出了个声："滚。"

女孩眉眼秀气，没有夸张的大动作，没有怒目而视，就是轻轻淡淡侧过眼，送了他们一个看垃圾的眼神。

被误当"恶人"的校外三人组有一刹愣怔。在看到她身后那位似笑非笑的主时，他们卡顿的思路才在疑惑里逐渐清晰。

肖厌垂眼望着姜晚橘的后脑勺，有些好笑地拍拍她的肩，配合地装了个可怜："没关系，我习惯了，走了。"

寸头看着走远的两人，问："如果我没理解错的话，她是不是以为我们欺负肖老板？"

"这姑娘还挺护短。你们看没看见肖厌那嘴脸。"绿毛胖子说着，学肖厌装模作样，皱眉沉声，"没关系，我习惯了。笑死，一脸人畜无害，演得跟真的一样。"

锡纸烫笑怼："有个漂亮妹妹挡你面前给你出头，你比他还飘。"

"护短"的姜晚橘跟肖厌走出一段距离，想了想，还是给了个建议："你不如这会儿回去。"

肖厌因为高烧大脑迟钝，没太明白，鼻音低沉："嗯？"

"和父母说一声，病了早点接，省得一会儿被堵。"

这是个正常提议，但他沉默半晌才回道："好。"

姜晚橘回教室后就开始复盘，总觉得哪里不对味，但又说不上来。

一天课快结束，她跟身边的女生混了个半熟。大概因为提过之前植物科普的奖，不少同学来问怎么参加，问对高考有没有用。

姜晚橘有时候看起来游离，不过不难相处，也没什么架子，一一回应同学们的问题。

同桌叫吕小言，圆脸，可可爱爱一姑娘。她颇爱品读小说，偶尔话痨。

"我今天又刷了个剧，男主实惨，爹妈不疼，朋友不爱。

"但凡世界对他好点,我也不至于这么难受。"

姜晚橘听着耳边的唠叨,一手托腮,往高三教学楼瞥了眼。

走廊上没有肖厌的身影。

不过他们教室后门恰好被打开,他还在角落,没回家。

姜晚橘自诩不是什么热心好人,但总觉得放任不管良心有一点痛。

她思来想去,临近放学时,摸出手机,给霍成文打电话。

"哥。"

对面停顿大概一秒,很是自觉:"说吧,什么事?"

"有空没?过来学校一趟。"

"没空。"

"凛风转进来一个美女。"

"十分钟。几班的?"

姜晚橘斜斜靠着栏杆,眼往上抬,看着自己班门口的班牌,大言不惭慢慢悠悠地说:"高二(8)班。"

霍成文在某些时候还是比较守信的,比如说他说的十分钟。

兄妹二人在高二(8)班门口相见,霍成文眼一眯,四海为家的智商忽然回笼。

得,被骗了。

果然,下一秒姜晚橘就冲他"营业"一笑:"美女好看吗?"

"好看得我无话可说。"

"霍怨种"抬脚要走,姜晚橘伸手一拦,谈条件:"不白帮,我也给你做件事。"

霍成文并没有什么"助妹为乐"的兴趣,甚至懒得听她把话说完。恰好他视线往下抓到个人,索性下巴冲那儿一抬,放出狠话:"看见那男生没?让他哭,这一年我直接给你当狗。"

姜晚橘顺势往下望,笑着调侃:"这是多看不惯人家才能说出这种想不开的……"

她"话"字还没说出口,就已经顿住。

肖厌黑发黑眸,不知什么时候离开教室走到了楼下。

他带着一身凉意站在人群里,藏于俗常又别于平凡。

姜晚橘沉默着理了理思路,复盘时的不对劲似乎突然一下通了。

她把视线收回来,看向脸上青紫还没消退的恶霸哥哥,诚恳地发问:"你这是被他揍的?"

第二章 / 只可远观

姜晚橘本以为这种事霍成文会难以启齿,毕竟青春期的叛逆少年被别人打,有伤自尊。

不过这位兄长出乎意料的直率:"对。"

姜晚橘瞟他一眼,评价:"你长大了,换八年前你就算鞋印子上脸也得说是自己拍的。"

"哈?闭嘴吧。"

"敢于直面自己的失败是好事。"

"你不懂。被打了,跟被肖厌打了,是两码事。"

姜晚橘托腮,看着底下变小的背影,笑问:"怎么,他是比别人多件装备还是多个技能?"

霍成文说:"多个不怕死的被动。"

姜晚橘没明白,霍成文也没想解释,只是语重心长起来:"你没接触过,你不理解。"

姜晚橘回想今天肖厌低眉的隐忍样,心道:接触过了,确实不太能理解。

霍成文又说:"别看他没声没响的,惹毛了他,头都给你拧下来。"

换言之,让肖厌哭是不可能的;再换言之,要霍成文帮忙也是不可能的。

不过姜晚橘现在也不需要操心这事了,因为她以为的可怜虫恐怕是个"带恶人"。

肖厌从学校离开后去买了药,来回花了些时间。

没人接,没人送,交通工具是辆卡勒牌的旧自行车,喷了面漆,挺复古。

病号自力更生,车把手挂着塑料袋,里面装着药盒子和矿泉水。

刹车声和狐朋狗友的招呼声是一起响的。

"兄弟,你总算来了。"

锡纸烫叫唐杰,一条街上都能凑出五个的"杰"。

唐杰坐在蓝色塑料凳上,刷着手机,一脚打横架在另一条腿上:"不是说了约校门口见,又不见人。"

另外两个人窝在自己的摩托车边,一人半支碎碎冰,好兄弟一起旺。

绿毛胖子有个听着很文气的名字:符长柳。恐怕他跟这三个字唯一相关的也就那一头骚气的绿头发。

他见了肖厌,就抄起手机凑过去:"肖老板,我一朋友换完防冻剂没多久车就废了,你给看看?"

被叫老板的那位状态不好,但还是耐着性子扫了眼照片,是辆价格不高的铃木 GSX(型号名)。

"大概率是水泵螺丝没排空气,发动机拉瓦,得修。"

"好的,哥。"又绿又骚的符胖子一听,一边探着脑袋往后望,"就你一个人吗?让我们滚的仙女呢?怎么不带来给小弟们看看?"

肖厌哑着嗓子笑着回道:"看个屁。"

边上寸头插话:"还没定关系就连看都不让了。"

寸头有点凶相,叫邹磊,看上去人狠话不多,其实话也多。

肖厌额头的虚汗湿了碎发,懒得跟他们争这些,进门坐下拿水灌药。

唐杰说:"三天前就看你不对,我都担心哪天过来你躺地上。"

邹磊一把拍上他的头:"不会说话就别说。"

肖厌吞完药,终于舍得分给他们眼神:"白天那会儿找我什么事?"

唐杰:"不收小弟的感恩钱,就给个面子吃个饭呗。上次要是没你,我得连人带车一起进河里。"

试问谁有胆量骑着两轮自行车抄近道把失控摩托车上的人拽下来?

生死时速,杀伐果断,过命交情。

肖厌喝了口凉水压下喉咙里的苦味,回道:"我改的车,死了人晦气。"

"哥,是我的操作问题,不是车的问题。"

"那也晦气。"

肖厌看唐杰那想报恩又吃瘪的样,想起个事,顺势问道:"会写检讨吗?给我弄一份。"

"你什么时候犯了事还需要写那玩意儿了?"唐杰吐槽完又很狗腿地问,"检讨什么?大哥您说。"

"迟到被记名。"

肖厌详略得当地省掉了"吴彦祖"的部分。

符胖子凑过来,眯着眼:"你不对劲,以前迟到都翻墙的,碰到那妹妹转性了?"

"病了,懒得翻。"

肖厌敷衍地解释完,斜斜靠着边上的工作台,扫视一圈,不近人情地说:"还有事没?没有可以滚了。"

三人很听话,勾肩搭背地出去了,给他留了个清静。

仓库改的车间安静下来,钟表指针"嘀嗒"响。

肖厌手肘压在长桌台上,向后撑着,面朝天花板。

白炽灯很亮,没太阳漂亮。

之后几天,姜晚橘没在学校里看见肖厌,估计他是请了病假。

一切按部就班地过,陌生同学一个个有了对应的名字。

好似新生活正式开始,顺风顺水无波无澜。

她的闲书放在桌肚里,没事拿出来看一看,花草树木,叫人静心。她的课本放在桌面,光顾次数欠佳,但也稍稍上心。

前桌是明朗女班长,同桌是可可爱爱学习委员,就这么个学习氛围,不进步都对不起这地理环境。

不过她不大能理解后面换过来的孙墨。

这孙墨从那天被踩了桌子后就跟着了道似的,先递信后表明心意,攻势猛,花样多,乐在其中。

姜晚橘很果断地拒绝了他,并表示什么都比不过学习。

"谢谢你,但我不接受"的好人卡发出去效果不大。

孙墨该怎样还怎样,这个年纪的喜欢好像比天大,冲动满满,激情澎湃,而且大多始于脸,时效短。

姜晚橘刷卷子时,他坐在吕小言的位子上,十分热心:"哪里不会?我教你。"

姜晚橘不知道他的水平,随手一指。

孙墨指哪儿答哪儿,写完一通,潇洒放笔,问:"有没有看到我炙热的心意?"

当事人低头品了品,这步骤不是一般人能写出来的,堪称离谱的姐姐,离奇。

姜晚橘很不给面子:"看到了你清澈的愚蠢。"

姜晚橘跟吕小言一起走读,放学回家路过校园里一块崭新的成绩板时,被上面一张熟面孔给拉住了视线。

前几天没有,大概是新换的。

肖厌又酷又丧的脸被放在四方框里,横竖的线也没能圈住他的嚣张。

在下面一排排中规中矩的学习感想里,他醒目地留了两个拉满仇恨的字：天赋。

姜晚橘问:"这人一直都这么狂吗?"

"嗯?"吕小言圆乎乎的脑袋一转,"噢,肖厌吗?"

"对,他学习很好的样子。"

"是啊。听说因为前十就得上榜搞这种形式,他很长一段时间都考第十一名,只露名字。"

姜晚橘想了想那厮的样子,确实像是能做得出这种事的人。

"那现在怎么又上了?"

"后来老师找他谈,说一套光荣榜模板用三年,叫他正常发挥。"

"怪不得这图看着旧。"姜晚橘凑近看,"大家好像都挺怕他的。"

吕小言:"也不都是怕吧,可能觉得他很厉害,不好接近。那句话怎么说的来着?只可远观。"

姜晚橘轻轻"嗯"了一声,退开两步,重复一遍:"只可远观。"

日子又过了两天,中秋佳节。

晚饭时间,姜晚橘进姑母家吃饭,霍成文破天荒地上桌了。

霍立国给她开门时,里面的母子正在"交流感情"。

姜雅兰:"说吧,没钱了还是犯事了?"

霍成文:"有没有一种可能是我想家了。"

姜雅兰眼神里带着匪夷所思,霍成文憋屈且无言。

姜晚橘觉得好笑,被迎进去后,坐在一旁听。姑父姑母性格很好,她在这里也没受过委屈,吃穿不愁,有吃有住。

但毕竟是八年未见的亲戚,不熟,温柔里难免夹带客气。不像霍成文当了十七年逆子,他们骂起来毫无顾忌没有隔阂。

团圆节里一家三口其乐融融,她跟着沾点好。

姜晚橘回去进屋的时候,灯忽地一闪。

空荡荡的客厅暗了一秒,她站在原地不知所措,好在那灯很快又亮起来兢兢业业地工作。

独在他乡,身边无父无母,黑暗的那一刹,外面一轮明月,万家灯火。

十六岁的姜晚橘叹了口气,拿起手机拨通号码,响了很久那头才接。

男人的声音传过来:"小橘?爸爸在忙,等会儿回给你。"

"不用回,中秋快乐。"

姜晚橘说完就挂断电话,决定下楼看看那株橘子树,顺便上街逛逛。

到了楼下，她慢悠悠地走到角落，伸手摸了摸树叶，长势不错。

跟她一样。

时间不算晚，街上还很热闹。

姜晚橘从附近的便利店出来，嘴里叼了根棒棒糖，用手捏着转。她漫无目的地往远处望，望见了个熟人。

鱼龙混杂的广场上有跳舞的、玩球的、滑滑板的，而孙墨正在投篮。

她本想当没看见，可对方已经满脸笑意地跟她招起了手。念在虚无缥缈的同学情谊和无事可做的份上，姜晚橘最后还是过去了。

她原先想着过去打个招呼就走，不料碰上点小意外。

一个滑滑板的辣妹撞到孙墨，跟跟跄跄地跌了一跤。后面有个高壮男人好像喝了酒，上来醉醺醺地骂着："在这儿打啥球呢？"

孙墨脾气也冲："瞎啊，她自己冲上来的怨谁？"

"你不会让？看见女的走不动道了？"

大高个抬手就拽孙墨的领口，孙墨拍开他的手骂了一声。

"你后脑长了眼睛？我背着她站能看见？"他说完一揽姜晚橘的肩，"睁开你的眼好好看看，这脸才叫让人走不动道。"

姜晚橘心道：这人拉仇恨怎么还捎上我？

她平静地拨开孙墨搭在肩上的手，试图以理服人："这里打球跑起来收不住，你不如带着美女去空地玩更安全点。"

对方不听劝，耍酒疯，执意搞事，甚至伸手往姜晚橘身上拽："哎，是是是，你漂亮，我带你玩玩？"

和气装不下去了，孙墨还没来得及英雄救美，姜晚橘就已经掰住对方一根手指往后折。大男人痛呼连连，骂声不断。

其实不应该这么冲动，但姜晚橘今晚心情实属不佳。

孙墨看着眼前的场景，突然觉得自己有点多余。

地上跌倒的辣妹终于站起来不再看戏，不远处滑板小群体听着动静也靠了过来。

两边人数悬殊，姜晚橘开始盘算怎么跑，突然，街边一阵摩托车的轰鸣声。

一群人的视线下意识地瞥过去。

一胖一瘦两个男生非常装酷地走过来，另一个还骑在车上的男生则在轰油门造气势。

寸头邹磊到了人群中间，摆摆手："行了行了，散了。"

他手搭后脖，朝着惹事的醉酒男说道："老雷，你醒醒酒吧，带小女朋友一边耍去。"随后又扭头冲刚才搭姜晚橘肩的孙墨上下一扫视,"还有你,手老实点。"

孙墨脑子还没转过来,沉默哑然。

符长柳绿发惹眼,旁若无人地冲姜晚橘一笑:"嫂子过节去吗?"

姜晚橘一愣……

姜晚橘不算脸盲,况且这几位确实特征明显,所以即便几天没见,她也一眼就认出来是校园铁栅栏外的三人组。

不过"嫂子"这个称呼还是有些陌生了。

邹磊:"上回有点误会,我们跟肖厌关系挺好的,你放心,没人欺负他。"

姜晚橘心说:看出来了。

符长柳:"走了走了,车停边上一会儿会被扣。"

她本想拒绝,但刚刚他们帮着解了围,欠个人情债,不如就地还清。

符长柳跟邹磊一左一右把姜晚橘领走的时候,孙墨忽然觉得自己有必要重新审视一下这段冲动的单恋。

街边的唐杰一边等他们,一边给肖厌发了消息。

手机屏幕上有两排字。

——肖老板,在没在店里?

——我们带薛定谔的嫂子过来看看你。

另一头手机的对话框里的"不在"还没发送出去,竖线光标跳了两下,往回走把字删了。

符长柳问道:"怎么说?"

唐杰说:"没动静,过去再说。"

"不是,她坐谁的车?"

唐杰入手了新的摩托车,三人各骑一辆。他们正面面相觑,姜晚橘很自觉地在旁边扫了一辆小黄车。

于是一辆小自行车被三辆大摩托车护送前进,拉风程度不输坐在四轮豪车副驾驶,就是尴尬了一点,风大了一点。

他们到的时候,肖厌正在拆一台发动机,铁疙瘩架在翻转机构上,并不白的白手套掀起缸盖。

邹磊在三个人里算是比较沉稳的,敲了敲门框算是招呼。

唐杰："就知道你在这儿，看没看消息啊？"

肖厌很自然地摘下手套，回得坦然："没看见。"

说着，他视线一瞥姜晚橘。

对方正在打量周围环境，并没舍得给他眼神。

这是个小仓库改的车库，杂而不乱，墙上整整齐齐摆放着大小工具，所有物件都严丝合缝和谐共生地排列着，有点强迫症的味道。

说起来也算是个很成熟的小工作室。

姜晚橘对肖厌的初印象就是个性格不大好的高中男同学，现在看来这个标签格局还是小了。

学校和社会之间有条鸿沟，肖厌似乎已经在沟里待了很久。

他的兄弟们对这儿挺熟。

符长柳虽然胖但灵活，轻车熟路地在这不大的四方屋子里游走，找出了夹缝里的一张折叠方桌。

另外两个人把角落里的塑料凳子拖出来围着桌子放好，开始叫外卖。

肖厌没拦他们，站在一旁看。

虽然他只有十八岁，但这会儿像个观赏傻儿子的老父亲，随他们在自己的地盘上自由发挥。

姜晚橘已经扫视完一圈，周围的一切都陌生，相较之下，肖厌是最为熟悉的东西。

她在他身边没话找话："病好了没？"

肖厌的声线属于偏沉那挂，但不乏少年的轻佻："差不多，要是他们滚了，给我留个清静更好。"

"滚"字被他微妙地加了一点重音，姜晚橘知道这人在拿那天的事逗她，纯良无害地笑着回道："没关系，不是习惯了吗？"

你一言我一语，有来有回。

符长柳喊他们："聊什么呢？别站着腻歪了，过来坐会儿呗。"

四方小桌，三人占了三面，另外一面放了两把凳子，摆明想让他俩挤一挤。

肖厌过去把其中一把凳子挪远了些，随后坐下，伸手很随意地拍了拍另一把凳子的凳面，示意四缺一的位置让她。

姜晚橘也没扭捏推辞，过去了。

几人还在笑谈。

唐杰不解："你俩怎么这么生分？挤挤怎么了？"

姜晚橘毕竟和他们才见两面，还没有"社牛"到句句接话，但沉默难免尴尬。

肖厌漫不经心地开口："我们不熟。"

他说的是实话，可听进耳里有点冷冰冰的。

三人不好再说什么，打了个哈哈切话题。

闹归闹，瞎起哄也得适可而止。

长宁路地段偏僻，没有市中心繁华热闹，不过附近夜宵店大排档也多，所以外卖来得很快。

龙虾、啤酒和烧烤摆在小桌上，满满市井气。

姜晚橘不喝酒，倒了点水。

符长柳："我还以为你们同级，原来是学妹。"他又笑嘻嘻地接了句，"有点肖学长的风范，一人对群敌。"

邹磊在一旁点头表示认同。

唐杰添油加醋："刚刚那个人高马大的傻雷在广场嗷嗷哭，这仙女差点没把他手指掰掉。"

姜晚橘一窘，心想倒也没有那么夸张。

肖厌没在场，听完他们描述，视线一动看了眼乖巧女同学。

小姑娘低垂着眼，黑发红唇白皮肤，安安静静地坐在那里，一副岁月安好的模样，实在不像有什么攻击性的样子。

烧烤吃上，酒过半杯，符长柳随口一问："对了，那搂你肩的男生是谁啊？有点黑的那个。"

唐杰接话："小男朋友？追求对象？"

姜晚橘回道："同班同学。"

肖厌手捏塑料杯，插了一句，听着不太愉悦："少打听人私事。"

兄弟们很识相，扭头开始聊自己"吸烟刻肺"的情史以及值得广而告之的高光时刻。

酒精催人上头，塑料杯撞在一起，没有玻璃的脆响，但一样晃荡着少年盛气，在"干杯"声里时不时洒出点来。

姜晚橘离得近，总觉得自己要被溅一身酒，又不太好意思站起来往后挪。她正稍稍侧身，背后一股力拖动凳子，把她连人带凳子一起拉开了一段距离。

她转头回望，肖厌恰好直起身来。

他没看她，径直进屋，像是路过随手一拖。

回来的时候，肖厌手里拎了一包纸巾，漫不经心地丢在桌上。

姜晚橘这才发现原先那包纸巾只剩薄薄一张了。

这个人自顾自地待在一旁，似乎什么都不在意，又好像一切都看进了眼里，面面俱到，和他的狂形成一种自洽的矛盾。

忽然，桌上的一瓶酒被碰倒，发出"砰"一声响，紧接着"哗啦"倒了满桌，酒水滴滴答答地从桌沿往下落。

姜晚橘恰好"幸免于难"。

那三人狼狈地抽纸收拾，看向半点没沾湿的女孩儿，不由得感慨："还得是肖老板，未卜先知。"

肖厌笑道："是，改天我去天桥底下支个摊子，转行。"

唐杰收拾着桌上被啤酒浸湿的纸巾，瞟了瞟姜晚橘，乐呵呵道："给算姻缘吗？我也想要个这样的。"

肖厌不以为然："这样的看不上你。"

唐杰也不恼，醉了三四分，接话接得直接："是是，看上你了，不然哪乐意大晚上跑到这儿来跟不三不四的人混。"

肖厌话里透着闲散："叛逆少女只是无聊逛逛，别想太多。"

这个解释深得"姜心"。

不然她也怪不好解释自己为什么愿意骑车过来看他们喝酒吹牛。

姜晚橘说："有一说一，你确实有摆摊的潜质。"

"肖半仙"回道："是吗？刚又卜一卦，说是你该走了。"

毕竟未成年，晚归不好。

邹磊："怎么还赶人家姑娘？"

肖厌："再过会儿姑娘她爹过来赶你。"

邹磊沉默，觉得在理。

姜晚橘坐在那儿，看不太清表情，声线脆生，语调却不见起伏："没事，叛逆少女爹妈不理。"

说完后，她站起身，简单整理了下马尾和皱起的衣角，正要走，被符长柳拦住了："等会儿等会儿，咱们走个节日流程。"

他不知从哪里拿出来个月饼，诚恳邀请她一起吃完再走。

好歹是中秋，姜晚橘想了想，没拒绝，又坐下了。

小月饼被五大三粗的三个爷们儿拿塑料刀分成了五块，还很贴心地在其中一块上插了叉子，非常有仪式感，潦草又精致。

月饼被连盒递到姜晚橘面前时，她不由失笑，取了一块。廉价的豆沙馅，很甜，只吃一口还不算腻。

少年们还在嘻嘻哈哈，故作腔调捏着兰花指，一人一块，互相玩闹。

肖厌没吃，偶尔笑骂两句。

从自己独居的空屋子到这里，姜晚橘无意混进一团热闹，头顶明月落满街，这个中秋似乎也没有那么糟糕。

夜里这会儿没有公交车，想打车也排不到，不知道是节日大家都出门了还是这儿太偏，她等了五分钟还没等出个动静，决定再骑着小黄车回去。

唐杰说："送送呗，漂亮女生一个人夜里回去有点危险。"

肖厌没给回应，似乎没那心思。

姜晚橘倒无所谓这些，也没柔弱到非要人陪。她扫好小黄车，坐上去握住把手，回头打了个招呼，脚踩踏板走了。

虽说是中秋，但现在这片街区已经没了刚才的热闹。

姜晚橘骑在冷清的小路上，总觉得身后有人跟着。

从拐角绕进下一条长街后，姜晚橘停在了一边，因为记不清路，她掏出手机准备导航。

夜里安静，身后的动静由远及近，向她而来。

姜晚橘回头，少年带来一阵风，果不其然是那张熟脸。

肖厌穿得素，就一个色，不像她哥喜欢花里胡哨的。

肖厌来得慢悠悠的，停得也慢悠悠的，最后单脚落地控住车，看了她一眼："你骑得还挺自信。"

姜晚橘还在捣鼓导航，低着头回道："那确实比做题自信多了。"

她停顿半秒，又问："跟着我干什么？"

肖厌："提醒你一声，走反了。"

这张嘴说出来的话真是冰冷又残酷。

姜晚橘手机快没电了，眼看就要黑屏。照这个情况，估计撑不到带她回家。

她才来这个城市没多久，对路线不熟，只好盯着手机，尝试把那弯弯绕绕的路线记在心里。

身边人挺有耐性，没声没响。

两分钟后，那辆车往前挪了些，姜晚橘以为他要走，抬头瞄了眼。

这一抬头，她看到的是街对面的一群男人，刚从餐馆出来，满面油光，啤酒肚，跟跟跄跄吵吵嚷嚷，光看着就觉得酒气熏天。

有一两个人盯着她，似乎要过来，但视线一偏，又拉扯着往前走了。

肖厌挡在姜晚橘身前，看不到表情，只留一个背影。

他个子高，伫立在夜风里，和风一样带着凉意。

姜晚橘大多时候一个人，自小她爸妈教她的处世道理概括而言有三点：一是乖，二是听话，三是靠自己。

她只听第三点。

像现在这种情况也碰到过，她有腿，会跑，有嘴，会报警。

可被打包送到异乡的某一天，一个和她无亲无故的人站在了她身前，她什么都不需要做。

姜晚橘看着肖厌被风吹乱的黑发，忽然有点失神。

手机关机的"嘟"声响起，身前人回头，低头看她一眼，末了抬眸，声线散漫："走吧，肖老板给你导航。"

"你知道我住哪儿？"

"那天看你从锦安园出来。"

姜晚橘回想起肖厌当时一身湿漉又颓废的样子，带着几分好奇地问："我能再问个事吗？"

"问。"

话到嘴边，她又觉得探人私事不好，临时拐了个弯。

"你怎么知道我哪个班的？"

肖厌拿"但凡有点脑子都问不出这问题"的眼神看了看她，说："卷子上写着。"

"……哦。"

车子一前一后，轮子"呼啦"转，姜晚橘跟在内侧靠后："你喜欢摩托车？看你店里的零件，好像都能装一辆出来。"

"兴趣不大，修车改车就是混口饭吃。"

这话听着不像假的。肖厌似乎没有这个年纪的男孩对于摩托车的那种狂热的爱，而是平静如水。

严格来讲，他好像看什么都兴致缺缺。

两人到小区门口就散了，各自回家。

姜晚橘再见到肖厌是在学校操场，上的是体育课，刚好和高三的撞一起。高三副科少，但刚开学不久，体育课还是照常给他们放风了。

跑完圈上完前半节后是自由活动，男同学三三两两往篮球场走，女同学大多坐在草坪上吹风休息聊天，或者在篮球场边看球当消遣。

吕小言拉着姜晚橘买了水，身后有女生小声聊天。

"你今天真要送吗？"

"送吧,不试怎么知道?"

"头铁如你,上次偷偷塞他课桌里的糖,他是不是给别人了?"

"那倒没有。"

"丢了是吧?"

"也没有。"

"吃了?"

"哪能,被他放在失物招领处了。"

"……不愧是他。我劝你放下执念,这种男生油盐不进,看看就好。"

"不是说前段时间有个转校生直接冲进教室里找他,可能他好直球那口。"

姜晚橘大概已经知道这个"他"是谁了。

吕小言低声说:"那个男生盲猜是肖厌,就是不知道这个勇敢的女同学是谁?"

姜晚橘尴尬地笑了笑,不予评价。

吕小言:"我其实觉得肖厌还挺正常的。"

"嗯?"

"比那些动不动把女生送的东西丢垃圾桶,或是甩给兄弟分享的男生强多了。"

年少青春,情窦初开都是正常事,一般遇着这种事,普通点的炫耀自己有人追,高阶受欢迎的不屑随手丢,蛋糕甜品就送同学吃。

姜晚橘倒也是头次听说还能把这种东西放在失物招领处等姑娘自己领回去的。

吕小言碰碰姜晚橘的肩膀:"一会儿'吃瓜'去吗?表明心意现场。"

姜晚橘说不上自己是个什么心情,照理说,她对这种事兴趣不大,可又有些好奇肖厌的反应。

犹豫两秒后,她点了下头:"行,反正闲。"

两人刚到篮球场,不远处黑得突出的孙墨瞥见了,凑了过去。

孙墨:"姜晚橘,以后我叫你一声'姜姐',之前是我冲动了。"

姜晚橘和吕小言一愣……

"我深思熟虑了一下,觉得自己这份感情确实有点莽撞。"

孙墨那天其实话没听清楚几句,也不知道寸头哥在跟醉酒哥说什么,耳边全是发动机的轰鸣。十几岁的少年,谁没个摩托车梦,注意力都往那儿飘。

打踩桌事件起他就觉得这姑娘不简单，但着实没想到这么不简单。

别说毫不犹豫上手掰人手指，撑腰的那三个一看就不好惹。

姜晚橘理了理，大概明白了，坐实不存在的大姐头位置，她拍拍他的肩，语重心长地说："你想开就好，姜姐劝你回头是岸，好好学习。"

吕小言一愣，他们好像在聊一个很新的东西。

孙墨咧嘴一笑，开始套近乎："是是，有件事我想请姜姐帮个忙，他们那车，能借我看看吗？"

姜晚橘直截了当："不能。"

她拉着吕小言往前走，坐在边上。孙墨显然不想就这么放弃，跟着坐那儿休息，磨她耳朵："真不行？这样，我也能帮你做事，你只要开口。"

这莫名熟悉的对话让她想起了自己求那位"怨种"哥哥帮忙的画面。

姜晚橘眼一眯，望向球场上那个熟悉的身影："看见那个黑衣服男生没？"

孙墨顺着她的视线望过去，对上肖厌那双眼，背脊无端发寒，不安地回："看见了。"

孙墨看起来并不清楚肖厌和校外三人组的关系，问："怎么了？"

姜晚橘拿出十二万分的坦然："让他哭，直接把车送你。"

孙墨一愣："……告辞，要不起。他让我哭还差不多。"

原本估计要持续上十分钟的拉扯就这么匆匆结束了，孙墨识相走人。姜晚橘目送他离开，突然感觉到了她哥愚钝的智慧。

这招确实好用。

吕小言持续疑惑，视线从肖厌那儿绕回到姜晚橘身上，拿"博览群言"的脑子合理猜想：这位转校生一定有点东西，才能让孙墨这么一副狗腿嘴脸。她没准还跟肖厌有过一段什么，因爱生恨，不然没理由要他哭。

最后她灵光一现："那位勇敢的女同学莫非就是你吗，我的橘？"

姜晚橘用下巴指指那头蓄势待发的女同学，试图转移话题："可以开始'吃瓜'了，我的言。"

吕小言："我现在想吃你的瓜。"

姜晚橘轻叹："对，我就是那女的。"

这话听到吕小言耳里相当于"对，我就是那冲进教室里的直球"。

她沉思，看来姐妹是没谈成，气不过。

吕小言伸手揽住姜晚橘的肩头，当朋友当得极有义气，安慰的话里夹带同仇敌忾："走，我们近点看，她必被拒。"

那头肖厌正在投篮，脱了校服，一身黑衣。

男生打起球来似乎没有那么严重的界限感，玩就玩了，不至于排斥，眼里不带恶意，就是关系不熟，嘻嘻哈哈不到他头上。

之前在小超市碰见的女生手里拿了一瓶矿泉水，为了给自己留点面子没拿其他东西，怕当众被拒收有点难看。

姜晚橘跟吕小言挪过去了些，近距离"吃瓜"。

肖厌的皮囊在男生间很出挑，五官带着一股子凉薄，一双眼落到姜晚橘身上，轻淡地一扫，生冷，夹杂几分躁意，像是有什么事惹他不爽。

这样一副表情，实在很难跟中秋月光下的那个少年挂钩。

姜晚橘还在疑惑他在想什么，不远处的长发女同学已经鼓起勇气上前了。

篮球在地上滚，男生中场休息，女生拿着水来到肖厌面前时，几乎所有人都把视线投了过去。

肖厌没有接的意思，但对方也没有要放弃的意思。

他准备绕过去，对方执拗地挡了一步。

肖厌终于把眼神落在面前的女生身上。

长发飘飘，巴掌脸，长得不赖。

周围无一不是看戏瞧热闹的。

水只是小物件罢了，收下不需要太大负担，女生也正是吃准了这点。

肖厌面上无波澜，但看得出来有些不耐烦，接过那瓶水越过对方往后走。女生眼里都是惊喜，回头却看见他把水放在了场边的地上。

意思明显，拒绝得不动声色，也没说叫人难堪的话。

挺给姑娘面子。

他的校服被整理好放在一个短发女生边上，那短发女生是陪黑长直女生过来的，意料之中，看着自己朋友吃瘪。

当时流行递水、管衣服——一些青春里不言说的小动作。

肖厌把自己的校服随意捞起，终于开口："下次别动我东西。"

他没打算接着玩，满眼乏味侧身往篮球场外走。路过姜晚橘时，他余光往外一扫，恰好瞥见拿着两根冰棒过来的孙墨，于是没再迈步，停住了。

姜晚橘不解地抬头，两人对视一眼。

肖厌垂着那双淡漠的眸，毫无征兆地把手上的校服丢给了她。

姜晚橘正疑惑着，只听肖厌道："拿着。"

第三章 / 我也不喜欢她

当事人临时变卦，丢完东西去小超市给自己买了水，又折回来继续打球。
篮球场外的孙墨很长脑子，在肖厌和姜晚橘那一眼对视后，略过姜晚橘把冰棒给了吕小言——这里面的爱恨情仇，不是他这等小人物能参与的。
吕小言目睹全程，给姐们儿重新找了个定位。
这不是被拒，而是妥妥有戏。
就目前的发展，要肖厌哭也不是什么不可能的事。

体育课结束，大家各自回班。
肖厌看黑长直女生好似看空气，黑长直女生看姜晚橘好似看一根刺。
姜晚橘后知后觉回过神，才知道自己大概被当成了挡箭牌，肖老板物尽其用，一番操作好叫人知难而退。
就是这事儿没跟她打过招呼。
姜晚橘把衣服丢回人怀里，望见身后那女生还在朝这边看，带着几分萧瑟悲戚和几分红眼不服。
作为一个坚定地朝好学生进军的人，姜晚橘认为很有必要帮少男少女斩断情丝，让他们更好地在这个年纪专心学习。
她那极具蛊惑性的漂亮脸蛋往肖厌身旁一靠，有意无意踮脚贴耳，凑近轻声说："下次要我配合掐桃花提前讲，我好方便接话。"
她这动作是故意做给后面的人看的，好叫那女同学早日放弃。
她说的内容也正常，就是鼻息温热，吴侬软语含点湿意。
以招还招，非常小心眼，也没跟人打招呼。
肖厌并没想到姜晚橘会突然来这么一出，微偏过头，半合眼眸，喉结上下一滚，抬步挪开，回道："行。"
姜晚橘莞尔一笑，眼珠子透亮，突然逗他："你躲什么？"
肖厌失笑，白兔面皮狐狸眼，还不自知。
他个高，盯着女生，忽然俯身下去。
两人距离猛地拉近，姜晚橘表情微滞，后退了一步。

"那你想我怎么样？"肖厌带着几分恶劣凑在她耳侧，低笑反问回去，一样的话，只是语速放慢，"躲什么？"

姜晚橘和肖厌两人在篮球场的一来一回不仅黑长直女生看着，其他人也尽收眼底。

一传十十传百，八卦永远比知识传播得快，没两天，转校生"刘亦菲"和凛风"吴彦祖"的传奇故事就出现了十八种版本。

而当事人还在捧着数学课本研究例题的第二种解答方式。

开学一个月，他俩已成风云人物。

对于这事，周围人反应最大的是霍成文。

电话飙过来的时候，姜晚橘还不知道情况，平静地接起电话将手机放在耳边，又平静地拿开了点距离。

霍成文："姜晚橘，你这是干什么呢？"

姜晚橘："做《五三》。"

"我看见照片了，你怎么会跟肖厌对上眼？喂，我那会儿开玩笑的，听哥的，不要招惹肖厌，不要自食恶果，到时候有你哭的。"

姜晚橘敷衍地回道："好，是，行，明白，挂了。"

她自认为没做什么出格的事，当务之急是把今天的作业写了。

校方在第二天找上了他们。

两人并排站在办公室，一个老实乖巧，一个沉默不语，跟上一次相聚教务处的画面相差无几。

学校里都是十几岁的孩子，多的是来来去去的小情愫，他们想抓也不知道从何下手，不过这两位是别人"提名"上来的，还附送了球场"亲密贴耳照"。

教导主任把照片摆在桌面上，骂道："自己看看，像什么样子！"

肖厌很听话地拿起一张看了，中肯评价："拍得不错。"

鼻是鼻眼是眼的。

教导主任猛一拍桌："肖厌，你不要仗着成绩好就无法无天了！"

姜晚橘瞄照片一眼，要说不说，确实拍得不错。

男生俯身，女生抬头，阳光和风，氛围像是拍大片，因为错位角度，像是亲上了。

最近学生间的闲言碎语不少，放过一笔就是放过千万笔，教导主任觉得这事不管不行。

姜晚橘很清楚他们已经被定罪，解释是浪费口舌，索性逆来顺受不发话，任尔东西南北风。

而且就照片里的情况来看，是有些过分。

最后两人"喜提检讨书2.0"，并且被要求在下周一上主席台深刻反思。

古有杀鸡儆猴，现有硬拆颜值组以此为戒。

九月末的天气，气温逐渐下降，但太阳还高挂着。

周一升旗仪式，操场上的队伍一列列排开，自上而下看，场面挺壮观。

姜晚橘百无聊赖地等在主席台边，准备被公开"处刑"，身边是共进退的患难兄弟。

她没准备稿子，瞟了眼肖厌的后背，一样双手空空，真是好生欣慰。

姜晚橘小声问："你一会儿打算怎么现编？"

肖厌不知是不是没睡好，有些困倦，怏怏的："打算说实话。"

"什么实话？"

"我们没搞对象的实话。"

"懂了。"

前面的流程走得差不多了，下一步就该轮到批评他们。

姜晚橘秉持女士优先的原则，很大胆地先上了。她也没想到，来到新学校的第一次上台是因为这么个事。

她往前两步，白皙的脸蛋在太阳底下被照得发亮，声线清晰如流水，很好听，带着一股子柔劲，又恰到好处不显弱气："大家好，我是高二（8）班的姜晚橘。在此对上星期的体育课事件进行深刻的检讨和自我反思。我错了，错在不应该离男生太近讲话还被拍下来。最后，请老师同学放心，我不喜欢肖厌，也不会跟他谈恋爱，谢谢。"

九十个字的检讨，八十九个字里都藏着反骨。

总结概括两点：第一，没亲，被人瞎拍瞎传的；第二，没谈，勿提。

肖厌前一天忙得有点晚，正打瞌睡，听到最后一句不知怎么脑子突然清醒了几分。

好一个"懂了"。

日光底下真可谓清白留人间。

他紧随其后，直接连前面的废话都省了，就几个字："我也不喜欢她。"

神仙检讨，凡人"吃瓜"。

主席台上总是能见识到青少年的多样性。

批评环节在底下学生窸窸窣窣的讨论笑谈里过去了。

两人从台上一前一后离开，表情都不怎么样。

其实姜晚橘一开始没觉得有什么，可肖厌那单单一句"不喜欢"直截了当地说出来，好像莫名其妙有点心情复杂。

之后的日子两个人没怎么见面，再加上本来就没联系方式，颇有老死不相往来的意思。

又是一节平平无奇的体育课，姜晚橘和吕小言打羽毛球，挥得重了，球挂到了树上，有点高。肖厌巧之又巧地路过，两人对视一眼，姜晚橘还没开口，那人就已经过去。

当时光景凑得很好。

细碎的光穿过树叶缝隙，斑斑驳驳映出他的明暗。

耳边是风声和白噪音一般的人语嘈杂。

肖厌个子高，校服外套松松垮垮搭在一边肩上，他伸手往上双指一勾，轻而易举地从树杈拿下了羽毛球。

姜晚橘想，肖厌看着不好接触，但人还是好的。

多热心一同学。

随后这个"热心"男同学把手又往上伸了伸，摘下的羽毛球被他挂在了更高处。

夸早了，继霍成文之后的第二个烦人玩意儿。

肖厌做完这些，心满意足地迈着长腿走了。

孙墨手拿树枝，嘴里喊着姜姐姗姗来迟。虽然隔得远，但他还是感觉到有人实质性地望了他一眼，盯得他心里发毛。

"姜姐，你看什么呢？刚谁来了？"

肖厌的身影隐没在转角，留下阻隔阳光的一道黑影子。

"看狗。"姜晚橘收回视线。

相比之下，她觉得"黑皮小弟"真是颇为顺眼。

孙墨站在树下，"嗯"了一声，接着抬头疑惑发问："不是，这东西刚刚有挂这么高？"

九月就快过去，月末有月考，学生们怨声载道，盼着恶劣天气能成全他们放假的念想。

小城靠南，沿海不贴海。

最近新闻里时不时穿插台风消息，说风力几级、雨量多少，路线从哪儿到哪儿，需要如何如何防护。

在这当口上，姜雅兰跟霍立国出远门了。

夫妻俩很潇洒，说走就走，给霍成文和姜晚橘留了生活费以及几句口头交代，屁股一拍，飞机起飞。

姜晚橘知道的时候两位已经落地三亚。

霍成文这浪荡性子大概率是有些遗传的。

姑父姑母旅游去了，暂时不回来。饭点没地儿去，姜晚橘放学回了十七楼。

空荡的房子里灯闪得比之前更厉害了些，氛围诡异，好像下一秒就能响起《怪奇物语》的背景音乐。

小区是高档小区，门口没贴带维修师傅号码的狗皮膏药。

姜晚橘不知道找谁，也不是特别急，于是关了灯，决定把这事先往后推一推。

霍成文天天在外面鬼混，她索性一个人在学校附近解决吃饭问题。

夜里不少小餐馆在营业，她随意挑了一家进去。正值饭点，到处满座，里面只剩一桌空的。

外面突然下雨，姜晚橘没带伞，也懒得再换地方，刚看完菜单准备过去点菜，进来一个人，把她原本要坐的位子占了。

即便只是余光瞥见肩膀弧度，她也知道这厮是谁。

真是孽缘不浅，哪儿哪儿都能碰上。

这是张双人桌，姜晚橘不假思索地在肖厌对面坐下，接着才发现他身后跟了个女生。

女生很漂亮，红唇加红裙，不像学校里不谙世事的女同学，眉眼带了超出年纪的娇媚，含着几分攻击性，典型的人间富贵花。

"富贵花"很直白，不拐弯抹角："你好，可以让一下吗？"

姜晚橘拒绝得也直白："不好，不可以，我先来的。"

肖厌正看着对面的姜晚橘，"富贵花"似乎意识到了什么，问："你们认识？"

肖厌想起对方在主席台上掷地有声的精彩发言，收回视线："不熟。"

简简单单的两个字，一秒掰扯清楚关系，估摸着还想让她主动把地方腾出来。

自上回羽毛球事件之后，他们头次近距离面对面。

姜晚橘原本还有一丝善心想过让座，现在念头全无，甚至想搞事。

姜晚橘阴阳怪气地开口："厌厌，你说什么呢？"

肖厌和"富贵花"一愣。

"怎么会不熟？你之前找我的时候可不是这样的。"姜晚橘瞥了一眼"富贵花"，"上次是蓝衣服的，再上次是白裙子的，现在又带个红的，你怎么这么多女朋友？"

她身上还穿着校服，一通鬼话出来，餐馆里的其他人都往这儿瞄。

肖厌失笑，看她表演。

姜晚橘抬头，一脸纯良无害："姐姐，爱他就要爱他的一切，我不介意拼桌，就是不知道你介不介意了。"

"我看今天不太合适聊，下次再联系吧。""富贵花"看起来还是蛮介意的，面上尴尬，打了个招呼就撤了。

姜晚橘笑笑摆手："姐姐慢走。"

点的东西已经上桌，姜晚橘收起原先的神色，没事人一样开吃，权当肖厌是空气。

肖厌也不说什么，没气没嘲没怨，坐她对面，点餐上菜吃饭。

有一种诡异的安静。

两人互不干涉，像陌生人搭伙坐一起似的。

姜晚橘本以为会被说两句，没想到肖厌直到起身离开都没找她麻烦。

校园传说里惹不得的男生就这么结账去了。

她不理解。

这种看不透的风平浪静反倒叫她生出点惴惴不安来。

三分钟后，她的迷惑达到了一种新的高度。

肖厌站在那儿，声音没什么起伏，云淡风轻的："那桌一起结。"

姜晚橘忽然觉得，这波以德报怨让她自愧不如，她甚至开始反思自己的行为是不是有点过火。

下一秒，肖厌补了一句："记在那个头埋碗里的账上。"

她刚刚深受谴责的心忽然又活蹦乱跳起来，甚至想给对方来一套组合军体拳。

就知道这厮不是什么好东西。

如果说霍成文是明着贱，那肖厌就是暗贱伤人。

老板看起来是个爱"吃瓜"的，看小年轻坐实渣男身份，操着过来人的语气好言相劝："男人要有担当。"

肖厌敷衍答应，心道自己也是头次体验当没下过海的海王。

他跟老板交代完，回了原来的位子，落座后坦荡对上姜晚橘的视线，叠字开头，以其人之道还治其人之身："晚晚，借一下手机。"

姜晚橘听到那亲昵的称呼僵了僵。

她不知道对方要干什么，收回神刷消息，面不改色地睁眼说瞎话："没有，平常用座机。"

肖厌笑道："怎么这么冷淡？不是爱我的一切吗？穷点就不爱了？"

姜晚橘说："你要不还是抓紧抓紧追刚刚那红裙子去，她手里的小提包少说五位数。"

这话有点冒犯，但肖厌也不恼。那女生叫他改车，他不太想接这单，被磨了几天，今天刚好阴错阳差给甩掉。

他顺着玩笑接话："发财之道不是被你闹走了？"

姜晚橘豁然开朗，怪不得叫她买单。

这么想想，也是情有可原。

她手一伸，还算大方地把手机递了过去。

肖厌扬眉接过，打了个电话，但没有要接通的意思，响一声就挂了，随后物归原主，全程不过两分钟。

大多时候，姜晚橘都看不懂他，包括现在。

半个小时之后她懂了。

有人转了一笔钱给她，看那金额应该是饭钱。

姜晚橘点开看，对方用的是支付软件默认的空白头像。

天暗风凉，雨有越下越大的趋势，姜晚橘正坐出租车回家。

手机屏幕那一小束光映在她眼睛里，她打开之前的通话记录，鬼使神差地在社交软件上搜索了那个号码。

对应的账号很快跳出来，昵称是单字"肖"，头像是个模糊的后脑勺，类似抓拍，那样优秀的背影应该是他自己，也就是说照片是别人拍的。

很装，很好看，很有氛围感，但不像是他自己设计的。

五分钟后，出租车停下，姜晚橘到家。车门一开，迎面一阵风吹醒了她的脑子。

她惊恐地反应过来，自己竟然对着一个头像胡乱猜想了五分钟。

姜晚橘正准备放下手机念清心咒，安静的界面突然跳出来一个好友申请。

她疑惑地点开红点。

是刚刚自己研究了半天的模糊后脑勺，底下备注了两个字。

——厌厌。

姜晚橘加得很爽快,就是"厌厌"两个字有点扎眼。

对方加完之后再无动静。

空白的对话框持续到第二天早上。

姜晚橘照常上学,路上风大雨大,台风天的势头开始造起来。

学生们坐在教室里,屋外的雨原先还算正常,紧接着开始失控如倾盆般。

四面窗户紧闭,"哗啦"声盖过了台上老师的动静。上午几节课结束,学生们趴在走廊往下望。

路上已经积起了浅浅一汪水。

南方城市雨水多,但也仅限于这一点,他们短短十几年的人生经历里还没有内涝这个概念,即便有,也不过是没过脚踝。

雨一刻不停地下,因为泄洪,水涨得夸张。

出于安全考虑,学校广播了消息,下午学生停课回家,午餐在教室解决。

学校尽职尽责,措施实施得很快,有条有理,管理层、老师以及一些工作人员穿着雨衣将一筐筐临时准备的盒饭搬进教室。

学生们不需要愁这愁那,甚至还有点兴奋,相约在走廊"看海"。

能停课回家就很爽。

孟子武一如既往带着佛家普度众生的笑脸,任由窗外风吹雨打,用平和的语气告诫学生们老实待在教室,已经通知家长来接,没来接的按兵不动。

"要是有自己出教学楼的,就跟教导主任去学抗洪,吹个风淋个雨,发泄下多余的精力,接受下教育的洗涤。"

姜晚橘一手托腮,远望窗外。

父母离了婚各自飞,不在这个小城,姑父姑母远走三亚享受人生。至于当哥的霍成文,好像打开学起就没见过几次。

她心一沉,听天由命。

午餐之后,雨慢慢开始变小,家长们担心孩子,来得很快,教室里的学生一个接一个被领走。

有坐不住的男同学去楼下凑热闹,上来实况转播:

"已经没到小腿了,过会儿估摸着能游泳。"

"虽然有点夸张,但池塘里的花现在在操场的跑道上。"

"看瀑布吗?前面实验楼纯天然的。"

"我只要打开窗,要风得风,要雨得雨。"

教室里留下的大多是皮实小子,爹妈心大,相信家里逆子关在学校要比放在外头安全得多，还没来接。

姜晚橘前面的位子空了很久了，身旁的吕小言正起身收拾东西。

后头黑皮孙墨还在，旁边是胖子王珂，两人上回被收了牌，现在在开黑，叽叽喳喳吵吵闹闹，全然不受天气影响。

往常匆匆便过的下午，今天显得异常漫长。

姜晚橘难得靠自己刷完一整张卷子，对答案的时候前八题很不错地对了五题，叫她不由得又想起了当时那个夸她"人才"的"彦祖同学"。

她往高三那栋楼一望，后门关着，学生三三两两挂在栏杆上听风看雨。

没看见肖厌，姜晚橘收回视线，余光忽然瞥见自己班级门口路过的一个身影。

是个女生，黑长直，好像还看了她一眼。

挺莫名其妙的。

姜晚橘觉得无趣，把注意力放回卷子上，最后卡在了一道填空题上。

参考答案没解题过程，周围能问的好学生基本都已经回家。

她的坚持止步于此，拿手机开始刷最近翻到的一个植物鉴赏科普号。

人很聒噪，难以做到真正的思想交流，而植物这种东西，不长脚不会跑，倾诉所有也不用担心会被讨厌，零负担。

姜晚橘幼时的烦恼喜乐，门口的树比父母知道得多。

花草脚下生根，生在哪儿活在哪儿，姜晚橘对它们的喜欢超过其他。

外面天色开始变暗，她退出来，点进社交软件。列表干干净净的，那个"后脑勺"还待在原来的位置。

姜晚橘看了会儿，打开自己的卷子，拍下题目。

犹豫三分钟，她选择发送，后面跟了三个字。

姜晚橘：会不会？

对面没给回应。

两分钟后，姜晚橘开始懊恼为什么要做这种暴露智商的愚蠢事情，对方说不定根本不想搭理自己。

下一秒，肖厌回了消息。

没有字，单一张图。

姜晚橘煎熬的尴尬感消下去了些，点开一看，是很干净的解题步骤，思路清晰，一点就明，数字从他手底下出来似乎都生了一股子凌然。

她正感慨肖厌身上偶尔是有那么些魅力的，那头又跟了一句。

肖厌：是人都会。

魅力转瞬即逝,欠登永垂不朽。

姜晚橘暗道再有下次自己是狗,随后关了手机丢进抽屉。

因为下雨,傍晚的天满目阴沉。

孟子武陪着学生等到现在,还有大概七八个没家长接。校方准备了简单的晚饭——外面大水封路,只有小卖部的面包、饼干、矿泉水。

领导给了新的指示,父母接送有困难的孩子暂住寝室。

姜晚橘在学校没有寝室,一直以来都走读。

这个消息下来,她一时有些迷茫,好在老孟给她安排了个有空床的混班寝室,让她暂时待上一会儿。

过去的路上,姜晚橘一个人,裤脚卷到大腿,水深一些的地方都没过了膝盖。

原先偌大的操场这会儿成了一片汪洋。

进了寝室楼,走楼梯上到二楼,再顺着微暗的走廊走到底,姜晚橘按门牌号找到了暂歇脚的房间,里面还算整洁干净。

她带的东西不多,就一本书和一部手机。

书是闲书——《植物知道生命的答案》,之前随手买的,现在拿来消遣用。

毕竟还没想到怎么出去,也不知道手机的电量还能撑多久。

寝室里只有她一个人,安安静静的,挺不错,但下一秒门就被推开了。

进来的两位顿了顿,姜晚橘也愣了下。

缘,妙不可言。

上次拿她当刺看的女生站在面前,长而直的黑发已经扎起,高度跟姜晚橘的出奇相似。

短发女生跟在后面,轻轻咒骂了一声:"有点尴尬。"

黑长直女生叫樊晶晶,她看向姜晚橘,眼底的不善呼之欲出。

她的视线从姜晚橘面前的桌上那本书上扫过,评价了一个字,讽刺意味很重:"装。"

当下只有三个人,二对一,胜券在握,没什么好藏着掖着的,女生对姜晚橘的讨厌表现得很是直白。

姜晚橘心想:能理解,但不尊重,更不想搭理。

本想相安无事到点散伙,可对方没那个意思。

下午五六点,姜晚橘发困趴桌上睡了会儿,起来时,她发现桌上的手机不见了,书也不见了,不用想都知道是谁拿了。

她揉揉眉心，站起来往外走。

樊晶晶恰好迎面而来，不等她问，直截了当地开口："在实验楼，去找吧。"

单看这一点，姜晚橘还是比较欣赏她的，比做了之后不承认的阴阳怪气要好。

姜晚橘伸手拽住她的手臂，往回一拉，把她抵在走廊墙壁上。对方明显有点惊讶，毕竟姜晚橘看起来好脾气，不像是那种会动武的女同学。

姜晚橘："无不无聊？"

樊晶晶："不无聊，看你不顺眼。"

两人身高差距不大，正面对峙，彼此眼里的傲都看得清清楚楚。

樊晶晶折服于肖厌的优秀，对他充满欣赏。

撇开一些真假莫辨的流言蜚语，少年大多时候给她的印象是高高在上不可攀，好似摸不到的月亮。

那天在主席台上，姜晚橘满不在乎地讲出那些话，樊晶晶感觉自己珍视的宝贝被别人当成了块石头，评价着不过如此。

她奋力地追，努力地赶，至少自己得足够好，才有资格与他对话。

而这个转校生，除了长着一张漂亮的脸蛋，成绩平平无奇甚至算得上差，似乎也没什么其他能力出众的地方，她不解，也不服。

总结而言：不顺眼。

樊晶晶是学生会的，典型的好学生，长相好成绩好，不被差生喜欢但老师很爱的那款。她今天主动提出留校，一来是家里的原因，二来可以帮忙抗灾，去实验室搬一些东西到二楼防止被水泡。

她出发去帮忙时，姜晚橘在睡觉。看着那张脸，她无端烦躁，本想把违禁品手机和课外书拿去交给老师，但临时换了主意，随手搁在了杂物室。

姜晚橘懒得和樊晶晶浪费时间。听到"不顺眼"三个字后，她笑了笑，用打趣的语气回了一句："我还得在这儿待到毕业，建议你要么早点习惯，要么眼睛剜了别看。"她手一松，"还有，他拒绝你是他的事，麻烦你找对宣泄对象。"

寝室楼和实验楼的距离有点远，一个头一个尾。这会儿天已经暗了，夜里的实验楼阴森可怖，姜晚橘自诩胆子大，但面对这没来过几次的陌生地方，还是有些发怵。

她从第一层进，挨个房间找。

杂物间的门没关，姜晚橘进去望了望，上下一找，窗外微弱的光照在破柜子上，书和手机放在其中一格里。

书已经被弄了个半湿。

因为在一楼，水涨到了半个椅子腿高。

她慢悠悠地抬脚蹚过去，刚准备拿好东西走人，身后一阵风吹过，"嘭"一声巨响，年久失修的铁门被关上了。

姜晚橘心头一惊，随后平复下来去看了看。

门打不开，也推不动。

平日实验室用得不多，杂物间里进人的可能性更是小之又小，这锁太久没用，估计是锁头卡在里面了。

姜晚橘环视周围，摸索着找到了电灯开关。

"啪"一声，无事发生。

屋漏偏逢连夜雨，坏了的门和坏了的灯实属绝配。

不大的空间里没有第二个出口，窗户外有防盗栏，走不通。

姜晚橘拿手机看了眼，时间是晚上七点零一分，电量还有百分之二十八，网络无。

不出意外，今天她得在这里待一整个晚上。

这栋楼地势低，积水漫到了膝盖。

姜晚橘就着外面的一丝亮光拉了一张窄桌，中途重心不稳绊倒磕到了腿，脸上挂了彩，衣服弄湿一半。

十分钟后，她整理干净了原先在桌面的杂物，往上盘腿一坐，养精蓄锐。

实验楼里阴冷，现在极端天气，温度往下走得更夸张了些。她一件短袖加校服，抱起膝盖掌心搓手臂。

昏暗的狭小空间里，面相乖巧的女生因为冷缩成一团靠在窗边，脸侧贴着蜷起的膝盖。

乍一看，有点可怜。

这个点，一般不会有人来这儿，她也不存在什么不切实际的念想，准备困了将就睡，明早再想办法出去。

杂物间的小窗户外是片野草丛生的荒地，防盗窗的线条把窗外画面切割成块，再远一些是学校的围墙。

黑暗里唯一的光源是月亮。

姜晚橘鼻子有些堵，似乎是感冒的征兆。

她昏昏沉沉，风吹树叶簌簌作响，白日里看到同龄孩子被父母带走的一些失落感迟钝地冒出尖来。

看明白并且接受一切的理智和毫无期待的平静并没有让她好受一些。

姜晚橘脑袋昏昏沉沉开始犯困，视线却望见了一道不属于月亮的光。

她不紧不慢地抬眼朝外看，一束来自手机的冷白亮色划过窗户，映在杂草上，爬至围墙顶，随后细微地一顿，又缓慢地回挪，笔直照向自己。

那光太过刺眼，姜晚橘眸里只望见一片模糊。

肖厌没想过会在这地方，以这样一种不寻常的方式碰见姜晚橘。

女生坐在一张旧桌上，蜷身抱腿，有几分狼狈，黑发杂乱地落下来几缕，原本干净嫩生的白脸灰扑扑蒙了尘，脸侧还有道不知怎么落下的划痕。

当下对方正皱眉试图避开自己打出的那束光。

肖厌有一瞬的愣怔。

他灭掉自己的手机电筒，从远处走近，视线自上而下。

不是错觉，不是幻象，姜晚橘真实又不可思议地在雨夜里被关在无人的实验楼。

两人一窗相隔，姜晚橘终于窥得那光的模样。

肖厌的眼睛生得很好看，介于薄凉与多情之间，看久了就会感觉一片闲散之下满是冷戾。

他一身校服，不发一言，被风吹乱了黑发。

近来他们不对付，见面也逃不脱互呛。

姜晚橘觉得肖厌知道实情应该是会笑几句的，毕竟能自己把自己关小黑屋的人不多。

可她现在没有过多精力，心道：想嘲笑就嘲笑，一切她都接下，反正倒霉事多了去了，不缺这一件。

不过肖厌并没开口，半声调侃都没给就从窗前离开了。

姜晚橘不知该说什么。

她现在孤身一人，倒还不如笑笑她，骂她是个人才。

这之后光没有再亮起来，一切归于平静。

肖厌就好像是个莫名其妙又突兀的插曲，毫无理由地出现，又毫无征兆地离开。

就在姜晚橘靠着墙准备眯眼睡会儿时，卡壳的门被强行破开了。

动静很大，在这栋原本寂然无声的建筑里显得更加震耳欲聋。

她怔怔地抬头，肖厌从门外进来，走到她跟前。这回没了窗的阻隔，从他额头碎发落下的雨水形状都看得清清楚楚。

两人对视一眼，窗外是细碎的风声。

姜晚橘平复心跳，语气轻松地打破沉默："干什么？英雄救美？"

肖厌垂着眼眸，问："谁弄的？"

姜晚橘昂着头，她看过肖厌的一些样子，大多时候都是万事不入眼的松垮相，这样认真的表情，在他这里很少见。

她回道："自己弄的。"

肖厌又问一遍："谁弄的？"

姜晚橘从桌子上下来，站在过膝的积水中，不藏着掖着，拍拍边上的书，开口如实说："欣赏你的小姑娘看我不爽把我的东西放这儿了，我过来拿，门被风带上。"

肖厌没再出声。

姜晚橘觉得好笑，她不明白这厮现在在闷个什么劲，要说生气也得她这个当事人气。

她收起先前一个人时的消沉，以及受到突然关心时生出的酸涩，越过肖厌往外走："所以你怎么在这儿？"

肖厌声音里还带着刚刚的那些冷意，简短回答："挑个地方翻墙。"

他一样被学校勒令等家长。但他很清楚自己等不到，也不需要，于是选了个地方准备出去。

开灯本只是照个光方便看路，却不想照出了这样一幅景象。

肖厌性格差，处世观里也没有怜香惜玉这种词，碰见灰头土脸被欺负的脏姑娘，生不出太大感觉。

但从刚刚那一眼到现在，姜晚橘满身的尘和水在他心口烧出了一团无名火。

姜晚橘听到他的回答，忽然停下往前走的步子，回头看他，调子软了几分，颇有些讨好的意思："能不能带带我？"

肖厌脸色阴沉，没出声。

姜晚橘刚准备把自己说的话收回去，那人就走到她前面，拉开了被踹坏了的门，站定回望，意思明了。

有性格的人话都比较少，她懂。

他眼里写的大概是"自己跟上"。

姜晚橘自认为理解能力不错，老实地跟在肖厌身后，到了围墙底下。

为了方便，她把书放在了杂物间的架子上，等着下次再拿。

学校的墙有些高，野惯了的男同学翻过去简简单单，姜晚橘之前撞伤了腿，加上这方面经验不足，在墙根下犯难。

她虚心求教:"怎么过去?"

肖厌没说什么,脱掉校服扔给她,走到墙根下半蹲,拍了拍自己的肩膀。

下雨天不比平常,况且今天到处积水,一脚下去指不定造成个什么样子。

姜晚橘觉得不太妥。

肖厌回头,终于有了点平日的欠:"怎么,舍不得踩?"

短短几个字充满魔力,姜晚橘效率极高地换上了一副铁石心肠,好像但凡犹豫一秒都是对自己主席台发言的不尊重。

肖厌今天里面穿的恰好是白衣,脚印落下去清晰明了,泥水弄脏了一片。

姜晚橘伸手扒墙往上攀,底下那人轻而易举地把她托了上去。

她顺利登顶,找了个妥帖的姿势坐在围墙上往外看。

这个位置高,远处夜里的灯光尽收眼底。

台风过境,夜色微凉,脚底下是不知深浅的积水。

姜晚橘视线往下,忽然发现肖厌没有要上来的意思。

他起身站定,侧面朝向校园,似乎要折回去。

姜晚橘:"你最好别是骗我上墙,把我丢这儿不管。"

肖厌低笑:"是又怎么样?"

"那我现在就跳下来把你头拧了。"

肖厌没继续跟她插科打诨,动身朝学校走去。因为积水深,他速度不快,声音被风裹挟而来:"等着,我去处理点事。"

姜晚橘不知道是什么要紧事叫他雨夜往回赶,应了一声,由他去了。

她又重回一个人。

怀里是肖厌脱下的校服,还有一丝他的温度,盖在腿上挺暖和。

在墙上坐着比在水里浸着舒服,姜晚橘观景吹风,百无聊赖。

大概二十来分钟后,肖厌回来了。

姜晚橘听到细微动静垂头望。

昏暗里,肖厌神色不清,明明还是刚才那样的眉眼唇鼻,却无端生出一片寒意来。

她没准备问东问西,可上拉的视线却无意间捕捉到了一个她意料之外的画面。横栏隔开的窗户里,一个女生正站在她坐过的桌边。

樊晶晶半低着头,无神的眸里辨不出是害怕还是无措。

姜晚橘愣怔的刹那,肖厌已经轻轻松松上了围墙。

她哑然几秒才开口问:"你叫她进去的?"

肖厌没回这个废话问题，但答案是显而易见的。

过往岁月如云烟，姜晚橘吃过类似的苦头，她的愤怒控诉在无人管顾的恶性回馈里收了起来，干干净净，清清淡淡。

锁就锁了，关就关了，出去自己动手以牙还牙就好。

当下有人帮她做了这件事，她道不清心里是何感觉。

姜晚橘回头看樊晶晶，樊晶晶恰好抬眼。

她扎着干净的马尾，衣衫整齐不算狼狈。肖厌应该没有动手，只是领她过来又请她进去，体验被关实验楼的滋味。

那女生眸色复杂，也许有忌妒、怨念、懊恼、失落或者其他情绪。

姜晚橘逐一收下，最后发表想法："算了，肖厌，里面挺冷的。"

"四川那边有个佛，你打车过去，跟他商量一下把位子让给你。"

她回道："不是，主要关一晚上容易出事。"

肖厌："没锁门，只是叫她把你那本书弄干再带回去。"

"那没了。谢谢肖老板给我出头。"

姜晚橘鼻音有些重，嗓子也透出几分沙哑，颇为乖巧。

肖厌收回视线，在夜色里下了围墙，贴墙站定，招了招手，叫她下来。

外面的积水和学校里面差不多深，姜晚橘顺利落地，冰凉的掌心搭在他肩头，得到几分他身上的温度。

两人顺利出校，并排蹚水走在萧瑟的夜路上。肖厌在街边扫了辆车，拍拍坐垫叫姜晚橘坐上去。

很普通的动作，平常无奇。

他被水沾湿的碎发遮眼，叫姜晚橘突然生出点怪异的想法，想帮他捋开。

肖厌："过来，还得请你吗？"

姜晚橘回过神，诚恳道："你今天好得我有点适应不了。"

他话里无波澜："别想太多，你这个速度我看不过去而已。"

姜晚橘收起心理负担，抬脚上车。

她本以为会被送到家门口，但肖厌推她到了长宁路那家店。

店门打开，漫上来的水泡着各种物件。

姜晚橘等在一旁，眼前场景看着损失严重，来处理也是应该。

她正好奇肖厌会在这一片混乱里抢救哪一样东西，就见他拉开抽屉，拿了个小纸盒，随后从角落提出一瓶水，一块儿甩在了她怀里。

姜晚橘垂眸，是一盒感冒药。

第四章　/ 保持距离

感冒药盒子还很新，应该是开学初买的。

姜晚橘对这份关心甚是不适应："干什么？"

正常情况下，这东西除了治病，没其他用途。

"嗯？"肖厌脸上写着智者对愚者提问的不理解，"间接责任人送给你，拿着好看，扔着玩。"

"间接责任人"这词用得很好。

姜晚橘对这个答案非常满意，点头示意明白："那我就放心了。我还以为你这么体贴是要爱上我，不然美女一心向学习，心理负担会有点重。"

肖厌扫她一眼，笑了声，递完东西转身朝里进，评价一句："刘亦菲见了你都得求你给她几分自信。"

纸盒子因为阴雨摸上去有些潮软，姜晚橘站在店门口，很是自然地拆药拧瓶盖，吃完后，她顺势坦然接话："我就当你夸我了。"

那头没声，已经在忙。

白炽灯光盖下来，积水晃晃悠悠泛起亮光。

肖厌把贵重的东西一样样往高处搬，救不了的大件随它自生自灭。

他条理清晰、冷静理智、不慌不忙，甚至不需要时间站在烂摊子前消化，就好像往前十几年已经处理过更可怕的狼藉。

有些时候，姜晚橘会忘记肖厌还是个未满二十岁的高中生。

在肖厌打开一扇隐蔽的小门时，姜晚橘才注意到里面还有一个不算大的房间。

很暗，看不清，隐约有个床的轮廓。

他在门口站了半分钟，没开灯，视线转过一圈又关上了门。

脏水浸湿了衣物和床被，里面已经没进去的必要。

姜晚橘一直把自己的好奇心管理得很好，但在碰见肖厌后，它开始时不时出来找存在感。

关门声响起的刹那，她问："你平常睡这儿？"

对方回道："是。"

"怎么不回家？"

肖厌眉梢上挑，往回一偏头："这儿不就是？"

姜晚橘犹豫再三，考虑着他们之间目前的关系有没有熟稔到可以再更进一步了解下去，最后压下好奇，挑了个比较不私人但实际的问题："你现在去哪儿？"

"没想好。"

也许找三人组，也许住没断水断电的宾馆，也许哪儿都不去，就在这儿待着。

肖厌还没决定，但无关紧要，于他而言，在哪里都一样。

他罗列的下一项事务是把姜晚橘送回家。

带人带到底，送佛送到西。

锦安园前面的路一样有积水，台风对这个小城一视同仁。

不过这小区毕竟需要点小钱才能入住，这会儿已经有安保人员做了防洪防涝的措施。姜晚橘虽然不怎么见过爱，但钱是有的，她爹给姜雅兰的照顾费用不会少。

小区大门口垒着沙袋，里面还算看得过去。

两人从路边过，姜晚橘视线扫在内侧角落。那株橘子树被风刮去了些叶子，弱不禁风的，但没倒，站得挺直，可见生命力之顽强，不愧是被她看中的。

从长宁路到锦安园，肖厌一路没太多话。

停下站定的时候，姜晚橘决定把冲动鲁莽又深思熟虑的建议提出来。

"肖老板，要不要跟我回家？"

肖厌有一瞬愣怔，露出了些少有的疑惑。

姜晚橘解释："就我一个人住，房间空着。放心，我对你没有非分之想，就当这是善良女同学给你的推车苦力钱。"

这一晚上，肖厌除了说话时讨人厌了点，其他都是好的。

漫漫长路，脏水漫膝，再叫他回去说不过去。

肖厌垂眸看她，用了几秒做决定，把车摆好又折了回来。

姜晚橘优秀的理解能力重新上线，不出意外，没有拒绝就是同意。

那人道："走吧，我收下了。"

酷哥连受人好都如此与众不同。

电梯往上，数字从 1 跳到 17。

两边门退开，姜晚橘习惯性地跨出去一步，唤起声控灯，像是某种可爱的仪式。

做完这些，她才后知后觉记起另一个人的存在。她尴尬地顿了一秒，又往前去捏门把手，用指纹开锁。

肖厌站在她身后半米外，眼底透着一点笑意，不深不浅，刚好。

走廊的灯很亮，屋里的灯一如往常，闪两下，正常三秒，再闪两下，最后勉强开始工作。

肖厌抬头瞥了眼："你家灯还会打电报？"

姜晚橘："它可能不太欢迎你。"

"理解，随主。"

姜晚橘绕过他，把门开大了些，手一伸："姓肖的，你要不还是走吧。"

肖厌笑着看她，过去伸手把门回拉，掌心无意盖到了她一半手背。

姜晚橘一顿，抽手正声道："男女授受不亲。虽然你长得很可以，但还是需要有点分寸的，学长。"

肖学长关上门，"砰"一声响，不轻不重。

"我向来没什么分寸。"

当下屋里只有他们两人，姜晚橘的脑子里无端冒出一点想跑的心思。

对方是没见过几面的男同学，今晚他很好，但背后一团谜，性格不定，善恶不清，所有人都说他惹不得。

她想：如果肖厌有什么想法，我该怎么办？

这个离谱且不切实际的猜测只是一瞬而过，像是女性天生得来的警惕。

但肖厌显然是捕捉到了，甚至故意一般，挡住了她的退路。

玄关空间狭窄，堪堪供一人过，姜晚橘被拦截在中间，面朝肖厌，背对门。

姜晚橘皱眉，心中警铃大作。

她并不觉得肖厌是那类人，可现在对方的行为叫她不解且不爽。

女生不卑不亢地抬眸，肖厌垂目，没有退，步步紧逼。

他们离得太近，这个距离近得危险。

湿漉漉的雨水沾湿了头发，衣角滴水，姜晚橘在这样潮湿的对峙里最终还是退了。她背后紧贴着冰凉的门，眉眼却还抬着，略显尖锐的视线跟软生面皮截然相反。

其实也没什么好怕的，开门就能出去。

但她很想知道，这个人到底要干什么。

肖厌似乎对她的心路历程很清楚，无形压迫的视线里是隐秘的乏味。他沉默着伸手，从她头顶拿下一片挂在发丝间的树叶，递过去，才后退侧身让开。

刹那间，焦灼退下，一切归于平静。

姜晚橘机械地接下绿色的叶子，是片羽状复叶，大概是路边国槐上掉的。

气氛有点尴尬。

姜晚橘越过肖厌往里走，随后站定回头："别怪我，孤男寡女独处一室，要保持距离。"

"说得是。"肖厌应道。

姜晚橘决定不再管他，进到卧室，习惯性锁门拿衣物进浴室洗漱。脚被水泡了一路，沉甸甸的，很难受。

房子是两卫的布局，一个在卧室内，那锁扣声不大，不过房间里安静，肖厌听得还挺清楚。

姜晚橘出来时穿了睡衣，很可爱，中间有一个猫咪脑袋。

她从卧室往外看了看，随后愣了愣。

肖厌还在玄关处，没去沙发那儿，背靠柜子就地坐着，姿势很随意，头半垂着，黑发已经干了大半，正合眸打瞌睡，身上倦意明显。

姜晚橘走过去，蹲下身子，仔仔细细地看。

肖厌睡的时候没什么攻击性，就那样安安静静地闭着眼，不欠登，不嘴贱。

单单这张脸，小姑娘应该都是喜欢的。

她不想吵醒他，可是就这么坐着也不是办法，把人带回家，给人睡门口，何等没人性。

姜晚橘半蜷起手，拿指节叩了叩他耳边的柜门。

肖厌的睫毛一动，慢慢掀起眼皮，浑噩的大脑逐渐变清明。

姜晚橘把手收回去，打横架在膝盖上，视线一挪不挪看着他。

女孩刚洗完澡，头发散下来披在肩头，脸上因为热还留着点红。

肖厌挪开落在对方身上的焦点，有些许沉默。

他迷迷糊糊睁眼，对上一张十六岁的青春脸，心动难免。

姜晚橘："干什么呢？"

肖厌声音里还有刚睡醒的沙哑，散漫地回道："保持距离。"

"你会不会保持得太远了点？"姜晚橘就着那样的姿势，又问，"你知道自己现在像什么吗？"

"什么？"

"被收养但不敢进门的小狗。"

肖厌又看了一眼她胸前睡衣上的猫咪图案，回道："小猫不要说脏话。"

说完前两个字,他还极为刻意地顿了顿。

姜晚橘沉默两秒。

她之前和戚白、吕小言闲来无事讨论过"小猫"这个称呼,最终以一条热评做总结。

——被女人喊小猫:喵;被男人喊小猫:滚。

姜晚橘还记得当时自己高度赞同的那条内容。

——被男人喊小猫,我需要从黑龙江省三步一叩首朝拜到布达拉宫才能洗净我被侮辱的灵魂。

但现在"小猫"这两个字从肖厌那张嘴里说出来,她竟然没觉得浑身不舒服,好像也不是不能接受。

大概是被台风天的大雨泡坏了脑子。

姜晚橘试图清醒,换了个正常话题:"我洗完了,你去吧。"

肖厌刚说完没换洗衣物,姜晚橘就不知从哪里翻了一套给他。花色丰富,但不是她的尺寸,看着就是年轻男性的尺码。

他的视线停在上面许久,问道:"这谁的?"

姜晚橘想了想,说:"另一条狗的。"

这房子是姜雅兰给她安排的,在她来之前被霍成文祸害过,也当过一段时间储物房,不需要的、多出来的、占地方的东西,都被他一股脑塞进来。

后来姜雅兰见了惨不忍睹的实况,喊来家政,把能丢的都丢了,只剩下一些没穿过用过的东西在角落生灰。

姜晚橘把蒙尘的收纳箱打开,勉勉强强才凑齐一套能穿的。

衣服是霍成文偏爱的那类花衬衣,不规则图案纹路爬满前后,肉眼可见的招摇。

肖厌平日里大多穿单色,没怎么尝试过这样的风格。

当然,当下的问题不是衣裤合不合品位,而是这漂亮女同学的家里竟然有男人的衣服。

姜晚橘看肖厌一直不出声也不伸手接,解释道:"放心,都是新的。"

肖厌掌心撑地站起身,没打探、没询问,也没拒绝。

他无非路过暂歇脚,这里先前住过什么人,姜晚橘身边有过谁,都和他没太大关系。

少年清晰地明白自己存在于一个短暂的时间点。

岁月长河往后怎么流,不是他需要关心的。

经过姜晚橘时,肖厌有意识地避让了一步,保持距离似乎被他做到了细枝末节处。

姜晚橘视线跟着他走，他背后的白衣上是自己鞋子落下的灰黑色脚印，脏污痕迹从肩膀蔓延下来，不偏不倚停在左边心脏位置。

外部浴室传来"哗哗"流水声。

姜晚橘站了会儿，收回莫名其妙飘远的思绪，决定进厨房做些吃的。

没吃晚饭，有点饿了。

家里还有方便面，她开火烧水，拆出一包，随后想了想，又拿了一包。

姜晚橘把面端上桌时，肖厌也恰好洗完出来。他比霍成文要高一些，但衣服码子大，穿起也算正常。

肖厌把黑发擦干大半，少年肩宽腿长，初成的青春姿态，花色衬衫上身，散漫有加，乖张更甚。

从某些方面来讲，霍成文的品位还是不错的，当然也不排除肖厌是个衣架子，衬出了衣服的韵味。

一样的风格，她哥穿像海南度假归来，这厮穿着像在T台走秀。

姜晚橘："蛮合适的。"

肖厌答非所问："他个子挺高。"

姜晚橘："嗯，一米八往上。"

肖厌没再说话，视线落在一旁桌子上的两碗面上。

姜晚橘视线顺着看过去："不客气。"

肖厌确实没客气。

两人对坐，顶上的光线笼住他们，房间里安静，窗外是风声。

吃完后，他很自觉地洗干净了碗，甚至把先前两人踩脏的地也给拖干净了。一人做饭，一人收拾，合理公平。

姜晚橘打开电视，一些没营养的泡沫剧在屏幕上播放，给房间添了人声背景音。

往日她都这样，因为这个屋子太安静，空空荡荡的，叫人发慌，所以她只能自己弄出一些动静来，强添热闹。

她看着有条不紊干活的肖厌，突然觉得这样也挺好。

在世界都要被台风席卷的雨夜里，屋里诡异地生出一片温馨来。

他们身旁无父母，脚下不是家。

两株野草在万家灯火里拼拼凑凑，也亮起了一盏。

姜晚橘很少看男人做家务，世人都说这种事要交给女人，她爸也这样讲。她不苟同，她妈也不苟同，所以她一般都看钟点工打扫。

显而易见，钟点工都是女性。

所以这幅场景在她生活经验里还是比较少见的。

肖厌衣袖之下的小臂肌肉线条明显，姜晚橘盯着看，没挪开视线，当事人突然发话："监工看得还满意吗？"

"挺满意的，甚至想包月。"

那人"哧"了声："不是有个长期的在了？"

姜晚橘没懂，反应了会儿，最后了然，估计肖厌误会霍成文跟她的关系了。

她故意逗他："可不是，我跟他八年前就认识，这关系不出意外到死都断不了。"

肖厌的动作明显有一瞬停顿。

姜晚橘故作腔调："怎么，想竞争上岗？"

肖厌不假思索且漫不经心地说："不用了，肖老板自己混口饭吃就行。"

打扫结束得很快，肖厌在店里做那些活，手臂力量可观，中途姜晚橘拍了张照片。

传说中的恶霸在家里拖地多少有些不真实感，留一张，记录美好生活。

她刚记录完，手机来了个不怎么美好的电话，号码熟悉。

铃声响了十秒，她没接，对面快耐心不足的时候，她终于按通电话，将手机放在耳边。

那头中年男子的声音里的焦急担忧和怒不可遏持平："你现在在哪儿？"

"在家。"姜晚橘说完又修改补充，"你姐的房子里。"

"你们老师给我打了电话，说你没在寝室出了校？"

她觉得好笑，先前没人管顾她，现在又来问责。

"是，我自己回了，给你们省点事。不然你是打算打飞的来接我，还是让他们从三亚开船来接我？"

"你老老实实待在学校就是省事，到处是积水，跑出来干什么？"

姜晚橘不明白自己该怎么在没有洗漱用品和床被的寝室里待着，解释很麻烦，费力且无聊。

成年人往往想当然，拿任性解释所有。

不过也正常，人和人本来就难以换位思考感同身受。

"一个姑娘家家，怎么总是这么野？"

电话对面的人分贝不小，肖厌正在处理手上的活，靠近姜晚橘，腾出一只手过去取了她的电话，随后指腹轻而果断地一划，挂断后，将手机丢在了沙发上。

"吵。"

那一刹，姜晚橘没有生气，也不觉得他无礼。

十六岁的她骨子里叫嚣的叛逆细胞找到了同党。

对面又打来，她选择了关机。

夜里，肖厌窝沙发，姜晚橘睡床。

凌晨时，她口渴起床倒水，路过客厅，发现肖厌并没在沙发上躺着。

视线上移，阳台门往外，他站在中央。

肖厌手肘搭在阳台的栏杆上，面朝外，人前倾，脚边放着一罐跟他很有反差感的牛奶。他手里拿着不知什么东西，形状像盒子，烟或者药，她不清楚。

姜晚橘很确定的是家里没有罐装牛奶这种东西。

那么他下过楼。

黑夜横铺开，中间是他十八岁的背影，往前是细碎零散的灯光。

没有红烫的星火，没有白烟。

她站在后面看，喉咙好似更干了一些。

在公交车站看到他时的熟悉感觉又无端生出来，他不声不响站在那里，收起人前的轻佻，满身沉重。

他在难过什么？她不知道。

次日起床，台风已经过境。

太阳重见天日，城市的狼藉还没处理干净，但蓝天之上的薄云净如羽毛。

姜晚橘从卧室走到客厅，沙发上没人，肖厌已经走了。

她不清楚对方具体离开的时间，甚至找不出他出现过的痕迹。

这个地方空空荡荡的，又只剩她一个了。

昨夜就像荒诞梦一场。

除了她的鼻塞和发哑发疼的喉咙。

街上的积水还没落下去，处处在抢险维修，学校通知学生继续放假休息，改线上教学。

各科老师发了视频，布置了作业。

姜晚橘身边没了两位学霸，做题效率直线下降。在分别问了两道题后，她又一次把注意力放在了那个后脑勺头像上。

毕竟总是打扰同班同学有点不好意思，雨露均沾，也该翻一下肖学长的牌了。

姜晚橘故技重施拍照发过去的时候，肖厌正在自己店里。

一夜过去，里面的情况没好到哪里去，找他的人不少，消息弹框一个接一个，多数是问车泡水后该怎么处理的。

她的图被往下刷了一格接一格，上一次的秒回变成了现在的轮回。

姜晚橘等了十分钟也没等来解题步骤和答案，索性锁屏不再管。

肖厌是下午才看到的这一条消息。

他昨天夜里没怎么睡好，刚把手头的家伙放下准备歇一会儿，不经意瞥到了那个绿皮橘子头像。

白底加青橘，跟她一样干干净净。

傍晚四五点，天开始暗下来。

姜晚橘已经解决了作业，开始把拍下的答案一样样往上传，属于是写满但瞎编的。

看似认真，实则"摆烂"。

在最后一张照片传上去后，姜晚橘瞥见前一晚拍的"恶霸拖地"，放大欣赏了一番。

室内光线很暗，眼睛不舒服，姜晚橘过去开灯。

"啪嗒"一声轻响，灯很快亮起来，顺利得叫她有点不习惯。

她抬头去看，那东西难保没"打电报"。她心里冒出一个不切实际的想法，试着又把灯关上，再开了一次。

只一下，光亮得依旧利落干脆。

姜晚橘站在玄关，正对阳台，外面的天红橙黄橘烧着云，往上是靛蓝。

窗外的光在慢慢消失，屋里的灯灭了又亮，反反复复。

机械开关和心脏的突跳声音叠在一起。

"啪嗒，啪嗒，啪嗒……"

"扑通，扑通，扑通……"

她的"实验"得出最终结论：灯被修好了。

姜晚橘捏着手机，上面还是肖厌拖地的那张照片。

她难以自抑地开始想象这个人踩着椅子修灯的样子，末了情绪复杂地准备退出去。

忽然，手机轻轻一振。

△"厌厌"拍了拍你。

她手一抖,点了发送。

姜晚橘心中一惊:完了!

老师同在的大群里安安静静,平时只有一些发布的作业和各类通知。

她的那张照片摆在上面,突兀又显眼。

姜晚橘以迅雷不及掩耳之势点撤回,一切重归平静,好似什么都没发生。

下一秒,另一个只有学生的班级群跳出一条消息。

是一张图片!

图是一秒钟前发的,人是当场"社死"的。

姜晚橘甚至不愿点开群去看里面疯狂刷屏的感叹号和表情包。

但瓜不寻猹,猹自来。

吕小言十秒后冲进了与姜晚橘的私聊小窗。

吕小言:什么情况!

姜晚橘:哈。

吕小言:姜晚橘,念在我们是姐妹,求你赏我吃一口。

姜晚橘没回。

戚白:你再不去群里说话,凛风吴彦祖和刘亦菲的故事都能凑一百零八个版本。例如未成年同居——走进失足少女的疼痛青春。

姜晚橘觉得以大家的想象力,编出这些东西实属正常发挥。

鲁迅说过,真正的勇士,敢于直面惨淡的人生。

虽然她也算不得什么勇士,但这样下去,人生确实会走向惨淡。

姜晚橘打开班级群,试图找个比较说得过去的理由。

姜晚橘:不好意思,别人发的,存在手机里,点错了。

她撒了个无足轻重的小谎,但比起"肖厌住在我家并且与我一起吃饭还帮我拖地"这种离谱的现实,这句假话显得真实很多。

大家的想象被收拢,一些好骗的信以为真,一些好奇的接着盘问。

△谁发的?谁发的?

姜晚橘:我朋友。

在高二(8)班同学的眼里,姜晚橘,同班,天天见面,肖厌,高三学长,传说满满,遥不可及。

除了那一次台上澄清,两人几乎没有同框,也不像熟到能住一起。

于是故事有了新的走向——

△《跟吴彦祖同居的亦菲好友究竟是谁?》

这张照片随后在凛风被传开。

肖厌不可一世的脸搭配招摇张狂的花衬衣,垂眸认真拖地。

没道理不火。

当事人对此并不知情,在给姜晚橘发完解题图并双击拍了拍头像后,趴在工作台上睡了会儿。

此时霍成文正在和兄弟玩乐。

他的狐朋狗友之一把手机伸过去,打趣道:"看看肖厌这穿的,我还以为是你。"

霍成文瞥了一眼,乐呵呵地回道:"是挺像,说起来我好像也有这么件衣服。"

"好看啊。改天穿来瞅瞅。"

"废话,你霍哥什么时候品位差过?"

"是是,这眼光都能挂上姓肖的。"

霍成文扬扬眉,把朋友的手机拽过来又多看了两眼:"别说,他家这瓷砖,这茶几,这沙发……"

他的话戛然而止,神情一滞。

"你这图哪儿来的?"

"学校论坛里有人传的。这女生一定水平了得,肖厌都拿下了,还给做家务。"

霍成文虽说不是什么好哥哥,但在那一瞬间,不多的责任心活过来了。

姜晚橘接到电话时,刚把这件事抛之脑后,对方的怒吼实质性穿过电子器械:"姜晚橘,你怎么想的,把人往家里带?"

姜晚橘皱眉,拉远手机,随后又靠近,实话实说:"我助人为乐,他无家可归,我收留他,给自己积德。"

"他有没有干什么不该干的事?"

姜晚橘想了想:"帮我把灯修了。"

对面沉默两秒,记起兄弟的话,问道:"你俩真在一起了?"

"没有,我心向学习。"

"没看出来。这事你爸妈和我爸妈知道吗?"

"到了下面,我在功德簿上把积德的这笔画给你,求你闭嘴。"

重回学校是在四天后,期间包括一个双休。

姜晚橘刚到教室楼下，吕小言就凑了上来。

"橘子，你那照片到底怎么回事？"

"我不是解释了，就那么回事。"

"真的假的？快如实交代，你跟肖厌到底什么关系？"

"没什么关系的关系。"

"那你那天在篮球场指着人家盼人哭，你俩真没恩怨吗？"

姜晚橘本打算把"没恩怨而且不熟"坚持到底，但她又懒得被吕小言一遍一遍地追问再解释，索性破罐子破摔说瞎话："看不惯他，烦他，发他照片造他谣。"

吕小言能感觉得出来姜晚橘不是很想继续这个话题，便用比较和善的语气劝了最后一句："那你这招不行，你得先对他好，再不理他。"

姜晚橘敷衍地回道："嗯，好，行。"

两人一同上了楼梯。

墙角边树荫落下，风吹碎叶，肖厌肩抵教学楼墙壁，懒洋洋地侧靠着，把话听了大半。

他手里提了个袋子，袋子里装着洗净晒干的衣物。他修长指节中间勾着绳线，身体慢悠悠地朝反方向一转，东西跟着左右轻晃了两个来回。

姜晚橘进教室后收到了肖厌的消息。

内容简短，他说把衣服放在门卫处了。

他们之间的对话都是从姜晚橘开始，围绕做题，好似两个潜心学习的好学生。这是头一回肖厌先出声。

她学着霍成文扣了一个"1"以示尊重。

对方并没有理她。

不知道是不是自己的错觉，明明什么都没发生，但头像里的那个后脑勺看起来更冷冰冰了些。

姜晚橘闲来无事点开肖厌的朋友圈扫了眼，空空如也。

放学时，姜晚橘从教学楼往外走，拿好那袋衣服，破天荒地看到一个眼熟的人。

霍成文等在校门口，对上她的视线，打了个招呼："接你来了，看到我开不开心？"

姜晚橘直白地道："闹心。"

他今天打这条路过，纯属心血来潮。

两人并排往前走，身后几米外，肖厌淡淡地瞥了他们一眼。

姜晚橘跟着霍成文走到拐角的时候，不知出于何种心态，回头看了一眼。肖厌的背影混在人群里，一如往常独来独往。

她好奇地问："哥，他之前为什么打你？"

霍成文倒也不藏着掖着："因为我犯浑。"

这个答案出来的时候，姜晚橘意味深长地看了眼霍成文，并在心里把肖厌的地位又抬高了一些。

能让这人承认自己犯浑，确实有点东西。

姜晚橘追问："怎么个犯浑法？"

霍成文回忆了一下那天晚上："有次玩大冒险输了，然后说了点不该说的话，在他的雷点上跳了个踢踏。后来给他道歉了，这事勉强翻篇。"

"什么雷点？"

往前大步流星的男生忽然停了下来，视线半垂对上身旁的小姑娘："还问个没完了，你别是真喜欢他吧？"

"怎么会，我单纯满足好奇心。"

"可信吗？"

"可信。"

"那我不说了。"

"缺不缺德。"

"单纯不想满足你。"

大概几天后，霍成文又一次到学校等姜晚橘。

姜晚橘本以为霍成文良心发现，想尽点当哥哥的职责，后来才知道他是准备去医院，路过捎上她。

浪荡兄长的潇洒父母从三亚回来了。

一起回来的除了大包小包的当地特产，还有一条摔伤的腿。

回来的路上不小心出了点意外，但没什么大碍，姜雅兰小腿骨折住院，霍立国需要照顾她，所以近来姜晚橘依旧需要一个人过活。

到医院后，姜晚橘去买了花和水果篮，顺便还给自己拿了一支棒棒糖，橘子味的。

兄妹两人从电梯往上去病房。

他们进门的时候，霍立国正在给他老婆削苹果，气氛颇好，不苦也不闷。

姜晚橘说了一通客套话，乖巧到位，表示这一趟也替忙碌的父母看望。

霍成文站在一旁看，他的这个妹妹收敛起脾性的时候好似一下就长大了，学着待人接物，学着在无父无母的地方当个懂事且不那么麻烦的大小孩。

离开时，姜晚橘在前，霍成文在后。

姜晚橘："你出来干什么？当儿子的还不进去伺候你妈？"

霍成文感慨："房门一关，原形毕露。刚刚还柔声柔气的，扭头开口就是你妈。你这么厉害，要不我直接叫你姐吧？"

姜晚橘侧头，伸手架在耳边："叫吧。"

"没大没小，没脸没皮。"

一番来回切磋，姜晚橘从医院离开，手里拿着一朵小花。到楼下正门往外，她的余光瞥见在角落的一个身影。

今天是周五，医院里人不少。

那人没穿校服，靠在墙边，没什么表情，衣服宽大，依旧是平常的风格，就一个色。

他的视线落在远处，脚边有个医院里给的白色塑料袋子，里面大概是药或者检查单。

姜晚橘看了会儿，两分钟后，他孑然一身抬步就走。

她愣愣地望向被留下的那个袋子，过去拾起来，跟在了他身后。

肖厌被搭肩的时候没想过会是姜晚橘。

姜晚橘："肖老板，东西没拿。"

肖厌回头，垂眸看她手上的塑料袋，停顿五秒才接过来。

"没礼貌，也不说声'谢谢'。"姜晚橘打量他的脸色，"怎么了这是，哪里不舒服？"

"看见你，哪里都不舒服。"

"这么不待见我。"

姜晚橘捏着刚刚从花篮里摘下来的那枚唐菖蒲，左看右看没合适的地方放，索性堂而皇之地架在了肖厌的耳朵上。

小花花色夹在白黄之间，开得恹恹的。因为相较于其他那些花蔫了点，所以被她摘了下来，不过单独看依旧很可爱。

待在肖厌的耳后更加可爱。

"送你朵花，早日康复。"她说。

肖厌动也不动，看着她，像在看一个骗子。

他把花从耳后取下，扔还给她，回了一句不温不火的"谢谢"。

肖厌的疏离摆在明面上，无波无澜无起伏。

姜晚橘不解，随后想，他可能心情不佳。

也许生病的是他家人，情绪差也正常。

肖厌回到店里，塑料袋落桌塞塞窣窣。半透的塑料膜里映出药盒子的颜色，旁边有一抹黄，鲜艳亮眼。

他打开，伸手取出来看。

是一支真知棒，橘子味的。

接着是双休，周一回校。

姜晚橘在午休的时候提出去失物招领处逛逛。

吕小言问她为什么，她想了想，回答说："拿回我的东西。"

扔真知棒进去的时候是冲动，事后是悔。

自己的本意是友善地给点安慰，可再仔细考虑，他们非亲非故，肖厌难不难受，开不开心，又跟她有什么关系？

他们算是朋友吗？她不确定。

吕小言："你丢什么了？"

姜晚橘："我的面子。"

那时候肖厌的臭脸和她上赶着的讨好，对比鲜明。

吕小言不懂怎么去失物招领处找回面子："能不能说点我可以懂的？"

姜晚橘："我给肖厌送了糖。"

"哇哦。"这个吕小言听懂了，"上次那女生都打样了，塞糖会被拒。你要引起他注意，得送点别人没送过的。"

姜晚橘："我送他耳光。这个肯定没人给过。"

"蛮好笑的。"

两人在失物招领处徘徊找了一阵子。

吕小言："你送的什么糖？"

姜晚橘："真知棒。"

吕小言："没有啊。"

放学的时候，姜晚橘又自己一个人去失物招领处瞄了眼，确确实实没有橘子味的橙色糖果。

她径直朝校外走，入秋风凉。

因为霍立国加班需要过了饭点才有时间，相较之下，她比他们的"逆子"

要靠得住，于是承担了给姜雅兰打菜送饭的活。

从医院出来天快要暗了，她晚自习请了假，不用再回校。

最近吃多了泡面，姜晚橘买了些简单的菜回家。

路边树随风动，很远的地方有一点橘黄。

身旁人来人往，路上车流如织，大家都匆匆忙忙的，除了她。她走得很慢很慢，慢得能看清每一棵树、每一朵花。

不知是不是与生俱来的直觉，姜晚橘总觉得身后有人跟着她。

她这个步伐速度，正常过路人都会很快超过她，但从刚刚起，她就隐隐约约感觉到有个人在她身后保持距离，快慢持平。

姜晚橘打开手机，又关上，思考着自己过于敏感的可能性和报警的必要性。

街道两边都是梧桐树，尽头是长宁路的路牌。

她的脑海里跳出一个好看的后脑勺和那个不大但舒适的小工作室。

姜晚橘目的明确，直行，右转，又直行，最后站定了肖厌的店门口。

门合着，灯关着，看起来不像有人。

据她所知，肖厌不怎么上晚自习，也很少能在那个时间段在学校里看到他。

身后还有脚步声，姜晚橘几乎确定自己被盯上了。

她进退两难，硬着头皮把手放在门上，试着轻轻一推，门开了。她庆幸地跨进去，随后关上门，掌心出了一层薄汗。

姜晚橘自诩无畏天地，但真正碰上，十六岁的她依旧慌乱。

店主人在角落，没开灯是因为他在睡觉。

恐怕也就肖厌这种怪人才会有这么怪的作息。

姜晚橘不知道外面那人有没有离开，但她暂时不太想出去。

小仓库很暗，她从内把门锁上，找了一把椅子，面对肖厌坐下。

男生躺在铺开的折叠床上，大概上次积水弄湿的那张床睡不了了，所以临时新买的，占地不算大。

肖厌没被吵醒，侧躺着，眉眼舒展，身上搭了件薄外套。

擅自进入别人地盘不是什么该做的事，姜晚橘也知道自己现在这行径不好。

她无所事事到处打量，就着薄弱的光线看到里面房间的角落放了一袋东西，看形状应该都是些方便面之类的速食。

姜晚橘盲猜肖厌还没吃晚饭，因为工作台上放了电磁炉，估计是拿来煮面的。

她低头看自己买的东西,从里面取出一小袋米、腊肠、青菜,用肖厌的锅做了配置不算高的煲仔饭,以感谢他并不知情的收留。

二十来分钟后,姜晚橘收拾干净东西,坐上先前叫好的车离开。

自始至终都没有弄出半点声响的肖厌在她关门时缓缓地半坐起来。

屋里很暗,满是米饭的香气。

肖厌从姜晚橘进门的刹那就已经醒过神来,他的视线在昏暗室内隐藏得很好,姜晚橘背对着他倒米、洗菜、切腊肠,他把一切尽收眼底,觉得头更疼了一些。

桌上的煲仔饭还热着,肖厌看了会儿,起身过去吃了一口。味道很好,米饭入口温香软糯,她甚至贴心地帮他拌好了。

白天墙角入耳的那段对话在脑子里打了个转。

肖厌坐了许久,最后把东西端起来,走到垃圾桶边,毫不犹豫地全倒了进去。

外面来来往往的汽车灯光照亮了他那双微冷的眼。

他分不清真假,也要不起水中月镜中花。

灯被打开,肖厌蹲在角落,拿起泡面,停顿几秒又放下,换了一盒自热米饭。

刚吃上,手机来了电话。

他瞥见那个惹眼的青色橘子就觉得喉咙发酸,本不想接,屏幕跳出消息来。

姜晚橘:肖老板,有空救我吗?

第五章 / 田螺姑娘

姜晚橘到家大概晚上七点，七点过十分，她整理好了买的东西和书包。

她坐在桌子前，拿出习题册、作业本、试卷、参考书，好似一个武士拔出他的刀。

少女正襟危坐，准备奔赴能淹死她的知识海洋。在看到数学最后那道大题夹杂字母、数字的密码文字时，她决定先写较为简单的语文。

房间里开了一扇窗，四周只有轻轻的风声，再无其他声响。

不久，屋外电梯门打开的声音传了进来。

声音不大，但足以叫她绷紧神经。

十七楼，两梯四户带连廊，连廊靠她这边的另一户并没人住，所以这部电梯停在她这层，除了霍成文一家来找自己，不会有别人。

而现在姑父姑母在医院，霍成文似乎在唱K，看朋友圈里的位置，去的地方离这儿有点远。

那么要么是连廊那头坏了电梯的户主过来绕路，要么是极有耐心连她住哪层都知道的尾随者。

姜晚橘心里发毛，等了三分钟，屋外的脚步声近了又远，似乎去了连廊。在她以为是另外两户邻居时，那人又回来停在了她门口。

她打过霍成文的电话，没通。

在这人生地不熟的城市里，她报了警，把情况一五一十地说明。

等待很焦灼，她无措，胡乱地寻找救命稻草，拨了肖厌的号码，又发了消息。

那头很快回拨电话过来。

少年的嗓音半沉，很日常的语气："怎么了？"

问得简短。

姜晚橘如漂浮在海上的一只鸟得了栖息的岛，落脚，稳住狂跳的心。

"你现在能不能来我家一趟？"

肖厌隐约能感觉到女生话里微不可察的颤抖，但还是不紧不慢地试图分辨这是不是一个欺骗感情抑或整蛊自己的恶作剧："干什么？"

"有人在门……"

姜晚橘的话还没说完，铃声突兀地响起。她一惊，手机从掌心滑下磕在桌角，然后摔在地上，黑了屏。

猝不及防的嘈杂之后是一片寂然，肖厌觉得那一声"咚"也狠狠砸在了他心上。

他撂了筷子，半垂的眼换了副神色，浑噩态势被蓦地抽紧，只一秒他便起身来到外面跨上了旧卡勒。

肖厌赶往锦安园，中间抄了条近路。天很暗，地方窄又走得急，他手背被擦破皮，小臂被树枝划了一长道。

他到楼下后等电梯，数字停在17，不升不降。

他等不了了，从一旁的楼梯连跨台阶大步往上。

姜晚橘在门铃声响起后就僵在了原地，强作镇定按兵不动，没上前，只是捡起了脱手掉下的手机。

敌不动我不动，至少这防盗门有点厚度，不容易硬闯进来。

门铃声只响了一下，接着又重归于平静。

没过多久，手机重新开机，肖厌的电话和沉闷的拍门声几乎同时响起。

姜晚橘接起电话，那头是少年的喘息，然后是沙哑的两个字："开门。"

她如释重负，拖着有些发软的双腿来到门口。她刚打开门，就被一只有力的大掌摁住肩头抵在了墙边。

"嘭"一声，力道不轻，撞到了后背，有点疼。

姜晚橘皱眉，轻轻"哑"了一声，那力道忽而又收走半分。

肖厌爬完十七楼，额头全是汗，几绺黑发被打湿杂乱地贴着，脖颈同样细细密密盖了一层焦灼发热的湿意。

他微愠，沉声道："你这玩笑开得有点大了吧？"

门外亮着声控灯，除了肖厌，没别人。连廊的门开着，风吹乱了两人的黑发。

肖厌原本一身燥意，狂风从身边穿过，带来一阵冷意。

手上的划伤跟起伏的胸膛、皱巴巴的衣服搭在一起，好生狼狈。

他骂自己像个傻子。

姜晚橘从错愕和茫然里回过神，视线侧过去找先前那个尾随者，没找到，她猜那人已经乘电梯下去了。

眼前汗淋淋的少年呼吸渐缓，慢慢收起失态，满身乏味，眼底一片暗。他松下力道收回手，不等对方说什么，转身准备走。

姜晚橘皱眉去拉他却被拍开。

楼下警车刚好赶到，那鸣笛声好似在替她做证。

姜晚橘性子硬，不想受这样无缘由的怪罪，往前两步一把握住肖厌的手腕："走什么？"

她手掌有些凉，紧紧贴着他腕骨。

肌肤相触，感觉有些微妙。

"你这种人，以后谈对象一个误会演十集。"

肖厌站在那儿不动，急促的鸣笛存在感强烈，好似把他不由分说的无礼和冲动上升了一个高度。

姜晚橘看他不出声，又解释："我没骗你，有人跟着我，我还不至于跟警察开玩笑。"

她语气认真。

肖厌回眸，身上的愠怒和森森寒意已经消得七七八八，胸腔里的大起大伏如浪潮退下。

"知道了。"他垂着脑袋，角度微斜，"不松手吗？"

姜晚橘讨巧地弯弯眸："这不是怕某些人不听话跑了。"

肖厌失笑："你那长期工呢？怎么找我这个临时的来顶事？"

之前僵冷的气氛缓和下来。

姜晚橘身上有着一股坚韧和神奇的平和，肖厌刺人的尖锐还没来得及伤人伤己，就被无伤大雅的揶揄收拢过去。

姜晚橘想了想霍成文浪天浪地的嗨样，回道："他没救了，不听我的，也不管我。"

肖厌眉眼低垂，反手圈住她纤细的手腕，猛然一收力。姜晚橘没反应过来，毫无防备地往前踉跄两步，凑在他面前。

她抬眼。

少年居高临下，视线落下来，语气里透着一股子挑衅："你凭什么觉得我会听你的？"

姜晚橘乐开了花："你不是到得挺快的，一通电话就来了。"

她个子矮，需要抬头，可这并不影响她没心没肺地说笑："你比他高，比他帅，比他聪明，那还是带你出去比较有面子。"

肖厌知道不应该，但他竟意外地生出一些可耻的愉悦来。

他没说话，沉默间电梯门打开，警察面对这样"青少年版强取豪夺"的画面，反应迅速："松手！小子人模人样的，干什么呢？"

他们本以为会碰到尾随少女的中年油腻大叔，不想是正值青春长相颇优的男同学。

警察上去就把他们扯开，反手准备给肖厌押起来铐上。

肖厌沉默无言。

姜晚橘眼见这误会离谱叠离谱，忙过去解释："别别，不是他，他是我学长。"

警察叔叔们尴尬地对视后松了手，最后把他们带去了派出所了解具体情况。

派出所里，两人并排坐，一个乖巧，一个懒散。

姜晚橘侧眸看肖厌，先前没仔细观察，现在闲下来，才发现对方小臂上那道口子划得很长很深，渗出的血已经干了，手背的擦伤还泛着红。

当事人背靠椅子，垂眼放空，对自己身上挂的彩毫不在意。

她思来想去，生出一点愧疚之心，坐在派出所的椅子上端端正正一举手，叫了声"姐姐"。

小姑娘声音甜，很快有人过来。

姜晚橘十六岁的脸到底嫩，求人态度也软和："姐姐，能不能给他处理一下？他伤到手了。"

女警察温柔地笑了笑，拿了药箱来。不过，所里很忙，她暂时没空，只能叫他们自己动手简单擦擦。

肖厌坐在那儿，看姜晚橘装模作样地举手，看她脆生生地发问，看她认真打开药箱又满脸疑惑地捣鼓，便伸手过去，帮忙盖上了。

"别为难自己。"

姜晚橘："怎么，看不起姜姐？"

肖厌扬唇，重新给她打开箱子，做了个"请"的手势。

姜晚橘没有做过这些事，生活经验有限，从头到尾都透露着不确定的犹豫，磕磕绊绊勉勉强强给他伤口消好了毒。

她问："疼不疼？"

肖厌轻轻摇头。

姜晚橘觉得满意："不愧是我。"

他笑了笑。

派出所里有夫妻吵架的，有邻里纠纷的，有打架斗殴的，都是生活的嘈杂。

人不能免俗。

肖厌胃里空空的,心里也空空的。

他突然有点后悔,刚刚不该倒掉那份煲仔饭。

因为时间有些晚,查监控的事放到明天,警察叔叔们建议姜晚橘叫家长一起来。

姜晚橘委婉地替她家长拒绝了。

两人从派出所出门。

肖厌骑上自行车,横跨落座之后望着姜晚橘,示意带她。

肖厌问:"走不走?"

那辆卡勒不知什么时候加了后座。

姜晚橘盯着他,若有所思,答非所问:"饭好吃吗?"

肖厌想了想那唯一一口,回道:"好吃,田螺姑娘好手艺。"

"明天也给你做怎么样?"

"嗯?"他眉头微皱,没太明白。

姜晚橘一想到那个不明身份的人会随时出现在家门口,心底就不安:"我的意思是,你有没有兴趣陪我住段时间,当几天保镖。"

夜已深,街上还算热闹,五颜六色的霓虹灯和商铺排列在两边。

肖厌载着姜晚橘在路上招摇过市。小城风景好看,风吹得舒服,就是冷了点。如果可以,她还想再逛逛,看街边的树,看上面的叶子,看路边不起眼的花。

小时候坐车姜晚橘也这样问她爸妈,他们偶尔会答应,但也只会在小区里象征性晃一晃,大多时候只是口头应允。

自行车慢慢悠悠地往前,晚风吹散喧嚣沉重,人轻得好似一枚能飞起来的蒲公英。

她在沉默的风声里问肖厌:"绕个远路晚点回去怎么样?"

肖厌没说话,骑过长宁路和余马街,兜了圈才回到大门敞开的店里。

姜晚橘笑他:"肖老板提前进入大同社会,都不上锁。"

肖厌那会儿心焦,走得急,没心思管这个,嘴上却回道:"破铜烂铁没人拿。"

他陪着姜晚橘扫好小黄车,两人一前一后回锦安园,和中秋月圆那天如出一辙。

十七楼屋里的灯打开的时候没有一闪一闪的。

肖厌这回背了个包,里面放了些衣物。

两人进门,桌上的书本还没收,窗外的风掀起一页。

姜晚橘望着面前空白的作业,沉默颇久,侧头抬眼:"肖学长,你有时间辅导我一下吗?"

"有事肖学长,无事不认识。"

肖厌嘴上这样说,人却已经走过去,在桌边坐下。

姜晚橘很识相地说了句好听的:"谢谢厌厌,厌厌真好。"

"厌厌"笑了笑,背靠椅子放下包,从里面拿出一张卷子一支笔,相比姜晚橘的大阵仗,简单干净且明了。

姜晚橘跟他面对面坐着,先是瞥了眼,随后视线上下扫了两轮,左眼匪夷所思,右眼不可置信。

"你这是?"

肖厌回道:"写作业。"

姜晚橘感慨:"天赋选手原来也要刷题做卷子,我还以为天才都是睡着就能把书读了的。"

"我是人,不是神。"

肖厌说这句话的时候正垂眼开笔盖。

他背后是窗户,外面是其他楼房,格子灯,顶上光线打下来,明暗恰到好处。

姜晚橘觉得他说得对。

也不知道打什么时候起,她觉得他无所不能。

哪有不花时间就能做好的事?高中学业平等地对待每一个人。

肖厌:"学长劝你低头看题。"

姜晚橘一愣,收起视线,一双眼低下去,有些许尴尬。

屋里安静,两人面对面写作业。

肖厌动作很快,没多久卷子就快写完了。他在最后一道题上停顿了两分钟,短线一画,留了另一种解题方式。

姜晚橘做得磕磕绊绊。底子没打好,楼建起来也是摇摇欲坠。

等肖厌把其余几门都解决完,姜晚橘才写到一半。

肖厌反方向看她写题,不轻不重地提醒。

"算错了。

"公式不对。

"画个图。"

姜晚橘不愚钝,一点就通,效率相比平常要快得多,估计是出于对面监工的压迫，没摸鱼，没浪费时间。

随后监工大概渴了，去厨房倒水，还顺势给她带了一杯。

肖厌今天一天没吃什么，夜里也就随便扒了两口，这会儿胃不太舒服，索性喝点水缓解缓解。

杯子落桌时，一旁的手机响起来。

姜晚橘生出一种在家教老师面前的学生的局促感，先看了肖厌一眼才接听，随后又觉得有失身为屋子暂居主人的态势，便挺了挺背，看向手机屏幕，是霍成文。

接通后，电话里是震天响的背景音乐，听不清具体在聒噪什么。

男生几乎是用吼的给她表演了一段："我愿听她说些不着边际的话，总比与你一起谈谈理想好吧……"

姜晚橘无言沉默。

是一句歌词，梅卡德尔的《迷恋》。

虽然霍成文讨厌，但毕竟玩得开，唱歌还不赖。

不出意外，她的好哥哥应该又是什么游戏输了，而她是被选中的幸运列表人。

霍成文醉醺醺地问："好不好听？快夸我！"

姜晚橘敷衍道："好听，简直是天籁。"

对面的肖厌不知是不是有意，先前讲题的声音往上提了几度，直接喊了她名字："姜晚橘。"

霍成文沉默了一下，然后音乐声低下来，他似乎去了包厢外："等会儿，我是不是听错了，这个点你边上有个男生？"

姜晚橘抬头看了眼肖厌，回道："找了个辅导陪读的。挂了，你接着不着边际去。"

她说完也不等霍成文回答，断了通话，将手机盖在桌上，一副无事发生的模样。

肖厌喝了口凉水，一通无厘头的电话结束，原先就不舒服的胃好似在被针扎，泛酸抽疼。

"这就是那个长期的？"

"嗯，是挺长的，一辈子。"

姜晚橘说的是霍家，可听到肖厌耳里又是别样滋味。

他额头微偏，哑声调侃："你好这口？"

姜晚橘打量他不怎么样的脸色，回道："这不是我好不好的问题，是锁死分不开的问题。"

肖厌意会了一下，大抵青梅竹马，不排除世家交好。

一些杂七杂八的念头在他脑子里过了一遍，随即又被清醒地压下去。

想破了头也跟他没关系。

夜里肖厌因为胃疼没睡好，第二次醒来是凌晨四点。睡不着，他索性出门回了店里，随便吃了点东西，把没干完的活干了。

一份时间拆成两份用。

姜晚橘次日醒来没见肖厌，家里还是老样子，整整齐齐干干净净，好像被简单收拾过。

想来他店里那么多工具都摆得整整齐齐，他好像有点强迫症，在她这儿忍不住动手也情有可原。

下午放学，昨天的事姜晚橘还心有余悸，想了想后，给肖厌发了条消息。

姜晚橘：有空没？

第二句"要不要一起放学"还没问出去，肖厌就回复了。

肖厌：门口。

姜晚橘盯着那两个字，忽然觉得心跳有些快。

她收拾了书包，来到学校大门旁，肖厌果然在。少年穿着校服，站在花坛边，神色浅淡，肩线赏心悦目，摆着张招人又生人勿近的脸。

"你怎么这么自觉？"

"我行善积德。"

姜晚橘觉得这说辞好耳熟，又问："你是不是要去店里？带带我。"

肖厌看她一眼："怎么不回家？"

姜晚橘笑了笑，颇为乖巧："田螺姑娘报答一下你的行善积德。"

肖厌猜她是一个人待怕了，没再多问。

两人到店门口时，姜晚橘接了个电话，是派出所打来的。

肖厌还在往里走，她停下了步子站定。

电话那头中年男子的声音亲和，告诉她监控坏了，暂时查不了，可能还需要花点时间，最后强调的还是那句"叫上家长"。

姜晚橘说明白了，话语乖顺。

她低着头，通话的号码列表里上数三个，就是被她挂断电话的监护人。

她正发呆，突然有人过来，"哟"了一声。

姜晚橘一惊，退了两步，抬起头。身后肖厌的自行车被她一碰，没立住，倒了下去。

面前的男人很眼熟，她在脑子里搜罗一圈，终于记起这一百八十斤的腱子肉是谁。

两人之前有过点不愉快。

他俩还没来得及说上话起摩擦，肖厌就从店里出来了。

他过去扶起车，站在两人中间，抬手摁着姜晚橘的脑袋往店那边一转："搬桌子，写你的作业去。"

雷一鸣在那儿愣着，眼神微妙地在这两人身上走了个来回。

姜晚橘敷衍应声，慢慢悠悠地去搬桌子，刚出来就看见肖厌在跟男人谈，眼神有点冷，说话也有点冷，很常见，又很少见。

她凑过去，听到一句"车处理好了，以后手干净点"。

姜晚橘心道：肖厌还挺有正义感。

她思考着今天晚饭做点什么吃，视线漫无目的地瞟，见到了一点光，在店上方一侧。

姜晚橘迈过去，从摄像头正下方抬眸，问："这是监控吗？"

肖厌回道："嗯，随手装的。"

"是好的吗？能不能调出来看？"

肖厌的思路走得很快，姜晚橘刚问完，他就明白那时候她为什么在自己店里待了那么久，应该是尾随者跟到了这里来。

无事不登三宝殿，哪有无故来给他做饭的道理？

他心下自嘲，进店帮忙打开记录，随后简单交代操作方法，鼠标一放，任由她翻。

"自己看。"

姜晚橘刚准备找那天的记录，桌上的手机忽然响起来，是她爸。

她一顿，想了想警察给她的忠告，再回忆起上次他们之间闹僵的情况，犹豫再三还是接通了。

姜劲涛对姜晚橘并不差，只是男人作为父亲，控制多，爱得少。

肖厌起身走到店外，站在了不远处。

他没想听，但耳朵这种器官不像眼睛那么好控制。

姜晚橘迟疑的、尴尬的、叛逆的语气清清楚楚地传过来，甚至不需要他仔细辨认。

她跟姜劲涛简单说了被尾随的事，对面沉默颇久，话里不见多少紧张焦急:"你现在在不在家?"

姜晚橘说了不在,但也没讲自己这会儿的位置。

她又问道:"派出所那边说让你一起去,你来吗?"

姜劲涛支支吾吾,不知在纠结什么,好似很难办。

姜晚橘无所谓地垂眼:"没事,没空就算了。"

对面公园里小孩嘻嘻哈哈的笑闹声很远,被马路上汽车刺耳的鸣笛声盖过去。懒散地靠在树边的肖厌直起身,往回进店,拿走姜晚橘的手机,放远了一些,问:"想让他来吗?"

姜晚橘没说话,其实是想的。

肖厌好似看穿,轻轻颔首:"行。"

他把手机拿近,少年声线清冽而嚣张:"叔,你忙着,我带她去。"

他说完,抬手冲捣鼓摩托车的雷一鸣示意。

雷子一开始没反应过来,随后心领神会,很有眼力见儿地猛地给足油,轰鸣声震天响。

对面的男人悠长地默了默,压着一点怒意问:"你是?"

肖厌胡诌:"你宝贝女儿的宝贝男朋友。"他语气淡淡的,还带着散漫。

姜晚橘一愣,压着气音道:"你说什么呢?"

男人明显有点收不住火气,谁能忍得了自己女儿早恋?

对面暴怒的男人大吼了一句:"姜晚橘,你长能耐了!让那小子给我等着!"

肖厌俯身,火上浇油:"等好了,叔,长宁路23号。"

电话被挂断。

姜晚橘对这出表演叹为观止:"你就是这么让他来的?"

"比较高效。"

姜晚橘面前的监控还在播放,她用沉默回复了肖厌有点离谱但又好像有点实用的操作,继续干手头的事。

她输入时间,往前拉进度条,看到了自己,但没看到跟踪的人,对方只有半只鞋上镜。

她没太在意,心道运气不好,兴趣索然地又往前拖了一截,依旧空空荡荡。

她正准备关掉界面,监控画面里出现了冲出去的肖厌。他走得很急,门也不关,踩着车就不见影了。

她的一些好奇让她重新按回了位置。

姜晚橘又拉了一段进度条,时间是凌晨四点四十几分。肖厌骑着自行车到门口，没立马下来，摁着胃在车把手上趴了会儿，接着像是缓过劲，直起身下车停好，垂眼开店门。

天还是暗的，肖厌在阴影里侧靠着。门打开之后，他站了五分钟，没往里走，没看手机，什么也没干，好似独处时的灵魂放空。

她无端生出一些古怪的心疼。

从另一个角度来讲，这就像是一卷记录他日常的巨大录影带。

姜晚橘回忆了一下，想起霍成文说的踩雷点事件，摸索着翻九月往上的那段时间的视频。

运气很好，找着了。

监控里，霍成文和他那些朋友摇摇摆摆地出现在店门口，不知在说些什么。

她正准备放大画面和声音，肖厌走了进来，靠近，敲了敲桌子。她抬眼，看到外面有一辆埃尔法，不偏不倚地急停在正对面的街边。

姜劲涛的出现让姜晚橘猝不及防。

她以为她爸起码还需要十二个小时才会到，其中包括但不限于订票、收拾、交代工作的时间，但现在，前后只有十分钟。

当今科学至上，这种情况只能用一种理由解释，他本来就在这座小城里。

她坐在屋内，肖厌往外走，挡在她和车中间。

中年男子下车后打眼一扫，长宁路23号前有两个年轻人。

一个吊儿郎当，手臂文花，踩着一辆在他眼里算得上廉价的红色摩托车，眼神透露着愚蠢的迷茫；

一个校服加身，相貌出挑，身姿英挺，黑发黑眸，立在风中，不带情绪地望着他，不太亲人，但合他眼缘。

姜劲涛想也没想就确定了目标，直冲雷一鸣，语气不善："就是你？"

雷一鸣心里直呼冤枉。

肖厌缓步过去，伸手拦了拦，拿刚刚通话时那样散漫的语气说道："叔，认错人了，人在这儿呢。"

姜劲涛眉心皱起，脸上情绪复杂，似乎很难把这张帅气精明的脸跟刚刚流里流气激怒他的小畜生联系起来。

姜劲涛神情严肃，还没开训，肖厌就解释了一通："你女儿对我没兴趣，我们没在一起，我瞎编的。她想见你，我唬着骗骗。"

这话显然让姜劲涛松了口气，并且重新审视了一轮这个小年轻。

"编得真玄乎。"

"您到的速度也很玄乎。"

肖厌面对年长者没有过多怯懦,态度一直很平静、尊敬,但不畏。

姜劲涛的怒意和拧人脑袋的冲动已经消下去大半,他往店里望过去,哼笑一声:"这叫想见我?我看她眼睛都要掉屏幕里去了。"

肖厌视线跟着一挪,皱了下眉。

找一段监控花不了太长时间,姜晚橘到底在看什么?

姜晚橘还没从监控画面里琢磨出什么来,也还没看到霍成文被打,但外面两道视线叫她坐不住,她踟蹰两秒,还是放下鼠标出去了。

在姜晚橘到之前,肖厌给姜劲涛提了一句建议,叫得还算有礼:"姜叔叔,下次看女儿光明正大点。"

姜劲涛侧瞥一眼,默了默。

上次和姜晚橘闹翻,他开始是气急了,随后释然想着道个歉又拉不下脸。

父女许久未见,这回正好来出差,本想远远望一眼,哪知看着看着就跟上了楼。

最后按了门铃没开,他也就作罢。

谁知扭头女儿报了警还查监控,甚至请他一块儿去派出所,这乌龙闹得他老脸都不知道往哪儿搁。

姜劲涛说道:"你小子知道得真多。"

肖厌随口回道:"猜的。"

正常情况下,女儿被人跟踪,是个父亲就坐不住,除非真不爱孩子。但就姜父目前这个火急火燎的态度来看,还是很在意他宝贝女儿的。

姜晚橘知道真相的时候愣了半晌,当即联系派出所道了歉,毕竟自己也算浪费了公共资源。

跟踪人是亲爹,放伦理新闻上能播三天。

在她打电话那会儿,剩下的两人大眼瞪小眼。

姜劲涛问:"你们是不是同班?她在学校表现怎么样?"

"不是,我高三。"肖厌很给面子,意味深长地看了眼姜晚橘,"她很乖。"

虽然他们对话声音不大,但是姜晚橘依旧听得清清楚楚。

有脸听,没脸应。

姜劲涛又问:"你成绩怎么样?"

肖厌谦虚道:"前十。"

"倒数的?"

"正数。"

"班里？"

"全校。"

见姜晚橘凑过来，姜劲涛将信将疑："他说他排学校前十？"

姜晚橘说："他一般排第一。"

姜劲涛不说话了。

男人刚才的气势汹汹荡然无存，扫视周围一眼，正对面是一家不算大的店，外面一张桌子上放着些卷子和作业。

好成绩给少年加上了一层勤工俭学的滤镜，看起来越发顺眼。

他拿了一本翻过来，上面写着姜晚橘的名字。

"晚晚，你在他这儿写作业？"

姜晚橘回道："偶尔。"

"挺好，不会的顺便问了。"

姜劲涛心想：找学校第一给免费指导，还得是我女儿。

闹剧之后，当爹的没待多久就走了。成年人的生活总是很忙碌，急匆匆地来，急匆匆地走。

姜劲涛的工作放不下，他这个人自然也不想停下。

姜晚橘打小这么过来，早已习惯。

但汽车绝尘而去的时候，她的心里依旧有一丝空落。儿时大房子外的画面重新上演，父母一走，剩下的就是自己陪自己玩的日日夜夜。

马路对面的公园里有小孩儿在荡秋千，傍晚的天空很漂亮，一家子聚在一起，一个拍照一个推，秋千一下一下地朝天上飞。

肖厌顺着视线望过去："想坐？"

"小孩儿坐的。"姜晚橘回道。

"你成年了？"

"那倒没有。"

"那就还是小孩。"

姜晚橘坐在塑料椅子上，手撑椅面人前倾，听到这句抬了一下头。

肖厌也在往那儿看，眼底无波无澜，无喜无忧。

姜晚橘说："下次再去，他们一大家子人多，我抢得过小的打不过大的。"

肖厌失笑，调侃："我们晚晚是有点可爱在身上的。"

姜晚橘拿叠词回他："谢谢夸奖啊，厌厌。"

肖厌扬扬眉，转身朝店里走去。

眼见肖厌要跨进门，姜晚橘猛然想起监控画面还停在他揍霍成文的时候。

"等会儿。"她忽然喊。

肖厌疑惑地回头，等她下文。

姜晚橘说："过来一下，我这题不会，你教教学妹。"

她点了点卷子，极具欺骗性的脸上露出一丝难色，像极了引人疼惜的小白兔。

肖厌回头走去，坐在她身边："说吧，人才，哪题不会？"

姜晚橘拿手指点了点其中一道。

题目很简单，是个人都会。

肖厌跟她确认了一遍："这题？"

"不是，除了这题。"姜晚橘手掌贴纸，从上往下一抚，"这面。"

肖厌愣了愣："你上课的时候在干什么？"

"读书。"

"听句劝，别读了，对书不好。"

"你教不教？不教我找下一个。"

肖厌已经开始看题，眼都没抬："哪一个，电话里唱歌那个？"

姜晚橘说："你拿他跟你比也太看得起他了。"

这话肖厌听了很受用，但他面上没什么起伏，行动派选择摆好纸，握笔开写。

这些姜晚橘看在眼里，她起身进去继续研究那段监控，耳朵凑近了听，终于听清楚了一两句。

霍成文跟狐朋狗友在肖厌店前面时，喊了肖厌的名字，后面是很弱智地宣战，大抵意思是那夜决出凛风老大。

当时霍成文他们玩的大冒险的内容是把这段中二狠话放出来，不用等反应。

肖厌手头有活，没抬眼看，避让间只拿他们当空气，目中无人的态度刺激了热血上头的不良少年。

霍成文是打头那个，脑子一热伸手就拦。

姜晚橘作为一个已知结果的旁观者，心里的天平毫无理由地偏向了肖厌。

霍成文在之后说了些杂七杂八的话，现场噪音很大，听不清。

看得出来，肖厌并不想搭理，但在霍成文又一次张嘴嚷嚷后，他突然停住了步子。

姜晚橘想，应该是了。

她拉高音量，贴耳凑过去，除掉一些没营养的浑话，在嘈杂里挑拣出几个词听明白了一件事——肖厌的亲妹妹不在了。

场面很混乱，姜晚橘的思绪也有点乱。

外面的肖厌做完了题，正准备站起身过来。

姜晚橘远远瞥一眼，没再往后拉进度条，关了监控回放。

这之后是什么情况，她不得而知。

肖厌从店外来到她身旁，问："监控这么好看？"

姜晚橘眼一瞟："还行。"

肖厌俯身下来，手掌盖着鼠标，姜晚橘几乎被半围在他怀里。

他修长有力的手指操作得很快，大概姿势不舒服，索性把另一只手也撑在了台上。

他长臂在姜晚橘周围一圈，好似一个留有活动空间待收拢的牢笼。

鼻息之间都是对方身上淡淡的清冷味道，姜晚橘的心脏不听使唤，跳得很快。她有些坐不住，身子一矮，从他臂下钻了出去："你这儿好像没菜，我去买点。"

那人声音懒懒的："随便吃点算了，买什么。"

姜晚橘想到先前监控他趴着难受的那段，说不出担心他胃不好这种话，回道："我不想吃泡面。"

肖厌看她一眼，没再开口拦。他调出来那天的那个时间段，重新审视，放大。

在看到回放里的半只鞋时，他皱了皱眉。

不像是中年人的，跟到这里的是另一个人。

他心里生出一些不太舒服的感觉，不祥，熟悉，难以形容。

"姜晚橘。"他沉声道。

"嗯？"

"把我带上。"

第六章 / 你带我走吧

▼

两人穿着校服在菜场里一前一后地逛着，身边没大人，有几分显眼。

比起肖厌，姜晚橘自认为在买菜做菜这方面的生活能力还是比较强的，于是自告奋勇靠前，在菜架前挑挑选选。

当然，这样的经验仅限于知道菜的名称。

满眼都是一样的番茄、一样的包菜，以及一样的冬瓜。

姜晚橘装模作样地挑，看起来十分老到。肖厌个子高，跟在她身后。

菜场里的商贩做多了生意，一眼就看出来小姑娘生疏，扬着笑脸招呼，在姜晚橘问价时暗自上涨了好几倍。

姜晚橘自小没有太准确的金钱观，因为不缺，自然也就不存在怀疑以及还价。

她刚点头准备拿下，就听见身后传来熟悉的男声。

"贵了。"肖厌垂眼打量摆出来的货色，直言不讳，"糊弄学生也稍微着调点。"

姜晚橘默然，往后抬眼看了看。

卖菜的老叔尴尬地笑了笑，打着哈哈把价又压低下去，面朝看起来比较善良好说话的姜晚橘道："你哥哥啊？还挺精明的。"

这句话横竖叫姜晚橘不爽，她略过第一个问题，把手里拿的东西往回一倒，一副老娘不买了的架势："他这叫聪明，不叫精明。"

姜晚橘冷着脸，说完拽过肖厌往前去。身后的男生眉尾微扬，眸里掺笑，任由她拉着。

两人走过一段之后，肖厌不知不觉从她身后到了她身前，原先买菜的事也很自然地落到了他头上。

但凡姜晚橘的视线停留五秒以上，肖厌就会在那块区域里选出一些，问价装袋购买，废话不多，一气呵成，十分熟练。

姜晚橘不解："我还以为你除了吃速食就是快餐。"

肖厌说："确实挺久没买了。"

菜场方正，线路交错贯通，红绿颜色的各样菜色放在划分出来的格子间里，讨价还价声嘈杂，满眼皆是人间烟火气。

姜晚橘不知道肖厌的过往，偶尔也看不明白他的现在，但她意外地萌生出一个连她自己都害怕的念头——跟在这个人后面当废物也挺舒服。

浅浅念想，转瞬即逝。

回去之后，姜晚橘随便做了点吃的，一锅饭，大杂烩。她本想大发善心煮个粥给他养养胃，但因为过于复杂而且太费时间，还没开始就已经放弃了。

能力有限，饿不死就行。

把东西端出去时，肖厌不在，她往周围扫视一圈，没找到人。

姜晚橘无声地站了会儿，下意识去思索他可能会去什么地方、干什么事，随之发现她对肖厌的了解是一片空白。

饭菜摆在小桌上，冒着热气。

她摸出手机，打开和肖厌的对话框。

离上一次联系已经过去很久。

姜晚橘垂眸斟酌字句。

姜晚橘：小狗在哪儿？开饭了，速速滚回家。

打"家"这个字时她用了很久，最后删除，改成了"回来"。

对面没有秒回，她盯了会儿那个头像，沉默着退出，坐在塑料凳上等了两分钟，收拾起自己杂乱的作业准备走。

她不喜欢等，更不喜欢不说一声就消失。

有种被丢下的不愉快。

夕阳漂亮，姜晚橘离开前远远望一眼，末了在对面看到了一个熟悉的身影。

肖厌正坐在低低的秋千上，两条长腿无处安放。再往远一点，是几个凑在一起的小孩。

那人应该是觉察到了姜晚橘的视线，抬起了头。

他们中间是不算繁华的车水马龙，两人对视的刹那，好似世界都变慢了。

手机一振，姜晚橘打开来看。

肖厌：姜姐荡秋千吗？

路上处处都是落日余晖，他们离得远，看着神色模糊，但只是那样一个轮廓，就叫她记了好多年。

姜晚橘从马路那头靠近，不远处有孩子在看，她一副想过去又不敢过去的模样。

肖厌身高腿长，往秋千上一坐，全然恶人当道的嘴脸。

她笑他:"你干什么呢?欺负小朋友?"

"有个小孩想坐,给她抢一下。"

肖厌起身,手拽绳,眼神一落,示意她过来。

姜劲涛乌龙事件发生了一段时间之后,肖厌把自己放在姜晚橘家的东西收好。

没有了再待下去的理由,也就该走了。

他们不在同班,平日里交集不多,于情于理,该是越走越远。

但姜晚橘发现自己在路上经常碰见肖厌,大多是在半路或者锦安园门口,巧合得不像巧合。

肖厌跟她碰面后也不打招呼,远远看她走了一段后,像过路人般离开。

她不懂,但她没觉得不舒服。

她和肖厌的流言蜚语在学校一直没怎么停过,有时走在路上也会听到些闲言碎语。

姜晚橘没关注过论坛或者帖子这一类的东西,但从同学们的议论里,她隐约能感觉出点不对劲来。

戚白和吕小言摁头给她看论坛内容的时候,她甚至不觉得意外。

但其中混了一条视频链接,跟了评论。

——互联网还是有记忆的,社会姐。

吕小言点开视频问姜晚橘:"这真是你吗?是不是被 AI 换脸了?"

姜晚橘垂眼,情绪冷了几分。

不是什么好视频,那一截断章取义的画面里自己是恶人,她供认不讳。

午餐时间,食堂里不安静。

三人坐一桌,没人出声,戚白跟吕小言在等姜晚橘说话。

姜晚橘沉默了会儿,回道:"是。"

她们同班,相处了将近两三个月,从夏天到入秋,性格这种东西能摸出大概,但具体究竟如何,没人深究得清楚。

不锈钢勺落在餐盘里,姜晚橘舀起一口白饭放进嘴里,并没有要给自己解释的意思。

现实已经教过她很多次,别人要怎么想,不是她能左右的。

她要做的,就是吃该吃的饭,走该走的路。

身旁两个女生对视了一眼,戚白先一步开口:"我大概明白孙墨为什么叫你姜姐了。"

吕小言："下次罩一下我们这些无名凡人。"

她们没露出什么排斥的神情，就是轻飘飘地评价了两句，像平常闲聊。当事人不深入地讲，她们也就没深入地问。

姜晚橘觉得很感动。

如果自己一年之前碰到的是她们这样的同学与好友，应该也闹不出那种视频。

之后吕小言和戚白因为有事先一步离开回去了，姜晚橘一个人端着餐盘起身正往门边走。过来个和朋友说笑的眼镜男，没注意路也没注意身边，姜晚橘躲闪不及，两人一撞，"当啷"一声响，餐盘脱手落地，残羹剩汤洒了满身。

姜晚橘身上的校服，胸口往下染脏了一片，对方波及得少一些。

眼镜男先是脱口而出一句表感叹的"国粹"，接着看到姜晚橘的脸，短暂地愣了愣。

他小声问身边的人："这不是那谁吗？"

那好友看热闹不嫌事大，乐呵呵地回道："你完咯。"

食堂有两层，在二楼吃饭的学生下楼梯就能见到一小圈人围着。

姜晚橘不想把一点鸡毛蒜皮的小事搞大，绕过他准备走。可是眼镜男非常享受目光聚焦，没完没了地碎嘴。

衣服被弄脏，狼狈且不舒服，姜晚橘有点烦躁，刚侧身，一只手打横伸过来，递了件校服到她面前。

那线条流畅且有力的小臂出现得很合时宜，给东西时，那人另一只空出的手蛮不讲理地压低又轻抬，眼镜男的餐盘被翻了个面摔到地上，他原先只是沾上丁点油星子的运动鞋瞬间脏了个彻底。

"不好意思，没注意。"肖厌的声音懒懒的，几乎把"故意"两个字贴在了额头上。

眼镜男假尿变真尿，敢怒不敢言。

姜晚橘抬眼去看，肖厌站在她身前，外面的光投进来照出几分明暗。今天的太阳不猛烈，光线淡然，但她觉得满眼明媚。

姜晚橘开始考虑新问题——

肖厌有没有听见闲言碎语，有没有看过那段视频？如果看了会怎么想？

"回去换换。"

忽然，一句话落到耳边，天生微沉的声线有着少年特有的清冽。

姜晚橘回过神，正要接，对方把自己的校服随意搭在了她肩上，也不等她回应，拍了一下就走了。
　　肖厌在人群里没说太多的话，点到即止，全身而退，但递衣服和掀盘子两件事，爱憎分明，行动大过言语。
　　流言蜚语不好制止，但食堂里小范围的聚拢确实被肖厌的出现冲散了。

　　姜晚橘从食堂往外走，手里拿着一件经典的蓝白校服。
　　她低头看，秋季校服外套被洗得很干净，不见洗涤多次留下的泛白痕迹，好似没穿过几回，可是从开学到现在，她碰见肖厌的时候，它的出现频率很高。
　　要不是别人的评价和她的切身感受，她就当真以为他是个认真读书的好学生。
　　入秋后天气转凉，最近降温降得厉害，风吹过来透着冷意，好似一夜入冬。
　　姜晚橘站在食堂外，看到来来往往的学生大多外套加身，夸张的甚至披了冬服。
　　往远处看，正离开的肖厌只穿着一件单薄宽大的短袖，衣角被风吹得晃动，人却不见瑟缩，迎风而走，好似世间万物没什么能叫他低头。
　　姜晚橘考虑再三，回教室后脱下自己的校服，换上了肖厌的。
　　被肖厌身上的味道笼着，姜晚橘觉得有些怪异，又有些难以形容的新奇。有洗衣粉的味道，不浓，除此之外还有很淡很淡的消毒水气息。
　　肖厌本来就高，衣服宽大，她伸直了手，袖口甚至盖住了指尖，需要把袖子往上拉一大截。
　　她低头打开手机，垂眸看对话框，迟疑两秒。
　　姜晚橘：今天又行善积德呢。
　　肖厌：不是。
　　上面显示"对方正在输入"。
　　姜晚橘眼睛盯着屏幕，道不清自己在期待些什么。
　　随后肖厌发过来一条：不想洗衣服。
　　姜晚橘深刻地检讨了自己，怎么能对这欠登有过多幻想。
　　姜晚橘：我还以为你暗恋我。
　　对面没声了。
　　姜晚橘看着开玩笑且自作多情的那一条消息，有点想撤回，但过了时间，只好就这么摆着。
　　肖厌轻笑，退出聊天界面，手机里的消息不算多，有个群跳出来一条。

符长柳：也不知道肖老板看没看见她这事。
唐杰：你指望他出现在这里，还不如指望我明天在国际赛车比赛上拿奖。
肖厌加的人少，没什么特别的习惯，备注都是本名，板正普通且无趣。
肖厌：去，拿一个。
唐杰：……大哥好，今天好兴致，微服巡访来了。看聊天记录没？
肖厌没搭理，手指往上划，最后停在一个链接上，点进去看了看。
这是个偷拍视角的视频，时间不长，也就十来秒。
主角是那张漂亮的熟悉脸，穿着另一个学校的校服，一如既往地扎着高马尾，但头发有些凌乱，光线很暗，整个基调阴阴沉沉的。
肖厌的神色淡下来，透了些冷。
他没有什么表情地看完了所有。
视频里从一侧角度开始，姜晚橘抬手狠狠扇了一下巴掌，对方正捂着脸，在此之前应该已经挨过一下，再然后她猛地拽住对方的长发抵上了斑驳的白墙。
单单从画面讲，校园霸凌毋庸置疑。
视频全程只有两人，露脸的只有姜晚橘，被害者被散乱的头发挡住了脸，看不清。
肖厌关了视频，在群里发消息。
肖厌：嗯，我们小姜是有点野。
随后他又退出去，点开了那个青色橘子。
姜晚橘：肖厌，你口袋里有点东西忘了拿走。
肖厌刚看完视频，脑子里姜晚橘的眉眼还停留在那一副冷狠的疏离上。
他垂眸看屏幕，回忆这乏味无趣的半天，记不起校服口袋里放过什么，简短地打了个问号过去。
姜晚橘发过来的是张照片，她拍了自己的手，掌心朝上，上面空空如也。
肖厌横竖都看不出什么门道。
肖厌：这什么？
姜晚橘：我对你的崇拜。
叫全名的正经问题后面跟这种答案多少有点离谱。
肖厌：说吧，有什么事求我？
下一秒姜晚橘又发过来一张图，是张物理卷子。
整张卷子上只有一个地方有黑笔痕迹——姓名那一栏后跟的"姜晚橘"三个字。
姜晚橘：除了学习，还能有什么事找你？我多爱学习。

之前视频里恶人的跋扈乖戾只剩下了乖。

但那张漂亮精致又干净的脸上不见笑意,眉间平平无起伏,情绪算不得高涨,周围是若有似无的视线,好坏不清,善恶难辨。

她并不是真的想要写这一张卷子。揶揄甚至无厘头的问话也好,刷题也罢,都只是给自己找事做,缓解下有些焦虑的神经。

那头肖厌没有再回复。

直到半个小时后,他把答案和步骤写在一张纸上拍给了她。

此时肖厌正站在走廊上,肘搭在栏杆上,风吹在身上已有入冬的势头。

他看着姜晚橘靠在窗边,把手机塞进口袋,托腮拿笔写选择题。前后大概才写了三五题,随后她放下笔,侧过了头。

视线猝不及防地对上,两人之间的世界像拉长了一个慢镜头。

肖厌不合时宜地穿着短袖立在这秋冬交接之际,黑发有些凌乱。

廊外这会儿没有别的学生,只有他独自一人。

姜晚橘看着他那正经的样子就想逗他。她半眯起眼,一手比枪,上下唇瓣一碰。

只有口型没有声音。

"Bang——"

她的动作很小,小到教室里的其他人都没注意到。

但落到肖厌眼里,却陡然放大。

她骨子里的小小恶劣藏匿于那副善良的皮囊下,颓废却生机勃勃。

没有实质的一击枪响,却击中了十八岁的少年。

最近姜晚橘不需要去给姜雅兰送饭,索性在学校上完晚自习再回家。

天气转凉,日头缩短,夜晚黑得很快。

姜晚橘联系了肖厌要把衣服还给他。晚上温度降得厉害,纵使十几岁的少年身体素质再好火气再旺,冷风吹多了也会受凉。

两人在行政楼旁边的小花坛碰面。

姜晚橘刚开始没觉得有什么,但真走在幽静小路上时,还是有种去约会的怪异感。

再加上凛风特有的优越环境,树木满眼,灌草茂盛,他们一点都不像是去还衣服的。

见到肖厌时,姜晚橘手上抓着自己的那件校服,身上披着他的校服。宽大校服在女生身上能当裙子,长袖一落如唱戏。

肖厌上下打量:"你怎么看着像个小孩?"

"你穿XXXXL也一样。"

姜晚橘说完,双指往拉链上一放,准备脱外套,氛围越发暧昧。

"要是现在被抓,我跳进黄河里也洗不清。"

她这句刚说完,一道亮白光线巧之又巧地从侧边落下。

姜晚橘僵直的手顿在空中,光线从后打过来,没照着她的正脸,但她对面的肖厌却被看得清清楚楚。

"你们干什么呢!"呵斥味十足的男声由远处传来。

肖厌的眉眼暴露得彻底,手电筒的光迎目酸涩,他微微眯眸,皱了下眉。

面前的姜晚橘被勾出一圈白绒绒的轮廓,校服拉链刚被拉到了一半。

两人对视,少女表情略显僵硬。

后面的男人还在喊,她正犹豫要不要回头。

肖厌满不在意地起了身,迎着那道光线和警告声,把她脑袋摁回来,顺道抓起了她的手。

"跑。"

夜风袭人,校园一角亮着路灯。

他的声音低沉,好似一场邀请,充满蛊惑。

这是一道没有选择的必选题。

姜晚橘被握住腕骨,他的手掌宽大,轻轻松松扣住一圈还多出一截。

大概被吹得久了,肖厌的手很冷,肌肤相贴处有些冰凉。

前面有条小路,两人一前一后。

风从耳边吹过,刮起黑发,也刮乱了她十六岁的心。

一些莫须有的短暂情绪诞生于秋日月夜。

逃跑没有花多久,身后的喊声越来越远也越来越轻,那人最后选择了放弃,而他们也在墙边停下了脚步。

两人对视,喘息还没缓下来。

姜晚橘笑道:"跑完这一段更不清白了。"

肖厌瞥她一眼:"那你回去跟他好好解释,我看看黄河水洗不洗得清。"

姜晚橘想了想:"算了,懒得说。"

解释这种事情太麻烦。

她把拉了一半拉链的校服脱下来递给肖厌,随后穿上了简单处理过已经干了的脏外套。

接下来她得去上晚自习。

肖厌背靠墙，手里攥着校服，目光跟了姜晚橘一路。

少女往前走了两步后回头，突然道："你带我走吧。"

肖厌没有拒绝这个请求，跟姜晚橘一起离开了学校。

这次两人没有翻墙。

这不是什么应该做的事，但她想出去散心。

肖厌一如既往回店里，姜晚橘跟刚见面那时候一样，一言不发地跟在他身后。

店门口有人凑一起聊天，是先前的三人组。

符长柳在反光玻璃上欣赏自己的新发型，依旧绿色，潇洒轻浮。

他见了过来的两人，抬肘碰碰身旁的唐杰和邹磊，下巴一抬："大哥和他的大姐头。"

是个没有恶意的玩笑，姜晚橘听他们这么讲就感觉出来了些什么。

她头微垂，脚底有颗石子，被轻轻踢远，她问："你看过了？"

肖厌很实诚："看了。"

姜晚橘忽然不知该怎么问下去。

气氛安静得有点尴尬，肖厌过去开门，姜晚橘留在原地，被三人组围着。

肖厌回头的时候，那三人在姜晚橘周围绕了个半圈，个子都要比她高一些，女生正把手机对着他们。

颇有种羊入狼群的意思。

"干什么呢？"

肖厌语气不算愉悦，三人打着哈哈识相地退开了。

姜晚橘低头捣鼓手机，"喂"了一声。

"嗯？"肖厌回眸。

"你就没什么好奇想问的？"

肖厌看着那双漆黑又明亮的眼睛，语调平平："我应该好奇什么？"

就像他不愿意被别人窥探私事和曾经，由己及人，他没有兴趣去揭她的底，挖她的过去。

姜晚橘听了这句，没说什么。

当好友对这件事表现得毫无兴趣时，她是欣慰的。

可面前这个人的平淡，叫她莫名生出些难言的情绪。很显然，他没兴趣了解她的过去，更不要说了解她这个人。

两人走进店内。

姜晚橘逃了晚自习，没联系过老师，倒也没什么惴惴不安的感觉，大概当惯了坏学生。

她坐在不大空间的一个角落，捏着手机无事可做。

被拉入的群里一共五个人。

那三个很热情地对她的加入表示了欢迎，发完表情包就开始八卦。

姜晚橘看着一溜调侃，发了入群的第一条消息：我跟他没关系。

唐杰在一旁笑了笑："没事，以后就有了。"

姜晚橘心情不怎么美丽，脱口而出："不出意外以后也没有。"

肖厌瞥了眼屏幕，见了那句毫无感情的澄清，补了一句："姜妹说得是。"

气氛微微有点冷，符胖子跟另外两人对视一眼，很识相地出去了。

三人去了附近买吃的，留下姜晚橘和肖厌在店里。

肖厌自顾自地修理没处理好的零件，对于姜晚橘视若无睹，但手里同一样东西拆了又装，重复两遍，破天荒地返了工。

姜晚橘不懂器械，也看不出来肖厌在做什么，还以为本就如此。

少年手指修长，小臂线条好看，全神贯注做一件事时候很有魅力，微微侧着的额头配上专注的双眼，着实叫人心跳加速。

肖厌此时正低垂着视线处理手头上的事情，不小心指腹被一个锋利的东西划了一条口子。

短短几分钟，连续出错。

肖厌站起身，先是拿了纸巾，半蹲在地上擦干净血迹，随后简单处理伤口。在一片沉默里，他终于抬起头跟姜晚橘对视。

姜晚橘挪开视线，手机恰到好处地响起，帮她转移了尴尬："我出去接个电话。"

肖厌没有拦她，看她走远。

姜晚橘的背影慢慢变小，最后在门口一转，只剩衣角，再之后校服衣角也不见了。

他等了会儿，姜晚橘没有回来。

五分钟后，肖厌放弃了傻站着的姿势，重新回到刚刚的位置上，做没有做完的事。

桌角上有厚厚的书、卷子、习题。肖厌没什么娱乐生活，空余时间就做这些来消遣。

他不认为自己愚笨，至少没有真正难倒他的题。

但现在他第一次发现自己在某方面遇到了前所未有的困顿，需要考虑的事情很多，他解不出来。

十分钟过去，肖厌效率极低地完成了手上的工作，坐在台边，望向门口。一个电话并不需要那么长时间，姜晚橘没出现，就应该是离开了。

他试图接受这样一个现实，但随后想起监控那件事，皱眉间生出了些许不安来。

三人组在这个时候从门口进来，手里大包小包的。他们先是看了一圈，随后确认只有肖厌一个人，问："怎么独处还把人处走了？"

肖厌没有搭理他们的意思，神色不佳，看上去招惹不得。

他的沉默好似另一种回答。

那三人面面相觑，决定闭嘴不多问，珍惜生命不撞枪口。

肖厌垂眼打开手机，不用翻找就能看到那个显眼的橘子。

他绕开三人，往门口走，给姜晚橘打了个电话。

先前的那些不愉快在当下被藏匿起来，不告而别也无所谓，此时他没太多念想，缩减下来只有一条，希望她别出什么事。

手机里铃声响起，等了五秒，对方没接。

肖厌站在不算明亮的街上，显得有些无措。

随后他在晚风里听到了街角处的隐隐铃声，正从远处传来。

掌心的手机里电话已经通了，传来的声音有些熟悉："喂。"

肖厌眼望街角，先前的那些慌乱悄然而落，悬而未决的不安沉了下来。

长宁路算不上灯火通明，肖厌站在店门口，里面的白炽灯光透出来，把他连同他所在的一整片空间都照得发亮。

姜晚橘走到他面前时，他拿着手机的手才垂下落在身侧。

肖厌问道："你干什么去了？"

姜晚橘手里提着一个白色小塑料袋，越过他朝店里走去。

"买糖去了。"

肖厌跟在她身后，意外地没觉得这个离谱的答案离谱。

之前那通电话是吕小言从学校电话亭打来的，问她去了哪里。她编了个借口糊弄过去，前后不过两分钟。

再之后姜晚橘用手机搜了搜附近，找到一家不远的小店，去那里绕了一圈。

店内三人看着两人一前一后进来，由衷地松了口气。

姜晚橘进门后，打开小塑料袋，往肖厌的工作台上一放。

里面是几支棒棒糖,五颜六色的。
"你们自己拿,还是我来分?"
三人几乎同时望了望肖厌。
那必然是自己拿。
姜晚橘在里面挑出一支橘色的,拆了包装,正准备往嘴里塞,余光瞥见身旁的肖厌,她想了想,将糖递了过去。
肖厌垂眸,视线焦点从姜晚橘身上挪到糖球上,没动。
姜晚橘说:"我服务这么到位,希望你不要不识好歹。"
他接过糖,剥开包装,将糖塞入口里。
少年皮囊优秀,一咬糖棍,莫名多了股浑劲,还挺适配。
姜晚橘想了想,记起一些事来,问:"上次那支你放哪儿了?"
肖厌说:"吃了。"
姜晚橘一乐:"怎么没放到失物招领处?不应该啊。"
肖厌漫不经心地把桌上的塑料纸扔进垃圾桶:"给我的怎么算失物?"
概括总结成两个字:双标。

另外三个人已经准备摆桌上菜开吃。
肖厌把那个小塑料袋往边上放时,突然顿了顿,视线落进里面,停顿颇久。
姜晚橘正帮着拿椅子,回头看见肖厌停在那儿,往里走站在了他身边。
廉价的袋子里躺着剩余的一些糖,除此之外还有一张创可贴,是最普通的那一种,甚至有些发旧。
姜晚橘没说什么,伸手拿起,随后递过去。
"给。"
肖厌早已忽略掉的那道口子好似又叫嚣起来。
他没接,大概是没料到还会有人在意他的这么点小伤。
姜晚橘看他不动,索性拽他的袖子。
"附近就一家有卖,问过了,能用,别嫌弃了。"
显而易见买糖是个幌子。
肖厌沉默地抬手,看她笨拙地拆开创可贴的包装纸贴上,指腹相接,碰得他心发痒。
不大不小的空间安安静静,他嘴里是甜里含酸的橘子味道。
创可贴有一个不起眼的褶皱,大局还算完美。
姜晚橘往他的工作台上看,找到一支黑笔,打开,在创可贴上画了个橘子，小褶皱合进画面成了片叶子。

她低头打量自己的作品，笑着问他："怎么样，喜欢吗？"

肖厌视线落在她的黑长睫毛上，回道："喜欢。"

肖厌垂目，他落音的话意味不明。

姜晚橘并不知情，开口轻松："看得出画的是什么吗？"

肖厌说："橘子。我倒还没有瞎。"

秋夜风凉，三人组隔着门往里面看，外面的人没轻没重地侃谈，里面的人待了一会儿一道出来。

姜晚橘是搬椅子的时候发现的那点不同——上次四人坐刚好凑满的折叠方桌被换了，换成了小圆桌。

桌上都是些年轻人喜欢的吃食，氛围还算热闹，姜晚橘坐在肖厌身旁，两人没什么交流。

夜里温度在降，阵阵冷风吹过。

姜晚橘穿得不多，放桌上的两只手微微泛红，握在一起。

肖厌视线半落，站起身往店内走。

另外三个人吆喝着："干什么去，这就跑了？"

肖厌出来的时候，手里拿着条薄毯。

这是一条浅灰色的毛毯，跟主人一样，色调沉暗。姜晚橘把发冷的手往上一放，感觉柔软且舒服。

好像是上回他下午六点睡觉时候盖的那一条。

一起收拾完饭桌残局后，姜晚橘有点困，便在边上找了个地方，是肖厌经常靠着的树边。

女生侧着脑袋抵着粗木，把视线焦点定在正扫地的肖厌身上。

肖厌把桌子放回去，走出大门的时候，树边那位还在。

小姑娘双颊被风吹得泛红，膝盖上是叠得还算整齐的毛毯。

肖厌走过去，微微垂下视线："还在呢？"

姜晚橘睡眼惺忪，贴着树没动。

肖厌："怎么，你跟它感情这么重，舍不得分开了？"

姜晚橘看向肖厌，笑着回道："我跟它说说话。"

肖厌沉默片刻，转身朝店里走，末了单手拎出把塑料凳子往边上一放："来，也跟我说说。"

大树被风吹得簌簌作响。

月亮和路灯混合的光打下来，投出一片影影绰绰，明暗交加。

姜晚橘犹豫许久，靠在树边看了一眼肖厌。

"你说，做树是不是还挺可怜的，被欺负也不能说话还手，只能受着。哪像我，长嘴又长手，记仇不吃亏。"

肖厌知道她这是在讲那段视频。

显然事出有因，就姜晚橘这性子，无缘无故欺负人的事做不出来，被犯到头上忍气吞声这种情况也不太可能存在。

风过无息，树不出声，他也不出声。

安静街边，手机铃声忽然又响起。

姜晚橘一开始没反应过来，随后意识到是自己的手机，打开接起。

那头很是喧哗嘈杂，就这个经典背景音，就知道来电何人。

姜晚橘多少有点嫌霍成文烦，随手给挂断了。

没多久，那手机又不知死活地响起来。

姜晚橘垂眼，这回看了屏幕，依旧是霍成文，显然刚刚的拒接没能让他放弃。

不出意外，电话挂断了还会再打来。

肖厌视线落在屏幕上，窥见了那三个字的姓名。

他挪开眼，装作没看见地问："不接吗？"

"晾他一会儿。"姜晚橘想了想，一只手握拳半举起，另一只手点点拳，"不知道你还有没有印象，他被你送过这个大礼包。"

这个回话出乎意料，肖厌沉默回忆，大概锁定了一个符合条件的对象。

够高，够欠打。

两人也算有点恩怨。

铃声还在响，姜晚橘决定理理它。

她有些不耐烦地接通，手滑不小心按到了免提。

"姜晚橘，在哪儿呢？怎么挂我电话？"

男声不算难听，有非常明显的生气意味。

姜晚橘困劲没过，抬眼上下一扫："肖厌店门口。想挂就挂了。"

肖厌看着姜晚橘，跟她一起等那头的人发话。

对面叽叽喳喳的嘈杂声忽然整齐划一地停下来。

姜晚橘："打了又不说话，你到底有什么事？"

那人又问一遍："你说你在哪儿？"

肖厌伸手拿过手机，回道："在我这儿。"

第七章 /秋游

霍成文自认为是见过大场面的人，遇事不慌，惊涛骇浪落眼前也如小桥流水，唬不到他。

如果说姜晚橘那句"在肖厌店里"是在他脑袋上敲一记闷响，肖厌本人的回应则能把他脑袋捶下来。

这跟听到流言蜚语的冲击感不太一样。

霍成文犹豫很久，最后开口时，刚刚被挂电话的怒意荡然无存："那没事了，我就是叫她早点回家。"

医院的姜雅兰让他取点东西送过去，他正在外边聚会，就想找姜晚橘帮忙。不过现在看来，这个忙不如别帮。

肖厌态度算不上好："不早了，自己过来接。"

霍成文心情有些复杂，心说：你也知道不早了，还把姑娘留身边？

作为哥哥，那定然是有几分担心和对男方的控诉的。

他已经没在人群中间堂而皇之地打这通电话，而是去外面找了个人较少的安静角落。

他想了想，觉得自己作为兄长还是有必要到场了解实情。

即便徒有虚名，但那也是个名。

霍成文问："她现在还在你那儿？"

"在。"

"你知道我俩什么关系吧？"

"知道。"

"我一会儿过来，我们谈谈，先说好，讲道理，不动手。"

"我尽量。"

姜晚橘对此一概不知。

她把膝盖上的毛毯往身上披，望着远处在通电话的肖厌。他长得高，地上也投出一个长影子。

姜晚橘看看自己身后，伸手，影子刚好碰到肖厌。

错位之下，两人的影子轻轻相接，姜晚橘来了兴致，在肖厌人影的脑袋上做出个摸头的手势。

肖厌恰好回头,先是看到姜晚橘,随后顺着她的视线往下见到了地上的黑影,一幅温馨的画面收入眼底。

姜晚橘的影子摸着他的影子的脑袋。

有点可爱,有点傻。

他下意识抬起手机留下了一张照片,物归原主时才想起那手机是姜晚橘的,不是自己的。

还挺可惜。

三人组吃完饭已经各自回家。

当下街边店前只剩他们在风里。外面越发冷了,将近晚上九点的时候,两人进了店里。

大概二十分钟后,霍成文赶到了。他一如既往穿得花花绿绿,还带了几个兄弟壮气势。

从下车到进店,霍成文做足了心理建设。

他推开店门时,姜晚橘正趴在桌上睡觉。

肖厌刚整理好东西,坐在一旁擦拭工具。

他伸手把凳子一推:"坐会儿,聊聊。"

霍成文老实地坐下,气势被压得死死的,让他觉得如坐针毡、如芒刺背、如鲠在喉。

他猛沉一口气:"那我直说了。虽然我不是什么好哥哥,不过……"

肖厌动作一顿:"不是什么?"

他万事不放心上,难得做出打断人说话这种事。

声音被强制截断,霍成文好似愣了愣:"啊?"

肖厌眯眸:"你是她哥?"

霍成文有些蒙:"……怎么了?"

肖厌摆摆手:"没事,挺好的。"

霍成文一头雾水,继续自己的发言:"虽然我不是什么好哥哥,不过她才十六岁,谈对象还是有点早了。我们家有我一个逆子够了……"

肖厌没出声,霍成文之后的话好似风吹过,半点痕迹不留。

在对方发表长篇阔论,委婉表示以学业为重保持距离之后,肖厌简单给了一个字:"行。"

他的视线落在姜晚橘身上,里面有暗喜,有真相大白的豁然,当然也有一些被戏弄的不快。

霍成文忽然觉得那些沉重的压力凭空而散，对面前跟他差不多年纪的人态度缓和好几分："那没事我就带她走了。"

一旁的姜晚橘被吵醒，单手托腮，视线扫了一个来回，又往外张望，看见了霍成文的那些兄弟。

姜晚橘说："你还是自己走吧，我也自己走。"

霍成文咬牙："我都叫车到这里了，你这么牛，怎么不说让他送呢？"

姜晚橘视线往肖厌那里偏，意思明显。

肖厌看着那双眼，回道："也不是不行。"

霍成文一愣，姜晚橘颇为满意地跟霍成文挥了挥手，脸上写着两个大字——走好。

姓霍的不好强行拉她，怎么来的怎么去，接了个寂寞。

肖厌把自行车往姜晚橘面前推，拍了拍后座。

因为不方便，姜晚橘已经把毯子放在了工作台上。这会儿有些冷，她瑟缩着搓了搓手。

姜晚橘睡到一半起来，人没醒透，还有点迷糊。

坐在后座，她的手无处安放，捏着他的衣角。

自行车转速不快，慢慢悠悠地往前走。

肖厌给她挡下迎面而来的寒风，一如之后的许许多多年。

姜晚橘困怏怏的，小车晃着晃着，她脑袋就贴上了他的后背。

恰到好处的重量软乎乎暖融融的，肖厌觉得背上几近发烫。

女生试图说一些无厘头的话让自己保持清醒。

肖厌安静地听着，自行车过一个坎，上下一颠，他的声音响在风里，低低的，很好听："别掉了。"

姜晚橘不以为意地说："掉了捡起来，掸掸灰。"

肖厌逗小孩似的恐吓："掉了容易摔坏，坏了没人要。"

姜晚橘笑骂："你才没人要。"

他沉默许久才回道："嗯，毕竟我坏得是挺厉害的。"

长路笔直，眼前的灯一盏连着一盏。

姜晚橘脑子还混沌着，莫名从这自嘲的话里听出来了一点低落。

她抬手拍拍他的肩，非常有义气且善良地安慰道："没事，我要。"

姜晚橘到家后，洗漱完就躺床上睡了。困意太深，她懒得再跟这个世界周旋什么。

　　只是睡前她又翻了翻手机相册，欣赏了一遍肖厌拍的那张影子合照，念在摄影师功劳，给他发了一份过去。

　　楼下，肖厌待了会儿才走，就着夜风，等十七层楼的灯亮。

　　再之后两人照常回校，照常上学。

　　他们之间关系微妙，无事发生时半点不熟，永远保持着互不相认的校友关系，默契得像是签下"你不理我，我不理你"的契约，哪怕不止一次在一张桌上吃饭。

　　两人的生活少有变动，只是往对面楼看的次数不受控地增多。

　　学校最近发了秋游通知，学生个个都很兴奋。姜晚橘的视频事件在一段时间之后偃旗息鼓，似乎没有实质性的伤害，只是学生之间闲话多了，看她的眼神里明显有了排斥。

　　世间就没有真正的感同身受，姜晚橘在这样一个位置待过后，倒是切实体验了肖厌枯燥无趣的校园生活。

　　期间老师找姜晚橘谈过话，她不藏着掖着，把事出有因的因都给交代了。别人信不信暂且不说，至少她不想吃这口黄连苦，既然问了，有嘴就得说清。

　　学校大发慈悲组织的出游日子越发近了。

　　成天脑袋埋在书里的学生最喜欢的就是这些活动，好出去放放风逛一逛。

　　但高三学生因为学业为重，没给他们安排。高三（10）班四十几人中有三十几个反骨，带头"造反"。

　　肖厌并不在意，他对秋游没兴趣，对这种咋呼闹腾的叛逆活动也没兴趣。

　　班上比较有想法的行动派已经开始找学生联名上书，简单来讲就是在抗议书后面挨个签名。

　　这会儿刚开始，借着下课时间轮流传阅。

　　这东西离肖厌很远，他正闲来无事刷题做卷子，不出意外，那张薄纸到不了他这里。

　　手机振了振，发来一条消息。

　　他低头，跳出来一个橘子头像。

　　肖厌最近没怎么和姜晚橘联系。

　　上回送她到家，他在楼下仔细思量过，有些东西想通了，有些东西想不通，最后总结：听天由命。

　　姜晚橘：秋游高三去吗？

肖厌本想直接说不去,随后又想了想才回复。

肖厌:问这个干什么?

姜晚橘:随便问问。

肖厌当即打了个电话过去。

那边教学楼里的姜晚橘明显愣了愣,左右一看,最后矮身蹲下,只露了脑袋顶上的黑发,偷偷在课桌底下接电话。

姜晚橘虽说叛逆,但也知道有些事得收敛着。

肖厌低笑,问:"你们秋游去哪儿?"

"不知道,听说投票选,有山有公园有博物馆。"

"你准备选哪儿?"

姜晚橘乐着把话丢了回去:"问这个干什么?"

肖厌顺势接话:"随便问问。"

姜晚橘说:"那我随便答答,山上吧,树多草杂比较有意思。"

老孟从教室门口进来了,姜晚橘听到教室里的嘈杂声低下来,便没再继续,挂断电话坐了回去。

抗议书还在往下传,有人顺手一递时,正好一阵风吹过来,纸张落到了肖厌面前。

前排的女同学愣了愣,看向肖厌,眼里是不知所措,一双手要伸不伸,犹豫不决。

教室里其他学生也在往角落瞟,有大大咧咧的男同学准备过去收,好传给别人签。

那人的手刚接近,肖厌忽然把纸转向留在了桌上。对方一僵,尴尬地收回手,静观其变。

肖厌垂眼从上往下看,所谓的抗议书义愤填膺但毫无逻辑,甚至有些幼稚。

他拿出一支黑笔,画掉两排字。

周围人眼里是不解和不悦,有人甚至憋不住要上前讨说法,随后就看到他在下面添了些新内容,又从抽屉里拿了张空白的草稿纸,抬手利落地签下大名。

肖厌抬眼,视线一挪,定在之前那个女生身上,语气听来还算和气:"同学,照这个再写一份。"

对方迟疑着接下,末了低头看纸。

被黑笔画掉的两排下面是肖厌随意但漂亮的字。

她从头读到尾，不由得感慨对方辩证能力之强大。

肖厌短短几句用词得当不卑不亢，理由列得清清楚楚且极具说服力，提的建议贴合实际，读的人完全被他逻辑清楚的文字牵着走，只觉得他说得好有道理。

那两张纸被前排的女同学拿到自己位子上，周围有人凑上去看，讨论声细碎。

肖厌没太管那些人的猜测和闲言，低头看手机。对话框里还有他没发出去的内容，他把"不确定"删除，打下"会去"两个字，选了发送。

手机一振，姜晚橘打开查看，对方回得高冷，带着百分之百的肯定。

姜晚橘：去哪儿？

对面没回。

两个小时后，抗议书回到了班里。

老师站在讲台上，一通话九曲十八弯，最终结果是高三被加上了，秋游内容是爬山。

锻炼素质，磨炼意志。

对于学生而言，去哪儿无所谓，能出校门就是好的。

肖厌在抗议书上暗示意味明显，领导把地点定在雁山属于意料之中的事。

高二那边正开始投票选地方。

肖厌时隔许久恰好来了消息：去爬山。

姜晚橘把眼睛从手机屏幕挪到黑板上，上面投票刚开始，每个选项都凑不满一个"正"字，雁山底下最可怜，空荡荡的。

她想了想，走上前，在那里画下了第一道。

孙墨很有眼力见儿地紧随其后，甚至拉了周围一圈的票，加上吕小言一人，"雁山"逆转而上。

下午班主任公布了结果，根据学生意愿分批走，他们八班跟高三一起。

姜晚橘偷偷低头摆弄手机：巧了，我们也是。

她把消息发过去后，那头没回复。

肖厌是个废话不多的人，平日里很少闲聊，先前给完答案解析就销声匿迹，这会儿了解完情况，大概率也不会再说些什么。

姜晚橘正准备把手机放进抽屉，就看到跳出来一条消息。

肖厌：那是挺巧的，孽缘不浅。

姜晚橘回了个微笑表情。

地点定下来后，学生们开始掰着手指数日子。

人人心里满是期待，盼着早点被放出去浪一天。

姜晚橘以前的学校也有春游秋游这类活动，没什么意思，领略不到快乐的点，但这回她好像有那么点小期许在里面。

秋游当天，大巴开到了校门口，学生排队下楼。

姜晚橘站在队伍里，前后是一样的蓝白校服，一样的发色，差不多个子的学生混在一起挺难分清。

她的视线往高三那处瞥。

学生时代总是有这样那样的特异功能，比如在千人之中仅凭肩膀曲线或发尾弧度就能分清主人。

她看肖厌时，对方也正侧头回眸，焦点没有飘忽，精准地找到了定向目标。

两人视线相撞，姜晚橘先一步低头挪开了眼。

队伍往前上大巴。

周围是叽叽喳喳乐呵呵的笑谈声，大家脚跟连着脚尖。

姜晚橘上车之后朝里走，左右两边坐满了人，内侧后排也没见有位子，仅剩的两个被人拿包占了，大约是等着自己的好朋友上来。

她性子不算软弱，遇上这样的事没太大感觉，拿掉包坐下的事不是做不出来，但他们不想跟她一起，她强制性坐了，这一路冷脸碰冷面，也没意思。

姜晚橘身后没什么人，她往车门口退出去，余光瞥见了还等在大巴外的肖厌。

肖厌面上无波澜，不大在意地等在最后。

前面有人在摆手，示意等下一辆。

各班或多或少剩下几个没座位的，索性一起坐上最后一辆车。

肖厌在前，姜晚橘在后，两人巧之又巧地碰到一起。

姜晚橘上大巴时肖厌已经在窗边坐下。

车上的座位已经被选得七七八八，空余不多。

高二学生上去犹犹豫豫，不好意思跟学长学姐一起坐，只有姜晚橘目标明确，直奔肖厌。

他身边向来空荡无人，不出意外，这位子从车启动到车停下都不会有人光顾。

清晨阳光很好，气温适宜，不冷不热。

肖厌视线放在窗外，身边有人坐下时，面色冷淡没什么反应，给人请勿靠近的感觉。

姜晚橘侧眼看了会儿，觉得还挺新奇。

虽说平常他对她也是爱搭不理的，但还不至于疏离成这德行。

外面的光照着他的五官，赏心悦目。

姜晚橘伸手用指腹戳了戳肖厌的肩。

肖厌皱眉带着疑惑和烦躁回过头，随后神色一顿，不悦瞬间消散得无影无踪。

姜晚橘看他不作声，逗他："你这孩子开心得都说不出话了。"

肖厌沉声一笑，跟她过招："就这么想见我，还跑这儿来？"

"看你一个人孤苦伶仃坐在窗边没人搭理，来陪陪你，感动吗？"

"嗯，感动哭了。"少年语气轻佻，背抵着窗，眼里透着散漫。

姜晚橘面上挂起几分狡黠，顺势凑上去调侃："哪儿呢？"

两人距离拉近，肖厌垂目，唇线半扬："皇帝的眼泪，看不见说明你诚意不够。"

姜晚橘一笑，没再回他的睁眼瞎话。

恰到好处的光线下，肖厌的眉眼蛊惑人心。

她突然好奇，要是肖厌真的哭会是什么样子。

姜晚橘试图想象那画面，想不出来，最后作罢。

大巴陆陆续续启动往前。

车上开始热闹起来，他们两人却在一番你来我往的逗趣之后安静下去。

姜晚橘看手机，肖厌在看窗外。

她偷瞥一眼，对方只露侧脸，全然没有要回头搭理她的意思。

她觉得无趣，低下头，开始无所事事地打开关闭自己没有动静的各个软件。

车窗映出车内的景。姜晚橘偷看肖厌的动作、兴致缺缺的表情、机械重复的手指动作，清清楚楚落在上面。

肖厌的视线焦点始终如一，与其说他在看窗外，不如说是在看窗上透而不实的漂亮女同学。

路途过半时，旅游大巴上的聒噪还在继续，有人提议玩真心话大冒险，前面放音乐，车上配的话筒一个个往下传，类似击鼓传花，音乐一停，拿话筒的"天选之子"来选挑战内容。

高三学生撒欢地野，把一溜学弟学妹也给带动起来，车上气氛不错，这个临时游戏在大多数人的起哄声里开始了。

肖厌有些犯困，靠着座位，一如既往地做透明人。

身旁姜晚橘已经刷腻手机，拿出闲书看，还没看两页就觉得不太舒服。车子驶过一段坑坑洼洼的路，上上下下颠得人犯恶心。

姜晚橘不常晕车，但不是完全没有，比如现在，胃里翻腾，不适感明显。

大巴上热闹聒噪，游戏已经开始，停过两回，还没传到他们这儿。

前两个人都选的真心话。

即便车上有老师和领导在，高三（10）班的逆子们还是很放得开，问的问题不知收敛。

接着话筒继续往后传，递到肖厌时他闭着眼在歇息，脸上有一些疲倦，旁边姜晚橘虽然难受，但还清醒，刚准备帮他传给下一个，音乐突然停下来。

姜晚橘保持着拿话筒的姿势，沉默了，周围学长学姐的兴奋只增不减。

镜头给到传说中的凛风刘亦菲。

大概因为声音太吵，肖厌皱眉醒过来，半掀起眼皮敛了敛神。他视线微挪，就看见姜晚橘一手抵在前座椅背，一手伸着拿着话筒滞在他面前。

他的注意力很快就被女生略微苍白的脸色尽数带走，其余声音画面都成了其次。

"真心话还是大冒险？"

有人在周围喊闹，肖厌这才匀出点思绪去看那个话筒。

他毫不犹豫地伸手把话筒从姜晚橘那儿取走，抬掌压肩，把她摁回了座位。

问题转换对象，刚才起哄厉害的那些人大多没了先前的劲头，被迫冷静。当然也有不尿的，依旧在问选什么。

肖厌的余光从姜晚橘身上瞥过，回道："大冒险。"

真心话这种东西，他答不来。

周围同学脑子里多的是整蛊游戏，小声提想法。

忽然人群里冒出个声音："姜晚橘，给他出一题。"

姜晚橘没想到这起哄最后还能起到自己身上。

这个建议一冒尖，众人纷纷表示赞同，个个眼里都是"吃瓜"的期待。

肖厌一手握着话筒，一手开窗，没搭理那些聒噪的甲乙丙丁。

喧闹不休，肖厌回过身，看向眉头微皱的姜晚橘，伸手递过话筒，问："想让我干什么？"

姜晚橘本想顺口来一句"哭一个"，但想想这种情况下，多少不太合适开玩笑，思忖几秒后开口："唱首歌吧。"

因为不适,她声音提不起来,听上去有点蔫蔫的。

不是什么刁钻的要求,在一溜大冒险的离谱内容里,可以说是入门新手村一般和善的存在。

四周一片嘘声。

"'刘亦菲'给'吴彦祖'放了一个太平洋的水。"

夹杂着笑声的调侃响起,随后又像商量好的一般消下去,好似为肖厌的表演清场。

姜晚橘抬眼,还挺期待。

她没听过肖厌唱歌,他平常也没有哼歌的习惯。

肖厌把伸出去的话筒拿回,停在自己面前,视线顿在姜晚橘身上,几秒后才收。

"听什么?"他问。

姜晚橘说:"你唱什么我就听什么。"

这是个众人欣赏的大冒险项目,姜晚橘却生出一种这厮只唱给自己听的错觉。

肖厌没拒绝没扭捏,坐在位子上准备清唱。

他平日里会听歌,只是很少唱,也没有于他而言算得上特别喜欢或者有意义的曲子和音乐。

曾经听过的一小段旋律从脑子里跳出来,连带着当时复杂不清的情绪一起。

他把霍成文当时隔着手机对姜晚橘喊的《迷恋》翻版复制,去掉狂躁破音与呐喊,冷静理智地跟歌名矛盾相斥。

"……我愿听她说些不着边际的话……"

肖厌本就声线好听,沉而不腻,青春又添了一点少年味道。

车上安安静静,他唱得简短,完成任务一般结束。

话筒递给下一个学生前,他问司机还有多远。

答案是快到了。

这三个字让姜晚橘略微松了口气。

照这个颠簸程度,再开一会儿她得吐。

肖厌伸手,话筒往后传。

姜晚橘试图转移自己的注意力,问:"怎么唱这个?"

"想到就唱了。"

"你别是想到我哥了。"

肖厌无言。

严格来讲也没毛病，但细说总觉得奇怪。

大巴到达目的地。

车上的人带着兴奋站起身，恨不得当下车第一人。

肖厌跟姜晚橘本就在最后，两人佛之又佛地等其他人离开位子走完了才不紧不慢跟上。

姜晚橘胃里难受，连带着人都没精神，怏怏地站起，正要伸手拿包，就发现肖厌已经替她拎好。

她回头扫一眼，没说什么，任由他去。

学生下车之后都各自回到班里的队伍中。

姜晚橘把肖厌手上的包拿回去站了会儿，因为晕车，她脸上没什么血色，唇色也淡淡的。

高二（8）班还在吵吵嚷嚷地排队，她犹豫两秒，去了洗手间。

早上吃的东西不多，在洗手台前也没吐出什么，她干呕咳嗽一阵，捧了水漱口。

她正撑着台面缓一缓，身侧递过来一包纸巾和一瓶矿泉水。

姜晚橘愣了愣，抬眼，从镜子里看见了身后的那副好皮囊。

她不知道肖厌是什么时候跟过来站在这里的，但不出意外，这人应该是把自己刚刚的狼狈都给看尽了。

她直起身，佯装出没事样，十分自然地拿过了他递来的纸巾和水。

山下空气清新，比车上舒服。

肖厌没再说什么，接过她的包，跟她并排走回集合点。

姜晚橘从刚刚难耐的晕车感里缓过神来，虽然还有些不适，但比先前好了很多。

两人隔得不远，保持着恰到好处的距离。

两边是高树，小路曲折且漫长。

他们回到集合点时，高三的已经离开。肖厌向来行踪不定，老师习以为常，像他这样的好成绩坏性格的男同学，大多都特立独行，等他不知要等到什么时候，不如先出发。

高二（8）班还在原地，姜晚橘跟肖厌一起出现时，老师和同学的表情略有些复杂。

孟子武试探性地问了几句，了解个大概。

因为都是同一所学校，在高三落队，暂时"入编"高二。

高二（8）班对于肖厌的加入没什么意见，或者说，就算有也没人敢提。

姜晚橘还没从晕车的难受中彻底缓过来，一路上话不多。

肖厌走在她身边，周围是高二的学弟学妹，没几个有他这样的身高，乍一眼看去好似鹤立鸡群。

高二的第一个活动地点在山脚的生态园，雁山开发成旅游景点后已形成产业链，接待过不少学生。

大部队浩浩荡荡走到目的地，里面空间很大，木头房、柴草垛，一片原生态。

这里仿农场，养有牛羊鸡鸭，但不多，主要还是图个氛围。

侧边的走道有一排城里孩子没见过的烧柴灶台，上面摆了大铁锅。

上午是自由活动，四周参观参观逛一逛，中午自己解决吃饭问题，可以就地铺餐垫吃自带的干粮零食，也可以几人一组选个灶台感受感受。

选雁山的高二学生不多，领导乐呵呵地跟老班们聊天，建议每个孩子都借此机会尝试一下烧柴做饭。

老孟跟领导难得统一战线，大手一挥，叫孩子们自行组队，跟他领灶台号，菜自己来做，费用他包。

八班的同学互相看了看，还挺兴奋。

烧柴的旧灶难得一见，孩子们对于没见过的东西眼里都是新奇，自己一个人上赶着去玩多少有点不好意思，现在班主任一声令下，还把费用都给包下，借着理由连玩带吃，美滋滋的。

高二（8）班的学生们当即开始拉帮结派。一组八九个人，肖厌退开到一旁看，一如过去在自己班上。

姜晚橘瞥他一眼，两人对视上。

她的脸色比之前好了点，但还是有些蔫。

姜晚橘本想走过去把肖厌重新拉回来，可还没等她迈步靠近，那人就已经转身离开。

这位朋友的来去行踪永远捉摸不透。

她望了会儿他的背影，心里的感觉一如在公交车站看到他的那一晚。

她收回视线跟三两好友临时组了个队伍。

上午没什么意义的闲逛过后，大家开始准备做午饭。

老灶台不是传统的土灶，而是人工仿制出来的，样子差不多，用法也差不多，但第一步的备柴和第二步的生火就把十来岁的小年轻难得够呛。

姜晚橘自小家庭条件优渥，没接触过这东西，再加上身体不舒服，低调而没有存在感地选择了择菜工作。

她拿一把小椅子坐在一旁。

天气正好，身边好友两三，她却总觉得少了些什么。

一列排开的灶台前围着学生，大家水平相当，跟姜晚橘他们组差不多，因为这样那样的问题犯难。

孟子武在一旁看，叹气摇头，觉得现在的小孩儿真没用。

大概十分钟后，姜晚橘干完了手头的活，加入了生火大队。

周围已经有几组开始步入正轨，他们组还在原地踏步。

姜晚橘刚到吕小言身旁蹲下，肩膀突然被拍。

她原先以为是戚白或者孙墨，回过头才发现是刚刚不告而别的肖厌。

他居高临下，把光遮去几分。

姜晚橘问道："你怎么又回来了？"

肖厌："不想我来？"

"你想来就来想走就走，我们八班很没面子。"姜晚橘这会儿说话有了些力气，不似刚才软绵，应该是回过劲了。

肖厌没接她的话，只是把手上的一个小袋子丢在了她怀里，视线焦点落在灶台上："午饭做得怎么样了？"

姜晚橘带着几分纳罕接下，低着头，一边打开袋子，一边苦中作乐般说："还在生火，准备等会儿啃饼干。放心，有我一口就有你一口，不会饿着你。"

肖厌扬唇："真是谢谢你。"

姜晚橘已经拆开塑料袋，里面放着几支棒棒糖，橘子、柠檬口味的，还有一袋话梅和口香糖，除此之外，是不知他从哪里搞来的晕车药。

晕车套餐，可谓齐全。

糖还没落入嘴里，却好似在另一种程度上化开，她心里生出点难言的情绪，开口照着他刚刚的语气说："也谢谢你。"

本以为自顾自离开的人又出现在眼前，还给自己带了那么些东西，她多少有些感动。

这里毕竟不是市区，人生地不熟，能找齐也实属不易。

肖厌没回答，注意力都落在生火做菜的人身上。

姜晚橘总觉得肖厌这样的眼神似曾相识，不出意外自己应该见过几回。

她回忆一番，终于记起来了。

肖厌指点她做题时就是这么一副神情,就像成年人看幼稚小朋友的迷惑操作。

五分钟后,肖厌终于看不下去,上手先帮孙墨解决了柴的问题,再之后帮忙生起了火。那些柴跟白纸在他那里格外听话,只轻轻叠起点角度,火焰便吞下了木头,小火苗变成了大火。

折腾半天不如人家随手一点,吕小言跟戚白难免觉得挫败。

他们站在一旁看,姜晚橘跟着一起,没由来地生出点莫名其妙的骄傲来。

肖厌做事的时候认真,在搞定火之后,很顺手地开始做菜。他小臂有力,单手捏勺翻炒的时候线条凸显得刚好。

姜晚橘在他店里没见他用锅做过菜,有的只是一整袋的方便速热食品。当时她就给这人贴了"不会做菜"的标签。

可现在看来,这厮不仅会,而且还很熟练。

其他小组不时有人往他们这儿看。

一刻钟前,姜晚橘他们还在愁生不起火,这会儿已经开始分碗摆筷。

有一些食材是提前准备好的,孟子武帮忙结好了账,给省了不少事。

有些菜不用切,往锅里一放一炒就行。

肖厌一人包一桌,其他人打打下手,递递东西,收收垃圾,闲得跟其他组形成鲜明对比。

桌上的菜色一道接一道,虽说算不上满汉全席,但也是农家家常,色香味都在线,有肉有菜也有汤。

整顿饭做下来没花多长时间,这会儿已经开始进行收尾工作。

姜晚橘站在肖厌身旁,不由得感慨:"你是不是有什么副业?"

"没有。"

"以前用过这个?"

"也没有。"

"那你怎么用得这么顺手?"

"天生聪明。"

对话间,肖厌已经把锅也给洗干净了,这四个字被他说得没脸没皮,透着一股散漫。

姜晚橘被那不要脸的自评逗乐:"现学的?"

肖厌漫不经心地说:"不都一样的火,一样的锅,一样的菜?"

姜晚橘沉默几秒:"我懂,不一样的人。"

人跟人的差距就是如此离谱。

但显而易见肖厌对这事很熟悉,可他又不像那种会给自己做菜吃的人。

姜晚橘带着些好奇，帮他把最后一盘菜端上桌，看似无意地问："我以为你只会煮方便面。既然会，怎么不给自己做？"

肖厌言简意赅："懒的。"

午餐被摆上桌，几人围坐，好似一大家子吃团圆饭。

肖厌作为主厨被拽到了位子上。

他本不打算上桌，但学弟学妹们过于热情，硬是邀请他坐下。

可见流言再夸张，不如相处一见。

肖厌虽然很不好相处，但还没到传说的那样惹不得。

试问哪个恶霸会给他们烧柴做饭？

一顿饭结束得很快。

肖厌独来独往惯了，不大适应这种氛围，草草吃完就起身离开。

姜晚橘这会儿没了反胃的感觉，不过吃得也不多，倒不是因为不合口味。

班里其他几个都吃得挺欢，甚至有其他桌的过来凑热闹。

"让我尝尝风云人物炒的土豆丝会不会不一样。"

"来一口第一名煮的白米饭补补脑子，祝我下次月考冲进前十。"

大家的评价以积极为主，当事人没听，搬了张椅子坐在一旁，远离喧嚣，看着远处放空思绪。

不远处有头牛正悠闲地甩着尾巴，绳子拴住了它，给它画出以三米为半径的活动范围，地上被啃秃了一个圈。

姜晚橘也搬了一把凳子，放下后坐在肖厌身边，低头剥糖纸。

姜晚橘把糖纸拆开，将糖递了过去，这回是柠檬味的。

肖厌很自然地伸手接过。

两人嘴里都含着一支棒棒糖，画面和谐统一。

正午的光照下来刚好，温度恰到好处，晒在身上很舒服。

他们安安静静地坐了会儿，并没有因为没人说话就觉得尴尬。

远处学生的笑声随风而来，因为距离，加了层模糊感，落到耳边不至于嘈杂。眼前的景色好似一幅画，白云之下，牛羊嚼着荒草。

姜晚橘侧眸，身旁少年的衣衫被风带得轻晃，人却稳而实。

就像他本身，虽然偶尔嘴欠，但非常靠得住，好似没有什么他解决不了的问题。

她把晕车药收进包里，糖含在舌下，突然说道："你对我还挺好的。"

因为含着糖，女生的声音有些含糊。

第八章　/ 晚安小橘

身后不远处解决完午饭的学生们开始收拾，分工还算明确。肖厌之前负责得多，休息理所当然。

二十来分钟后，午餐时间结束，原地集合，开始下午的活动——爬山。

队伍零散地排列着，学生们嘴闲不住，边聊边走。

肖厌跟在八班队伍靠后的位置。

年级段不同，到的地方也不同。

高二爬半山，高三爬到山顶，半山腰车依旧能开上来，十几岁大的小孩子们眼看车子从身边经过，觉得双腿越发沉了。

还没爬多久，已经有人开始抱怨，言论万变不离其宗。

"选什么雁山，哪个地方不比爬山轻松有意思？"

上山的路漫长望不到头。

半山腰有休息的大平台，修建得还算漂亮舒服。

但上去的路坑洼磕绊，处处横生藤蔓和花草，姜晚橘走得不怎么专心，视线在那些植物上来回地扫。

她想仔细看看，可大部队得继续往前，没有那么多时间为她停留，就像她的生活或者这个世界。

很多东西由不得自己，岁月长河往前奔流，有些留得住，有些留不住。

姜晚橘的思绪飘得有些远，视线不知何时从一株虎耳草上挪到了肖厌的侧脸上。

高三上半学年过去快一半了，再过一学期就高考了。

高考结束后大家各奔东西，他足够优秀，跳脱出这个小镇不过是机遇与时间的问题。

大抵是姜晚橘盯得太久，肖厌往前看的眼微微一挪，两人恰好对上视线。

肖厌问："看什么？"

姜晚橘直白地说："看你。"

他嘴角轻扬，语气懒洋洋又轻飘飘的："好看吗？"

姜晚橘回道："不出声的时候还是好看的。"

肖厌眸里映着缩小的姜晚橘，眉眼干净，皮囊乖而讨喜，红唇开合："出声也挺好看。"

意有所指。

当事人不知他意，损他："是真不要脸啊。"

肖厌笑了笑，没回，算默认了。

半山腰上有一些旅游景点常见的贵到离谱的景区商品，也有娱乐休息地，例如枪打气球和套圈的小摊子，给学生无趣的秋游增添点乐子。

两人漫无目的地逛，路过一个气球摊，里面摆着些丑兮兮的玩偶，有个橘子不起眼地缩在角落。

姜晚橘无意瞥见，觉得那个橘子玩偶丑里透着萌，忍不住多看了两眼。

肖厌顺势望过去，语调轻松："姜姐品位挺独特。"

姜晚橘抬眼对上他优秀的下颌线，再细看那张欠揍的脸，乐呵呵地点头，回得诚恳："嗯，我也觉得。"

对方莫名从这句话里读出了些什么，但也没深究。

他看了眼规则，不疾不徐地说："叫声厌哥就给你打。"

姜晚橘一脸不屑地看了看他："是不是看不起我？姜姐自己就能把这丑橘崽拿下。"

她当即交钱拿枪，动作气势跟姿势都做得很足，眯眼瞄准，扣扳机。

气球被打破的响声断断续续，结果离兑换还差几个。

刚刚的空口大话破得尴尬，好似自打耳光，姜晚橘试图给自己找借口："风大，发挥失常。"

肖厌笑了笑，没说什么，过去拿了同一杆枪，抬手就上，犹豫不多，失误率低至零。

这种摊子大多都有做手脚，肖厌没百发百中，但换那种小玩偶绰绰有余。

从老板手里接过毛绒橘子后，肖厌捏在掌心看了看，丑得可爱。

"你一个大男人要这个，不合适吧？"

"留着送人。"

两人的说笑戛然而止，姜晚橘想起他那头像，半冷不热地说："也行。"

肖厌扬眉不语。玩偶上有个挂钩，往包上一挂刚好，就是跳脱的暖色跟他本身的冷风格不太搭。

下午时辰消磨得快，很快就到了结束的点。

老师清点人数准备回学校。

一些知道秋游地点的家长已经在山脚下等着接人，于是学生分成两批，家长来接的做登记，剩下的坐大巴回学校。

姜晚橘跟肖厌一同来到大巴前时，肖厌顿住步子。他眼望山顶，天色将暗，落日余晖洒满山头。

姜晚橘看他停下来，问道："不走吗？"

"我一会儿自己回去。"

她想找个理由留下来跟肖厌一起，不过想了半天也没编出一个能说服自己。

刚刚的玩偶事件弄得她心情不佳，其实也没有什么好不开心的，但心里就是别扭得慌。

姜晚橘没说话，点点头，自顾自地上车，挑了肖厌刚刚坐的位子。

车上学生少了一半，大多被放不下心的父母接回了家。姜晚橘懒散地靠在大巴的椅背上，忽然发现自己已经很久没想起那对半路离婚的夫妻了。

其实一个人也没什么大不了。

大巴转弯，姜晚橘从窗户望出去。

肖厌退开了些，还在往这边看。

风吹在他身上，黑发杂乱。

他不笑的时候好像跟这个世界离得很远，像一阵捉摸不透的风，仿佛先前逗她损她的似乎是另一个人。

大巴加速，远处的肖厌越来越小了，直到最后缩成看不清的黑点，姜晚橘才收回视线。

路程不远，她靠窗睡了一会儿。

到校后，姜晚橘自己回了家。

洗完澡整理包时，她在里面发现了一个橙色的亮眼玩意。

她拿出来看了看，是先前肖厌打气球换来说要送人的丑橘崽。

也不知他什么时候给她塞在里面的。

姜晚橘握在手里看，屋里无声。

半晌后，她躺上床，打开手机，乍一眼扫下去没找到那个后脑勺。

列表里出现了一个没见过的头像，是一团黑色影子，是脑袋的影子，上面还有半个手掌剪影，模糊不清。

她借错位玩影子摸他头的那幅画面好似就在眼前。

姜晚橘沉默两秒，扭头对上那豆豆眼橘子玩偶，垂眸编辑了四个字。

姜晚橘：晚安，厌哥。

随后她又想了想，拍了张小丑橘的照片，后面跟了一句：替它发的。

消息发出去的时间是晚上八点过十分。

肖厌回复得很快，这个点没睡也正常。

内容不是文字，而是几张照片，有落日，有夜景。

巨大的赤红色暖阳被远方的山头掩住了半截，云被烧出一片红橙黄。

夜景是从山顶往下拍的，街灯成串，万家灯火星星点点，有序的漂亮中掺杂着无序的美。

没什么花里胡哨的拍照手法，都是简简单单随手记录。

姜晚橘打了个电话过去："不是说自己回去，怎么还回山顶去了？"

"我是山顶洞人。"

"小肖是有点幽默系统在身上的。"

姜晚橘把照片点开放大，太阳落山过程被记录，壮阔里透着一丝寂寥。

图片不比实景，人不在现场，终归没那种亲临的感觉。

"下次看日出通知一声。"

"就明天吧，我跟太阳打个商量，升得漂亮点。"

"那我等着了，路子这么野，交道都打到天上了。"

"毕竟是你厌哥。"

少年的声线裹挟在夜风里，"沙沙"的，掺了一点打趣的傲气。

一通没营养的电话结束，姜晚橘把手机拿远了些。

卧室顶上的灯落下光线，屏幕上是十六岁干净的脸，她无意发现那隐约模糊的自己在笑，嘴角上扬。

雁山顶上晚风呼啸。

肖厌坐在供人游玩休憩的亭子里，脚边有买上来的晚饭——

十五元一份的馄饨，塑料包装带小勺，普通平凡，市井烟火味重。

他吃完后收拾得很干净。

袋子边有一瓶矿泉水，肖厌开盖喝了两口，又从包里拿出个盒子，取出片药熟练吞下，眺望山脚。

手机振了振，又是那橘子的消息，她的头像改成了透着蠢的玩偶的照片，好似心照不宣呼应他心血来潮的那一点改变。

不过她用的背影，看起来不至于让人觉得傻。

但知情人见过玩偶正面的丑萌豆豆眼，一联想，无端觉得可爱。

姜晚橘：怎么样？

肖厌：跟你一模一样。

姜晚橘：嗯？这就换回去。

肖厌：换什么，不是挺好？

姜晚橘：好在哪儿？

肖厌：好在我喜欢。

姜晚橘：我管你喜不喜欢。

姜晚橘回完消息，还是留着刚改的图。她闲来无事，又手欠地去看肖厌的动态，一如过去，干干净净。

姜晚橘：你是不是还有别的号？

也不知她哪儿来的冲动这么问。

肖厌：嗯？

姜晚橘：看你朋友圈有种下落不明生死未卜的错觉。

肖厌被逗笑，给了串数字。

早些年都用企鹅号，不过于他而言没什么区别，他的状态好比常年未归的失踪人口。

发过去是好奇使然。

加上之后，他也好窥探她的曾经。

好友申请很快跳出来。

此时肖厌深夜吹山风，脑子里的混沌还没彻底理清。

他点开去看，姜晚橘过去的幼稚言论还带着岁月的痕迹。

第一条是在十年前。

发的是窗户的照片，视角自下往上，镜头有一些晃，不太稳。

没有配字，单单几个系统原始小黄圆豆子。

他猜那天姜晚橘第一次拿到了爸妈给的手机，第一次尝试拍照。

照片里是一扇做工精致的窗，周围的墙色在那时候称得上品位良佳。

再往上，零零散散有些照片，有些傻兮兮的话，几乎都在特殊日子，或者记录日常，比如"7月7日生日快乐""9月1日要开学了""10月1日放长假开心""12月3日下雪好漂亮"……

这些留影都有昂贵的背景板，例如布置精美的生日派对、五位数起的礼物、优质汽车内饰、独立小花园。

没有网络炫富，不像泡沫剧浮夸。

看得出来她没什么人陪,但家境优渥。

明媚温婉的江南姑娘在这小城里活得不挑不拣,除了傲一些,低调随然,还跟他这样颓丧的人厮混。

肖厌反观现下的自己,一身廉价,唯一有价值的是他没有定数的未来。

他神色很淡,手指划动屏幕。

在不算多的一排动态里,有一条叫肖厌看了很久。

那天不是特殊日子,也没有特殊天气,姜晚橘拍了宴会厅一角。

应该是有钱人的什么聚餐,带了家眷,孩子们大多在一起玩闹说笑,画面中心有一个男孩,穿得干净站在角落,眼睫半垂视线落在窗外,跟这个场合疏离且不搭,个子没比窗台高出多少。

小晚橘配字:

△他真好看,就是不理人。

孩童未长开的侧脸还很稚嫩,黑发黑眸,跟他一样的鼻唇走势。

肖厌没想过能在她的过去里看到自己,也没料到短暂人生里的一段插曲曾跟她有过这样细微的交集。

那时他被带去做了一年"笼里少爷"。

他试图回忆当时自己在想什么,记忆蒙尘,不清不楚,大概在算从那个地方离开的可能性。

动态翻到顶端处:

△谁给我点赞资料卡就喜欢谁。

很幼稚,约莫是大小姐对于朋友太少生出的一点不满,情愿虚假繁荣。

他轻笑,退出去给她点了十下赞。

再之后没有新的内容了,他粗略走过她的前几年,打开对话框。

姜晚橘已经给出对他的评价:没意思,比你脸还干净。

肖厌的过往自始至终跟谜团一样,无迹可寻,姜晚橘刚开就打道回府了。

不如不加。

肖厌:帅哥包袱比较重,理解一下。

他话里带趣,苦楚掩于毫无痕迹的干净之下。

姜晚橘在生活,他在活,没时间记录那些糟糕和混乱。

山风拂面刺骨。

肖厌眼望远方,头顶是星,底下也是"星"。

离得远了看,这个他曾经厌恶的地方竟也赏心悦目起来。

大多时候,肖厌不知道自己想要什么,便顺其自然,"以后"跟"将来"

这种词没在他丧颓的脑子里有过位置。

而当下有些什么苗头在疯狂生长。

一手烂牌，一场豪赌。

肖厌：该睡了，晚安，小橘。

时间不早了，肖厌单方面结束了话题。

姜晚橘：晚安。还是叫姜姐吧，叫这个别扭。

肖厌：跟它说没跟你说。

姜晚橘：欠不死你。

次日，姜晚橘是被手机铃声吵醒的。

她睡得迷迷糊糊，天都还没亮。

手机在闪，她眯眼忍着起床气拿起来看。不知道是不是错觉，凌晨四点三十九分，居然有人给她打视频电话？

她正准备挂断，扫见是肖厌，两秒后选了接通。

"……干什么？不就昨天骂了你一句，至于大清早报复？"

"不是说看日出时叫你一声？通知过了，太阳升得挺漂亮的。"

姜晚橘沉默半晌。

刚睡醒的眼慢慢适应光线，视频里，天与地的连接线上有一点红，美不胜收，接着，周围逐渐亮起来。

她先是愕然，接着感慨云与日的漂亮，随后意识到一件事。

"你还在那儿？待了一晚上？"

昨晚的对话不过随口一说，姜晚橘听多了他的浮夸轻佻言论，哪想过这厮是来真的。

肖厌"嗯"了一声。

"哪天看不行，在上面吹一晚上的风？"

"厌哥要走几天，怕之后忘了。"

姜晚橘刚睡醒，声音哑糯："去哪儿？你的小破店业务这么广还带出差吗？"

画面里，太阳升起，天光逐渐大亮，无差别地笼盖住大地。

肖厌沉默了一会儿，最后还是拿玩笑话轻描淡写一语带过："对，去挣大钱。"

姜晚橘长发凌乱，卧室里暗，她的一双玻璃珠子眼被屏幕的光照得透亮，还有些睡迷糊的不清醒。

她点点头："蛮好，发财了带带我。"

肖厌很低地笑了一声："发财了都给你。"

姜晚橘乐开了花，极为现实地回他那一嘴漂亮假话："我录音了，你下次立个契。"

太阳升起，天彻底变亮。

一起看完了日出，视频没理由继续下去，挂断前是他掩压着的咳嗽声。

姜晚橘慢悠悠地从床上坐起，看着窗外晨曦，思绪渐渐清晰起来，把刚刚那梦一样的一切回味一遍，低头盯着手机，缓过神来。

姜晚橘：什么时候走？

肖厌：看情况。

姜晚橘：姜姐送送你。

肖厌：不如先来接接我。

姜晚橘：没空，忙着睡觉。

她起身开窗，风从外面吹进来，透着一丝凉意。

今天温度不高，山上应该冷得更厉害。

姜晚橘回望一圈房间，垂眼打开手机，天气预报说今天有雨，可是日出顺利，万里无云。

就好像真应了肖厌的话，路子野到天上，太阳都给他面子。

肖厌单肩背包、拎着垃圾袋从山顶下来的时候，刚刚还不错的天开始变得阴沉。

他不甚在意，到山脚就开始飘小雨。

昏昏暗暗的天，肖厌有一搭没一搭地走着，身上渐渐被打湿了。

他走的是之前来时的那条路。

他站在景区大门口，开始考虑是扫辆两轮的还是叫辆四轮的，眼一抬，看到一个熟悉的身影。

肖厌长眸微眯，再三确认。

此时是清晨七点，周围没有多少人，那女生扎了个丸子头，有几绺头发凌乱地垂着，身上穿一件卫衣，手里撑着伞，拎着个不大不小的纸袋子，裤脚被雨淋湿了一点。

大门附近最显眼，没坐的地方，她只好靠一边蹲着，手背垫着头侧靠在膝盖上。可能因为没睡够，她看着很困倦，打了个哈欠。

肖厌莫名其妙生出些许心疼。

他走过去，在姜晚橘面前站定："干什么呢？"

姜晚橘听到那声音，顿了顿，抬头，伞一偏，露出一双眼。

她起身替肖厌挡住些雨，伸手递过袋子。

里面是一把折叠伞，还有一件外套。

姜晚橘笑着回道："接小狗。"

肖厌从她手里接过伞和袋子。

两人最后一起叫了车。车外雨滴连成丝线挂在窗上，他们一路上话不多。

姜晚橘自认为习惯别离，没过问，没深究。

说到底，肖厌的话是真是假，他要去哪里，要做些什么，都跟她没有关系。

但即便如此，她还是好奇地问了一句："准备走多久？"

肖厌望着车窗外雾蒙蒙的景色，回的还是那三个字："看情况。"

答不上来，囫囵略过。

姜晚橘不再问了。

出租车在锦安园前停下，两人一前一后下车。

下车点在大门口，对面是公交车站，这会儿已经有车来往。

姜晚橘正往里走，肖厌顿住步子，无意朝后一瞥，似乎冥冥之中有什么缘由促使他回这个头。

当初两人碰面的公交车站台有人或站或坐着等车，其中一张面孔拉扯住他的视线，翻腾起过往蒙尘的记忆。

那个三十多岁的男人只在他视线里停留了一秒，就被刚到的公交车缓缓挡住身影。

再之后，发动声响起，车厢往前，站台空荡。

对方穿的那双鞋跟先前监控画面里的有九分相似，是男人这个年纪不常穿的款式，看着很旧，不干净。

肖厌保持那样一个姿势许久，双眸发冷，好似要将那罪恶的成年人钉死在柱子上。

当初一些不愿回顾提及的东西冒出尖来，跟现下的一合，唤醒深埋的戾气和阴暗，也滋生出不安。

姜晚橘看肖厌站在原地不动，顺势看了一眼他的双眸，无端望出一片寒。

"怎么了？"

肖厌脸上表情很冷，比雨飘落身上的凉意深得多。

女生的问话拉回他的思绪。

肖厌缓神看她，随后一改刚刚的神色，开口正常，甚至故作轻松："没什么，突然想再待两天。"

姜晚橘又看向他的眼睛。

她时而迟钝时而敏感，但当下她确信肖厌的"没什么"肯定有些什么，只是他不想说。

于是她也就不深究，拿揶揄调子接话："懂，舍不得我。"

肖厌笑了笑："是，舍不得。"

他把姜晚橘送进楼，看她进电梯。

两人一里一外，没温度的门缓缓合上后，肖厌拎着那个袋子在原地站了会儿。

走道的风吹在被雨淋湿的身上有些冷，他低头拿起外套看，衣服很新，品位到位，牌子昂贵，可能又是她那吊儿郎当哥哥的压箱货。

他想了想，又将外套放回袋子里，随后进电梯上十七层，在门口放下纸袋，原路返回。

走时孑然一身。

之后几天，姜晚橘没在学校碰见过肖厌。

她把他还回来的那件外套挂在了衣柜里，衣服是她大早上从唯一一家开着的服装店里买的，花了她点小钱，没想到被嫌弃，就还挺气不过。

两人的对话框停在之前，三兄弟有时在群里唠嗑，但不见肖厌说话。高三教学楼偶尔打开的后门里，桌椅空荡。

再一次见肖厌是在派出所。

周六夜里，手机弹出了几条消息，是孙墨发的。

最底下发过来一张照片，后面跟了一排字。

黑皮：*厌哥被打了。*

此时姜晚橘正研究数学卷子上的第十道选择题，没有场外援助，自力更生。

她瞄手机的第一秒觉得是无厘头玩笑，接着视线上瞟看见了图。

肖厌嘴角渗血，额头挂彩，双手松垮垮地搭着，靠着椅背，神情惰怠却叫人心口生寒，好似露完獠牙中场休息的猛兽。

姜晚橘被数字折磨混沌的脑子卡顿几秒，随后飙了个电话过去。

那头很快接起。

"地址发我。"她开口直接，说话的时候人已经到了玄关换鞋。

姜晚橘并不知道自己要过去干什么，也不觉得自己有什么到场的必要，可她就是不受控地第一时间赶到了现场。

夜里，派出所里灯还大亮。
肖厌在，他的几个兄弟在，孙墨也在，人多得像是能开大会。
他们花花绿绿坐一排，就差人手一份检讨书。
肖厌看到姜晚橘时有一丝愣怔，自己的狼狈尽数落在对方眼里。
姜晚橘走近两步，看着他脸上的伤，问得认真："怎么回事？"
在她的认知里或者别人的描述里，应该只有肖厌凑别人的份，当下这种画面发生的可能性微乎其微。
肖厌抬眼，扬扬嘴角："被欺负了，给出气吗？"
"出，我都还没打过。给他头拧下来。"姜晚橘说的是玩笑话，底下情绪亦真亦假。
另外几个人沉默不语。
姜晚橘又问："所以欺负你的那个人在哪儿？"
肖厌朝角落一抬下巴，浅浅示意。
她进门后，目标过于明确，还没注意过别人，这会儿回头才发现有个三十多岁的男人在另一边。
这个所谓的欺负人的恶人伤势明显更重一些，像被摁着捶过一轮。
姜晚橘不解："你管这叫他欺负你？"
肖厌生得帅气，挂彩也好看，回得定然："对。"
姜晚橘不懂他怎么会跟一个三十来岁的成年人起争执，问道："他干什么了，你下手这么重？"
肖厌顿了顿，没说话，脸上刚生出的温瞰淡了下去。
身旁的孙墨玩闹似的举着手，一副"这题我会"的模样。
姜晚橘眼神一偏，等他回答。
"厌哥见义勇为、为民除害、替天行道、除恶安良。"
姜晚橘头一回发现孙墨竟然有这么丰富的词汇量。

派出所民警过来处理他们的事，把无关人员往外赶，只留下了肖厌和孙墨。
姜晚橘隔着玻璃等在外面，身旁站着三个大高个。
里面肖厌已经起身换地方坐。

姜晚橘侧头，没说话，但明显是询问实况的表情。

邹磊犹豫几秒，还是实诚地给了一句："他们有点恩怨。"

姜晚橘追问："什么恩怨？"

那仨互相看了看，明里暗里是犹豫，最后邹磊回道："不好说。"

唐杰接话："毕竟是私事，我们也不方便讲。"

姜晚橘没再说什么。

大概半个小时后，孙墨先出来了，都不用开口问，这厮先自己概括总结上了。

她听完孙墨对肖厌的吹捧明白了大概。

那三十多岁的男人是咸猪手、偷窥狂，猥亵性骚扰成瘾。

女生走夜路，男人在跟踪，孙墨先是注意到他在人堆里趁乱拍女同学裙底，但又不是很确定。直到周围人影稀疏，那男人还跟着目标。他本想上去多管一下闲事，肖厌突然从拐角阴影里出现，先一步动了手。

成年人的力量不弱，但那人看到肖厌第一个反应不是反抗，而是逃跑。

孙墨本想帮忙，但肖厌动作利落招招带狠，似乎并不需要他掺和打扰，哪怕受伤也好似故意一般不躲硬接。

他一开始不明白，到了派出所才意识到了点什么。

互殴和单方面揍人还是不一样的。

那里没有监控，孙墨很有义气地表示是男人先挥拳，肖厌正当防卫的力度大了一些。

像这种社会渣滓就应该在局子里蹲到死。

警方调出了对方的资料，有过案底，因为一些事被关过几年，接着很顺利地在他手机里找出各种女生的录像和照片，以学生为主。

里面有过姜晚橘的照片，在来派出所前被肖厌删了。

但剩下的那些足够给这人渣定罪。

肖厌盯了他几天，确定他做的烂事够他再被关上段时间才上手。这是颗定时炸弹，不拆了肖厌走得不放心。

肖厌从那人跟前走过，成年男子阴狠地盯着他，肖厌悉数接下。

几年前的毛头小子依旧杀气腾腾的，但眼神里面好像有什么东西不太一样了，看人时眼里有不屑，但情绪控制得当，有远超于这个年纪的杀伐果断，考虑有谋，处理得当。他不再是当时暴怒着不计后果要弄死对方的疯孩子，目的明确，收放自如。

肖厌给男人留了句话，虽调子轻，但每个字都很重："见你一次，我送你进来一次。"

从派出所出去时,夜很深,那一排人还等着肖厌。

肖厌在风里站定,目光落在姜晚橘身上。

姜晚橘站起身,走过去看他挂彩的脸,问:"可以走了?"

肖厌鼻音微沉,"嗯"了一声。

问的是当下,答的是往后一段时间。

姜晚橘点点头,在好奇询问窥探他的过去跟闭口不言之间摇摆不定时,对方先出声了:"有没有什么要问的?"

姜晚橘脸上那副神情把她的心思摆得明白,肖厌直截了当的坦荡让她顿了顿。

现场其他人很明事理地先行退场,给他们留了个清静。

她思索两秒,问了那个男人跟他之间的关系。

肖厌没有推托闭口不言,用最简短的字句做了回答:"我去世的妹妹是因为受对方骚扰,在路上碰到了意外。"

间接的加害人与被害者。

肖厌说得平静,只提重点,没有其他修饰跟细节,中间还省略掉了亲临现场见到的一些画面,例如沉重土方车底下灰败的白鞋、女孩模糊不清的面目、截断的残肢、令人作呕的血腥气……

那年他也就是个十四岁的半大孩子,面对这种残忍的事实,除了接受别无他法,没有监护人到场,他学着像成年人一样处理那些烦琐的流程,给没有完整尸体的妹妹最后一点体面。

夜里四周安安静静的,姜晚橘知道了实情,忽然有些后悔。

沉重的真相被肖厌轻飘飘地说出来,叫她不知所措。

连安慰在这个时候都显得如此突兀。

姜晚橘没想到自己的好奇挖了他的伤疤,蹩脚地说了声"抱歉"。

肖厌回道:"你抱歉什么?"

月色和路灯透下的光线落在他眉眼上,影绰斑驳。

面前小黄车列成排,姜晚橘看了会儿,又望向肖厌。对方无动于衷,并没有要去扫的意思,正在低头看手机。

她打消了过往两人一起在风里骑车的念头,问:"你一会儿怎么回去?"

肖厌说:"叫车。"

他话音刚落没多久,一辆雪佛兰停在了路边。

车到得很快,司机效率极高。

两人站在街边。

姜晚橘看肖厌不动,沉默着过去打开车门,让他当了回少爷,她手一摆,做了个"请"的姿势。

肖少爷似笑非笑地看她,开口:"给你叫的,干什么呢?"

司机望向两人,催促了一句。

姜晚橘站在车门边,犹豫两秒,坐了上去。

肖厌没动,依旧站在原先的位置,看她离开。

跟秋游那会儿有得一拼。

车窗透明,隔开里外。

姜晚橘朝后看,肖厌慢慢缩小变得不清晰,直到消失于拐角。

橘色路灯扫过她面容姣好的侧颊,留下光的印记,很短暂,就像肖厌闯进她的青春又无迹可寻地离开。

之后很长一段时间,姜晚橘都没再看到肖厌。

操场、食堂、教学楼、篮球场……那些熟悉场景里,那些同龄人的背影都相似,一眼就能辨认出的独一份消失在茫茫人海。

姜晚橘绕去肖厌店里看过,没开门。

一个礼拜之后,她忽然生出肖厌再也不会回来的错觉。

学要继续上,书要继续读,生活要继续过,姜晚橘试图不去在意这些细微的变化,可有些东西不可控。

马路上偶尔听见的摩托车声、课本里跟他姓名沾边的字、排行榜上覆盖住他的其他人,都叫她绕过十来个弯弯道道想起他。

她打开手机,对话框里上一条消息还是一周前的。

姜晚橘想说些什么,但找不到适当的理由。

傍晚落日漂亮,她抬眼,拍了一张,发送,却无事发生。

她把手机锁屏,塞进校服口袋,不再管顾。

次日中午,收到对方发来的照片,是只小橘猫,坐在墙头舔爪,身后风景漂亮。

肖厌好似心照不宣地跟她分享日常。

姜晚橘没说什么煽情的话。

姜晚橘:*还活着吧?*

肖厌:*活得好好的,给了口吃的。*

姜晚橘：没问它，问你。
肖厌：也活得好好的。
姜晚橘：什么时候回来？
肖厌：想我了？
一如既往的欠揍，不用看就能想象出他那副漫不经心的表情。
姜晚橘：还是别回来了。

秋过入冬。
南方少有下雪，气候湿冷，学生们换上了厚重的冬装。
那句玩笑话之后，肖厌确实没有回来过。
期末考试临近，姜晚橘试图把重心都放在学习上，学生时代没有比这更重要的事。她到底是个普通高中生，刷题做卷子才是生活。
姜晚橘不喜欢测验，但头一次对期末大考生出点期待。
她想，肖厌成绩优异，也许会回来参加这场考试的。
可直到成绩出来，榜上他带"天赋"二字的照片被替代，寒假假期通知和堆成山的作业一起下发，高三教室的那个位子依旧都是空的。
姜晚橘不常发消息给肖厌。
在意识到自己可能真的有些想他的时候，这件事变得不轻松起来。
她不喜欢期待落空，不喜欢情绪受影响，也不喜欢等待。
最好的办法是不交谈。
姜晚橘不止一次告诉自己，要做好这个曾闯进生活里的人不会再出现的心理准备。
楼下的橘子树还是那样生长着，她途经时看过两眼，原本常绿的叶子落了几片。

寒假开始了。
姜晚橘还不知今年的年怎么过，和离了婚的父母再相聚，光是想想就有种窒息的尴尬，不如别团圆。
放假的日子里，姜晚橘无事可做，吕小言跟戚白来找过她。
三人跟这个年纪的其他女生一样，逛街、看电影。
路过长宁路时，姜晚橘绕进去看了看，店里蒙尘，许久没开了。
她抬头盯着那个摄像头，像小孩儿一样抬手瞄准，给了一枪。
无聊撒气，有点幼稚。

傍晚看电影、约饭，结束时时间有些晚了。

孙墨在这时候给姜晚橘打电话，叫她们一起去唱歌。

大概周围的人或多或少感觉得到一点她的不开心，想给她找点消遣。

另外两个姐妹帮忙应下，带着姜晚橘一起去了约定地点。

已经一月了，街上的商铺里都还挂着上个月节日的装饰，红色绿色印在一起，冬天氛围浓重。

先前十二月份的圣诞节，学校里学生互相画圣诞树，小字条传得热闹。

她也在纸上画了一棵，没送出去，接着又在备忘录里画了一棵，也没送出去。

肖厌在那天快要结束的时候，给她发了一张照片，是商场前的巨大圣诞树。

她保存，做了背景图。

已经到了KTV包间，姜晚橘收回思绪。里面有孙墨和肖厌的那三个兄弟，也不知他们什么时候厮混在一起的。

三人组正在侃侃而谈自己对肖厌的思念，大概是找不到他那种个性鲜明又有特色的改车人。

台面上有话筒、骰子和酒杯，另外他们还很贴心地买了些女生喝的饮料。

包厢里音乐放得响。

姜晚橘去唱K之前给肖厌发了条消息。

姜晚橘：我准备做些未成年人不能做的事，要来参与一下吗？

她承认有故意的成分在里面，带了一点恶劣。

对方暂时没有回复，她猜应该是还没看见。

几人坐一起，一边男一边女，有熟脸也有陌生的，因为不是很熟悉，多少有点局促跟尴尬。

有人提议玩点游戏热热场子。

真心话大冒险是永远的首选。

他们脑子灵活，玩得花，出的题目贼里贼气。

比如大冒险是给喜欢的异性发两百五十块钱，再把钱要回来，或是去隔壁包厢站军姿；真心话是说一些妈妈不知道的事……

罚的大都是男生，女生看乐子挺开心，气氛还算可以。

但周围越是热闹，有些东西就越是叫嚣。

姜晚橘把手机屏幕按亮，那棵圣诞树霸占屏幕，暂时没有新消息。

她忽然觉得无趣，带着丝困倦想提前退场。

她跟孙墨和吕小言打了个招呼，说是有事，提前要走。

　　姜晚橘从娱乐场所离开。
　　她身上穿着毛衣，看着茸茸软软的。她搓了搓有些僵冷的手，掌心贴在有些发烫的脸颊上，自己取自己的暖。
　　天气太冷，她有点感冒，思绪被拖慢，走到街边才注意到在落小雪，白白的，细细的。
　　这是今年的第一场雪。
　　初雪轻轻的，姜晚橘看了半晌，思考接下来要做什么，随后她迟缓地意识到，现在得回家。
　　夜里很暗，路灯洒落微光。
　　姜晚橘目光往前，忽地注意到了街对面的一个熟悉身影，在不明显的眩晕里，他比周围的景更清晰。
　　人来人往，27秒的绿灯下，肖厌双手插在黑色大衣的口袋里，一动不动地看着她，然后朝她走来。
　　少年定在人行道上，离她只有一步之遥，虚实难分。

第九章　/ 烟花

两个多月不见，肖厌似乎瘦了一些，显得越发凌厉。

少年头上沾了细雪，黑发分明，双眼深邃。

他身上有沿途沾染的风霜尘土，在夜风里笑着问："未成年还做什么不该做的事了？我来参与参与。"

在那条措辞夸张轻浮的消息出来时，肖厌当即把第二天的票改到了今天，随后联系唐杰他们打探，拿到地址连夜来"偶遇"。

姜晚橘说："别参与了，你来得太晚，我做完了。"

进出 KTV 也好，大冒险也罢，都不是这个年纪该干的事，不过也无足轻重。

肖厌看姜晚橘从 KTV 出来，能猜到大半。

雪还在下，风透着刺骨的冷意，说话间都是蒙蒙白雾。

姜晚橘双手冰凉，被冻得有些发红。

肖厌忽然靠近一步，她下意识后退。对方好似来了兴趣，缓缓逼近，她从人行横道马路边退到了小花坛前。

之后没路了，姜晚橘望向他。

"干什么？"

肖厌不出声，微微弯腰，握住她两只手腕，放进了自己的大衣口袋。

暖融融的布料贴着手背，里面是肖厌留下的余温。

这是个类似半抱的姿势，有一丝暧昧，肖厌稍稍一揽就能把姜晚橘拥进怀里，带着十八岁独一份的不羁。

人都只能看到世界的一半，例如姜晚橘见不到肖厌的生活，他也从没设想过自己的消失会对姜晚橘产生什么变化。他以为姜晚橘会抽出手，跟他笑骂斗两句嘴，说一些损言损语，但她没有。

面前的女生就保持着一个姿势，微微低头，安安静静，沉默无声。

他个子高，姜晚橘的脑袋靠近他胸口，像某些柔软的小动物。她的几缕发丝被风吹得胡乱晃动，划过他脖颈，抓出几分痒来。

肖厌心里莫名软得一塌糊涂，低声问："最近过得怎么样？"

"不怎么样。"女生声音闷闷的,好似要说到他胸腔里去。

肖厌问:"感冒了?"

姜晚橘点了一下头,心想没错,就是因为感冒脑袋昏沉,才会任由他靠这么近,才会有失而复得想抱一下他的冲动。

下雪天,空气湿冷,雪很难积起,落下就化成了水。

为了安全起见,肖厌叫了车和姜晚橘一起去了锦安园,送她回家。

车程不远,没多久就到了小区门口。

电梯关闭,他们站在一起,看着数字往上跳。

姜晚橘说:"这么贴心,还一起上楼。"

电梯停在十七层,门打开,姜晚橘抬步往外走。

她回头,看肖厌没跟上来,脸上的情绪微不可察。

随后她自顾自地往门口走,左脚踩到右脚的鞋带,重心不稳,跟跄一步。

半合的电梯门被修长有力的手抵住,门又打开,肖厌缓步出来跟在了她的身后。

他的身影罩住了她。

姜晚橘余光微瞥,转过身来。肖厌好似大型犬站在她身后一步的位置,蹲下去替她系松开的鞋带。

他并不温顺,满身野性,但当下为她而低头。

她没忍住,伸手摸了摸他的头发。

肖厌动作滞了滞,随后开玩笑:"一把一百元,怎么付?"

门锁打开,姜晚橘把他的手往上拽,让他的掌心在自己头发上一扯。

"一把两百元,老朋友打个对折,两清了。"

肖厌失笑。

姜晚橘说完,换了鞋站在玄关,打开灯一手抵门,回身看向他:"不进来吗?还是要我请你?"

顶上的灯照在她头顶,睫毛根根分明落下阴影,十几岁姣好的面孔漂亮又讨喜,一双朦朦玲珑眼正一眨不眨地望着他,像极了一口让人微醺的甜酒。

玄关放鞋处摆了几双替换的拖鞋,肖厌垂眼看,姜晚橘的毛绒粉拖鞋旁边有双暗灰色的。

是他先前暂住时留下的。

主人已经许久没来,但它一直躺在这里,等在这里。

当时姜晚橘还为自己的贴心要了句夸,说新买的,不大也不小,刚好。

肖厌无声地换好鞋后，顺道把姜晚橘略微歪斜的一只鞋摆齐。

姜晚橘望过去，没说什么。

时隔几个月，却好似分开只是在昨天。

姜晚橘打开电视，算不上嘈杂的背景声音流淌出来，平添热闹。

她头有些晕，困意深深。

肖厌泡完感冒药从厨房出来时，姜晚橘已经趴在沙发边睡着了。

她身形小，脑袋侧搭半躺在沙发上，长发落肩，闭着眼的时候恬静安然，软糯乖巧不吵闹，没有醒时那样明显的攻击性。

肖厌把杯子轻轻放在茶几上，挪了把椅子往前一放，坐下后看了她许久许久。

夜里窗外落雪。

十几楼往外是盏盏碎灯。

客厅里的电视还在一刻不停地发出声音。

这会儿不知演到哪儿，演员们正在念互诉衷情甜到发腻的台词。

姜晚橘醒来时天光大亮，躺在客厅沙发上，姿势还算舒服，衣服没被动过，身上盖了毛毯。

她半坐起身，口干舌燥，伸手拿水杯，拿起时滞了半秒。

玻璃制品不保温，但她的指腹意外触碰到一片温暖。

早晨安静的房间里能听到外面的鸟叫和小小的嘈杂。

她垂眼喝了一口，冲泡的感冒药还是热的。

随后姜晚橘去玄关处看，灰色拖鞋整齐放着，显而易见对方已经离开。

收回视线的时候，焦点从餐桌经过，停了停。

她起身走过去，上面放了早餐，在这个冬日早晨还冒着热气。

姜晚橘盯了会儿，又往其他房间走，好似一场寻宝之旅，在这个屋子里找肖厌留下或者改变的痕迹。

难开的窗变得顺手，锁不上的门被换了锁芯，阳台上没有湿滑的积雪。

她还清楚地记得，那个瓢泼大雨的台风夜里他站在阳台吹风，次日灯就被修好了。

肖厌做了很多，但不爱讲。

知道的也就知道了，不知道的跟着日子糊涂过去，也许某天太阳刚好，她伸手去试，才会发现一直叫她咬牙切齿的窗轻松就能推开。

姜晚橘回到客厅，摸出自己的手机，点开那个连脑袋影子都帅气的头像。

说不出过于矫情又奇怪的话，她来了句轻松的。

姜晚橘：感谢田螺先生。

南方少下雪，但这场雪断断续续下了两三天。

过往不怎么积雪的路上都是一片白茫茫，屋顶树上满是白。

银装素裹，从楼上望下去，景色漂亮。

路上随处可见欢欢喜喜玩雪的人，踩在厚厚的积雪上"吱嘎"响，走着走着就互丢雪球，恨不得把自己也砸进冰凉凉的柔软里。

寒假里无事可做，小区附近姜晚橘都逛过了，花花草草看遍了也不再新鲜。

作为高中生，她决定做会儿寒假作业。她刚把成堆的卷子放在桌上，五人小群就跳出消息来。

符长柳：姜姐，出来玩雪！

她轻念"幼稚"，正正经经地打字：不去，在学习。

可还没发送出去，聊天屏幕上先跳出一张照片。

照片里是肖厌的背影，黑发黑衣，坐在先前替她从小孩儿手里抢占的秋千上。

一片白色衬得他越发突出，无端落寞。

唐杰：肖老板一对三，没个队友，挺可怜的。

姜晚橘删掉刚才打的字，重新输入。

姜晚橘：等着，我这就杀过去。

她起身，走之前想了想，拿起个包，把自己的作业卷子往里一塞，迎着寒风出门下楼。

姜晚橘自小到大不缺玩具，雪倒是没怎么玩过。

大小姐养尊处优，加上父母不让，久而久之也就习惯了，况且本身也没见过几场雪。

最近当爹的来过消息，大致意思是有事要出国，另一层意思是过年没办法聚。

姜晚橘以前被关在笼子里哪儿都去不了，物极必反一身犟脾气还锋利，现在被放到他乡，算是把前十几年没有的自由都给补上了。

妈妈也爱自由，婚姻和柴米油盐困不住她浪漫看世界的眼。

而姜劲涛自从夫妻两人分开后，就把自己丢进了工作。

他是爱女儿的，只是不知道爱的方法，只供吃供穿，不管不顾。

姜晚橘是坐车到的那里。

肖厌迟迟未开的店已经在经营，不过老板自己在对面公园里。

她过去时，肖厌正低头看未读的群消息。

姜晚橘看向正互丢雪球的混战三人组，发现并没有所谓的"一对三"。

随后她目光稍稍一偏，在旁边的秋千上看到个雪人。

很小，常规形状，上面盖了一片不知从哪儿弄来的叶子。

姜晚橘过去，拿起叶子端详，觉得有点像橘叶。

"这莫非是我？"

肖厌扫她一眼："像吗？"

姜晚橘跟雪人版自己对视，大眼瞪小眼，丑兮兮的。

"你堆的？"

"没，他们弄的，放一个在这里陪陪我。"

姜晚橘语气夸张："真可怜。"

"可不是。"肖厌懒洋洋地靠着秋千绳，"隔着监控还被迫吃枪子，真可怜。"

之前的小动作被戳穿，姜晚橘有些尴尬，沉默两秒打了个哈哈。

一旁的三人组还没停战，偶尔分出一眼往他们这里看。

不远处的符长柳团了个雪球攥在手里，趁机往唐杰脸上砸。唐杰动作快，挪开一躲。

白色雪球不偏不倚朝肖厌飞去。

当事人背对而坐，没注意，姜晚橘站在一旁，见了顺势往他身后一挡。

"啪"一声轻响，雪散开，染了她一肩的白。

距离远，有些疼，但这东西杀伤力也不算大。

姜晚橘缩缩脑袋，顺势俯身拍肩："现在不可怜了，被砸还有人给你挡，你要知足。"

肖厌回头远望。

唐杰跟符长柳已经伸手互指推锅。

肖厌从秋千上起来，帮姜晚橘拍干净肩膀上的雪："是，姜姐疼我。"

肖厌不常参与他们的打闹，当下天气刚好，落雪难得，而且身边少女明艳，过往的沉重暂时轻了下来，想意气风发地活在当下。

刚刚姜晚橘替他挡了雪球，礼尚往来也正常。

他丢出去一团雪球，好似投了加入乱斗的参与票。

那三个人叫着躲开后，很默契地统一战线，一致对付他。

姜晚橘站在肖厌身后看。

肖厌挥臂带出风，眉目在凌寒的冬日阳光下带着几分肆意。

叫姜晚橘看得出神。

那三个人下手不轻，这个年纪的男孩子都野，兄弟朋友不带隔阂，玩就疯着玩。

肖厌一对多，挨了几下。

姜晚橘原先还在旁观，见了这场景，她想了想，还是没忍住上前了，站在肖厌身边，团起雪球就扔。

自家狗子被欺负，不能不管。

雪地上一场混战，笑闹喊叫声响在半空。

半空里雪球胡乱地飞，一个雪球快要砸到姜晚橘时，肖厌揽了她一把，雪球砸在他眉心，湿了一片黑发。雪沫进了眼睛，他眉心微皱，别过了脸。

姜晚橘去看，对方一双眼狭长凌厉，右边因为沾了雪有些微微发红，类似落泪的前兆，叫她心跳空了半拍。

从某方面来讲，她确实蛮想看一下这人哭的样子。

冬天的日头短，黑夜长。

没多久就临近除夕。

姜晚橘被留在这里，跟着姑父姑母勉强也算有个家。

街上张灯结彩，年味虽然没以前那么重，但一家家关上的店铺足以说明又到一年年尾。

姜雅兰上次腿伤好之后休养了一段时间，现在基本恢复，用她自己的话来说，结实得能给霍成文表演一段佛山无影脚。

桌上摆满了花样繁多的菜，电视里放着春晚前的采访。

姑父姑母对姜晚橘不差，她暂住打扰许久，他们没有一次嫌她烦或者教训过她。

不像她哥，三天两头男女混合打骂。

乖乖女似的姜晚橘吃完了晚饭，跟长辈一块儿收拾完桌子，才回到十七楼，站在窗边看风景。

她打开手机，几分钟前肖厌发过一条消息。

肖厌：*看不看烟花？*

姜晚橘想了想才回复。

姜晚橘：*看。*

她本以为对面要过上段时间才会有消息，不想下一秒就跳出来个烟花表情，搭配动态烟花，在她屏幕上"嚓"炸开。

没有很惊艳，普普通通，平常也见过，可她看在眼里，原先异地他乡等新年的心情忽然轻快了一些。

肖厌很少主动发来消息，今天算得上反常。

姜晚橘：电子烟花看腻了，来个真的。

姜晚橘只是随手打下这排字，开个玩笑，没想到消息刚发出去，窗外就传来一声"砰"。她有些愣怔，视线下意识往外移，半空绽开碎光，照亮了她面前的半边天。

这声音震耳欲聋，和她十六岁的心跳好似发生了共振。

她想，也许只是巧合。

姜晚橘朝楼下看，试图寻找放烟花的人。路上清冷，人影寥寥无几，没多久她就把目光定在了一个穿深色衣服头戴帽子的高个子身上。

即便隔着十七楼的距离，她还是一瞬确定那个人就是肖厌。

少年站在街边，形单影只，双手插兜，万家灯火下显得萧瑟孑然。

手机一振。

肖厌：好看吗？

显然烟花表情只是前言，实物早已提前准备好。

姜晚橘说不上来心里是什么感觉，这些俗常又浪漫的事不像是肖厌能做出来的。

她盯着楼下，拨了电话。

电话那头很快接通，传来汽车驶过和树叶簌簌的声音。

姜晚橘开口回复他："挺好看的。"

肖厌没出声。

沉默中透出一丝尴尬，姜晚橘自己接自己的话，问："怎么突然跑来楼下放烟花？"

肖厌低笑了一声："来看看你。"

他的声音有些沙哑，说话慢吞吞的，跟平常一样好听，又好像有什么地方不太一样。

这个答案在姜晚橘料想之外，没有油腔滑调，没有轻佻浮薄，意外有些认真，认真得叫她接不住，也不知道怎么接。

姜晚橘想了想，最终决定下楼看看他。

肖厌等在冬夜里，风钻进衣衫，刺骨的寒。

他抬头望了一眼，十七层的灯暗了。

手机屏幕上是另一个社交软件上姜晚橘儿时碎碎念的动态。

记录日子的动态一条连着一条，这会儿停在中间的是两张照片：第一张拍的是电视机，寸数七十往上，里面是过年放爆竹烟火的画面；第二张是窗子外黑漆漆的天空。

后面还有文字记录。

△*我也想在家里看烟花。*

时隔太久，当事人早就记不起些许年前的这样一个念想，自然也不知道有人现在做这些是为她实现愿望。

姜晚橘下楼时，碰巧遇到了进电梯的霍成文。

除夕夜浪荡子老实归家，吃完年夜饭又整装出发。

电梯停在一楼，两人一起往外走。

到大门时，霍成文见到了自家妹妹要见的人。他虽然猜到一点，但真见了还是觉得有些不可思议。

别人嘴里多有能耐的男生，竟然在楼下等他妹妹。

感慨表妹手段高超的同时，当哥的良心又开始不安。

根据他见过的狐朋狗友的经验，跨年夜找小姑娘肯定没好事。

他在楼下等车，远远地看了会儿。

姜晚橘没太在意霍成文这个哥，在他眼皮子底下堂而皇之地朝肖厌走去，停步在肖厌跟前。

肖厌穿得不多，衣服色调一如既往的简单统一。

"跟谁一起吃饭了？"

"没谁，跟我自己。"

肖厌站得稳，语调平，在外人眼里正正常常。

姜晚橘沉默地看他，又问："没跟那几个朋友一起？"

"他们在家。"

她心道，也是，除夕夜，谁不在自己家？

到现在为止，她没见过肖厌的家人，好似他无父无母无长辈，一直都一个人生活。

姜晚橘抬头，切换话题："你不是想看看我？看吧。"

肖厌头微低。

两人距离近，目光相接。

她不知怎么从他的眸里品出点克制来。

街边还有没融化的雪，原本干净的白已经脏兮兮的，风吹乱两人的头发，温度有点低，姜晚橘搓了搓手。

肖厌试图保持理智，低声说："看完了，上去吧。"

姜晚橘没动，看着他："你说来就来，说走就走，姜姐很没面子。"

肖厌反驳："要面子那东西有什么用？"

姜晚橘逗他："那要什么？"

冷风拂面，肖厌感觉头脑有些发烧，处在浑噩和清醒的交接处。

一些夜风催生出的情绪卡在喉咙里。

"要不给你补上？"

闻言，姜晚橘先是一愣，然后语气轻飘："怎么补？"

肖厌淡淡地说："那我给你汪一声？"

锦安园门口马路边。

肖厌和姜晚橘迎面而站，距离隔得近，眼里落着彼此的倒影。

说笑里的"猫狗关系"怼了不是一天两天。

姜晚橘嘴上承认，心里却清楚肖厌不属于任何人，他跟今晚的风一样，令人捉摸不定，来去难寻，自由肆意，没人留得住。

高考就是他们分道扬镳的一扇门，门外的路四通八达，他往高处走，她向低处流。

不远的地方，霍成文终于等来了车，不过没马上上车。

他眼看着那两人靠近、交谈、对视。

当哥的犹豫两秒，顶着一丝心理重压，走到了他们身边，拍了拍姜晚橘的肩："这么巧，要不要一起去跨年？"

姜晚橘腹诽：一起下来的，也不知道巧在哪里。

肖厌没说话，视线一偏，看了霍成文一眼。

霍成文无端觉得气势被压，但念在浅薄到几乎没有的兄妹情谊，还是硬着头皮拽了姜晚橘一把："走了。"

姜晚橘被带着往前一步。

她回头望向肖厌，那人神色很冷，不言不语，站在原地看着她。

除夕夜，万家灯火，他孤身一人前来，给她放一场烟花，又要孤身一人走。

姜晚橘心里柔软处为他生出酸涩，回去握住他的手腕，面朝霍成文开口自然："那就一起吧。"

霍成文哑然无言。他侧眸越过姜晚橘去看肖厌的反应，期待这位高冷的兄弟能抽手拒绝。

可肖厌只是垂下眼，抬脚跟上了。

如果是平常，他也许会选择留在原地，可当下他想去。

自己说的话，霍成文也不好再收回去，无奈之下，带着一丝后悔跟他们一起上车去目的地。

他原先设想把姜晚橘接上，到半路放下，自己再去酒吧，这会儿开演不好停，只能愁苦生怨地一路演到底。

车上，姜晚橘和肖厌坐后排，霍成文在副驾。

路灯迅速朝后走，车窗上起了雾，一层淡淡的白，姜晚橘盯了会儿，伸手在上面随意地画了个橘子。

车里无声，姜晚橘回头发现肖厌正看着自己，不知道他在想什么，于是问："给你也画一个？"

肖厌没说话，轻轻点了下头，一副很老实的样子，让人意外。

他本以为橘子边上会出现个狗脑袋，但姜晚橘指腹落上去画了一道弧，接着画了个月亮。

他不大明白："不是我吗？"

肖厌略显混沌的思路转了几圈，心口憋堵。

姜晚橘回道："是你啊。我就幼儿简笔画的水平，这个简单。"

她说完又在上面写了一个"肖"："厌字下面是狗，肖这个字不是有个月亮。"

肖厌看自己名字被分尸拆解成新意，回道："中文算是被你学透了。"

姜晚橘巧笑嫣然："挺可爱的，月亮狗。"

"你说什么就是什么。"肖厌被逗乐，任由她取别名。

他们到地点时离新年还有一两个小时。

霍成文提前跟朋友们打了招呼，说要带两人一起。

朋友们知道这点，但看到除了个漂亮妹妹还有肖厌时，都蒙了。

一满手戒指的潮男凑到霍成文耳边低声说："你这咖位请得有点大啊。"

霍成文叹了口气："谁知道他会真来。"

吧台上放着花哨的瓶子跟杯子。

这里消费高，大多是有钱人才会来。

肖厌身上不见对陌生环境不熟悉的打量和拘束，依旧自得。

姜晚橘侧眼看他,他身上是跟这地方格格不入的气质,又没有显出叫人难堪的孤傲。

大概在生活里打磨过,知晓圆滑的度。

她猜将来肖厌要是做生意,肯定也很厉害。

肖厌入乡随俗一般地跟少爷们说笑玩乐,游刃有余。

姜晚橘脚尖一挪,碰了碰他:"差不多够了。"

肖厌在嘈杂的环境里头脑发涨,透过眩晕看到了微愠的姜晚橘。

他没说什么,但肉眼可见地把收敛的乏味放在了面上,像是演戏演了一半突然开摆。

时间差不多了,姜晚橘不怎么想继续待下去,起身去外面透气。

肖厌望她一眼,跟在了后头。

霍成文这会儿早已经玩嗨,压根没注意离场的两人。

姜晚橘对这里不熟悉,肖厌领她出去,顺带结了账。

他身上穿的不是名牌,跟富家子弟攀比不来,但骨子里傲,也算青春里一次保护自己可笑尊严的冲动消费。

里面玩着的几个人是之后才发现他们走了没回来。

戒指男刚嘲讽一句"别是赖账跑了",下一秒就被告知人家把账结了。

肖厌跟姜晚橘离开后走在夜风里。

姜晚橘犹豫会儿,说:"那里消费挺贵的,看来之前赚到大钱了。"

肖厌望了她一眼,思绪短暂地飘远,随后又收回:"算是。"

她追问下去:"你干什么去了?"

肖厌坦诚开口:"断绝父子关系,拿该拿的钱。"

不出意外,这笔钱叫作迟到的抚养费。

他语气平常,无波无澜无起伏,简简单单。

对于他如何过去,住在哪里,怎么找,怎么要,有没有被冷眼叱骂,姜晚橘一概不知,寥寥几个字里读不出他的经历和情绪。

姜晚橘没再继续问,往前走时,忽然发现身边的人不见了踪影。

她回头,看到肖厌正半倚在树边,碎发遮眼。

姜晚橘往回走,站到他身边才发现对方像是不太舒服:"没事吧?"

肖厌没说话。

"肖厌?"

他声音低低的:"没事,我缓缓。"

两人坐车回去，接近凌晨的出租车上在放电台广播，带着一些"刺啦"的电流噪音。

跨年的倒计时响起："十、九、八、七……一——"

欢呼传来，小城里响起远远近近的爆竹声。

透过车窗往外看，天上的烟花如碎星，一片接着一片。

姜晚橘收回视线，扭头对肖厌说："没你放的好看。"

肖厌半合着眸，忍着胃里的不适，听到那话，掀起眼皮看向她，也看了一眼一朵朵一瞬而逝的烟花。

他眼神赤裸，回得直白："你比它好看。"

冬夜天寒，姜晚橘手冻得发红，耳朵尖也红了。

她有几分尴尬，僵硬地转移话题："晚上还挺冷的。"

肖厌这会儿行动快过脑子，没怎么迟疑，伸手把掌心盖在她手背上。

出租车载着两人前行，两旁烟火漂亮，马路好似望不到头，姜晚橘忽然觉得就这样一直开下去也没什么不好。

她说道："肖厌，新年快乐。"

肖厌喃喃："你在就快乐。"

车开到长宁路时，肖厌没下车，他昏昏沉沉地靠在车座上，不算清醒。

姜晚橘问："要不要去医院？"

肖厌摇了摇头。

她失笑："不去医院你去哪儿？"

肖厌大脑混混沌沌，声音微哑："都行，你去哪儿，带我一个。"

姜晚橘看他微微皱起的眉，最后还是没让他一个人回店里，把他带到了十七楼。

路途不远，姜晚橘也没花费很多力气。

肖厌轻轻一推就醒，不需要她扶着拉着拽着，一路都是他自己走的，除了动作缓慢些，看不出半点异常。

可能他一个人撑习惯了，怎么都不会倒下。

屋里开了灯，让人觉得有几分暖。

姜晚橘去倒了杯热水，回头看到肖厌在沙发上睡着了。

肖厌闭眼睡着的时候好似一块安静的石头，有点冷，但不生刺，也没攻击性。

见他眉间是淡淡的川字纹,姜晚橘思索了几秒,伸手抚平。

影视剧里的女主角在这种时候总会俗不可耐地用手指勾勒男主角的眉眼唇鼻,她向来嗤之以鼻,可时至当下,她忽然理解了一些。

一只平日里牙尖骨傲的狼或虎毫无防备地卧在自己面前,多少会让人想要摸摸它的毛。

她伸手准备去碰,胸腔里的心跳乱了几分。

心满意足后,她准备收回手起身,腕骨却被猛地握住。

手掌有力,执拗地圈住她。

姜晚橘想了想,又蹲下身来,两人距离重新拉近。

她垂眸落眼,肖厌额头上是薄薄的虚汗,黑色碎发胡乱垂着。

肖厌问:"去哪儿?"

姜晚橘回道:"不去哪儿,在家,给你拧个毛巾。"

肖厌看了一圈又合上眼,思绪清明了几分,手上的力道松开了些。

他一身暗色,闭着双眼,看起来不太舒服,呼吸声有些沉。

姜晚橘轻轻问:"睡了?"

肖厌喃喃:"困了。"

屋里重回无声,她晕乎乎的,大概是这一夜太漫长,太虚浮,太不切实际。

姜晚橘蹲在肖厌身边,没头没脑地说:"那梦里见。"

"不想见。"

姜晚橘不知道他的话哪句真哪句假,她愣愣地盯着浑浑噩噩满身疲倦的肖厌,又问了一句:"为什么?这么烦我?"

他声音闷闷的:"我的梦不好。"

那天晚上,肖厌非常省事地占了姜晚橘家客厅的一张沙发,没给添麻烦,不需要人照顾。

姜晚橘第二天醒来时,他又已经提前离开。

茶几上的水杯已经洗干净放好,旁边是她半夜买的退烧药,沙发整洁,好似没人来过。

她坐在那里,回想前一晚,最后给肖厌发消息:醒了没?

肖厌没怎么睡,凌晨就睁眼从十七层离开了。

屏幕里,姜晚橘的询问孤零零地待了片刻,他才回道:嗯。

姜晚橘望着那黑色影子的头像,打去个电话。

肖厌的声音比昨晚要哑,姜晚橘说不出矫情关心的话,想着过去看看他,却在出门时被拦了下来。

姜雅兰不知是不是在霍成文那儿听到了些风言风语,忽然担起长辈责任。

屋子里多出来的拖鞋和药,可谓铁证。

姜晚橘无话可说,房间外有监控,难保越说越混。

姜雅兰倒也没怎么怪她,先是问候了自己亲生的孽种带她出去玩,随后才婉转地说:"你爹知道了的话,姑母很难做人。"

虽然不是寄人篱下,但也是暂住别家。

她叛逆有度,取消了去长宁路的行程,算是听话地宅了一段时间没出门。

新的一年,日子照常。

那天之后,姜晚橘和肖厌没怎么聊了。肖厌对于她的消失似乎反应不大。她想,也许他也有自己的生活,过往的那些不过是他无聊时的调味剂。

姜晚橘没事时翻看手机上的聊天记录,他们以前的对话基本都是一来一往,都是一些无足轻重的互怼,偶尔的日常分享大多是她起头,她收尾,有种上赶着的错觉。

她越看越觉得不爽,很是傲气地决定少说话,用孤高冷艳冻死肖厌。

当代禁足的姜晚橘站在窗边往楼下望。

楼下因为人不多,显得有几分萧条。

她看了眼手机屏幕,上面是一条撤不回的消息,是自己发的,看着看着就生出懊恼来。

蠢兮兮没话找话。

姜晚橘:在干什么?

肖厌没回复,也不知是故意晾着自己还是看了懒得回。

刚腹诽完,手机一振,她瞟了一眼。

肖厌:店里干活。

简洁,直白,冷淡,符合人设。

姜晚橘没想继续尬聊,正要收眼关机,就无意间在楼下望见了个身影。

她眼睛一眯,那人似乎也在往上望,接着视线相交的同时,楼下那位有些尴尬地挪开了。

刚说在店里干活的肖厌出现在了楼下。

姜晚橘眉一扬,抬手打字。

姜晚橘:你的店什么时候开到锦安园来了?

肖厌:皇帝的分店,你看不见。

姜晚橘：说吧，有什么事找我？

肖厌：没什么事。

姜晚橘：明白，你想我了。

肖厌：是，想你了。

一个敢抛一个敢接。

日子过得快，转眼就到第二学期开学。

姜晚橘把自己的作业和书本收拾完后去学校。

熟悉的教室，熟悉的同学。

新学期开始，孟子武讲着大同小异的开场白，表示高二下学期结束就到高三了，希望学生们别懒散，话语里一如既往的风趣。

姜晚橘坐在原先的位子上，视线不由自主地往外面偏。

高三学生也已经回校，其他教室里都坐得满当，但高三（10）班零零散散的，还有大半空位。

高三（10）班的教室后门被人打开，姜晚橘眯眼一愣，带着几分怀疑检查两轮。

没看错楼层，没数错班级。

肖厌的桌椅不见了，空荡荡的，好似他先前没来过，之后也不会出现一般，连带着那些画面都变得虚假。

姜晚橘心口又闷又空，第一个想法便是肖厌转了学。

不知理由，不知去向。

随后又思忖他的店还在，他好歹还留在这座小城里。

讲台上，老孟的声音没停，但没半个字传进她耳朵。

姜晚橘摸出手机，开门见山地问：你转学了？

周围同学不知道在热闹什么，窸窸窣窣的，叽叽喳喳的，让她本就烦躁的心更乱了些。

那人没有回复。

随后她发现身边的空位坐了个人。

她还没喊出"吕小言"，身旁忽然传来一个男声："没有。"

姜晚橘先是愣怔，随后以为自己出现幻听，接着侧头一望，清澈的眼里是诧异和难以置信。

肖厌穿着一身干净的校服，一边放包，一边说："看到厌哥都开心得说不出话了？"

他话里带刺，窗外的光打在他侧脸上，好不真实。

姜晚橘回过神来："你怎么还留级了？"

肖厌坦言："有两个月没来上课，直接从高二下学期开始补。"

"你需要补？"

"不需要，但我好学。"

"脸呢？"

他微微偏头："这里呢。"

姜晚橘不轻不重地笑骂，心里刚泛起的沉闷一扫而空。

她往边上张望一圈。

其他同学对于肖厌的到来似乎没什么排斥。

姜晚橘问："你刚怎么自我介绍的？"

肖厌说："写了个名字，说来一起学习。"

黑板上写着肖厌的名字。

白色粉笔字迹顿挫有力，和他自身一样，赏心悦目，举手投足利落生风，掺了一些狂。

肖厌顺着视线望去，问："看什么？"

姜晚橘回道："月亮狗写得挺好。"

"你教得好。"

"这话我爱听。"

"新同桌也说点我爱听的，欢迎欢迎新生。"

姜晚橘笑笑，把剥开的橘子分了一半给他，开口是学生时代课间闲聊的调调。

橘皮中间躺了十瓣橘子，黄澄澄的形状像是月亮。

"看看，心里都是你。"

第十章 / 为班争光

肖厌到高二（8）班的第二个礼拜，姜晚橘意外发现手机使用频率直线下降。

因为与他说话成了扭个头的事。

开学常规摸底考成绩出来。

肖厌几乎没有悬念地成为年段第一名，跟第二名拉开一大截距离。

孟子武一开始有多忧心这个指名道姓要到他班上来的问题少年，当下咧嘴就咧得有多欢。

他乐呵呵地站讲台上，拿着成绩单表扬，视线往下一扫，颇为欣慰地望向角落。

学校里的一些绯闻老孟有所耳闻，比如"吴彦祖刘亦菲"事件，当下风云人物齐聚班上，其实并不是那么回事。

"新同学带带老同学。"

一个头，一个尾，希望有朝一日"漂亮花瓶"能内外兼修。

课间热闹，姜晚橘瞥一眼肖厌，将卷子一递。

"来，带带。"

先前隔得远，当下在身边一坐，教起来都方便不少。

解题步骤已经写完，肖厌微微侧身，自上而下地讲解。

刚洗过的校服充满了好闻的味道，窗外打进来的阳光恰好，跟隔着屏幕拍的冰冷照片不同，近而又近的距离配上他低沉又耐听的少年声音，要不是刚刚被嘲过一波，妥妥的心动难免。

"看题。"

姜晚橘飘忽的视线被短短两个字拉回。

身旁那人露出几分认真。

之前看不到他的日常，偶尔远远见的几面他都是在阳台放风或是趴桌小憩，就好像那些神之又神的夸张玛丽苏，不需要努力，成日玩乐但随随便便考市里第一。

现在他坐身边，她才发现天才笔耕不辍。

肖厌不像常规好学生那样埋头苦读，他不怎么记笔记，但课会上，题会写，没什么消遣就刷刷卷子。

一道数学大题来回讲了三遍，姜晚橘终于搞明白了。

肖厌看起来极有耐心，甚至有给她讲第四遍的冲动，被她婉拒了。

过程艰辛，显得自己笨，或者说她可能不怎么聪明。

挺挫败的。

姜晚橘无端生出点理解来，理解那些暗恋文小说里的女主角，对于高高在上品学兼优万人喜爱的男主角可望而不可即的自卑感从何而来。

大概自小有种不读书也不会怎么样的想法，她一路没打好基础，现在寸步难行。

卷子讲解结束，姜晚橘看起来情绪不高。

肖厌淡淡地瞥她一眼，开口："写个题还写蔫了？"

"不会做，换你蔫不蔫？"

肖厌看着青春里这道横亘在眼前的面容姣好的难题，说道："会一步写一步，至少过程拿分。"

他遇到不会的题，也是走一步看一步。

校园生活依旧普普通通平平常常。

月考前一段时间，肖厌拿了两本书来，是高一的课本。

姜晚橘自认为她这差生的书够干净了，但肖厌那两本新得离谱。

她一开始没明白，问："干什么？"

姜晚橘伸手一捞，随意打开一翻，才注意到里面写了不少笔记。

是肖厌的笔迹，算不上细致，但处处都是重点，有种恨不得掰开了知识点往她嘴里塞的错觉。

"原来你高一这么努力，怪不得常年排在前排。"

姜晚橘浅浅评价。

今天天气不凉不热，开了窗，吹进来一阵风，吹乱了她散下的几绺黑发。

肖厌没出声，视线在她侧脸落了两秒，随后语气照常："是，记得向我学习。"

"勤工俭学两不误，向你学习。"姜晚橘侧眸，撞上肖厌的视线，翻页的手停顿了半秒。

对方挪开了眼。

少年眼下乌青，似乎没太睡好，带着几分怠倦。

放学，姜晚橘跟肖厌几乎同时离开教室又同时下楼。

姜晚橘回到家，把肖厌的课本拿出来放在桌上，还挺沉的。

白天她随便一翻，现在才细细地看。

他用的都是黑色笔，没其他花里胡哨的掺杂，画线圈点很随意却不乱，一眼就能看到重点，干干净净清清楚楚。

姜晚橘倒了杯水，喝了一口，落下一滴水，沾在书面上。

她抽了张纸巾准备擦干净，不小心一抹，黑色笔迹洇开了一点。

她坐在那里低眸看书，顿了顿，随后拿指腹摁在字上，不轻不重地一捻，字便拖出个有些脏的尾。

——时隔两年的笔迹出不了这个效果。

姜晚橘捏了捏书脊，很硬挺。

她动手一翻，自前而后，都是同一种新旧的黑色，出自同一只手。

她忽然恍惚着了然了一些事，好像拨开了云雾。

所以那厮的黑眼圈是因为给自己补这于他而言毫无意义的过期笔记。

姜晚橘默默看向另几本书，胸腔里是难言的情绪。

那堆不言不语的柴烧出一片滚烫，烫在她十几岁的青春里。

她望向手机，点开看屏幕。

顶上亮着的是肖厌修好的灯，手边是他用过的杯子，门口放着的是他穿过的鞋。

今天是周五，往常最喜欢的日子，因为之后就是双休日。

姜晚橘突然想快点结束这巴巴盼来的两天假期，早些回校去看看那嘴欠的同桌。

屏幕里，他们的对话框已经很久没更新了。

姜晚橘犹豫两秒，最后出了门。

从家到那儿没花太长时间，车程不远。

到店门口时，姜晚橘才意识到自己的莫名其妙。她不懂摩托车，也不需要修车改车，到这里来似乎找不到什么合适的理由。

她站在那儿，思考着要不要回去拿本书再过来请教他，又觉得过于离谱，最后索性直接推开了门。

店里，肖厌正坐在工作台边，双手抱臂，靠在椅子上闭眼睡觉，微偏的额头低垂，脸上带着些隐隐的倦意。

大概睡得浅，一点动静他就醒了。

他睡眼惺忪，朝门口一望，看到姜晚橘时有一瞬失神。

不是很确定是做梦不清醒还是别的。

狭小空间安静无声

他刚醒，鼻音有点重："找我什么事？"

姜晚橘不以为然："没事不能来吗？"

肖厌抬手捏了捏眉心，清醒几分，话里掺笑："能来，想来就来。"

姜晚橘眉梢半扬。

从姜晚橘进店到现在已经过去五分钟，肖厌仍旧不知道这女同学要来干什么。

姜晚橘大概也意识到自己的出现有点突兀，冷静下来思索一圈，终于找出个比较说得过去的理由："有没有空陪我去书店？"

肖厌余光在改了一半的车上停顿半秒，不多过问理由，手撑工作台起身，回道："有。"

从长宁路到书店花了大概十来分钟。

上楼挑选参考书和真题卷大概花了十五分钟，结账花了五分钟。

他成绩优异，来帮她挑书。

期间没做其他事，目的明确。

看起来有理有据，极其自然。

一楼有休息和卖吃食的小柜台，角落放着落灰的大头照拍摄机器，看起来旧旧的，图案和花纹都有些过时。

姜晚橘瞥了一眼，觉得新奇，随口一提："你拍过那个没？"

"拍过。"肖厌答得很直接，并不觉得这个问题有什么大不了。

姜晚橘沉默，视线从角落收起放在了别处。

肖厌问道："想拍吗？"

姜晚橘说："不想，随便问问。"

机器帘布上是花花绿绿的图案，跟肖厌身上的单调衣服形成鲜明对比。

男生大多对此嫌弃或者嗤之以鼻，愿意拍只有一种可能，就是被女生连带拉着入镜。

姜晚橘不太想知道肖厌跟谁拍过，她未参与的他前十几年生活里多的是她不清楚的事。

一开始她也不过想着两人没有合照，趁机留一张。

肖厌虽然不清楚为什么姜晚橘冷下脸，但看得出来对方当下心情不佳。

他活络且智商不算低的脑子判断出个大概,伸手掌心虚靠着姜晚橘的后脑勺,落下力道往角落方向一转。

"走,我想。"

姜晚橘没说什么。

照片最后还是拍了。

帘布上和参考本子里有小情侣花里胡哨的姿势和夸张的表情,但他们俩洗出来的张张都很板正。

从颜值来说,两人凑一起,打遍天下无敌手,就是这面无表情的样子,不知道的还以为他们彼此互欠八百万。

姜晚橘看着他俩没有表情的合照,心想,能拍成这样也算一种水平。

她正准备把照片放进兜里,肖厌伸手一拦,要了一张。

姜晚橘问:"干什么?两个凶神恶煞放店里镇宅吗?"

肖厌被这说辞逗笑:"对,贴门上。"

学校里近来没什么大事件发生。

月考成绩出来了,托肖厌的福,姜晚橘的名次上升不少。

肖厌给的那些笔记跟平日一对一指导好似打通了她的任督二脉,一些不明白的点豁然开朗,地基结实高楼平地起。

事实证明自己还是不愚笨的,只是偶尔想错方向走错路。

她有思考过肖厌为什么明里暗里对自己好,猜想可能他无形中把对妹妹的在意给了她。

她不清楚,也不确定。

那天从书店往回走时,两人去附近一家小店买水。

姜晚橘站在门口吹夜风。

肖厌拿着两瓶矿泉水,要了个塑料袋,视线在烟上停留两秒挪开往上走,随后从玻璃台面上插棒棒糖的摆台里拿了两支糖。

那老板似乎是认识肖厌的,看了一眼姜晚橘出挑的背影,随口说:"好些年没来了,你妹妹都长那么高了。"

肖厌短暂地沉默两秒,没反驳,只淡淡地"嗯"了一声。

那人又问:"不要牛奶吗?"

肖厌顿了顿,伸手拿了一盒旺仔。

他懒得解释,再说这店老板过去对他妹妹挺好,也就不给人心里添堵了。

姜晚橘没回头,但听得清楚。

随后眼角余光出现了那咧着嘴的经典熟悉包装，姜晚橘清楚牛奶是给肖厌已经不在人世的妹妹的，接或者不接都在一念之间。

她不爱喝，但最后还是接下了。

再之后，肖厌又递过来一支橘子味的棒棒糖。

姜晚橘没准备要。

肖厌看她不接，顺手拆了包装，好似自己服务到位，就能叫她不好拒绝。

"拿着。"简短两个字。

考试之后有个给学生放松的运动会。

老孟在台上讲着，姜晚橘飘远的思绪往回收了收。

一般这种活动跟她不搭边，她是运动会里的旁观者。一天的时间，晃晃转眼便过，没什么太大期待。

她侧眼看身边。

肖厌趴桌上在睡，看得出来对运动会也不感兴趣。

周围是同学窸窸窣窣的讨论声，她也趴下，面朝肖厌。

对方的黑发被风吹得轻晃，手指骨节分明，不知是真睡了，还是单纯想与世隔绝。

下课铃声一响，戚白就凑到了姜晚橘身边："姜姐，叫一声姐，有没有兴趣报一个？"

作为班长，鼓动班上同学报名这活自然而然得担在身上，除此之外还有四处劝说的体育课代表。

碍于边上有肖厌，戚白没把声音提太高，但话语很真诚。

姜晚橘看着报名表，犹豫不决。

她觉得麻烦，怕出洋相，可不报名又不好意思。

毕竟也算朋友，而且戚白话都说到这份上了。

她低垂着眼，看了一圈。

戚白看她犹豫不决，退而求其次："那不如进个啦啦队，凑数摸摸鱼。"

姜晚橘找不到拒绝的理由，侧眼下巴朝向肖厌微倾："他报比赛项目，我就报啦啦队。"

原先趴着的那人微抬起头，悠悠地伸出只手接过报名表放在桌上，拿了支笔开了盖子，签上了自己的大名，嗓音沙哑："你看着排。"

好热心一新同学，戚白感激涕零。

校园里的传闻都是假的，什么恶霸？多好说话。

姜晚橘沉默看向"肖狗",在戚白走后,小声问:"你说你图什么?"
"为班争光。"
"谢谢,蛮好笑的。"

下午体育课。
班里的人一起去操场,和先前一样,与高三(10)班的凑在了一起。
一般高三上体育课的不多,已经进入下半学期,临近高考,大多数学生都在教室上自习。
但十班比较特立独行随心所欲,操场上人不见少,爱打球的还在篮球场上浪。
之前的同学看到肖厌,眼神微妙——他虽然低了一个年级,但之前的压迫感自始至终都还在。
高二(8)班男生对于肖厌有种无理由的臣服,男生们勾肩搭背往篮球场走去,肖厌也在其中。
与十班的疏离不同,现在的这些同学与他的关系似乎更热络一些。
两个班离得近,十班有人跟肖厌打招呼,不过凑巧肖厌正侧头跟孙墨说话,没注意。
孙墨:"听说厌哥报名参加运动会了?"
肖厌:"重在参与。"
"那也太重了,你是不知道戚白,一会儿给你全排满。"
边上的小胖子见风使舵墙头草,已经认定新大哥,跟了一句:"没事,我们厌哥全面发展。"
肖厌看他一眼,肉乎乎圆滚滚的,像是学生版符长柳。
身后十班那几个在传球,力道给得太大,偏出个角度,直冲小胖子的后脑勺。肖厌抬臂,指腹带力道,篮球轻而易举被推开。
肖厌回道:"我浑水摸鱼。"

篮球场上嘈杂热闹。
姜晚橘远望,即便隔着十来米的距离,肖厌也是人群的焦点,似乎光都乐意多匀给他几分。
随后那人的视线穿过人群望向她。
像是手机拍摄时的焦点捕捉,盯住一个中心,其余皆是模糊背景。
她手里提着瓶刚买的水,思考半秒,半抬起瓶子冲他晃了晃。

肖厌单手控球，就地拍了两下，传给了身边的男生，起身抬步往她那儿靠。

他扬扬眉，接过水，开了矿泉水瓶盖，很是自然地灌下一口，喉结上下一滚，视线半落。

篮球场边女生不少，姜晚橘还清晰地记得之前樊晶晶在这个地方是怎么吃的瘪。

相比之下，肖厌给足了自己面子，区别对待得明明白白。

两人之间关系微妙。

姜晚橘不知道自己跟肖厌算什么关系，送完了水，准备打道回府。

肖厌看她转身，开口："这就走了？"

"不然呢？过来送你瓶水，感谢一下同桌在学习上的照顾。"

"你也不怕同桌被人抢了。"

姜晚橘笑了笑，手插在衣兜里，半侧身看着他："抢走就再抢回来。"

体育课结束，姜晚橘回教室坐下，肖厌也在身边。

她摸手机看时间，不小心带出张之前拍的大头照，估计是无意粘在了手机上。

前排的戚白转过来，恰好瞥见："姜晚橘，东西掉了。"

姜晚橘低头，拿余光一瞥，愣住了。

她刚准备抬手盖上去，还没来得及，就被踩点进班里的孙墨眼疾手快抄走了。

孙墨捏着照片打量一眼，暗暗一声叹。

戚白很好奇，又问："这什么？"

孙墨笑嘻嘻地说："双人证件照。"

姜晚橘起身一夺，和肖厌对望一眼。

那大头照上的两人露半身，表情不多，选的又是极其简单的花纹，印在贴纸上确实有那么点证件照的感觉。

肖厌坐在一旁，饶有兴致地看戏，倒是一点也不恼。

姜晚橘突然想把这高高挂起的也一并拉下水："你不是还跟别人拍过？"

"早弄丢了。"肖厌理着本子塞进桌肚。

大概平日里话不算多，他的解释没让周围人有什么怪异感觉，但姜晚橘隐隐捕捉到他有一瞬难过。

也许只是错觉。

她突然想到什么，在起哄那几个散场之后，犹豫试探着轻声发问，带了几分小心翼翼:"跟你妹妹拍的?"
肖厌摇头:"不是。"
姜晚橘若有所思:"噢。"
他看她一眼:"想什么呢?"
肖厌坦言:"我妈。"
儿时往事蒙尘,他没细讲。
话题戛然而止。
姜晚橘心情复杂,有大起大落的暗喜,也有对自己胡思乱想的反省。

运动会报名报了个七七八八。
肖厌作为机动选手,哪里需要哪里搬。
最后剩的都是些没人选没人去的苦力活,比如长跑。他的名字往上一填,被安排得明明白白。
开幕式上,各班的节目五花八门。
姜晚橘遵守承诺,去了啦啦队,在开幕式上,站在班级前排表演节目。
她的形象好,手脚纤细漂亮却有力道,叫人忍不住多看两眼。
好看的人大多背影也好看,姜晚橘的黑发半遮住她修长漂亮的脖颈,流畅腰线之下是一双白皙的腿。
女同学的跳跃里满是青春气息,发丝随风动,服装时尚又有活力。
运动会在一通换汤不换药的流程结束之后终于开幕。
底下学生按着规矩排成队,无趣又乏味地等在那里,巴不得开局便直接宣布运动会开始,好叫他们少站一会儿。
八班休息的地方介于操场和另一块空地之间,地理位置不差。
姜晚橘坐在桌边写加油稿,边上是无所事事的肖厌,暂时没轮到他比赛,候场养精蓄锐。
肖厌靠着椅背看向她,对方正认认真真地捏笔写字,没舍得分出注意力给他。
姜晚橘的稿子写完了一份,叫人传去台上念。
肖厌望着坐远的姜晚橘,伸手拿了瓶边上准备好的水,不轻不重地搁在她面前。
姜晚橘眼一眯,抬手就拿起水瓶灌了一口。
肖厌过去低头看她写的内容,问道:"有我的份吗?"
姜晚橘说:"一条五毛。"

对方静了半秒，顺着她的强盗行为说："少了，五百吧。"

姜晚橘从"百忙"之中抬起头："行，成交。"

肖厌失笑，低头开手机，指腹搭在屏幕上，随后俯身把东西放在桌上，屈指轻点两下。

"写吧。"

姜晚橘侧扫了一眼，标题把她看得一怔。

顶头四个字：情书范文。

姜晚橘把视线收回来："那你找错人了，这里不支持这个服务。"

肖厌神色正然又随意："可惜了，我都准备拿一半当定金。"

姜晚橘脑子转得快："这二百五十块还是给别人，姜姐不缺这点小钱。"

肖厌笑了笑，拿回手机，没再说什么。

家底好，确实不缺。

肖厌低头扫了眼时间，往回重新坐下拿水，桌面高度刚好遮住他半垂松垮搭着的手。

姜晚橘下意识看他，他好像拆了什么，吞水咽下。

她随口问："吃什么好东西呢？"

肖厌似乎在发呆，沉默没回答，表情淡淡的。

姜晚橘不以为意："还不理人了。"

肖厌半垂的眼终于抬起。

他们中间是两张拼起来的课桌，他像是隔着一段跨不过的鸿沟，看向不清明的未来。

那一瞬的游离来得快去得也快。

肖厌拿出几分轻松，回道："吃糖。"

"没我的份吗？"

"味道不怎么样，就不分你了。"

操场上热闹，红跑道绿草坪，加上刚好的阳光，叫人心情舒畅。

写稿子的工作已经有别人接上，姜晚橘正跟吕小言、戚白一起四处闲逛，去小卖部里买买零食，在赛场边上看看热闹。

肖厌的长跑排在下午，这项目一起出发的人多，他在其中，鹤立鸡群。

运动不比考试，竞争对手里有体育生，他没有特训过，站在起跑线想着重在参与，但他的出现确实拉住不少人的视线。

离经叛道游离在外的透明人高调地出现在比赛跑道上。

高二（8）班在加油，高三（10）班在围观。

"以前怎么不见他这么有班级荣誉感？"

"这话说的，我们班有人有这玩意儿？"

"那倒也是，几天不见这张脸，有点想了。"

"毕竟是'吴彦祖'，凛风有几个能长成这样。"

这场普普通通的比赛因为肖厌这个看点，围拢了一圈人。

肖厌表情不见起伏，随后目光往周围粗略扫一圈，没找到熟悉的身影，又收回远望。

天上的云轻轻游走，好看，伸手不可及。

枪声响起。

人人朝前，争先恐后。

肖厌夹在队伍中间不快不慢，周遭混着音乐和加油喝彩声。

不知是不是因为嘈杂，他头脑发涨。

姜晚橘被挡在人群后，挤不到前排，找了个人不多的空地看赛况。

肖厌跑得不疾不徐，不见激昂，也没有"摆烂"。

少年胸口是统一大小的号码牌，白底红字，被风吹得晃了又晃。他双眼被迎面的光照得半眯，胸腔起伏，吐息自得。

显然前两圈没让肖厌觉得吃力，他甚至还反超两个。

戚白感慨："这男生怎么什么都强，真就全面发展。"

吕小言附和："女娲费心捏的小人跟泥巴点子就是不一样。我也算是跟小说男主角做过同学的人了，出息了。"

姜晚橘没说什么，别人夸奖肖厌，自己竟莫名其妙生出骄傲。

肖厌正在跑第四圈，目光往前，没那么想赢，但也不想输得很难看。

就像人总是嘴上讲不想活，但还是在努力地得过且过。

呼吸间，鼻腔灌进冷风，喉咙干燥刺痛混着血腥气。

所有人都慢下了步子，平日里没有训练过的普通人到这个点已经开始乏力吃不消。

看比赛的人来来往往，自始至终有耐心的不多，长跑费时，大多人只想知道个结果，过程如何并不重要。

一开始来凑热闹盯肖厌的学生走了一批，还留了一批。

评头论足的不在少数，善恶都有，好坏掺杂。

"肖厌，从第十五到第五，我的神。"

"他看起来也跑不动了。"

"第一拿不了第一咯,不知道这么傲的他会不会有挫败感。"

"都还没过终点线呢,话说这么早。"

"这不明明白白摆着,我们廖神都快超你们一圈了。"

肖厌已经跑第五圈了,前面还有四个人。

看得出来,大家都有些体力不支,即便是领头,那个人一样气喘吁吁。

姜晚橘站在跑道边,可能位置不显眼,又穿着统一的校服,肖厌先前没有留意,这会儿清浅一扫,抓到了熟悉的身影。

他缓步往前,两人距离拉近。

肖厌脸色算不上好,腿沉如灌铅,额头上的热汗打湿黑发。他的视线刚停不过半秒,姜晚橘就转身从人群里退了出去。

其他或生或熟的脸虚晃而过,他墨色的眼缓缓转回,眸底生出几分乏味。

终点线遥不可及,参赛者满身疲惫。

肖厌之前排在第五位,渐渐地第四名的速度掉下来,落在了他后面。

他听见周围有人在为他喝彩,给他加油。

众人欢喜,但他只觉得吵,头很疼。

肖厌当下的追赶像是机械运行程序,观众想看那就表演,于自身没有太大意义。

突然,嘈杂里传来一声"刺啦",接着,广播里熟悉的女声响彻操场。

是些俗不可耐的加油词,都是雄鹰、骏马的类比,但最后跟了句新鲜的:"姓肖的,到终点了记得打钱。"

肖厌在沉沉呼吸里泄出一声低笑。

好一个强买强卖。

他脚下步伐节奏平稳,和第二名第三名的距离越缩越短,但跑步带来的身体负担也在加重。

还剩最后一圈半时,肖厌已经到了第三。

姜晚橘上台礼貌地借话筒,当场现编念完那段加油稿正准备走,跑道上忽然一阵惊呼骚动。

她居高临下,操场的情况尽收眼底,回头一望,人群凑堆处,肖厌不知怎么跌在了地上。

姜晚橘眉头紧锁,手掌一撑直接从高台跃下,穿过人群,径直冲向事发地。

耳边的骂声把刚刚的起因经过都清清楚楚摆了出来——

"六班玩不起是不是?看自己被超就玩阴的。"

"明明是意外好吧,他离得近,被绊能怨谁?"

第一名和第二名还在继续,肖厌节奏被打乱,身后的男生正奋起赶上来。

他撑膝起身,因为突兀停下,连呼吸都不畅。

手脚没大碍,但状态调整吃力。

肖厌正在原地思考摆不摆这个烂,突然,一只手握住了他的腕骨。

运动场上音乐声不止不休,十几岁满身轻狂,是风做的,云合的,血肉里都是赤诚,不讲规矩,炙热滚烫。

姜晚橘拉住肖厌就往前冲,高马尾随风摆动:"跑啊,肖厌!"

少女在前,肖厌靠后,画面拉长成一个青春里不容替代的慢镜头。

手上那股牵着他的力道微不足道,却又大过了天。

肖厌从被拽到回神不过三两秒。

姜晚橘就好似一剂催化剂,肖厌在最后一圈不负所望,反超到第二,几乎跟第一是一起过的终点线。

内环靠里,她陪了最后一程。

肖厌喉口干涩,跑完撑着膝盖缓不过来。

姜晚橘走到他身边:"还好吗?"

肖厌黑发遮目,声音是哑的:"不太好……扶我一下。"

姜晚橘想都没想就伸出了手:"很不舒服?"

肖厌脸色不好,卖起惨来可谓一流,静静"嗯"了一声。

都说淋雨的狗叫人心软,姜晚橘觉得这话真一点没错。

她扶着肖厌,没说嘲讽话,问:"要不去医务室?"

他有模有样地哑咳一声:"好。"

两人往医务室走去。

长跑已经结束五六分钟,姜晚橘侧头瞄了瞄,肖厌除了有点安静,没什么大碍,甚至不需要她扶。

刚刚那场面不排除有夸张的虚假成分,装得逼真,博她同情。

医务室里有淡淡的消毒水味,有人在挂水,有人在处理伤口。

先前六班那个绊人的家伙先一步出现在这里,脸上挂了彩在上药,一看就知道刚刚被收拾过。

医务室的医生扫了肖厌一眼,照常问两句哪里不舒服,给了他一支体温计。

肖厌现在差不多已经缓过来,站得稳,面色淡。

姜晚橘笑着看他:"不是说哪里都不舒服?坐会儿。"

肖厌演戏演全套，找了个位子，装模作样地开始量体温。

姜晚橘坐在他边上："浪费资源。"

肖厌一愣："浪费什么了？"

"浪费我宝贵的时间。"姜晚橘话只说了一半，剩下的那些真之又真的心焦情绪被一带而过。

肖厌视线焦点落在远处，轻叹一声，装腔作势："那你去吧，我一个人也没关系。"

话语之间透着股可怜劲，显得她的离开很是罪恶。

"演，你接着演。"

肖厌背靠着椅子，扬唇笑了笑："行了，不逗你，走吧。"

"你不走？厌厌，我们要把公共资源让给有需要的人。"

姜晚橘刚说完，手机一振，来了个电话，她接起往外走。

肖厌拿出体温计垂眸看，数值偏高超过了红线，不算正常。

但他好似在应对一件平常至极的事，很自然地一甩将温度计放在了桌上，传统水银体温计略高的银线回归正常值之下。

医生护士忙，没注意他的动作，随口一问扫了一眼，看数值没什么异样便招手让他回去休息。

肖厌抬手捏眉心，顺势一手推门。

外头姜晚橘已经挂断那个从国外打来的电话。

她转身朝后，上下一扫肖厌，觉得他有点没精神，但又好像没问题，站得笔挺的。

"量好了？"

"嗯。"

"没事吧？"

肖厌没个正经："没事。你如果愿意照顾一下我也是可以的。"

姜晚橘笑了："我都被骗到这儿来了，连五毛的影子都没看见，还让照顾，我图什么？"

"图我是个潜力股，提前投资，发达了不亏待朋友。"

"是吗？保赚吗？"

日光落眼，肖厌难得认真："保赚，就是风险大。"

她笑了："没事，我胆大。"

第十一章　/ 生日礼物

　　肖厌又参加了接力赛，第一棒孙墨遥遥领先，中间落下一点，肖厌收尾，把名次又反超成了第一。
　　"肖厌"这个名字在班上忽然更讨喜了几分。
　　姜晚橘陪戚白参加完跳远，回去时被告知班里又拿了第一。
　　大家都满眼兴奋，形容着当时战况如何激烈，描述着肖厌如何奋起直追扳回一城。
　　吕小言："你是不知道我们厌哥那爆发力，'唰'一下，第一，六班和七班脸都绿了。"
　　孙墨："姜姐，你怎么没来看？是真的精彩。"
　　姜晚橘生出点后悔，没太在意周围的七嘴八舌，眼睛扫一圈："他人呢？"
　　问话一出口，其他人才注意到肖厌结束比赛后就不知去了哪里。
　　"我刚看他好像朝小卖部过去了。"
　　姜晚橘往同班同学指的方向看去，小路上人多，基本逆她而行，接近傍晚，天空漂亮。
　　她找了一圈没找见，拿手机发了消息，没等到回复。
　　姜晚橘抬眼看云，视线落在远处的教学楼上。
　　他们的那间教室开着窗，窗帘没拉开，被风轻轻吹动。
　　姜晚橘生出点直觉，往回走，上楼，径直去八班教室。
　　教室里没开灯，窗帘遮住几分光，接近傍晚，整个四方空间里显得昏暗阴沉。
　　楼下运动会正继续，班上的同学几乎都在操场上，空荡荡的教室里只有角落一个身影。
　　肖厌独自趴在桌上，微微侧头，手臂压弯黑发。
　　姜晚橘站在教室后门，听着窗户外面的背景音乐和呐喊，感觉整个世界慢了下来，最后定格成一帧画面。
　　她不想吵他，没发出声响，迈步往里。
　　肖厌却像是突然醒了，低咳了一声。

姜晚橘一顿，没再动。她看着肖厌缓缓抬起头，一手扶额。

他缓了将近有一分钟，才慢慢往后靠在椅背上。

他眼落虚空，不知在想什么。

姜晚橘站在他身后。

肖厌一个人的时候，身上总是有种与世隔绝的疏离，不像面对她，会笑，嘴欠，人也欠。

再之后，他从抽屉里拿出了手机，犹豫两秒，垂眼，单手来回摁了几下。

姜晚橘突然想起自己先前发的消息，轻微振动在静默无声的教室里显得异常明显。

座位上那个人愣了愣，回过头来。

姜晚橘瞟了眼手机，上面两条消息：一条她问，一条他答。

姜晚橘：人在哪儿？过来听彩虹屁了。

肖厌：操场，这就来。

"操场？"空荡教室里，姜晚橘的声音因为安静被放大。

肖厌无言地看她，难得答不上话。

"在这儿干什么呢？"姜晚橘靠近两步。

"累了，犯困睡觉，楼下太吵。"

他侧身坐，一手松垮地搭在椅背上，扬唇掺笑意。

昏暗的教室光线不佳，肖厌隐匿其中，风吹进来掀起帘子，傍晚微弱的光泄进几分。

窗外远处粉紫掺红，好似火烧着天了。

氛围正好，十几岁青春的天空美不胜收。

姜晚橘看得有些出神。

先前肖厌身上不可名状的一些消沉藏得很干净，他双手插衣兜站起来往外走。因为低烧，他脚步不快，路过姜晚橘身边时停了停，好似想起什么事。

"伸手，给你个东西。"

八百年前的老套路摆在面前，姜晚橘脱口而出："你吗？"

"不是。"他逗了一句，"晚晚满脑子都是我。"

"不好意思，忘了你不算东西。"

"漂漂亮亮一姑娘，张嘴没好话。"

肖厌一副准备走的模样，姜晚橘伸着手没往下放，在他面前一晃："东西呢？"

"说点好听的就给你。"

"给了再讲。"

肖厌瞥她一眼,手在衣兜里松垮握拳,然后在她掌心上松开,是糖。

"讲吧。"

姜晚橘垂眸细看,三两颗糖躺着,模样讨喜,玻璃纸包装。

肖厌不像是会在身上放糖的人,能拿出这玩意儿挺叫她意外。

姜晚橘回忆之前某个同学的话,把他的行程推出个大概。

约莫是领完奖绕去小超市一趟,接着上来教室。

姜晚橘问:"怎么想到买糖吃?"

肖厌说:"买水顺便带的。"

两人已经到了走廊,教室外也没多亮,楼下零零散散有学生正往上走。

姜晚橘低头拆了一颗糖放进嘴里,意味深长地说:"还是橘子味。"

肖厌答非所问:"之前没分你,现在补上。"

姜晚橘:"我是在意那种小事的人?"

"嗯,不是,也就五毛的事提了两三遍。"肖厌嘲讽,"你的好话呢?"

姜晚橘侧头抬眼,带着几分神秘招了招手,肖厌顺势凑近。

耳边落下呼吸,没声音,安安静静的。

肖厌小声发问:"讲的什么?"

姜晚橘狡黠一笑,赖了一笔账:"皇帝的好话,听不见是你的问题。"

操场上已经收拾得差不多了,学生拿着扫把,一边打闹说笑,一边把垃圾捡起来往桶里丢。

肖厌虽然姗姗来迟,但是很务实,没有打算干看着,来了就找工具准备加入。

人多工具少,他俩一个收拾杂物,一个搬桌子。大概因为他们积极,连带刚刚懒散的几个人也一起过来帮忙了。

八班休息场地一片欣欣向荣爱劳动的场景。

老孟跟其他班主任远望,满腔欣慰:"多好的孩子。"

高三(10)班班主任语带惋惜:"培养两年,送你手上。"

老孟反驳:"那是你培养的吗?那是我们小肖本来就优秀。"

"这就你们小肖了?是谁一开始忧心忡忡跟我商量塞别的班?"

老孟打个哈哈:"老了,眼拙,是我不对。"

没多久休息场地上就被整得干干净净,大家团结和睦,效率奇高。

戚白有些惊讶:"以前怎么没见我们班这么有干劲。"

姜晚橘拍拍她肩膀,毫不吝啬地夸奖:"说明你管理有方。"

戚白瞥了眼姜晚橘身后不远处话不多行动至上的肖厌,意有所指地回道:"是你管理有方。"

多能耐,过去我行我素的主,现在竟然愿意蹲地上给班里捡废纸,以孙墨为代表的后排天团跟着干,听话极了。

回教室的路上,姜晚橘时不时往后扫一眼。肖厌是话少,但今天似乎比往常更少,平时至少还会冒几句话,怼她取乐,这会儿静得像是开了消音。

楼梯拐角往上,姜晚橘在前肖厌在后,他走得不疾不徐,面上冷冷淡淡的,没有交流时就像有一个玻璃罩子盖在他周遭。

她无端想起刚才教室里的场景——

肖厌背影寂寥,坍缩成一块极小的阴影,叫她忍不住想上去安慰。

教室里热闹,学生们还在津津乐道今天班级的高光时刻。

肖厌回去后坐了会儿,对着抽屉不知在看些什么,末了又无所事事地趴下睡觉。

姜晚橘眼望同桌,视线落在他露出的一只手上,骨节分明,修长漂亮。

她伸出自己的手比了比,小了一圈。

她靠近,看到肖厌手背上有一块小磕伤,大概今天跑长跑摔地上的时候碰到了。

窗户已经打开,风吹进来,不凉不热。

姜晚橘不知哪里来的冲动,趁着肖厌睡着,拿指腹碰他的伤处和凸起的青筋。男生骨架大,感觉确实跟摸自己的手不一样。

她无端地有一点做贼的心虚,刚准备收回手,那人却忽然反握住了她的手腕。

姜晚橘浑身一僵,那种被抓包的尴尬和紧张霎时从指尖蔓延全身。

肖厌声音闷闷的:"耍完流氓就跑?"

姜晚橘据理力争:"关心一下你的伤口是耍流氓?"

"不算吗?"

他面朝她,露出半只微眯的眼睛,里面掺了一丝倦怠。

姜晚橘万分确认地回道:"对,不算,我说的。"

肖厌哑笑:"行,那多看会儿。"

她原先要抽回的手因为这句话停住了。

这人是懂挖坑的。

肖厌的手很大，能轻而易举把她的手裹在掌心。今天他的手不温热，甚至有点发凉。

姜晚橘趴下来面朝他。

肖厌眼睛还闭着，眉心皱起，看起来睡得不是很好，脸色有些差。

她正准备伸手去试一试他额头的温度，那人忽然睁开眼，缓缓直起了上半身。

姜晚橘当即收回动作，好叫自己不那么尴尬。

肖厌没注意她脸上的表情。

"……睡美男醒了？"

"醒了。"

"还睡吗？"

"不了，越睡越晕。"

肖厌捏捏眉心，随后掌心搭在额头。温度没降下去，甚至还升起来了一些，不是什么好兆头。

姜晚橘看他一眼："你打算握到什么时候？"

肖厌有点失神，反应片刻后，松开了手。

姜晚橘皱眉打量他，虽说刚刚就觉得他不大对劲，但还没那么明显，而此时他有一种浑浑噩噩的迟钝感。

"你怎么了？"

肖厌没应。他望向桌肚，思绪注意力全放在里面。

桌肚的角落里有两张撕下的白纸，一张上面写着姜晚橘的名字，另一张上面写着他的名字。

都出自姜晚橘之手。

他扔废纸时瞥见撕了下来，留作纪念。

姜晚橘喊道："肖厌？"

肖厌听见自己的名字，回了点神："嗯？"

姜晚橘带着几分忧虑盯着他出挑但有些苍白的脸，伸手搭在他额头上，发烫的温度从指腹传来。

"不是没事吗？都能暖手了。"

"那给你暖暖。"

"你一高智商，重点抓得稀烂。"

他低声说："碰到你之后没高过，一直在盆地。"

姜晚橘没听清："说什么呢？"

肖厌扫她一眼:"夸你厉害。"

"那我向来厉害。"她说完拍了拍他的肩膀,"等着,姜姐给你买药去。"

她起身离开位子,刚出教室后门到走廊,低头一看,看见一个熟悉的身影。

姜晚橘顿在原地。

时隔太久,虚幻不实。

一年来没有父母陪伴,她几乎习惯了这样的生活,甚至觉得这日子没什么不好。

有朋友,有同学,有肖厌,互相填补空缺,父母在不在好像没那么重要,可现在她出国不见的妈就站在教学楼下。

女人一头鬈发,生得颇有姿色,时间在她身上留下痕迹,给她增添一丝知性和成熟风韵。

姜晚橘手搭在栏杆上,底下那个女人抬起了头。

血缘上无形的线牵扯出儿时回忆。

邹霖朝姜晚橘挥手,姜晚橘一时不知道该用什么表情应对这个不切实际的画面。

之前在医务室里她接到妈妈电话,女人问了一句想不想自己,她当时斟酌之后回了两个字:"还行。"

哪知道才过没多久,大变活人。

教室里,肖厌的视线一路跟着姜晚橘,随后望见了她的错愕,起身往外,停在走廊。

姜晚橘下楼,迎上邹霖。

底下两人看着就很像,一眼就能猜出来是母女关系。

肖厌看了半晌。

女人一身好气质,把自己打理得很不错,从头到脚都很精致,在这个年纪算得上优秀。

一些模糊不清难以启齿的过往翻腾而起,觉得他印象里的母亲跟别人的妈妈差距太大。

人和人不可同日而语。

楼下母女短暂寒暄,一前一后走着,邹霖好似察觉到视线,抬了下头,跟肖厌对望了一眼。

肖厌不退不缩,就那么垂着一双冷静的眼,带着远超这个年纪的审视和打量。

女人神情不算和气,对他的提防放在眉目间。

"那个是谁？"

邹霖问完，姜晚橘顺势去看，栏杆边空空荡荡的。

肖厌已经收起视线，把高烧带来的混乱情绪一并收拾干净，转身折回教室里。

虽然走廊没人，但姜晚橘猜到是肖厌。

姜晚橘回道："我同桌。"

邹霖没说什么，可直觉告诉她那个男生和她女儿的关系不简单。她不想自己的孩子步自己的后尘，过早被所谓的爱情迷了眼。

邹霖这趟回来有自己要处理的事，见姜晚橘不过顺带，但既然来了，也就开门见山留下心思，坦言想要把她从这发展缓慢小而旧的城里带出去。

世界很大，她面前都是能选的路。

"你喜欢什么就学什么，想研究植物也可以。"

姜晚橘极短地顿了会儿，脑子里一闪而过许多东西，最后回道："等高考结束吧。"

青春没有这场纸上仗就像缺了点什么，当然不排除姜晚橘别有他意但不自知。

邹霖见了姜晚橘的班主任，两人谈了会儿。姜晚橘被迫等在门口。

天已经暗得差不多，一会儿晚自习就要开始。

姜晚橘靠在外面，伸手摸出手机，想了想又放了回去。

邹霖尊重姜晚橘的意见没硬要带她走，姜晚橘送她许久未见的妈妈从学校离开，心情没多大起伏。

医务室里这会儿已经没有学生在了，姜晚橘买了退烧药，回教室。

她从后门进，发现那个位子空空荡荡的。

姜晚橘站定，问戚白："他去哪儿了？"

戚白一愣："谁？肖厌吗？他不是本来就不上晚自习？"

姜晚橘点头应了声，整理完东西去请了假。

从学校到长宁路花了十来分钟。

姜晚橘站在肖厌的店门口，手里提着一袋药。店里没开灯，很暗，像是没人。

姜晚橘过去试着推门，没推开。

她抬头看监控，又收回视线，略微出神，在夜风里安安静静地站了许久。

就在姜晚橘准备放下东西离开的时候，店门忽然被拉开了。清冷灌了满身，她一时间分不清是屋里更冷还是带起的风冷。

肖厌似乎烧得很厉害，站在她跟前垂着眸，神色不清明。

两人无声，一片寂静。

忽然他走近，头缓缓低下，弯腰靠在她肩膀上，哑声念了一声她的名字。

"姜晚橘。"

姜晚橘一僵，感觉肩头滚烫。

"在呢。"她难得见这个人这副模样，抬手轻轻拍了拍他的背。

店里很暗，唯一的光源是从肖厌的电脑屏幕里投出来的。

肖厌沉默不语，额头搭在她肩头靠了将近一分钟，像条落水的野狗收起尖牙，任她顺毛，毫无防备。

他背脊笔挺地站在风雨里太久，难得如此弯下腰一副倚靠的姿态。

姜晚橘拍着他的背，试图用比较温柔的语气哄他："撒完娇没？给你买了药，去吃点。"

肖厌垂眼看她手上的袋子，顿了片刻，伸手接过。

随后，他像是从迷蒙里清醒过来，回了句半生不熟的"谢谢"。

"不请我坐坐？"

"小破地方，没口热水。"

"没事，我不挑，冷的也行。"

肖厌欲言又止，最后还是没问姜晚橘妈妈过来找她是什么事，也没把她拒之门外。

他回身往里走。

姜晚橘一如先前的许许多多次，跟在肖厌身后，踏入他的领地。

肖厌进门，步子慢，烧晕的脑子还是传达了烧水的指令。

他侧肩靠墙等水开，姜晚橘看不下去了，伸手拉他去歇息。

"你坐着吧，一会儿晕倒了我搬不动。"

肖厌看着她，突兀地问了句："你会走吗？"

姜晚橘想都没想就说："不然呢？"

肖厌眼里沉而暗，好似一潭死水，没回话，也没挪动。

水开了，呜呜作响，姜晚橘过去倒，随后补了一句，像是自我喃喃："不走去哪儿？住你这小破店里吗？"

肖厌后知后觉反应过来两人的"走"不在同个频道。

他淡淡的眼神落在水杯上，不知想什么心事。

姜晚橘无端地在他脸上看到了些熟悉表情，像她做题选不出正确答案时的矛盾犯难，碰到糟糕事时的游离在外。

但肖厌那一瞬的迷茫来得快去得也快，他看了眼时间，说道："挺晚了，你该回家了。"

"给你送完药，屁股都没坐热就被下逐客令。"

姜晚橘嘴上说着怼他的话，但在确认这个大男人自己能应对当下的情况后，没久待，离开了。

没有夸张到晕倒搀扶，也就没有彻夜照顾。

肖厌甚至想送送姜晚橘，但被婉拒了。

夜风拂面，碎星当空。

肖厌拖着有些沉的步子，站在店门口送姜晚橘上车，看着她离开。

好似第一次见面，试卷盖面，他露出双眼，视线跟着缩小的车辆走了一路。

在难以预料的生活里，告别预演了太多次。

姜晚橘这晚上没睡好，不知是不是因为肖厌高烧，她做了个不怎么好的梦，半夜醒来看时间，凌晨两点零七分。

梦里，肖厌的神色跟现实如出一辙，叫她分不清真假。

在迷迷糊糊半睡半醒间，姜晚橘心头又空又虚浮，噩梦带来的无措感劫持了大脑。她拿手机翻出肖厌的号码，犹豫半晌还是很过分地打了一个电话过去。

铃响三声，那头接起来，哑哑地"喂"了一声，很闷。

即便睡到一半被吵醒，那人也没露出太大的不悦或者脾气，只是疲惫感很重。

"怎么了？"

肖厌的第二句话明显清醒许多。

姜晚橘思忖两秒，脑子逐渐清明，愧疚感姗姗来迟。

人烧成那样，大半夜硬是被自己叫起来。

姜晚橘话里带着几分歉意："没事，听听你声音。"

语音通话只有声音不带画面，姜晚橘自然也不知道那头的肖厌已经皱眉从床上下来准备换衣服穿鞋。

大半夜找他，他下意识以为姜晚橘出了什么意外，只差确认地址赶过去，但现在听来大概率是做了噩梦。

肖厌站在床边，拿衣服的手停顿两秒又把东西放回椅背，回道："好听吗？半夜被吵醒会减寿的。"

他以为姜晚橘会怼一句，不想那头却出乎预料地给了一句慷慨的："别，我分你两年。"

肖厌问："梦见什么了？"

"梦见你了。"

"给你吓醒？"

姜晚橘低笑了一声。

肖厌隔着手机听不清晰，但先前的慌乱和不知所措已经消失不见。

她回道："对，给我吓醒。"

肖厌失笑："那真是对不起，替梦里的我给你赔个不是。"

姜晚橘回忆梦里他的模样，无端地难过："不用了，他很好。"

"我不好？"

"你也好。"她笑了。

姜晚橘本想着第二天碰到肖厌为自己半夜抽风跟他道个歉，但之后几天肖厌都没来学校。

大概他是生病养身体，在店里休息。

教室里依旧热闹，人来人往，肖厌在与不在差别不算大，只有小部分人会偶尔提一句。

比起肖厌的缺席，邹霖在眼前出现的频率倒是高了许多。

约莫邹霖对女儿心存愧疚，情感上给的爱少，便拿经济补上，买这买那。

双休上街，姜晚橘被邹霖带去商场，心思却都在手机上。

那天之后他们没怎么联系，半夜打电话已经挺烦人的了，姜晚橘不想再烦上加烦。肖厌如果有需要，愿意说，自然会来找她，但一周过去，对话框安安静静，悄无声息。

周末街上人多，姜晚橘坐在邹霖的车后座，闲来无事翻他们的聊天记录看，时而梗来梗往，怪有意思。

邹霖从后视镜里看她一眼，问道："笑什么呢？在跟那个男同学聊天？"

姜晚橘表情一收，抬起眼来，对上邹霖的视线："没有，在自娱自乐。"

"你还是个学生，有些事不是这个时间该做的，就别做。"

姜晚橘点点头，侧靠着车门，刚慢悠悠地回了个"是"，接着，眼神就在外面的人潮里捕捉到一个脸熟的身影。

肖厌看上去精神了点，穿得始终很简单，一个人走在街上，后面跟了个女生。

姜晚橘心一揪，眯眼仔仔细细地扫了一轮，是他们学校的女同学，巧之又巧的樊晶晶。

各种猜想在一瞬间占据大脑。

眼见对面红绿灯即将从红跳到绿，车子将要发动，姜晚橘行动快过脑子，伸手拍了拍邹霖的肩："妈，刚想到有事，不去逛了。"

她说完打开车门就走。

邹霖甚至还没来得及拦，就听见了后座车门合上的声音。

司机莫名其妙看了她们一眼，一大一小，听着是母女，可看着像陌生人。

车里女人视线往外落，跟了会儿，也瞥见了肖厌。

年少时，这种男孩子就是比较惹眼，放人群里轻轻松松一眼就能看见。

姜晚橘下车后没马上过去，而是在街边远远站了会儿。

肖厌在前，樊晶晶在后，背对她走，看不清表情。

虽然肖厌跟樊晶晶没说半个字，但这个不近不远的距离保持不变，叫姜晚橘挺烦心。

姜晚橘跟在后头，跟了两步觉得挺没意思的。她与肖厌不过是同学，甚至可以一周不联系。

忽然，手机一振，姜晚橘低头，是五人小群的消息，有人@了她，叫她出来聚聚。

姜晚橘瞟了眼时间，4月24日，看不出有什么特别的。

她退出群，点开跟肖厌的对话框，想了想。

姜晚橘：他们说什么好日子？

肖厌：没什么。

姜晚橘：这会儿在哪儿？

肖厌：街上。

姜晚橘：一个人？

她像是故意一般如此发问。

前面两人停下来，肖厌在回消息，樊晶晶在一旁跟他讲话，随后肖厌突然抬起了头。

姜晚橘在他身后不远处，没料到他会往这儿看，躲闪不及，跟肖厌的视线撞了个正着。

气氛略微尴尬。

樊晶晶看到肖厌的表情，也顺势朝姜晚橘看了过去。

双倍尴尬，能挖个地下室的程度。

随后，肖厌下巴冲她轻轻抬了抬，不知说了什么。

姜晚橘还在犹豫要不要若无其事离开，就看见樊晶晶朝她的方向走了过来。

樊晶晶看她的眼神不算和善，语调有点冷："别误会。你没必要瞒，肖厌说你们在一起了。"

姜晚橘疑惑地望向远处的肖厌。他正往这儿来，两人目光相接，姜晚橘突然福至心灵。

挡桃花是吧？好说。

姜晚橘"尽职尽责"地向肖厌走了两步，凑出个双向奔赴。

在对方站定后，姜晚橘热情地贴身，面上虚假甜笑，弯眉低语："记得给演出费。"

樊晶晶站一旁看着。

十分钟前，她找上肖厌邀请他一起庆生，4月24日，同月同日，巧合叫她觉得和遥不可及的人有了缘分。

并非私约，还有肖厌高三班上的一些同学和她的好友，充其量暗藏了跟他多点交流机会的私念。

但肖厌拒绝得直接，眼睛往后一望，回了一句直白的："不好意思，我有约了，生日我和她过。"

樊晶晶当即脑袋一片空白，扭头看见了姜晚橘。

于她而言，这终究是一场无疾而终的梦。

肖厌性子鲜明，肆意如风，但他并没有高高在上的厌恶或自以为是，只是淡之又淡，平而又平，像是面对一件不激起他内心波澜的琐碎事，冷得让人近不了身。

可她又分明在肖厌看向姜晚橘的眼里找到了一些滚烫的东西。

樊晶晶知道自己未战而败，徒有面上潇洒。

不羡慕是假的，忌妒难免，语气自然好不到哪里去，她还没来得及消化情绪，就先一步做出回应跟姜晚橘说了那句"别误会"。

她尽力收起情绪，交代完因果，转身便走。

忽然肖厌的手机铃声响起，是唐杰打来的。

"出来玩吧，肖老板。"

"没兴趣。"

"叫了姜晚橘，她让你赶紧来。"

"她在我边上。"

唐杰哑然片刻，随后说道："那正好，一起来。发你地址，没寿星我们很尴尬。"

姜晚橘在一旁听着，接过手机回了一句："知道了，一会儿来。"

她也算不上什么喜欢凑热闹的人，只是想着肖厌生日，总归要有点生日的样子。

约的地方在半山腰的农家乐，户外有烧烤架。

他俩到的时候，那三人正围着烧烤架忙活。除了他们，还有几个脸熟的。孙墨在撸串，跟吕小言和戚白侃侃而谈，大概是孙墨跟三兄弟混熟了，又叫了几个同学一起。

傍晚日落西山，肖厌兴致缺缺，找了把椅子，示意姜晚橘坐。

姜晚橘瞟了一眼："你生日，我坐你站，不合适吧？"

肖厌没说话，视线半落，把椅子往回一拉，随它空着无人搭理。

他不觉得生日有什么特别，只不过一个跟往常毫无差别的日子。过往十来年，他甚至不认为自己的出生值得庆祝。

姜晚橘看着他，凑近了些，没话找话："你这礼拜在忙什么？怎么一直不来学校？"

肖厌思索半晌，开口不知真假："在休息，在修车。"

修自己，也修机器。

姜晚橘点点头，伸手接过一串刚烤好的烤串递给他。

远处景色漂亮，半落不落的太阳烧红了半边天。

两人站在一起看夕阳，氛围正好。

没多久，太阳落山。他们转场去大桌边坐。

离开吃还有段时间，有吕小言和戚白在，姜晚橘不觉得局促，几人刷着手机说笑。

肖厌坐在姜晚橘边上，不知在想什么，有人跟他说话就搭腔两句。

姜晚橘跟别人聊天，眉目弯弯，唇线两边是漂亮的弧度。

肖厌盯了会儿，问："看什么这么开心？"

此时姜晚橘手机屏幕里的内容是"如果你被亿万富商娶为妻，但丈夫病入膏肓即将去世"。

评论区有趣，大部分人都在说"为金钱折腰歌颂这段美好爱情"。

姜晚橘见肖厌无聊，伸手凑过去："看人人都爱的白日梦。"

肖厌扫了一眼，没说什么。

姜晚橘没在意，把手机屏幕一关："你不开心吗？"

"嗯?"肖厌没想到她会这么问,不由得一愣。

"你生日,怎么脸臭得跟来要债一样?"

肖厌笑了笑:"因为你不理我。"

不知真假的理由和离谱台词从他嘴里说出来,姜晚橘心里有点小小的愧疚,随即赔笑讨好:"理你理你,寿星最大。"

说是给肖厌过生日,倒更像是几人聚一起吃饭玩乐。

肖厌作为主角不像主角,蛋糕上桌,长寿面入碗,众人起哄吹蜡烛。

生日歌唱完一轮,接着是许愿环节。

大桌放在室外,边上有一棵粗壮的大树,横出去的枝丫上挂了秋千。小灯带绑在周遭,像是遗落人间的繁星,实在漂亮。

蜡烛火光照在肖厌脸上,衬得他的五官轮廓更抓人心。

姜晚橘坐在众人间,一动不动地看着他。

众人哄闹,叫他闭眼。

肖厌显然不是喜欢这种程序的人,但还是没扫兴,浅浅合眸。

黑睫落下又掀起,视线焦点是姜晚橘。

姜晚橘下意识偏头挪开视线,心跳漏了一拍。

吃完饭,几人没急着走,夜景漂亮,待一起闲聊。

肖厌去提前结账,回来时撞见姜晚橘。

姜晚橘笑了笑,冲他一招手:"过来,送你个生日礼物。"

肖厌靠近两步。

风过无声,夜色迷蒙,姜晚橘拉起他的手掌心朝上,随即自己半握空拳打开覆了上去,掌贴掌。

肖厌垂眸,风起云涌都暗藏于心。

他面上轻松地回道:"这个礼有点大。"

"不大,"姜晚橘唇线弯,眉也弯,逗他似的拿开一只手,肖厌掌心中央留了一片树叶,"路上捡的。"

肖厌不恼,调侃道:"想摸手直说,还弯腰捡片叶子。"

"知道这是什么树叶吗?"

"不知道。"

"兰屿肉桂,樟科樟属。"

"说我听得懂的。"

姜晚橘难得有超过他的领域,心里乐开了花:"平安树。"

第十二章　/ 想陪陪你

　　长长的砖石路两旁是丛生的灌木,光带挂在绿叶间随意晃荡,月色正好,晚风拂面。
　　肖厌手捏那片带着平安寓意的叶子,缓慢轻转一圈,叶脉排布如网,面上似乎有些划痕,看不太清。
　　他凑近了些,还没细看,姜晚橘叫他一声:"走了。"
　　肖厌把叶片藏进衣兜,抬步跟在了她身后。
　　他们从一前一后到并排走,即便没说话也不觉尴尬,甚至觉得气氛颇好。
　　在离先前吃饭的地方还有些距离时,突然传来嘈杂声,夹着骂声。
　　肖厌下意识往前挡在姜晚橘身前,到事发现场时两边已经剑拔弩张。
　　孙墨、唐杰、邹磊正跟另外一伙小年轻对呛,符长柳跟戚白试图隔开他们,吕小言在打电话。
　　眼前一片混乱。
　　姜晚橘想不通为何短短十几分钟就闹成这样,四下一扫刚要找原因,视线就被远处角落的一个人截停在了半路。
　　那是张熟面孔,连带着把她不愿回想的糟糕过去一并连根拔出。
　　肖厌顺势望去,他不确定,但无由来就把这脸跟那短短几秒视频里未曾露脸的女生牵扯在了一起。
　　也许是她偏头的角度过于相似,也许是她表露自己弱势的方式跟视频里如出一辙。
　　对方也朝这边看过来,带了些愣怔,多年未见的眼神叫姜晚橘生出厌烦。
　　都是年轻气盛火气大的年纪,一个比一个冲动。
　　服务员们不知所措。
　　姜晚橘一时不知该做些什么,肖厌已经起身过去,并且说:"你待远点。"
　　他身上总有一种叫人安定的稳,面对一切失序,岿然不乱。
　　少年衣衫一角被风带起个弧度,她再回神,只看到他的背影。
　　眼见现场要吵出事来,姜晚橘想帮忙又怕添了乱,站在一旁干着急。

忽然，不知谁气急了拎起把椅子壮势，没拿住脱手歪了方向，直直落向姜晚橘。

肖厌注意到后拧眉回身，从侧面伸手一揽，踉跄一步。

沉重木头和脊骨碰撞的动静响在风里。

姜晚橘听见肖厌吃痛的闷哼，心里一揪。即便她的背贴着他胸口，也能感受到隔着身躯传来的冲力。

她僵直站定原地，远处警笛声恰好响起。

这声音好似一剂镇静剂，让在场叫嚣的暴躁小年轻们都消停下来。

服务员们长舒一口气，感觉这辈子都没听过如此动听的声音。

三人组跟孙墨已经来到肖厌身旁。

姜晚橘不敢动，肖厌缓缓直起身来。刚刚那一下不轻，疼痛感半晌未消，他额头覆了一层薄汗。

邹磊问道："没事吧？"

肖厌低声说："没事。"

这场风波戛然而止。

一番讯问和调查之后，肖厌跟姜晚橘才知道起因。

当时吃完饭，两拨人都准备走，另一群人过来他们这边看风景，不知谁谈起姜晚橘。

一开始，吕小言他们以为听错了，后来仔细一分辨，发现聊的内容和以前那个视频对上了。

接着矛盾开始，险些收不住。

当下走程序，两边互相道歉。对不起是说了，就是看不出彼此有歉意的样子。

半长头发的女生盯着姜晚橘，走时冷笑一句："有靠山了，都不用自己动手。"

姜晚橘抬头，下颌线条利落，一双眼里都是不屑和冷清："那我还是喜欢自己来。"

肖厌离得远，被叫去私谈，没听见她们对话。

之后他回到姜晚橘身边，望了眼门口："之前视频里的那个？"随后又道，"可以跟厌哥讲讲。"

肖厌黑发微乱，狼狈难免。

他缓身坐下，因为背上的伤，动作有点僵硬。

姜晚橘看在眼里，心里酸软。

"还很疼？"

肖厌面上皱眉隐忍的表情只露了一瞬便压下去了，随即又是一副欠欠的样子："嗯，可疼了，你安慰安慰。"

姜晚橘听他那腔调，笑着回道："那你是想先听我讲我的事，还是先安慰你？"

"你的事。我没关系，还能忍忍。"

姜晚橘对于肖厌的卖惨行径扬了扬眉，慢悠悠地开口："其实我一开始是打算当棵树的，但有些人把安慰树的小花小草都给拔了，我忍不了。"

被欺负过，看过不好的，也看过好的，受不了打抱不平的同学无辜受牵连，正当防卫奋起反击保护自己罢了，结果被断章取义，说成了恶人。

她省略了一些过去难堪又难熬的往事，洋洋洒洒轻松讲完，侧眼才发现身边那人沉着脸，满眼冷意。

姜晚橘把话题一换，坐近了点。

肖厌却忽然握住了她纤细的腕骨，随后压下她的小臂，伸出自己的手不轻不重地揉了把她的脑袋。

"姜姐辛苦了，先安慰你。"

事情全部解决时，夜色已深，其他人都各自散了，肖厌和姜晚橘走最后。

两人离得很近，路边偶尔有车经过，肖厌不言语，展臂环住她的肩往里一带，走在她外侧。

他的手从兜里拿出来时带出了那片叶子。

风一吹，把叶子往马路中央卷去。

他没多想，转身朝那儿去捡。

姜晚橘拉住他的小臂："算了，这叶子多的是，而且还没用，一点都不平安。"

好好的生日，收下这东西之后得来一身伤，实在晦气。

肖厌垂眼看她的手，用不轻不重的力道推开，带着几分执拗往马路上走。

车来车往间带起风，他就得往前再走两步，被戏弄似的两轮之后，他终于握住她给的平安叶，若无其事地往回走。

稀松平常，不以为意。

姜晚橘站在原地，看着他忍痛弯腰又直起身，汽车从他身旁穿过。

肖厌回到她身边，指腹摩挲叶面，拂干净尘土，将叶片放回口袋里。

"生日礼物,不一样。"

姜晚橘沉默不语,满腔情绪难以形容。

世界人来人往,竟然真的有人连她送的一片叶子都十分珍重。

不知是不是跟他坦诚分享了不堪过去的原因,肖厌今晚没跟她说玩笑话,沉稳安静。

在别人眼里,他永远只是一个性格不佳,时而跋扈的混邪少年。

肖厌侧眸,姜晚橘在低头看路。

时过境迁,以前消沉阴暗的想法自那天去山顶后就彻头彻尾被另一个念想替上。

人有了留恋,就会生出妄念。

他手指碰了碰口袋,左边是续命的药,右边是一片薄叶,从不迷信的人求了份平安。

肖厌送姜晚橘回到锦安园,他没进大门,看着她往里走。

姜晚橘进电梯,上到十七层,开门正准备开灯,却发现屋里一片明亮。

邹霖站在窗边,一双自认见过万千世界的眼往下投落。

听到开门声,她也没回头,只是不咸不淡地问候了一句:"回来了?"

姜晚橘僵直站在门口半晌,儿时见到父母总兴奋欢喜,现下却只觉得自己的生活里搅进一只手。

大概叛逆,大概对未知的未来心存抗拒。

她开口轻声"嗯"了一声。

邹霖望着楼下,肖厌也抬起头,远远一望,不慌不忙收回视线,末了转身。

姜晚橘走到邹霖身边,刚准备顺着她的视线朝下看,那层薄窗帘被一只手拉拢,隔开了玻璃外的光景。

母女两人之间的隔阂也好似被"唰"一声拉开。

邹霖语气没有起伏:"和他去干什么了?"

姜晚橘坦言:"过生日。"

邹霖看着姜晚橘,眼里是怀疑还是失望,不得而知。

"你的生活我不干涉,但在成年之前,有些事不行就是不行。"

她说了些家长给孩子的耳熟能详的台词。

姜晚橘敷衍听着,随口应答,直到那一句"别跟那种男生鬼混,没好下场的"入耳。

"是我在拉他鬼混,他很好。"

邹霖短暂沉默:"什么算好?买东西?送你回家?你才十六七岁,他也就是个小孩,未来的路还很长,你以后回头看只会觉得现在这话很幼稚。"

姜晚橘不打算再继续掰扯下去,过去自己一人走来父母没参与太多,当下母亲善意或者难听的规劝都是耳旁风,进不了心里。

她自然知道这个年纪不该动那些心思,学习是重头戏,其余的都该好好地藏起来。

邹霖还想说些什么,但姜晚橘已经关门进了房间。

姜晚橘靠着窗子,垂眼一望。

肖厌还没走,手里多了瓶水,约莫是在附近商店买的。

他坐在头天相遇时候的公交车站台,仰头喝了一口水,没注意她,视线落在马路上。

大概抬手的动作扯到肩背,肖厌滞了滞,微微俯身缓过两秒,末了才起身离开。

他缓步往前走,中途无所事事般踢走了一颗脚边的石子,最后身影消失在街角。

姜晚橘的手机一振,是肖厌发来的消息。

肖厌:明天见。

邹霖讲了很多话,有一句没有错。

十八岁的肖厌,也就是个小孩。

他却在当下如同成年人一般给她挡风遮雨。

姜晚橘不知道未来会如何,但她觉得哪怕再回头,她还是认为他们一起走的这段路难忘且不悔。

青春沸腾,幼稚,但真诚。

次日回校。

姜晚橘刚到教室,发现自己位子边坐了个不熟的同学。

八班零零散散有几个学生在早读,肖厌还没来。

吕小言望见姜晚橘,冲她招了招手。

姜晚橘放下包,走到吕小言身边,皱眉问道:"换座位了?但我看其他人都没动。"

她刚问完,就在靠门那排最后的位子上看见了肖厌那个熟悉的包。

吕小言说:"不是,老孟一大早过来让调的,还说了让你一来就去他办公室。"

提到孟子武，姜晚橘就猜出大半。

果不其然，吕小言又忧愁地跟了一句："肖厌已经过去了，你妈也在。"

姜晚橘沉默地出教室，来到办公室门口，里面声音不大，但能听见几分。

当下是邹霖在问："你爸妈方便过来吗？"

男生回答："不方便。"

随后女人又问："为什么？"

孟子武似乎想拦一下："那个……确实不太方便。"

女人语气不算蛮横，但平静里是暗藏的强势："我从国外赶来这里，你父母也需要坐飞机来这儿吗？"

"都去世了。"男生的语气不见起伏，没有被冒犯的不礼貌，用词得当含蓄。

断了的父子关系，跟没了一样。

随即，办公室里是死一样的寂静。

姜晚橘的手搭在门把上，垂眸一愣，满腔皆是酸涩。

她推门往里走。

办公室里是"三足鼎立"的局势，两个成年人坐着，肖厌站着，像是做了错事要被批斗。但他没低头，余光落在她身上，温温淡淡的。

姜晚橘想也没想就站在了他身边。

之后是一番说辞与之前大同小异的教育。

教育本身没有问题，早恋不应当，她知道，学习重要，她也知道。

但他们根本就没有早恋。

肖厌没有嚣张冲动，觉得有些事也根本解释不清，于是在姜晚橘来之前就承认是自己单方面过界，毫不犹豫揽下青春的错误，接受他们的建议。

会正常来往，会保持距离，会注意分寸。

邹霖没久待，大概肖厌逆来顺受的态度叫她觉得如鲠在喉。

孟子武也被这个传说里我行我素学生的乖巧样唬得一愣一愣的。

家长不在了，他才继续他的开明："老师明白你们是正常的同学关系，只是也不能影响成绩。"

他看了眼姜晚橘："小姜，期末考进前十，孟老师再把这个学霸同桌还你。"

姜晚橘回道："你现在还我，我保十争五。"

孟子武一愣："还讨价还价上了？先把最近的月考考好，不然给调到别班去。"

姜晚橘哑然,知道没戏,只好认了这安排。

肖厌在一旁听着,眼底深处有一点笑意。

两人从办公室离开回教室。

走廊上有学生在说笑看风景,蓝白校服亮眼,满目青春。

姜晚橘说:"前同桌,你看能不能给我恶补一下?"

肖厌眸光半落,对上她那双漂亮的玻璃眼,笑着打趣:"为了把我换回去找我补,羊毛出在羊身上算是让你玩明白了。"

"你不想跟我当同桌?"

"想。"

姜晚橘满意地点头:"我下课来找你。"

孟子武刚从办公室出来,就听见这最后一句。

他感慨着半大孩子不好管,在他们背后咳了一声:"你们就是这么保持距离的?"

两人很是默契地各自挪开几步让出条路。

"我们先回教室了,孟老师。"在孟子武发怒变脸前,肖厌一把扯了人往前走。

回到教室,姜晚橘刚坐下,肖厌就拿了本子过来,往她面前一放。

姜晚橘不解:"干什么?"

肖厌一手撑桌,慢条斯理地翻开卷子,语气泰然:"羊来送羊毛,给你恶补。"

大概有了动力和目标,学习积极性被带起,姜晚橘的认真态度空前绝后。

虽然两人换了位子,但也没完全换。

他们虽然是坐在教室最远的两边,也不过隔了几张课桌椅,眼睛一扫就能看见,休息时间抬抬脚就到对方身边。

姜晚橘平日测试成绩又往上走了一层,从班级靠后到了中游。

一天放学,两人一起去买参考书和刷题的卷子。

姜晚橘背着包,津津乐道:"照这个速度,月考就能把你换回来。"

肖厌捧道:"真厉害。"

姜晚橘拍拍他的肩膀:"肖老师功不可没。"

"肖老师"侧眼看肩上的手,扬了扬眉:"所以你打算怎么谢师恩?"

"能跟冰雪聪明、善良可人、温柔美丽的我重新做同桌,还不够吗?"

肖厌失笑:"你是怎么说出这种话的?"

"用嘴说。"

肖厌点点头:"能理直气壮算出老太太走路速度 400 千米每小时的人才确实不一样。"

"嘁……谁还没个算错的时候。"

"嗯,算出参赛人数 9.5 个,儿子 33 岁爹 4 岁,一棵白菜 25 万,也是正常的。"

"你能不能记点好的?"

肖厌侧眸看她,开口笑着调侃:"我尽量。"

从书城选完教辅出来,两人又路过那家店。

姜晚橘朝里看了一眼,台面上放着棒棒糖,格局没什么变化,不大的空间里有廉价的儿童玩具,货架上有饮料,柜里有香烟,七零八落里自成条理。

她的视线落在一个吹泡泡的小东西上,想了想走进去买下,当作奖励自己近来的进步。她顺便要了水和糖,随后不知出于什么心态,拿了一小瓶罐装的旺仔。

肖厌在外面叫车。

那老板往外一望,又看看她,好像意识到些什么事:"上次是你啊?哎哟,我以为是他妹妹,认错了。"

姜晚橘和善地笑了笑,低头拿手机结账。

老板淳朴健谈,不胖不瘦,慈眉善目的,没话找话,乐呵呵地笑问:"你还知道他喜欢喝这个?"

当时自以为是想当然的猜想忽然被推翻,姜晚橘思绪一滞。所以他并非把妹妹的喜好强加给她,只是把他儿时喜欢的顺手给了她。

老板话多,自顾自地说:"小肖小时候苦,是得多吃点甜的。"

姜晚橘那对肖厌独一份的好奇心和窥探欲疯长,肖厌内里冷,叫他自己谈苦难过去不切实际,她索性从别人嘴里听上一星半点。

她适时往前探问一句,老板果不其然打开话闸子一般聊起旧事。

话不多,轻轻一带,没花多少时间。

肖厌进来时,他们刚刚结束这场交谈。

肖厌问道:"买什么了?"

姜晚橘从袋子里摸出那罐牛奶递过去,动作自然,塞在他怀里就朝外走,轻松回道:"吃的喝的玩的。"

罐装的旺仔险些掉地上，肖厌单手拿住了，沉默地看了看，思绪从看不清的难堪过去里抽回，跟在了姜晚橘身后。

两人上车，姜晚橘脑子里还在回忆老板说的话。

"当妈的疯了，妹妹身体不好，一大一小都得他照顾。他打小就聪明，什么都一学就会。后来被生不出孩子的富家亲爹带走，逃回来两次，最后好像是他生了场大病，那边的爹有了自己的小孩，就不要他了，也不管他死活。

"他妈妈回光返照一样正常了两天，后来上吊没救回来。小小的孩子捧着黑白照拉着妹妹，人还没比照片高多少。

"街角修车的老头看他可怜，偶尔叫他帮帮忙，也算给他口饭吃。小孩知道报恩，老头没了还给送终。"

最后是句感慨。

"麻绳专挑细处断，日子苦，熬着熬着他也熬成大小伙了。"

老板轻描淡写的话，是肖厌缩写的十来年。

见车上安静，肖厌低声问："你在想什么呢？愁眉苦脸的。"

姜晚橘不说话，低头拆开糖递过去。

肖厌见她不语，接下糖也不再问，背靠着座椅，眼望窗外。

大概因为车晃悠，他有些犯困，微微合眼，渐渐睡了过去。

姜晚橘侧眸打量肖厌，眉眼唇鼻好看，下颌线优秀，肩背被生活打磨得硬挺不屈，眉心一如既往微微皱着，透着冷意。

他说他的梦都不好，姜晚橘轻叹，怎么会好？

肖厌醒时，姜晚橘在身边，车窗外不是锦安园，而是长宁路。

姜晚橘说："走了，厌厌。"

肖厌鼻音微重："怎么来这儿？"

姜晚橘回道："不想回家，想陪陪你。"

肖厌低头结账，开门下车。

姜晚橘站在他身侧。

他一手摁在眉心醒神，声音沙哑掺杂着揶揄："姜同学，注意分寸，保持距离。"

姜晚橘挪开两步，拿手一量："好的，肖老师。"

她提着塑料袋子，肖厌手里是旺仔。

高个少年身影冷酷，跟手上可爱图案的饮料反差颇大。

姜晚橘问："怎么不喝？"

肖厌不以为然："小孩才喝。"

姜晚橘笑了:"包袱真重,不要我送别人。"

肖厌进店,听到这句话没说什么,单手抠拉环,灌了一口,将牛奶放在台上。

姜晚橘挑眉,故意重复他的话:"小孩儿才喝。"

嘴里一片奶香跟甜腻,肖厌漫不经心,能屈能伸:"是,两百多个月大。"

姜晚橘被逗乐,刚刚那些被他的过去影响的低落心情又被他治好。

肖厌很少说起过去,只有独处时才会看见曾经遗留在他性格里的失神跟沉重,大多时候姜晚橘甚至觉得他是风趣轻松的。

她拿出袋子里的吹泡泡的小玩意儿:"要和刚两百个月的一起玩会儿吗?劳逸结合。"

肖厌没拒绝,跟姜晚橘一起来到公园。

天气不赖,日头和风都给得恰到好处。秋千架上有小孩坐着,附近成年人闲聊侃谈。

两人找了个台阶就地坐下。

姜晚橘蘸着泡泡水:"玩过吗?"

肖厌摇头:"没,太幼稚。"

姜晚橘看他一眼,不问过去,没拆穿他的往日苦楚:"这么巧?我也没。"

他笑了笑,看她凑唇轻轻吹气。

泡泡水从小圈里划出几个大小不一的圆球,在阳光下五彩斑斓,可一触即碎。

漂亮又脆弱。

自诞生到消亡不过几秒。

跟他们的青春一样,一瞬即逝。

小孩看见了,兴奋地跑过来抓,一颠一颠的,笑哈哈地蹬着小短腿。

六岁的跟十六岁的玩这个的感受不能同比。

但如果可以,姜晚橘希望二十六岁的时候,身边还有这个人跟她一起干这有点孩子气的事。

姜晚橘重新蘸了泡泡水,又举到肖厌面前。

"厌哥试试。"

肖厌不像会玩这东西的人,可他被那双单纯里透着狡黠的眼睛盼着,还是松口。

他接过,恰好起风,帮他吹出一波。

姜晚橘抬手留下张照片。

肖厌侧脸轮廓线清晰，凌厉被成堆的泡沫中和，画面赏心悦目，生出别样感觉。

"偷拍得开心吗？"

姜晚橘继续拿手机对着他，回道："明拍。"

肖厌把粉红色的塑料小柄放回去，捏住她的手机往上，点击镜头翻转，直面两人。

"来，拍。"

姜晚橘愣怔抬眼的一瞬，他按下快门键。

姜晚橘望向屏幕里的脸，自己手里是吹泡泡的小玩具，脸上的微微错愕和短暂的羞赧避无可避。身旁肖厌肆意如风，鲜活而恶劣。

肖厌扬眉欣赏自己的作品："拍得挺好，发我。"

姜晚橘看着两人青春洋溢的照片："你就是这么保持距离的？"

孟子武讲过的台词被搬上台面，肖厌全然没有那天在办公室的乖巧样。

"不好意思，忘了。"

肖厌嘴上这么说，人却往一旁挪了挪。

姜晚橘看了看他，低头把照片发了过去。

这是除了大头贴两人的第二张合照。

肖厌点开，保存，盯了半晌，随后若无其事地把手机放回了兜里。

往后日子照常，好似只是一眨眼，就到了期末的日子。

姜晚橘这段时间刷题不少，算得上奋发努力。

孟子武满眼欣慰，有种自家花瓶终于出息的感慨。

期末成绩出来了，姜晚橘顺利冲进班里第六，名次有了质的飞跃。

肖厌则自始至终悬在头顶第一名。

老孟很守信用，答应高三开学就让他们坐一起，并表示会随时关注他俩，及时给予他们来自教师的"别样关怀"。

高二结束的暑假，姜晚橘回了老家。

假期有两个月，她一去便也是两个月。

从小城回她儿时住所的路途不长不短，坐的高铁。

姜晚橘生在这儿，长在这儿，却无端觉得陌生。

大概物是人非。

烈日当头的灼热严夏里，她跟肖厌的交流止步于社交软件，偶尔发图片文字分享日常。

期间唐杰跟她有过一次视频。

大概他们又是在一起吃饭，一接通就是起哄声，吵吵闹闹的。

唐杰手机开的外置摄像头，镜头里的肖厌懒散坐着，一双眼里倒映着月夜里寡淡的光。

唐杰的声音传来："姜妹，给你看个东西。"

随后摇摇晃晃不稳的镜头给到桌面的手机。

姜晚橘认出那是肖厌的，不新不旧。

亮起的屏幕上是当初肖厌被抓拍的那张照片，未破的泡泡被留在一刹那的永恒里。

第十三章　/ 表白

那次视频通话持续得不久。

姜晚橘在这个过程里没说什么话，只是静静地看着听着。吹泡泡这件事已经时隔许久，她却觉得仿佛发生在昨日。

肖厌一开始没注意唐杰的手机，抬眼看了两秒，才后知后觉："拍我呢？"

唐杰说："给她看看你现在的样子。"

肖厌不在意，懒得搭理他俩，伸手翻转手机。屏幕上并非那张漂亮的脸蛋，而是一片黑，但能隐隐约约看到些周围的景色。

他低声试探："姜晚橘？"

姜晚橘没在家，而是在屋外的某座桥上，一来无人管顾自由轻松，二来也吹吹风透口气。

她话语轻松，不见局促紧张："在呢。"

朦胧月色下，肖厌声音里掺杂着闷热夏夜的躁动蝉鸣。

"嗯。"

姜晚橘给他提出个玩笑一般的不实建议："要不你来找我？"

她没露脸，画面依旧一片昏暗，少女的声音温糯耐听。

肖厌笑着回道："行，明天就去。"

这话真假难辨，毕竟姜晚橘没说过自己当下的地址，肖厌找来的可能性微乎其微。

但她还是生出了点荒诞不经的虚妄念头。

次日有饭局，姜晚橘没去，在家待了一天，自天亮到夜幕降临，最后无事发生。

那天肖厌甚至没有给她发半个字半条消息，别说过来，都直接失联了。

姜晚橘知道自己这点想法过于不切实际——把他当神仙看，在毫无线索的情况下能找到她家来。

这短暂的插曲过了之后无人再提。

他们照旧分享一些无关紧要的日常，肖厌不一定秒回，但有信必回。

两人始终未见，直到开学。

高三新学期，自上课铃响进教室，就好似踏进了高考的战场。

孟子武兑现了他的承诺，把他们安排坐在了一起，并指了指自己的眼睛，又指指他们，表示会随时盯住两人。

一个假期没见，肖厌个子又高了一些，面容介于少年与青年之间，线条越发硬朗利落。

姜晚橘跟他见面的第一件事就是问他要了手机。

肖厌满不在意地递过去，很是大方。

手机没设密码，一划就开，壁纸果不其然还是当初那张照片。

可见这事并不是他心血来潮的行为。

肖厌扫了眼，好整以暇地问："不是自己也有，我的比较好看？"

姜晚橘找不到辩驳的话，索性回道："对，你的比较好看。"她笑了笑，顺势又加了一句好听的漂亮话，"主要你比较好看。"

肖厌"哧"了一声："真会哄。"

姜晚橘把手机递回给主人，伸手过去时不小心碰到屏幕点开了相册。

相册里几乎都是她见过的景色。

有漂亮的夕阳，奇怪的歪脖子树，像橘子的云，明亮黄澄的月，一黑一白窝一起睡觉的猫崽⋯⋯

里面有几张她没见过，第一张是车窗外的远山。肖厌似乎在动车上，紧接着的一张是座桥，桥下有河。姜晚橘看得不清楚，但只是这样浅淡地一瞄，她已经猜出全貌。

几乎一样的石头桥，现代城市里做旧的风格。

她不需要细瞧就能笃定，这个拍摄角度跟她那天视频时站的地方几乎一样，显然他有去踩点看过。

再往后一张似乎是自己的背影，很远很模糊。

肖厌对于姜晚橘无意点开看到他的相册没什么反应，只是垂眼把东西收回去放好，视若无睹。

姜晚橘望他一眼，觉得有些人的话还是可信的，就是太闷，猜不透想法。他悄无声息地来又毫无痕迹地走，不打招呼，只是远望她一眼。

她不知道他在想什么，只觉得这人很矛盾，他会不加收敛热烈地表达，又好似因为一些事内敛不言语。

姜晚橘没有多问，假装自己暂时失明没看见那几张夹杂其中的照片。

高三学业重，他们的休闲时间被挤压到几乎消失。

世界和学校推着他们想未来，提前设志愿。

姜晚橘看不清将来，但很清楚自己喜欢的事，植物生物学是首选，至于学校，自然往这方面发展好的去。

假期在家的日子里，父母跟她谈过，两位成年人大多情况下意见不合，但在这件事上出奇统一。

她的家庭支撑得起她往世界走的开销，也留有足够的容错空间，便想给女儿更大更宽阔的眼界。

老孟让他们写写自己期许的学校和志愿，姜晚橘跟肖厌几乎同时提起笔。

姜晚橘考虑结束时，肖厌正垂下眼；姜晚橘开始落笔时，肖厌转了个笔花；姜晚橘快要填写结束时，肖厌已经撂笔躺平。

"写什么了，这么快？"

肖厌不遮不掩，伸手捏着薄纸，往她面前一放。

姜晚橘看了一眼，上面是空白。

"你这成绩不闭着眼睛随便填？"

肖厌没往深处解释原因，轻松回了一句："填不出来，借我抄抄。"

姜晚橘无奈："第一次听说这东西还能抄。"

肖厌没说什么，余光一扫，抬笔落字，留了个一样的学校。

姜晚橘笑着打趣："倒也没必要那么死心塌地。想过以后干什么吗？定得这么草率。"

"以后不都工作生活，在哪儿都行。"

在十来岁的小孩还都心存妄想谈不切实际的理想的时候，肖厌已经看透世界和社会。

她对他的想法表示尊重，但还是忍不住好奇问了一句："修车肖师傅打算进军哪个行业？"

肖厌看着她，似乎想起某个晚上的一些画面，笑着回道："亿万富翁霸道总裁吧。"

姜晚橘被逗乐，点了点头："可以，很适合你。以后我们肖老板就是肖总了。"

高三这年人人争分夺秒，日子过得很慢又很快。

几轮考试结束，几个月的时光悄然而去。

姜晚橘跟肖厌坐得近，近水楼台先得月，拜第一名所赐，她的成绩自始至终处在上游，没往下掉，好似这本就是她该在的位置。

凛风花草繁多，种植了名贵的樱花。

樱花树排成排，春日好光景，风一吹，满是飞花，着实漂亮。

姜晚橘的手机振了振，进来一条消息，发送人是肖厌。

内容很少，只有两个字。

肖厌：下来。

姜晚橘：招谁呢？

肖厌：亲爱的晚晚同学，请来一趟楼下，谢谢你。

他能屈能伸，当即换了个表达方式。

姜晚橘：楼下哪里？

肖厌拍了张照片。

粉白的花瓣被风吹落，底下有人在赏花，有人凑一起说笑。

吕小言瞥见消息起哄："呀，不会是要跟你表白吧？"

刚听说凛风都在传樱花树下表白的成功率几乎百分之百，下一秒就有人喊自己去那儿，姜晚橘挥了挥手，说了句"别闹"，心里却七上八下起来。

她起身，下楼梯，每下一级阶梯就紧张一分。

姜晚橘自嘲，期末考都没这会儿心跳得快，有够不争气的。

从楼底下到樱花小道没花多久，前后几分钟。

远远就能看到肖厌的背影，他站在树下，侧肩半倚，不知在想什么，肩头落了两片樱花花瓣。

姜晚橘靠近，伸手想帮他捏下，他回神转身准备躲开，在注意到是姜晚橘时又松懈下来，问了一句废话："来了？"

"说吧，什么事？"

肖厌："帮我拍个照。"

"嗯？"

肖厌漫不经心地说："学校让换牌子上的照片，指定背景在这儿。"

姜晚橘伸手接过相机，下巴一抬："站着去，这么多人就找我。"

肖厌说："我没什么朋友，你又不是不知道。"

听着挺惨挺可怜的。

姜晚橘抬手，"咔嚓"一声。

大概人长得出挑，用脚拍都养眼好看。

她欣赏了一会儿，低头拿手机又拍了一张，随后把相机还给肖厌："还有别的事没？"

肖厌好似没听明白："还能有什么事？"

直男不曾听过这儿的传闻，问得坦诚。

临近上课，这会儿周围没什么人，变相清场，只留他们俩，氛围无端暧昧。

姜晚橘不像一般的姑娘害羞失望离开，反倒脑子一热，丢了一句说笑："这天时地利人和的，不表个白？"

肖厌收拾相机的手一僵，被理智压下的心思好似脱缰的野马。

姜晚橘看他不说话，情绪掩在无所谓的打趣表情之下，送个字给他，声音不大，但清楚："厌。"

女生说完转头准备走，却被猛地拽住手腕往回拉，回过神来时，她的背已经抵在了灰色的樱花树干上。

抬眼是肖厌一双黑而深的眸。

时间短暂地停滞，呼吸放缓，心跳加速。

肖厌难得在清醒时失态，声音很低："说什么呢？"

姜晚橘很勇，心里不定，嘴上强硬，放慢速度重复一遍："说你厌。"

肖厌凑近了一点，带着压迫的吐息落在她耳侧，恶狠狠地唬道："到那时，你最好别躲。"

樱花树下两人对望。

姜晚橘长睫微动，心跳声响在胸膛好似擂鼓。

上课铃响，突如其来的声音拉回了姜晚橘的思绪。

肖厌笑了一声，回击："厌。"

少年的声音混着他特有的沉。

姜晚橘脸上有不明显的红晕，抬眼，语气不算乖软："便宜占太大了，同学。"

不远处有老师路过，伸手一指："都上课了，你们还在外面干什么呢？像样吗？"

姜晚橘正要循声望过去，肖厌没说话，摁着她的脑袋回转。

手腕上生出一股力，耳旁起风。

身旁有飞落而下的樱花，类似场景曾经在月夜下上演过一轮，现下再现，心境有变。

肖厌带着姜晚橘从樱花小道跑往教学楼。

姜晚橘的胸腔因为奔跑而起伏，眼前是肖厌夺目的背影，像青春里的一场白日逃跑。

时间过得极快。

他们相安无事度过了紧张的高三。

眼一眨，高考动员大会，再一眨，高考百日誓师。

日子一天天流逝，转眼高考结束。

中间好似平淡无起伏，高三没什么大活动，有的只是一次次测验。

肖厌偶尔会请假缺席，不知去做些什么事。姜晚橘问过，肖厌回得很冷淡："累了，歇歇。"

离谱，但在他身上好像也没那么离谱。

这大概就是成绩优秀的天赋型选手的任性。

高考结束，一个班的学生如鸟兽散，去到各个地方走新的路，见新的人。

肖厌在老孟跟学校商议后提前签了保送，去了个好学校，甚至没来参加高考。

姜晚橘知道后反应不大，他先前那时候说她去哪儿就跟去哪儿的话像玩笑话，或者说本来就是玩笑话。

在未来面前，各有各的出路。

肖厌在毕业之后忽然就联系不上了，就好像他们的情愫还未见天光，便葬在成长路上。

没有一句像样的表白，也未曾好好地确认关系。

父母意见难得统一，决定送姜晚橘出国。

姜晚橘无所谓在哪儿，她在意的无非是喜欢的东西。

稀奇古怪的植物也好，肖厌也罢，只要能占到这些，其余的她都不在意。

现下肖厌不在，也许往外走不是坏事，让另一个兴趣占足生活，她不至于时刻惦念过往。

姜晚橘去过肖厌的修车店，店门关着，问过他的朋友，无迹可寻，给他发的消息如石沉大海毫无动静。

她逛过书城，走过小店，去过公园，这么小小的一座城，好像陡然变大，都还没说一声再见，就怎么都碰不上面了。

毕业后，吕小言跟戚白依旧时不时跟姜晚橘联系，她们喊姜晚橘一起去毕业旅行的前几天，姜晚橘在大夏天感冒了一场。

她躺在床上直面天花板，冒着被手机砸脸的巨大风险翻看相册，翻看和肖厌不知轻重打趣的聊天记录。

翻到最后是她的骂。

愤懑情绪直观可见。

姜晚橘想，自己的伤风感冒，约莫是被哑巴肖厌冷的冻的。

因为病着，情绪不高，她整个人萎靡不振，姜雅兰见了当即派逆子出去给柔弱妹妹买药。

霍成文嘴欠："失恋了？被肖厌甩了？"

姜晚橘懒得搭理这没带脑子的烦人玩意儿，对方却不依不饶："正常，我不早跟你说了，别惹他。"

姜晚橘没好气地说："要不是得叫你一声哥，我现在高低给你一拳。"

霍成文收敛了几分，好言安慰道："没事儿，总结经验，下回离那种人远点。"

许久未见的霍成文已经被安排好未来的路——

浪荡公子，出国镀金，回来听天由命。

当下浪荡公子还做不到违抗母命，刺激完妹妹后，灰溜溜地出门去医院。

霍成文本想随便找家沿街的药店，但收到一个朋友的消息，刚好那人在市医院，于是他便过去处理完事情后就地买点药回去。

医院里消毒水的味道很重。

霍成文一副吊儿郎当的模样，乘住院楼的电梯往下。

医院不大也不算小，一楼大厅空旷，随处可见的椅子上零零散散地坐了些人，远处是落地窗。

忽然，有个熟悉的身影出现在他的视线里。

他愣愣地停下脚步。

半开的透明窗子外面是片绿草地，人工种植的植被在这死气沉沉的地方不见多少生机。

角落的休息长椅上坐了个人，即便隔得远，霍成文也能认出是谁。

他怎么也没想到会在这里看到肖厌。

曾经意气风发把自己揍倒在地的少年穿着一身病号服，眉眼怅然，颓败地垂着头，手里拿着一片树叶。

随后，他失神，手上没捏稳，叶子落地沾了灰尘。

十八九岁的少年垂眼把树叶捡起来擦干净，低头看了看，放回去后继续坐着，面无表情。

他的动作不算利落，偶尔皱眉，不知道是不是因为疼。

周围的病人都有家属搀扶着，越发显得肖厌孤单一人。

人来人往中，他不声不响地坐在那里，好似跟世界遥遥相隔。

身侧一个护士路过，霍成文伸手拦下，朝肖厌那边一抬下巴，问："他怎么了?"

小护士看看窗外,又看看他:"你哪位?"

霍成文一时没答上来,随后按着姜晚橘那边的关系推,大言不惭:"我是他哥。"

对方上下一打量:"那你这哥也是蛮心狠的,这么多年不管不顾。"

霍成文哑然两秒,问:"所以他生什么病了?"

护士看起来不是很愿意搭理他,但还是给了个简短的回答:"慢粒。"

霍成文没明白:"那是什么?"

"一种白血病,运气好控制在慢性期吃药就行,运气不好到急变期就难说了。"

护士说的时候看了眼肖厌。

霍成文猜肖厌现在属于运气不怎么好的情况。

他心里生出一种难以言喻的情绪,那种傲气的人不值得他可怜,可这画面确实戳得他心里难受。

肖厌背脊坚硬,当下被困于囹圄,好似被扼脖断骨。

霍成文看了会儿,抬手拍下张照片,想要发给姜晚橘时又停了停。迟疑两秒后,他选择了删除。

有些事当事人自己不说,也轮不到他。

手机忽然响起铃声,是姜晚橘,他接通。

女生因为感冒声音闷闷的:"你的药买到国外去了?"

霍成文沉默了会儿,回道:"我这就飞回来了,催什么?"

随后他又不怎么自然地问了一句:"你跟肖厌……"

话没说完,电话里随即传来"嘟嘟"声。

霍成文心里很矛盾,现实点来讲,他们没在一起,对姜晚橘不是什么坏事。

她还小,有大好前途,会遇到很多人很多爱,过了这个坎,照样精彩。

他瞒下这个秘密,给肖厌垫了一笔医药费,回家送药。

感冒病小,去毕业旅行时,姜晚橘已经好得七七八八了。

一起去的还有一些班上的同学,路上很热闹。

姜晚橘不是很想加入,陪着笑了笑,兴致不高。

温廊这里有海,近处有一个植物馆。

姜晚橘不怎么合群地准备先去植物馆逛逛,表示晚上集合时会来。

她到的时候,赶上兰花温室喷雾,里面一片雾蒙蒙的,好似神秘的仙境。

姜晚橘站在一面热带植物墙前,身边白雾环绕。

各种热带植物在眼前展开,蔓绿绒、秋海棠之类的,书上见过,没机会碰到实物,当下也算填补某块空缺了。

她抬起手机,想了想,在水雾中拍下一张看不清前路的照片,发给了那个没有回应的人,好似以前的分享日常。

姜晚橘低头等了两秒,随后很平静地退出对话框,看了会儿肖厌的头像。

就在她准备锁屏时,那许久未有动静的头像上出现个红点。

姜晚橘心头突跳,一手紧握又松开,点开消息去看。

肖厌也发了一张照片过来。

一样的白雾迷蒙,人影影绰,植物挂壁而开。

她蓦然一僵,回头往后望。

肖厌从白雾里走来,许久未见,他的轮廓越发硬朗,清瘦了一些。

姜晚橘稳住自己猛烈跳动的心:"你怎么在这儿?"

肖厌俯身,伸手挡住她的后脑勺,印唇而上。

是个蜻蜓点水式的吻,不粗鲁,不热烈,好似给青春一个交代。

"来跟你表白。"

姜晚橘还愣怔在原地。

湿雾里人来人往,蒙蒙一层如烟的水汽把他们和周遭分割开来。

没人注意到他们在这里接吻。

四下都是淡淡花香,姜晚橘在自己爱的环境里看向自己爱的人。

静默里,她手心沁出一层薄汗,重逢的紧张和当下突如其来的吻让她头脑一片空白。

随即,姜晚橘平复了那颗不安分乱蹦的心。

"搞失踪,又耍流氓,你就是这么表白的?"

肖厌眸底沉着道不清的情绪,如掩着狂风骤雨的默然,云起浪涌上的一层虚假平静。

几个小时前,肖厌还在医院病房。

介于加速期与急变期不安定的变化折磨着这具身体,消耗性症状增加,没有缘由的发烧平常如三餐,骨关节疼痛。

这病打小陪他至今,发展成什么样,自己目前情况如何,不用医生跟他谈,他也能猜出一星半点。

残酷现实见得多了,多一桩少一桩无足轻重。

换作两年前，若病情恶化他无所谓。

可当下心有妄念，轻轻一片树叶，重如千斤，叫他放不下。

肖厌躺在白色病床上，窗外日光炽烈，他举起那片他生日时姜晚橘送给他的平安叶，放在光下，陪他晒太阳。

叶子被过塑了，保持着绿色。

床头柜上有一个橘子，隔壁床给的，他没吃，就那么放着。

忽然，他在叶片脉络间不清晰的划痕里窥见到了什么。当初姜晚橘送他时，他细看只以为是指甲无意磕碰留下的，现如今光透出来，揭开了个隐匿的秘密。

叶片上浅浅淡淡、隐约不明显、歪歪扭扭的是三个字：喜欢你。

生死未决，他坐在命运的赌桌上，筹码零星，却野心勃勃。

逃避无用，活了一世至少不留后悔。

肖厌在同学繁多的动态里发现了姜晚橘的行踪，当即拔下针，直奔温廊。

不需要过多交流，他笃定姜晚橘会去植物馆。

现下雾气朦胧。

肖厌沉默地看着姜晚橘。她头发长了些，脸瘦了些，未施粉黛，软软乎乎的，一双眼明亮好看。

姜晚橘问道："又哑巴了？怎么找来的？你也喜欢这个？"

他看着姜晚橘，话语突兀而认真："我喜欢你。"

迟来的表白太过突然，姜晚橘不知把眼睛往哪里放。

肖厌又追加一句，声音温沉："我只喜欢你。"

肖厌的整段人生充斥意外，尽是苦楚。他不喜欢这个世界的大多数，姜晚橘是个例外。

植物馆正展厅的空中花园下，石斛花谢得七七八八，鹿角蕨悬顶，四处都很漂亮。

"听见了，我也喜欢你。"姜晚橘声音不大。

暧昧氛围叫人脸发热。

姜晚橘唇上的温度已经消失殆尽，但心头好似被烙上印记，灼灼发烫。

她试图平复心情，把话题扯到周遭的石斛上，转折生硬突兀："春天来看比较漂亮，大苞鞘跟金钗、鼓槌这些石斛兰的花开得旺。"

肖厌对植物了解不多。他只望见姜晚橘一双亮晶晶的眼，看她沉浸在自己擅长和喜爱的世界里。

前面的几个电子屏上属于另一块内容，有文字介绍，配的图片似乎是一些濒危植物。

肖厌顿足看了会儿。

貉藻、酸竹、油丹……都是些生拗的名字。

姜晚橘凑到他身旁："有些快没了。"

肖厌随口说："那你救一救。"

"我哪有那能耐把快死的救成活的？"

闻言，肖厌思绪飘远。他面上无波，自暴自弃的情绪循环往复，而面前这个人无时无刻不在拯救濒死的自己。

身上沉重的包袱无形，他沉默两秒后，云淡风轻地说："怎么没有？"

"厌厌真看得起我。"

"何止，就看得见你了。"

她笑开了："情话一套一套的。"

肖厌视线落在她身上，又挪开移至电子屏："什么情话，我说的都是实话。"

"那我勉为其难往这方面继续努力发展。"

肖厌轻"嗯"一声。

姜晚橘又问："那你呢？以后准备做什么？"

肖厌一句歪心思压在喉口，末了笑了笑："做你的金主吧。"

如果活得下去的话。

临近傍晚，他们回海边集合。

其他人在看到肖厌时，无不诧异。

众人七嘴八舌，聒噪又热闹。

"厌哥，你去哪儿了？这么久没出现。"

"我们姜姐等你等得好苦。"

"你俩是不是在一起了？是不是，是不是？"

姜晚橘跟肖厌站在一起，眉眼露笑。

肖厌唇线也弯着，只是淡淡的。

姜晚橘开口："官宣一下，低调低调。"

肖厌侧眸，好似暗里看一道光。

孙墨起哄："厌哥怎么不讲两句？"

肖厌脸色不算好，揶揄笑着回道："我是小跟班，没发言地位，听你们姜姐的。"

入夜点篝火，远处海浪一层叠一层往岸边涌。

氛围极好，他们围坐着谈论青春旧事。

姜晚橘坐在肖厌身边，肩贴着肩："你想什么呢？"

"嗯？"

"感觉你很安静。"

"我不是一直都话不多？"

肖厌笑了一声算回复，海风拂面，他没忍住低咳。

姜晚橘侧过眼，发现肖厌唇色淡淡的，即便他压住眉间的川字，病态也难免露出来些。

她觉出他的异常，伸手去摸他额头："又烧，你虚吧？"

肖厌笑着回道："虚，没你陪，活不下去了。"

"你自己不见影，我去哪儿陪你？你到底干什么去了？"

肖厌想了想，撒了个谎："回老家。"

这话语意有所指，另一种不吉利的意思被掩盖在不咸不淡的话语之下。

说完，他又补充道："后来觉得老家不如以后要个新家，就找你来了。"

儿时生出的消极如影随形，如果没有姜晚橘，等死跟坐以待毙就是肖厌的余生。

好在世界待他不薄，给了他一束光。

哪怕真为了骗他眼泪，逗逗耍耍也没有关系。

树叶上的"喜欢"二字叫恶犬俯首称臣。

三两好友的笑声混着风声在海边沙滩上回荡。

姜晚橘没深究，掸掸沙子站起身来。

坐着的肖厌抬头："干什么去？"

"给家里的病狗买药。"

肖厌没说什么，慢悠悠地起身跟在了她身旁。

两人跟朋友们简单提了一句便先行离开。

他们走在软沙上，夏夜海风吹乱黑发。

肖厌身体不适，头脑昏沉，但步子还算稳。

姜晚橘没话找话吐槽他："等我学成归来，多带你出去溜达溜达，身体素质是真差，三天两头就发烧。"

此时的姜晚橘只以为未来很长，她出国三五年回来，世界还是那个世界，肖厌仍旧是年少轻狂独属于她的肖厌。

肖厌沉默了会儿，声线微沉，明知故问："去哪儿？"

"大洋彼岸。"

姜晚橘顿了顿，又接着问："你会想我吗？"

肖厌话里不见犹豫，沉沉声线定然混风而来："会。"

姜晚橘侧头去看他。

少年背后是一望无际的暗海，未知感叫人期待又恐惧。

肖厌肩背笔挺，站在她跟前就好似一棵遮天蔽日的大树，又像一株微毒无声的滴水观音，又像是在她心里无法无天疯长的野草。

世界施压在他身上，他也和植物一样，伤痕满身不喊不叫，傲气肆意，以沉默与漠然回报世界。

海边那一晚，肖厌跟姜晚橘住在了一个房间。

因为肖厌来得突然，没有空房间可订，众人起哄叫他们住一起，姜晚橘不好意思把高烧的肖厌遣走，只好应下。

单人间里，姜晚橘打趣道："你故意的吧，过来这里不提前订个房间？"

肖厌拆药和水吞下，声音沙哑："对，故意的，想跟你同床共枕。"

他从兜里取出生日时收到的那片平安叶，放在桌上，问："这东西上写的是不是真的？"

姜晚橘瞥了一眼，愣了愣，连自己都快忘了上面的小心思。

她拿起叶片来，翻来覆去地看，有几分感慨："这么久了，保存得真好。"

"你给的，得留一辈子。"

"那留不住，它没那么长寿。"

"没准我也没呢？"

姜晚橘骂了一句："晦气，呸呸呸，不然这就扫你出门。"

姜晚橘作势起身去开门，被肖厌一把拉住手。

她回头。

肖厌脸上线条清晰凌厉，当下被昏黄的灯光笼着，狭长双眸里硬生生透出点下垂眼的狗里狗气来。

"我错了。"

打情骂俏，调风弄月。

姜晚橘把手里的叶子放在他面前，指尖敲桌，语调轻松："发个誓，说你长命百岁。"

是非上帝视角的单纯的念想，是无知又凑巧的期盼。

肖厌垂眼："好，我长命百岁。"

第十四章 / 人模狗样

旅行之后，父母给姜晚橘安排了出国时间，然后就是去另一个城市准备手续。

离开之前，姜晚橘跟肖厌在一起过了四五天小情侣的甜腻日子。

肖厌在海边之行结束后说有事处理，走得挺早的，但次日就出现在了锦安园。

大学前的暑假漫长，炎炎烈日下人来人往，肖厌却还披着一件薄外套。

昨天海边温度不高，但今天着实没有必要。

姜晚橘下楼笑笑他脆弱。

"我一女生都穿短袖短裙，你这么娇气吗，厌厌？"

肖厌不反驳："防晒，保青春，怕你在海外看上金发碧眼。"

他额上起了一层薄汗，脸色有些苍白，但表情轻松，被衣服遮着的手臂上针孔斑驳。

姜晚橘说："放心，见过你这样的，别人很难入我眼。"

"论夸人，还是得我们晚晚。"

短短五天，肖厌好似重新活了过来。

他们去超市买无关紧要的生活用品，姜晚橘像小孩儿一样站在购物车前侧，面朝肖厌，脚踩在轮上人往前倾，被慢悠悠地推着走。

货柜上琳琅满目的包装在她身旁向前，她手里拿着旺仔，一动不动地盯着肖厌，这个人在她的十八岁里唤起了她八岁时的幼稚。

肖厌说："你现在就跟它一样。"

姜晚橘低头看着手里的牛奶："那又怎么样？我的东西，想怎么看就怎么看。"

肖厌语气淡淡的："送你那句广告词。"

姜晚橘想了想才了然——再看，再看就把你吃掉。

见她脸红，肖厌说："是你想歪了。"

肖厌那能要了他命的高烧仁慈地蛰伏下来，让他过了段不算难熬的安生日子。

他们在电影院最角落的地方看爱情片,情到深处拥抱接吻,去市井味重的街边大排档吃串,去热闹嘈杂的小商店买杂七杂八的东西。

姜晚橘站在两元店里的镜子前,拿着劣质白纱在头上摆弄,问道:"漂不漂亮?"

他满眼都是她,说:"真漂亮。"

灰尘粘在白纱上面,塑料钻掉下一颗,汽车鸣笛响在马路边,人声嘈杂。

姜晚橘笑说:"那你愣着干什么?"

肖厌后知后觉,买下白纱跟玩具一样的戒指给她戴上,小心翼翼,认认真真。

姜晚橘看着他,凑到他耳边,说:"我愿意。"

在一无所有的年纪,他用四块钱买姜晚橘嫁他一次。

甜蜜短暂,姜晚橘离开那天阴雨连绵。

她本以为肖厌会来陪陪她,可惜车站无人,父母没来接,他也没来送。

姜晚橘并非矫情的柔弱花,只是失落难免。

她自己拎了行李箱上车,坐好后,分离感实质起来,在胸口虚出一片。风吹过,隔着玻璃,没吹在身上,她依旧又冷又空。

姜晚橘拿出手机,看到肖厌来了条消息。

肖厌:睡过头了。

姜晚橘冷哼一声:睡不死你。

肖厌:来,睡死我。

姜晚橘刚积攒起来的怒意被这不着调的话打散了几分,她甚至能想象出肖厌睡眼惺忪、懒洋洋的欠样。

她气笑了,决定不再搭理他。

医院里,肖厌伏在床边,药物副作用大,胃里吐空,额头的汗沾湿了黑发。手机放在床头柜上,屏幕上是跟现下全然不同的挑趣。

今天状态不算好,肖厌索性不去车站,不参与这场日后未知定数的别离。

姜晚橘对于他的缺席没太在意。

她足够信任自己,也足够信任肖厌。

不过分开几年,他们走自己的路,在一样的日出日落斗转星移下,总归会回到同一个地方,再看同一本书,养同一盆花。

所以她一如跟父母约定好的那样准备手续、整理行李、出国留学。

邹霖送她时提过肖厌,依旧是不满意、不认同与不认可。

"门不当户不对，穷小子还是孤儿，没父母没靠山，飘飘摇摇，再聪明再勤奋又能追上别人多少？"

姜晚橘的爸爸没说什么，只知道那小子勤工俭学还全校第一，但邹霖的话也在理。

男人的沉默无形中表露了态度，跟前妻站在统一战线。

姜晚橘不反驳，不争论，没把自己跟肖厌在一起的事讲出口，一副逆来顺受的样子表示同意，叫父母意外心软闭了嘴。

未来如何，无人所知。

姜晚橘的叛逆持续到十八岁的尾巴，即便父母不看好，她始终如一并不动摇。

她低下头，把两块钱的廉价戒指戴在手上，给肖厌发了条消息。

姜晚橘：厌哥，我走了。

夏末天气炎热。

飞机穿过平流层，眼望窗外，云海茫茫。

姜晚橘以为这一次分离跟过去没有太大差别，也许就是时间久一些，距离远一些，除此之外，并无大差。

她融入得了另一个城市，也融入得了异乡。

近些年全球气候急剧变化，植物保护政策定了新目标，各类学校也设置植物科学、生态学等跟植保相关的专业。当下瓦赫宁恩在世界占据前排，只是到处是陌生的语言，陌生的景，好在有跟姜晚橘一样的中国留学生在，叫她不至于太无措。

万事开头难，半个月后，姜晚橘逐渐适应。

她和肖厌分享彼此的喜怒哀乐。

肖厌回得时快时慢，少有照片。

姜晚橘有时和他视频，他总是很长时间才接。

大多时候一张出挑的脸能占满屏幕，往后唯一透出的景是白墙，灯光总是很暗，暗得恰好遮住他眼下的疲惫和乌青。

姜晚橘笑他："又不是没看过，放这么大干吗？"

肖厌一挪不挪地看着她："怕你忘了我的样子。"

"怎么会？"

姜晚橘兴奋地举着手机给肖厌看自己在实验室培育的蕨类，给他看玻璃房里的温室研究空间，还有户外展示的本土植株和样本。

她问:"你那边怎么样?"

肖厌回得很简单:"没有你,就那样。"

他保送的是国内顶尖大学,他的概括却只有三个字——就那样。

姜晚橘回道:"谢谢你百忙之中敷衍我,还顺便哄我一句。"

寒来暑往,时间走得无声无息。

姜晚橘感觉得出来,他们之间分享信息的不对等。

她说不上来哪里不对劲,可肖厌很少主动讲他自己,他只是听着。

人们总说分享欲是爱的显性表现,但这个东西在肖厌身上极为稀缺。

之后,他开始不接视频,只发文字,偶尔发语音。

理由是不方便。

姜晚橘以为他们不会散,但事实是这个世界上不是所有事都能照着她的以为发展。

异地一年时,他们闹了一次矛盾,肖厌的一句"你当我死了"给他们这段不算长的恋情画了个句号。

春末夏初时,某个学长突然追姜晚橘,姜晚橘拒绝得明确,明说自己有对象。当那个和她一样黑眼睛黑头发的男人拿出俗气的玫瑰花时,姜晚橘对肖厌的思念达到了顶峰。

她准备回趟国,但之后还有课和论文考试,买了票,她掰着手指头算时间,只能待一夜。

姜晚橘想到什么便做什么,给肖厌留了消息和日期后说:兰花该开了,温廊植物馆约个会吗?

末了,她又带点小怨气地开了个恐吓玩笑。

姜晚橘:不来甩了你。

肖厌:好。

并非秒回,隔了一夜他才给出这一个字。

不知道是刚看见还是斟酌了整宿。

姜晚橘只道他们终于可以见面,在约定时间赶去馆里。

那天石斛开在石体上,爆花满墙,池里游着黑尾巴的鱼,水雾朦胧如梦境。

除了肖厌不在,什么都很好。

姜晚橘之后没再回来,直到学成归国。

六年时间里,她一心扑在学术上,扑在生态研究和植保上,从一个稚气未脱的姑娘成为中科院的合格研究员,从室内理论到野外科考。

年少时的积累让她在这一行走得顺利。

两样喜欢的只剩一样,也算往精了学。

最近前线的活结束,实验室里正处理一系列后续工作。

绘制标本的是个头发自然卷的姑娘,叫徐雪琪,跟姜晚橘闲谈:"上次那个给你送东西的是我们同行啊?专业知识不赖,挺上道的,三天两头看见他,追你呢?"

姜晚橘说:"在国外的学长。东西没要,我还给他了。"

"懂,好人卡一张。姜姐天天跑深山老林浪费这张脸给树看,什么时候找个对象?"

30cm×40cm 的统一尺寸的台纸上打印着条码签标注科名、学名、产地和生长环境,一样样印在上面,像学生时代的准考证。

姜晚橘盯了会儿,有点失神:"嗯?"

旁边的小哥扎了个小辫,给进入标本库的标本杀虫消毒,非常热心地帮忙重复了一遍:"问你怎么不谈对象。"

姜晚橘正经地回道:"我心如止水,嫁给事业。"

徐雪琪看她一眼,"啧啧"摇头,非主流的话张嘴就来:"我们姜姐心里有座坟,葬着未亡人。也不知道是哪个这么了不起,一个路边摊买的戒指就把你套死,都盘包浆了。"

姜晚橘反驳:"早亡了。"

扎小辫的男生也就二十多岁,闻着瓜味似的凑过来问了一句:"前任吗?什么样的?"

姜晚橘瞥他一眼,也不扯开话题,朝杀虫专用的低温箱,抬抬下巴:"就那样,零下 80 摄氏度。"

徐雪琪勾完了最后一笔,起身凑到姜晚橘身边:"姜姐,放下过去朝前看,要么就朝钱看。最近商圈有新起的大佬,白手起家很年轻,你俩年纪差不多,还都属于天赋型,应该有共同语言,有没有兴趣了解一下?"

"没有。"

"可惜了,还盼着你使美人计去搞笔资金。"

"之前不是有笔匿名的捐款,还没查出谁大发慈悲做慈善吗?"

"钱不嫌多,老冯天天为扩建实验温室玻璃房愁秃头。现在像我们这种不被世俗沾染铜臭,每天跟花草树木打交道清澈见底与世隔绝的单纯人,不多了。"

对于徐雪琪没脸没皮自卖自夸的长篇大论，姜晚橘只回了一句："说得是。"

徐雪琪问道："那要沾染一下吗？你前脚从青藏来这儿，他后脚回国，这不巧了？"

姜晚橘兴趣不大，笑了笑："是我说沾就能沾的？"

徐雪琪想了想，嘟囔了句："也是。"随后把手机打开一搜，翻出最新消息给她看，"登天碰瓷是有点难，我们先观望下。"

都是抓拍的图，身材很好，但没正脸。

姜晚橘扫了一眼，随即短暂地愣了愣。

天上落雨，黑伞遮半面，身穿西装的男人的身形像极了一个人，跟蒙尘的青春叠到一起，在姜晚橘心里掀起一阵呼啸狂风。

徐雪琪问："怎么样？"

姜晚橘带着点个人恩怨评价："人模狗样。"

有人说合格的前任应该跟死了一样，姜晚橘没打算掀人棺材。

她不清楚肖厌这些年怎么过来的，但看得出来他混得不错。

工作忙碌，常年在野外，姜晚橘对娱乐商圈了解不多，当下哪个小生红遍天，哪个男人荣升姑娘最想嫁的榜首，她一概不知。

从研究所开车回家的路上，姜晚橘等在红灯前。

数字落到"1"。

她掉头，换了条路，奔向曾经住过的小城。

凛风还是一如既往葱葱绿绿的，十年树木，百年树人，在这儿，树跟人一样重要。

姜晚橘这些年没来过这里，只是正值春天，樱花又开了，她想看看。

当下二十五岁，理智占高地，即便想念，那也是想念曾经，她喜欢十八九岁的肖厌关现在什么事？

学校樱花路上，片片粉白纷纷扬扬，有学生手挽手说笑，和当年他们一样合照留念。

姜晚橘去看校友牌，果不其然，在上面找到了她拍的花树下的肖厌。

那是他较为柔和的一张照片，眼神温和，看不到多少本身的冷意。

对他的介绍停在考入名牌大学，除此之外再无其他。

边上都是些不认识的，没有自己，姜晚橘愤愤地想，凭她现在的发展，也该往他身边站一站。

随即，她又觉得自己这点不满幼稚好笑，拍下张照收回眼，准备离开。

忽然，有人在她身后叫她，带着些怀疑和不确定："姜晚橘？"

是个有些熟悉的声音。

姜晚橘愣了愣，回头去看，是吕小言。

曾经看言情小说被抓包的女生戴了副眼镜，手上拿着教科书和一本旧漫画，已然成了抓下一代的新时代教师。

淋过雨，更知道怎么撕别人的伞。

吕小言在看清姜晚橘时，面上带喜还掺了一点小惊讶："你怎么来这儿了？毕业之后我一直联系不上你。"

姜晚橘想了想，记起来一些事情，轻飘飘地说："大学那会儿手机坏了，用不了了，换了个新的。"

高中学校联系不上自己这个学生，没给位置，变得合情合理起来。

当时她又倔又狠，跟肖厌分开一周的时候，在大学的派对里放纵宣泄，手机掉池子里了，她也跟着跳进去，最后跟那装满记忆的小盒子一起湿淋淋地出来。

她烧完三天，手机没修，任它坏在那里。

她把过去全扔在过去，连同资料和记录一起，像改头换面重活一轮。

现下站在凛风，周围是新旧掺杂的建筑和树木，姜晚橘看着照片上那利刃收在平和之下的双眸，突然意识到一件事——

自己也没修，也坏在了那年。

小城的发展节奏慢慢的，能做老师也是好发展。她们寒暄几句，吕小言还是跟十几岁一样八卦，提到了肖厌。

姜晚橘回得直接："分了。"

吕小言识相，没再深究下去，话锋一转："最近有个同学会，孙墨叫遍了，你来吗？"

姜晚橘本想拒绝，话到嘴边却鬼使神差地应下，也不知道在期待什么不切实际的事。

回去的路上，她接到个电话，是温廊植物馆打来的。

近几年植物馆的体验园升级改造，她也有参与，在老温室里又多加了一些石体和廊道，给兰花还原自然生长环境，方便种植繁育花芽。

对方问了些关于栽培调控的问题，姜晚橘一一答完，那头又问了件私事，试探着说是否有匿名资金投入建设，因为前几天有笔捐款，落款是大写"J"。

她沉默几秒，回复没有，但那绀色的西装和笔挺的背脊在脑海里一闪而过。

姜晚橘想，棺材要开。

小城的同学聚会定在一家不大不小的酒馆。

装修不赖，挺有气氛，大家都二十来岁，酒馆调性恰好符合这个年纪的人的喜好。

当年的同学各有出路。

孙墨当了跆拳道教练，曾经的混子教人怎么合理干架；吕小言成了语文老师，以收书为乐，回去还能自己翻翻现在流行的；戚白当了翻译员，未来大好……

他们聚在一起谈起曾经。

孙墨忽然问姜晚橘："厌哥呢？没跟你一起？"

姜晚橘没说话。

吕小言拿脚轻轻踢了孙墨一下。

他意会地闭嘴，但话闸一开，周围的人收不住。

有些人讲得不算好听：

"不来的不止他一个，有些没工作的也没参加，估计觉得丢脸。"

"可能在修车，他现在哪儿还配得上我们小姜，中科院的高才生。"

"你这话说的，就算人穷，那张脸至少把你比下去几百倍。"

"又不是小孩，好看有什么用，还是人民币来得实在。"

姜晚橘穿得很日常修身，即便平日会去野外，但有高树遮阳，她的皮肤不算黑，岁月还给她添了韵味。她本就生得剔透软糯，现下几分恰到好处的成熟曲线掺在里面，让人收不住眼。

这些话她听在耳里，并不愉悦，起身出去透气。

门里的人闲聊瞎侃。

"听说肖厌生重病了？还有人说在医院看到他，真的假的？"

"假的吧，就他那一拳一个的本事，二十几岁的人，能得什么病？"

姜晚橘没听到这两句。

她低头在手机上搜"肖厌"两个字，没结果，翻看热门，占在前排。

他的照片没有正脸，神秘得连名字都不往外放。

在这个生活节奏不算快的小城里，没人知道他的情况也正常。

姜晚橘不曾怀疑自己的眼睛。

既然十六岁的她能在几百名穿着一样校服的学生中找出他，二十五六岁的她也一样能靠背影一眼认出是他。

姜晚橘走的时候,学长薛晟又来酒馆门口接她,也不知道他从哪儿打听来的行踪。

这一幕被准备一起散场的老同学看见。

薛晟温文尔雅,面上和气,跟他们笑着点头打招呼。

戚白小声问:"新男友?"

吕小言也凑了过来:"旧的不去新的不来,挺好挺好。"

姜晚橘看薛晟一眼,回道:"不是,他是我学长。"

薛晟似乎习惯了她的拒绝,走在她身旁,保持着微妙的距离。

进一步亲昵,退一步疏离。

姜晚橘已经讲过很多遍,但现在人多,不好让他难堪,自顾自地朝前走。

她今天喝了点酒,脸上有淡淡的红,不明显,步子还算稳,只是眼神有些飘忽。

她的视线划过酒馆前的树,越过马路,徘徊在对面商铺……没有一眼就能认定的身影。

天边一轮明月,月色下的街角处停了一辆低调又不算低调的黑色汽车,正发动准备离场。

粗略一扫,不会多加注意,只是其中一个在车行工作的同学多打量了会儿,评价:"行走的三百万。"

孙墨打趣:"这是哪家的富家子弟过来参观穷人生活?"

男人在评论车,女人在讨论人。

"开豪车的总裁来接他在小巷子吃饭的娇妻,苦哈哈的打工人只能自己打车。"

那辆黑色汽车跟普通的车看起来差别不大,不在行的一眼瞟过去联想不到有多贵,主人像是故意挑不惹眼的。

姜晚橘顺着他们的视线往那边看。

车已经开远,看不清里面的光景。

薛晟提出送姜晚橘回家,姜晚橘没答应,自己叫了代驾。

回去的路上,姜晚橘侧靠在车后座,眼望窗外层层往后退的橙色路灯,或长或短的光相接又相离,像世间人跟人的分分合合。

十七楼很安静。

姜晚橘现在的住处在南滨江路,临余马街。选房子时她依旧选择了学生时代住过的楼层数，够高，有太阳。

客厅的桌上插了花，随意搭的，雪柳、剑兰、大飞燕和跳舞兰，凌乱又和谐。

在自己家里，她活得随意。

姜晚橘坐在沙发上，酒精上头。

她仰面放空，顶上是前段时间坏了的主灯，一直没时间叫人来换。

房间里还有其他灯带，不至于太暗。

灯坏的那天，她站在寂静的房间里，摁了两下开关，屋里依旧黑暗一片毫无动静。她心口某块地方的开关也被按开，涌出酸涩来。

姜晚橘头昏脑涨，把自己塞在沙发一角，拿出手机，查上次抄来的维修人员电话。

这些年她一个人生活，早已习惯有事自己处理。

她看了看屏幕，下意识按出了一串号码，没多想就拨了过去。

简单的"嘟"声响了很多遍。

在姜晚橘决定挂断的刹那，电话通了。

男声从电话彼端传来，调势半低，沉得恰好："喂。"

语气平静，半生不熟。

姜晚橘在听到声音时酒醒了大半，她垂眸，在屏幕上看到了自己拨下的手机号码，肖厌的。

六年了，竟然还能拨通。

姜晚橘把额前的碎发往后捋，气势不虚，醉意醺醺将错就错，把没说完的话补齐："师傅，有没有时间修个灯？"

"肖师傅"大概很忙，半分钟后才开口："地址。"

姜晚橘说："翰庭。"

这两个傲气的人都成年了，一样改不掉傲气的性子。

他们总说成为记忆就能打败任何人，姜晚橘觉得这说法没错，甚至说，是记忆本身打败了生产记忆的人。

在她这里，十九岁的肖厌无人能敌。

姜晚橘最后没等来肖厌就睡了过去，漫漫长梦做到学生时代。

梦到他们同桌坐一起，两人一起参加环保辩论赛，把对手讲哭；梦到她偷偷在肖厌趴桌休息时试探拉他的手，被反握牵紧；梦到烈日当头，肖厌陪她罚站，她站在他的影子里……

醒来时，她依旧头昏脑涨。

一桩桩都是过去的真。

但姜晚橘记不太清前一晚的事，摁着眉心抬头，随即愣怔半晌。

顶上的灯已经被换成了新的。

桌上留了张字条。

她起身去看，没字，只很潦草地落了一笔，像月亮。

姜晚橘看着那张字条颇久，随后望向门口的位置，卡顿的脑子突然意识到一件事——

肖厌是怎么进来的？

她坐回沙发，刚刚起来时意识混沌，没注意身上还盖了薄毯，茶几上有凉了的蜂蜜水。

姜晚橘的职业跟奢侈品不打交道，她平常懒得讲究牌子，但儿时家境不赖，光是摸她也摸得出来这毯子价格不菲。

门口装了监控，她打开手机去看。

在那通电话打完半个小时后，约莫夜里十一点，门口出现了个男人，穿着西装，手里拿着薄毯和小袋工具，站在门口按了铃，她没来开。

随后他垂眸，在密码锁上轻摁几下，动作慢条斯理的。

门应声而开。

姜晚橘愣了愣，原来有脑子的人猜密码跟玩儿一样。

她设置的密码很简单，也很好记，就是自己的生日，跟当初在锦安园时是同一个。

也许肖厌早就在十几岁时的某一天试出来了密码。

之后监控再无动静。

肖厌的个子似乎比学生时代高了一些，身形匀称，虽看不清神情，但感觉疏离感比那时更重了一些，冷而淡。

他再离开时是凌晨四点。

姜晚橘不清楚肖厌在这五个小时里做了些什么。

除了灯，屋子里似乎没其他地方被动过。

她难以想象一个在热搜里高高在上的男人穿着笔挺正装在自己家修破灯的样子，有点矛盾，有点反差，有点难以置信。

但这个人如果是肖厌，又好像说得过去。

监控里的男人走时头半垂着，拿出支烟。

他没有进电梯，打开了连廊的门。

监控视角有限，但姜晚橘知道，肖厌就着凌晨四点的风在十七楼的连廊点了一支烟。

姜晚橘在醉酒事件之后没再联系那个号码。

他们像忽然相交的两条线，轻轻一碰，随即又各自分开。

姜晚橘重新回到工作中，生物研究所开展藏东南生物多样性考察，主方向是当地动植物资源。

生活照旧，规划路线，准备材料，收集资源。

其中变的大概是闲暇时候她会在徐雪琪的怂恿下关注那人的消息。

徐雪琪："你说什么时候这些人能争气点拍个他的正脸？"

姜晚橘："人家是做生意的，不是卖脸的。"

徐雪琪看她一眼："你就不想看看？"

姜晚橘沉默了会儿，笑了一声："没见过你们就这么喊着追，不怕看到了幻灭吗？"

"不会，见过的人都说好，只是大佬喜欢低调。"

姜晚橘想想肖厌出色的皮囊和那辆黑色汽车，点头附和："嗯，很低调。"

徐雪琪接话："甚至没一个能骚扰的私人号。"

姜晚橘手上的动作一停。

肖厌有，只是上面没任何动态。

那会儿好像是有个什么投票，学校叫每个人都注册，她大发慈悲且极其热心地拿着肖厌的手机用他的号码帮忙注册了一个。他落指填一个单字"肖"，姜晚橘在他确认前，往后补了两个字，"汪汪"。

"肖狗"看着像骂人，"肖汪汪"明显就可爱很多。

当时肖厌只是瞥了眼，笑嘲她幼稚，投完票就退出去，没再登录过。

时隔多年，姜晚橘搜了搜，号还在，零动态。

她点开私信，笃定肖厌不会看不会回，准备猖狂地发"嗨，老狗"的，没想到"狗"字打错，写成了"嗨，老公"。

手比脑子快，等她反应过来时，已经发了出去。

这一条信息在空白屏上极为扎眼。

姜晚橘心里一顿，当即想撤回，随后劝服自己放宽心，没人看到就是没有发生。

反正也是废号。

这个时间点，这条消息出现在肖厌眼前的可能性无限趋近于0。

99.99%的结果是无事发生。

但是现实不按常理出牌，偏就占了那0.0001。

那头敲了个问号过来。

这次去墨脱的考察范围从海拔 500 米到 4000 米，可她现在想去地底 5 万里。

姜晚橘没回，对面又发来一条。

肖厌：哪位？

她愣愣，退出去看自己的账号。

这会儿她登的不是认证植物科普的大号，而是自己以前用过的一个账户，被迫关注了些杂七杂八的广告营销，看起来胜似僵尸号。

她眉梢一扬，十来岁时的恶劣性子在二十几岁不合时宜地冒了尖。

从局促尴尬到放飞自我只差一个匿名。

姜晚橘：做黄色小广告的，有需要可以联系我。我的第 801 个老公。

肖厌没再回话。

当事人满意地关上了自己的手机。

出发路上，科考队清点野外考察装备，包括服装鞋帽、相机、笔记本、手电筒、袋子和简单的药品之类的。

墨脱海拔跨度大，海拔低的地方生态系统保存很完好，因为气候季节的影响，树木也高。

姜晚橘一行人被分为几个小组，一般是三人成一组，一个知识储备丰富的核心人员负责辨认植物跟拍照，拍照除了微距还需要考虑大生境的树生、土生、石生，另外一个人负责采摘标本，还有一个人进行记录。

姜晚橘他们这一程花了不少时间，虽说没有探到像贝叶芒、毛茛苔这样稀缺难见的物种，但发现了濒危的墨脱百合，收获不少不多。

休息时，姜晚橘偶尔在主号发一些照片和视频，或者做点科普。

看的人不多，大家对这些东西的兴趣不算浓厚。

评论区点赞最多、呼声最高的评价八九不离十就是那几条叫她露脸的。她先前介绍植物时露过两回脸，大家的重点飘得如脱缰的野马拉不回头。

部分开开玩笑侃侃就算了，个别开着黄腔或者开口命令式的言论叫人看了恨不得顺着网线拧掉他的头，帮他实现真正下头。

今天倒是很难得地没看见这种人，清一色的聊花草，像是有人暗中掐过苗头，姜晚橘觉得还挺欣慰顺眼。

结束后，他们按照原先的路线回去。

天气突变，原本还晴朗的天转眼变阴，即便过去经验多，在变化多端的自然面前，人类永远是新手。

姜晚橘他们这队人都年轻，她算核心人物，徐雪琪负责标本，蔡颂鹰记录。

回去的前半程走得不算轻松，几天下来，大家都难免疲惫，但还能苦中作乐说个笑。

蔡颂鹰黑色辫子扎起，看着不像搞植物的，倒像搞艺术的。他按姜晚橘说的拿着登山杖边走边敲，时不时环顾四周，脸上写满了惜命。

徐雪琪笑道："你真是人如其名，又菜又尿，瘾还大。这都多久了，还那么小心翼翼，放心，没蛇。"

她这话刚说完，他脚边就滑过一抹冰凉的绿色，如果不是记着自己是个男人，蔡颂鹰高低要喊两声。可当下碍于面子没喊出口，他一惊，脚一撤，踩在一块不稳的石头上崴了脚。

近一米八的大小伙子，两个姑娘搀起来很吃力。

天公不作美，开始下雨了。

下雨对野外科考有着很大影响，耽误进程，也很危险。这里本就地势错综复杂，雨水落下没准就成灾害。

三人一起走效率低，但这种时候留一个走一个也不安全，抱团结队互相照应最为保守。

他们还没来得及选个点暂歇，雨势就忽然变大，不见狂风，但暴雨瓢泼，倾盆而下，原先清晰的路线变得难以辨认起来。

三人急忙找一处比较合适的地方停下。

姜晚橘接过探路的活，简单换了点提前准备好的装备。

自然给的意外无人能料，高处落石突如其来，不偏不倚朝着他们，他们下意识四散躲开，冲下来的水流让脚下的泥土变得湿滑。姜晚橘为躲落石身体倾斜了一点，没踩稳，重心一偏，滑跌下去。

虽然可能性很小，但野外科考丧命的例子姜晚橘随手就能举出一二三。

这是个不低的斜坡，她失控摔下去时先是一惊，随即大脑一片空白，心道完蛋了。

那一刹，姜晚橘想过无数可能，最糟糕的是磕伤后脑勺一命呜呼。

人在危急时刻，一些深埋内心的想法总会止不住往外涌。

例如，她想见见肖厌。

他们还未曾好好坐下来聊聊当年的事，要真就这么不清不楚地没了，她不甘心。

姜晚橘跌下去后摔了一身泥，被奔流的水冲走了一段，最后被什么东西卡住才停下。腿上疼痛感明显，她试图再站起来，但都以失败告终，不出意外是伤到了骨头,一时半会儿动弹不了。

因为大雨,队伍短时间内找不到她,她只能暂时一个人保存体力等待救援。

墨脱暴雨造成地质灾害的新闻出现在了网络上,但科考队向来低调,在意的人也不多,不过随手一划而过。

姜晚橘试图联系徐雪琪和蔡颂鹰,没联系上,他们当下的情况显然也好不到哪里去。

她又试着把消息往外发,网络时好时坏,后来总算跟科考总队联系上,把位置发了过去,之后抱着破罐子破摔眼看当下的心态,很是乐观地拍了个视频。

大雨朦胧,雨林里奇异的花与树满是生机,是平日里难得一见的景色。
她配字:朕的江山漂亮吗?

风景大好,现下平安,但没人能保证之后没有意外,毒蛇、野兽、落石、洪流……平和之下,危机四伏。

姜晚橘靠着一棵树,在潮湿冷意里眼望远处上涨的水,等着救援,也好似坐以待毙。

她低头,重新去翻那个"肖汪汪"的账号。

姜晚橘想,要是自己真遇难了,不知道这人会不会掉眼泪。

自年少相识到现在,她还没看过肖厌哭的样子。

时间一分一秒地流逝,天色变暗,温度下降,姜晚橘浑身湿漉漉的。

手机一振,来了条消息。

是一张从背后拍的照片——小小一团的她在树高雨大的自然面前显得很渺小,微不足道。

那熟悉的账号发了两个字。

肖厌:漂亮。

她愣怔住了,时间缓慢停滞,好似雨线也凝固在了半空。

姜晚橘回过头,看到肖厌风尘仆仆的,湿发贴额,脚下泥泞,不算体面。

那双时隔几年未见的狭长眉眼依旧招人,透着蛊惑,藏着锋刃。

他站得稳直,喘息淡淡的,微不可察,也不知他是怎么做到在这么短时间找到这里的。

眼前的现实不真实得像个梦。

随后那梦靠近两步,应着她刚发出去的梗,又翻起一笔陈年旧账,用揶揄轻松的语调说:"救驾来的,翻我牌子吗?

"还是说得先给你哭一个?"

第十五章 / 回家

风雨下，树木盘虬，花草疯长。

他们立于那一幅景色之下，本身也是一道景。

姜晚橘从错愕里缓过神，两人都被雨淋湿满身，狼狈对狼狈。

她思忖两秒，不知怎么回话，索性顺着他问的那句开口，自然接梗："好啊，'肖贵人'哭一个给朕看看。"

肖厌身穿暗色冲锋衣，靠近两步，深邃双眸里透出几分笑意。

时隔多年，他的小姑娘还是这么能说会道。

她漂亮了点，成熟了些，看似内敛温柔几分，不似学生时代招摇，其实性子还是那样，也依旧在他这里占足天地。

与科考队相关的新闻无人问津，但加上"走失一个重要美女队员""伤势或许严重"这类标签，消息就能发酵开来。

肖厌看到这些并非偶然。

他高高在上目中无人的架子在"生死未卜"这个词面前变得岌岌可危，就像当年冲上十七楼那样，他的万事无所谓和冷静理智在碰到姜晚橘时难免下线。

就像一个阀门，一旦打开，波涛泛滥，疾风四起。

那些傲被简单一个浪头压下。

跟七年前不一样的是，地上两轮跑的换成了天上飞的。

当下两人一高一低，四目相对。

见肖厌无声，姜晚橘问："眼泪呢？"

女人柔里带笑的声音拉回肖厌的思绪，肖厌垂眸："皇帝的眼泪，看不见吗？"

姜晚橘说："只看见了鳄鱼的眼泪。"

肖厌挑眉，蹲下身给她检查伤口："知道什么意思吗？就用我身上？"

姜晚橘回道："西方谚语，说它吃人之前流下虚伪的眼泪。这点文化我还是有的。"

肖厌声音低得自然："嗯，一会儿我就在这里吃了你。"

姜晚橘哑然失笑。

他们中间隔了巨大的一块空白，分明难以逾越，却又好似不曾存在，情话张口就来。

救援的直升机到得很快，是肖厌安排的。

山林里地势复杂，汽车上不来，只能徒步，但当下雨还没停的意思，即便派人上来，也很难带着担架安全离开，相较之下，走天上的路确实最为稳妥。

从墨脱到附近市区医院已经是凌晨了。

肖厌自始至终陪在姜晚橘身边，只是话不多，以沉默为主。

"死去的前任"突然出现救起自己，还说了那么些意味不明的话，看透这男人的心思比辨认三十种蕨类植物还困难。

医院安静，姜晚橘顺利被安排进病房。

这是家私人医院，从外面就能看出建造时耗费的人民币的厚度，而且这里不像一般医院那么嘈杂，医生和护士比病人还多。

姜晚橘虽说家境优渥，但她确实没见识过这么好的医院。

外部消息没详说细节，只是简单一提她成功获救，新闻里没有提及肖厌。

她受伤的腿被简单处理，手术安排在次日。

病房里没有其他人，肖厌坐在床边的一把白椅上，黑发湿着，眉眼疲惫，身上还有尘土。

姜晚橘看着肖厌，又想起他曾经站在公交车站旁的样子，在他如今头狼一般凌厉的眼里找当年流浪败狗的影子。

"看什么？"

"看你有钱，看你帅，看你死而复生飞黄腾达。"

"词汇量真丰富。"

"谢谢夸奖，虽然这些年没你耳濡目染，但也没白活。"

姜晚橘半坐在病床上，相隔几年，两人之间隔阂难免。

人生一双眼，只能看到自己眼前的东西，只能知道一半的事情。

他们的对话戛然而止，有时想说的太多，到嘴边反而只有沉默。

肖厌从柜子上的水果篮里拿了个橘子，水果篮是私人医院贴心地给他这个大人物准备的。

橘子黄澄澄的皮下是同色的心，表里如一。

他剥完橘子，不多不少，十瓣。

肖厌把橘子递过去，姜晚橘垂眼看着没接，回想起当年那暧昧情话，有些恍惚。

男人语调玩味:"等我喂你?"

肖厌现下社会地位高,身上难免有一股子不怒自威的压慑。

好在姜晚橘也不是弱势的性子,巧笑着回道:"自己让我翻的牌,喂个水果怎么了?"

肖厌扬扬眉,没拒绝,甚至给了句更过火的:"喜欢用手还是用嘴?"

这男人的不正经大概跟着年纪一起在增长。

姜晚橘默了默,接过橘子,自给自足:"喜欢自己来,带着你的骚话退下吧,'肖贵人',撂牌了。"

肖厌眼里带着一点不明显的笑意,橙色水果被姜晚橘接去时,指尖碰到指腹,轻轻一点,微妙里透着一丝暧昧。

姜晚橘说不清心里的想法,现在这不清不楚的行径究竟算什么?

忽然手机来了个电话,像是一场及时雨浇灭大火。

姜晚橘没看来电人是谁,当着肖厌的面接起电话,将手机放在耳边:"喂。"

对面回得很快,肖厌隐约能听到些声音。

"小姜你现在在哪儿?还好吗?"

是个男声。

肖厌先前眸里的情绪落下,冷在一瞬间。

对面的薛晟听上去有几分焦急,问着姜晚橘的安危情况和住院地点,一副准备赶来看她的样子。

姜晚橘斟酌三秒,回道:"我挺好的。"

薛晟又温温柔柔地开口:"之前都很顺利,怎么这次会出意外?"

肖厌神情平淡,视线越过病床落到窗外。他明明没什么表情,但看得出来不是很爽。

姜晚橘没回话,知道这个追求者是出于关心和善意,可她就是莫名其妙被问出点烦躁,甚至想直接挂断电话。

薛晟见她不出声,轻轻地说:"晚晚,是没准备好东西,还是遇到什么情况出问题了?你有需要可以问我,我可以跟你一起去。"

原本试图眼不见为净的肖厌没忍住,握住姜晚橘的手往自己方向一带,下颌线优秀强势,声音稳里带沉,漫不经心下露出些锋芒。

"都没问题,单纯雨大。"肖厌帮忙给出个理由,末了还有一句嘲讽,"她看起来挺不需要你的。"

姜晚橘心道：确实不需要。

人是感性动物，当下比起问这问那跟伤员找理由分析情况，不如先给安慰。

再一点，嘴上功夫不如实际行动。

大概年少时跟肖厌相处过，姜晚橘习惯了他哄人时的偶尔风趣，认真时做的比说的多，以至于在此之后，那些或好或坏的追求者跟他一比就会相形见绌。

曾经沧海难为水，她见过大海，就容不下小溪流。

现如今这片海更深，更远，更宽广，抬手翻云覆雨，横在她面前。

手机那头沉默两秒，问道："你是？"

肖厌坦荡地说："你情敌。"

姜晚橘一窒。

薛晟听完后不知怎么就直接挂断了电话。

肖厌垂眼，评价了一句："没礼貌。"

"好像你很有礼貌一样。"

"我没有吗？"

姜晚橘视线落在他握着自己腕骨的手上："有吗？"

肖厌垂眸，松开力道："不好意思，太久没见，没控制住，不像某些人天天陪着你。"

"一股酸味。"姜晚橘把手上的橘子分出一半，"吃点甜的润润。"

肖厌接过，故意用了刚刚薛晟喊的名字："谢谢小姜。"

"这就记上了？"

"我心眼小。"

"看得出来。"

肖厌在跟姜晚橘分完一个橘子后没待多久，回去洗澡换衣服，毕竟一身湿着不舒服。

病房里只剩姜晚橘一个人了。

周围安静无声，她觉得无趣，拿出手机随意翻看，顺便问问徐雪琪他们有没有把搜集的植物处理好。

看到今天的消息时，姜晚橘才注意到肖厌是拿"肖汪汪"账号给她发的背影照。

反差感挺大。

他意外地没改掉这个昵称。

姜晚橘盯了会儿,切成小号,逗他。

姜晚橘:老公睡了吗?今天需要特殊服务吗?

"肖汪汪"没有搭理她。

姜晚橘并不失落,甚至觉得正常,如果肖厌回复了才比较可怕。

先前肖厌在身旁跟她有一搭没一搭地说话,她注意力都是散的,现在静下来,腿伤的疼痛越发明显。

姜晚橘吃过止痛药后有些犯困,往被子里窝了窝,正面对着白色天花板。

陌生环境,长夜漫漫,半夜半睡半醒间,她做了个梦。不是什么好梦,梦里肖厌一直往前走,怎么都叫不应,追了也没反应,最后只留下一个越发变小的背影。

姜晚橘短暂且惺忪地醒了会儿。

感觉病床边有人,她扫了一眼,是肖厌。他换了套衣服,宽宽松松的,衬得他柔和了几分。

男人这会儿正闭着眼抱臂坐在椅子上,额头微微往肩膀方向倾,透出几分闲散。

肖厌不知什么时候回来的这里,也不知他这个姿势维持了多久。

梦里的虚浮和不安被抚平下去,姜晚橘望了会儿多年未见的眉眼唇鼻,轻声说:"狗东西,又来骗人感情。"

腿伤的手术完成得很顺利,姜晚橘没跟父母讲。这私人医院也很隐蔽,没闲杂人在医院里聒噪,甚至徐雪琪这种小道消息丰富的人也没打听到她在哪儿住院。

这样的好处是不用面对一些没必要的问候,清静又自在;坏处是偶尔有些冷清,来去只认识肖厌一个人,还欠个人情债。

姜晚橘休养的这段时间,肖厌并不常来,他多半在天黑之后出现,半夜的频率比较高一些。

就像学生时代需要刷题做卷子来拉分拉成绩,工作了一样需要花费时间去处理各类文件和事务。他位置重要,便只有晚上才有空闲。

肖厌不是神仙,凡胎肉体的,走到这一步实属不易。

姜晚橘提过换医院,但手续麻烦,索性作罢。

于是在这段养伤的日子里,姜晚橘头一次体会到了鸟笼中金丝雀的感受——

有吃有穿，自由受限。

他们交流的机会不多，好似曾经姜晚橘在国外留学一样有时差。

伤好得差不多时，姜晚橘重新登录了以前的社交账号。

她这段时间无所事事，除了做一些上面派下来的活，以及远程植物鉴别，她就看看手机跟闲书来消遣。

几年前跟肖厌闹掰分开后，姜晚橘没有再登过那个号。

现在登录打开，里面是各种陈年往事，自己还顶着幼稚又可爱的丑橘子头像。

那个玩偶跟她一起到了大洋彼岸，回来后又被放在新住的房子里，作为自己的一部分，也作为某些回忆的载体。

账号上有同学私发消息，有大小群成排的红点。

曾经那个五人群已经很久没动静了，对话还停留在几年前。

那段对话不知道在讲什么，她猜是当时没出声的邹磊骑摩托车碰到意外。

姜晚橘退出群聊，自上而下找肖厌，没找到。

她心里有一丝复杂，六年时间，他就真没半句话跟她说。

有一说一，确实和死了一样，也不知道为什么，他销声匿迹这么久又突然在这段时间出现在她的世界里。

姜晚橘在冗杂信息中来回穿梭，最新一条是学校发来的，粗略一扫内容，是叫她回去进行校友交流。

她没当回事，两天之后吕小言给她来了个电话。

内容概括而言就是学校邀请姜晚橘作为优秀校友回母校教育教育高三小朋友，说些积极向上的话，激励激励他们。

姜晚橘本不想答应，但吕小言毕竟是昔日好友，她不好意思拒绝，最后还是应下。

吕小言："他们我基本都叫了，就是不清楚现在肖厌在做什么。"

姜晚橘沉默。

吕小言又说："不知道你能不能联系上，他要是混得还行的话，也叫他一声吧。他以前跟神仙一样，现在应该不会差到哪里去。"

姜晚橘心道：现在他也和神仙一样，何止混得还行，手一挥都能把学校买了。

但这话她不好说出口，肖厌好不好是一码事，愿不愿意叫别人知道又是另一码事，她顶多一会儿帮忙问问。

肖厌接到姜晚橘的电话时，刚结束一场会议。

姜晚橘开门见山:"有没有兴趣回趟凛风?"

"去干什么?"

"去当优秀校友,顺便回忆青春。"

肖总没回话,似乎兴趣不大,几秒后他才问了一句:"你去不去?"

姜晚橘说:"我去你就去?"

肖厌坐在自己办公室的椅子上,手摁眉心,面上疲乏,回话的声音哑哑的:"对。"

"这么想,我真厉害,竟然请得动你。"

"你厉害得多了。"

姜晚橘不解:"比如?"

肖厌斟酌几分:"比如叫人起死回生。"

一句话包含两个意思。

姜晚橘只知道一个意思,她想了想,觉得没什么问题。

当初放过那样的狠话,当下用这个词也算生动形象。

而底下不为人所知的过往,还有一些掺杂着苦痛煎熬的回忆,肖厌没提。

回去那天,凛风在大礼堂做了些布置,看起来还挺用心。

姜晚橘见到不少老师,对于她当下的成就,老孟欣慰得就差一把眼泪。

曾经算是不良的小年轻各有出路,踏入社会。

学校在礼堂中央设了讲台,供这些优秀校友发表成长感想,给当下的高中生提建议。

姜晚橘作为中科院研究员,站在那里也算是校园的高光时刻。

她没有咬文嚼字,讲得简单,偶尔带些小梗和风趣。底下的学生有些听着,有些自顾自地聊天说笑或者低头摆弄手机。

姜晚橘自己就是这么过来的,并不在意。

她的视线落在展厅角落处,顿住了。

肖厌应了他说的话,来了凛风,不过他似乎没准备要上台。

男人身上衣服的颜色和年少时候一样素,乍一看,融在黑暗里不算引人注意,只是气质招人,视线往上见了脸才挪不开眼。

他坐在最后面,不少女学生在往后张望,时不时交头接耳。

姜晚橘在上面看了会儿,犹豫许久,还是没提肖厌的身份。

一系列流程结束后,大家聚在一起闲聊说笑。

"你们看到没,肖厌来了,坐最后呢。"

"看见了,把这些小女孩迷得,一双眼睛就差黏他身上。"

"别说他们,我一男的都觉得他帅。"

"他现在到底干什么?感觉有点小钱啊。"

一个不好听的声音笑着插嘴:"没准是租的衣服。"

姜晚橘在一旁听着,没出声,拿手机发了条消息。

姜晚橘:怎么不上去?多优秀一成功人士。

肖厌:怕你情敌太多。

他回得很快,语气不太正经。

姜晚橘:醒醒,我们已经分了。你桃花拉满一货车都跟我没关系。

肖厌:你想我去?

姜晚橘:去呗,给老孟长脸。

对面沉默许久。

随后台上传来一个熟悉的声音。

原先沉闷的礼堂里窸窸窣窣出了些动静,底下不少学生伸脖子往上看,刚谈天的几个也看了过去。

肖厌的自我介绍很简单,也没什么准备的词,就说了个名字,职业是商人,像是完成任务。

提问环节有个别学生放得很开,前排女生站起来,第一个问:"哥哥,请问可以加一下好友吗?我问题有点多。"

姜晚橘轻笑,低声自语:"算盘响得我在国外都能听见。"

台上的肖厌很不给面子:"不可以。"

"你加刚才那个姐姐,跟加我一样。"

校友们返校,能上台的只有少数发展得很好的,其余大多会安排到各个班里跟学生交流。

所以肖厌上台时,老同学们都你看看我我看看你,一些对肖厌不算熟的人在那里瞎聊,掺了点闲言碎语。

"什么商人这么自信?我开个小超市是不是也算商人?"

"他之前不就是一修车的吗?是改行了,还是修出一片天了?"

其他人不明情况,只有校长满面欣慰。

肖厌私下跟校长有过联系,交谈不多,还给母校捐了一笔资金建设校园,优化设施和环境。

凛风校长知道肖厌的身份后,特设了讲厅给他开专场,哪知道这优秀学生并不准备抛头露面，表示重在参与。

他现在出现在台上，也算给足了面子。

小城里的人日子平平淡淡，拿自己的眼界和生活去套别人，自然想不到肖厌现在的身份。

肖厌讲话结束时，校长拿眼神朝他试探，示意能不能介绍，他满不在意，任校长去了。

校长简单谈了几句感谢，着重详说了姜晚橘跟肖厌，一个做科研，一个掌经济。

肖厌的集团名字被说出来时，不少人拿出手机搜索，末了噤声不再言语。

刚刚嘲讽的那几个人忽然觉得自己比较像个笑话。

世界之间，人与人的差距如此巨大。

结束后，姜晚橘跟肖厌一起去了八班。曾经的教室没太大变化，只是坐过的位子换上了其他青春稚嫩的脸庞。

先前大胆提问的女生也在这间教室，又一次勇敢发言："请问你们是一对吗？"

姜晚橘先一步回道："不是。"

那女生又问："那是夫妻？"

姜晚橘摇摇头："不是。"

女生生得挺漂亮，长着一双敢爱敢恨的眼，点点头："那我还有机会。"

像是笑话，惹得大家嘻嘻哈哈的，气氛活络。

姜晚橘失笑，侧眼看肖厌。

大概这个女生的狡黠眉眼和大无畏的飞扬神色跟十六七岁时的姜晚橘有几分相似，肖厌垂眼落在那十几岁的小孩儿身上，表情虽淡，但不见排斥。

姜晚橘收回视线，笑意掩下去。

谁人不爱青春面皮和那股子生气？

孟子武依旧带八班，不死板严厉，但还是佯装训了一句："给你们争取来的顶配，问点正经的。"

底下的同学乐呵呵的："顶配确实配。"

不正经说笑之后是些正经问题，学生们问了留学相关问题，问了专业选择方向，问了职业就业办法，以及当下的一些提高学习成绩的办法。

"学姐，听说你以前成绩不怎么样，转校进来时垫底，后来怎么飞的？"

姜晚橘下意识瞥了眼肖厌："同桌教得好。"

底下有学生当即跟边上人笑谈起来:"看看,我跟中科院就差一个优秀同桌,你什么时候带我飞?"

其中一个声音合理猜测:"学长,你莫非就是那个热心同桌?"

肖厌点点头:"对,免费干两年,也不知道什么时候能有点感谢费。"

姜晚橘说:"我就一山上穷挖草的,给不起,你就当做慈善了。"

肖厌回道:"我是生意人,不吃这个亏。"

两人在教室前像说相声,原本任务一样的返校交流引得笑声连连,常年埋头苦睡的后排学生都抬起了脑袋。

其中一个刺头凑热闹地喊了一句:"学姐,把自己给他。"

十几岁的孩子们最爱起哄,当即就是一片"在一起"的喝声。

孟子武腹诽:过去的逆子们搭上现在的逆子们,双倍叛逆。

外面有不少其他班级的学生在窗边观望,看着里面的氛围,满眼羡慕。

姜晚橘因为职业特别,在交流会最后多设置了个小型植物科普展,有兴趣的学生可以去实验楼了解。

她给学生们看自己在野外科考的照片,讲那时候碰到的惊险刺激的故事,讲如何在野外解决用电用水。

互动环节,姜晚橘表演秒认植物,学生们拿着在校园随手摘的捡的叶子和野花放她眼前,她一一指认,周围发出一片惊呼。

看得出来,好奇的学生不少,从单纯好奇到真正想要深入了解的也不少。现如今环境情况不算乐观,大家都奔着出人头地腰缠万贯,发自内心纯粹愿意做这一块内容的人少之又少了。如果能在少年们心中种下相关念想,姜晚橘觉得自己这一趟也不算白来。

肖厌一开始在展厅,后来接了个电话出去后就没再回来。

时间过得快,姜晚橘走时,其余校友都已经散得七七八八了。不知是不是受了肖厌的刺激,那些话多的男校友在之后没半句闲嘴的,个个沉默寡言。

她收拾好自己的标本照片,到楼下时才看到肖厌站在一棵梧桐边。

树上生了新叶。

男人一身暗色,身高腿长,看起来匀称舒服。

他正低头看手机屏幕,只能让人看到侧脸。

姜晚橘靠近两步:"在等我?"

肖厌语气淡淡的:"不然等谁?"

姜晚橘眉梢一扬:"等某个青春漂亮的小姑娘。"

他笑了笑:"你这心眼也挺小。"

大概风大,吹在人身上生出几分冷意,肖厌的脸色跟唇色都很淡。

姜晚橘没否认:"半斤八两吧。"

他们走在回去的路上,姜晚橘不再像十几岁时需要肖厌送,有了自己的车,似乎没什么理由再一起待下去。

实验楼到校门口不过几百米,两人步伐慢,傍晚夕阳昏黄的光线打过来落下两个侧影。有学生在他们周围来往,背景人声恰到好处,像是电影里某个拉长的慢镜头。

肖厌问道:"要不要一起吃个饭?"

简单直白又务实,像是头次追人的直男尴尬地约姑娘。

姜晚橘笑了笑:"几年不见,业务水平变差了,就这么一句干巴巴的?"

肖厌回道:"你不是喜欢温柔挂的?"

姜晚橘侧眼,肖厌穿着长衣,黑发干净,说这话时的语气和温柔根本不沾边。

她虽然不明白这人哪儿来的这种结论,但还是点了点头:"谁不喜欢温柔的?"

肖厌没再说话,明明脸上平静没变化,可就是叫她看出点难过来。

姜晚橘摸着口袋里那枚随身带着的廉价戒指,还有十步他们就到校门口了,随后各自上车,继续他们成年人的忙碌生活。

沉默里只有风声。

姜晚橘打破寂静,接了先前的话:"去哪儿吃?"

"你想去哪儿就去哪儿。"

"就是这么约人吃饭的?"

"这叫尊重你的选择。"

"大可不必。"

两人最后去了之前吃过的街边大排档,学生时候事事不介意,过去也算在这里留过回忆。

当下两人穿着得体精致,在简单又廉价的摊子前显得格格不入。

肖厌的车停在不远处,他今天换了辆银灰色的,颜色不亮,但车标就足够高调。

姜晚橘说:"车真多。"

"代步工具而已。"

"嗯，五六百万的代步工具而已。"姜晚橘有些阴阳怪气，"有钱了说话都狂了。"

姜晚橘看着眼前不算健康的食物，随口提了一句："你最近身体怎么样？"

肖厌动作顿了顿，视线半垂着，不清楚她为什么会突然问这个，回道："就那样。"

姜晚橘语气自然，俨然不知道过往情况，只是像久别重逢的好友一样闲谈寒暄。

"又是胃不好，还动不动发烧，怕你吃出毛病找我负责。"

肖厌笑了笑："听你这么说，我还挺娇气。"

"难道不是吗？"姜晚橘给他倒上饮料，"肖总，注意身体。"

肖厌回道："没人照顾，注意不起来。"

姜晚橘自然听得出他话里的另一层意思，只是散了的东西难再合起来，即便破镜重圆，也难保不会因为同一个原因再碎。

肖厌已然不是当时的少年，身上气质脱俗，高高在上，傲意逼人。他若是想来就来想走就走，她就会只剩难堪。

姜晚橘没露出什么表情，只是安静了会儿，随后回道："那去找一个。你这条件，想要什么样的没有？"

街边车来车往，入夜路灯亮起。

肖厌端起塑料杯一饮而尽："不了。"

这餐饭吃了没多久，肖厌在结账，姜晚橘等在一旁。

有对小情侣路过肖厌的车时停住了步子，说笑了会儿，女人过去车边靠着，男人抬起手机留了张照片。

姜晚橘看着有趣，饶有兴致地走近两步。

眼见那姑娘摆拍上头要往车盖上坐，姜晚橘开口劝了一句："是你们的车吗？"

她今天返校，穿得素，没有名牌满身，朴实无华，手上还捏着在路边大排档上顺的纸巾。

女人仗着男朋友在，视线上下一扫："不然是你的？"

姜晚橘："那倒不是。"

男人骂道："那你管这么宽？"

姜晚橘也不气，慢慢悠悠地往后摆一下头，瞎话编得极为坦荡自然："我老公的。"

那两人刚准备开口嘲讽,肖厌正好过来,但没听见"老公"二字。他眼神扫过一圈,看一对二还以为姜晚橘受欺负,往她身前站了站,不怒自威:"怎么?"

"没怎么,他们看你车漂亮走不动道。"姜晚橘说完,下巴一抬,一副女主人的架势,"走了,回家,开车门去。"

肖厌这些年平地起高楼,平日都是给别人下命令,这会儿猝不及防被差使,一时没反应过来,顿了会儿才配合去开副驾驶位的车门。

先前那对男女已然沉默噤声靠边站。

姜晚橘轻车熟路地坐上副驾驶位。

肖厌依旧是开门的姿势,一手松松垮垮地搭在车窗上,一手抵着车架侧框,半圈围拢形成个狭小空间。

他垂眸:"回哪个家?"

姜晚橘瞥他一眼,语调不正经:"快乐老家。"

距离太近,连肖厌身上淡淡的烟草味道都能闻见,她下意识往后撤,示意他动身:"你该开车去了,小肖。"

"车夫"一动不动:"你是不是也这么使唤男朋友的?"

"什么男朋友?"

"那个温柔挂。"

姜晚橘猜肖厌大概误会了一些事,比如以为她跟薛晟在一起。

"不是,我一般不理他。"

"挺好,多理理我。"

肖厌把姜晚橘送回凛风,看着她上车,看着她车灯亮起,看着她的白车悠悠走远。

姜晚橘没有回锦安园这算不上多快乐的快乐老家,而是绕去了长宁路。

太久没来,这里已经大变样了。

曾经的修车铺被拆,换成了一家新的店,面积扩大了许多倍,依旧卖摩托车,装修得当,里面不协调地放了些绿植花草。

她猜这小地方也在肖厌的名下。

姜晚橘慢悠悠地开过,没停车,就像生活往前不休不止,水向东流人朝前走。

过去不再来,旧店始终只能当回忆。

她一路向翰庭而去，两座城市的距离不算短。

夜里的风越发大了，空气潮湿，开始下小雨。

下高速驶入南滨江路时，车很不巧地抛锚了，姜晚橘没这方面的经验，但知道第一步得把车靠边停。

她坐在驾驶位上，打开双闪，望着窗上滴答的雨水，轻叹一声。

路上湿漉漉的，又凑上这倒霉意外，麻烦事挑着时候来，叫她不由得烦躁。

姜晚橘拿着手机，正思考应该打什么电话，余光就在后视镜里瞥见了个身影。

肖厌不知什么时候停在了她后面十几米的位置，还放好了三角警示牌。雨势不小，男人没带伞，正往她这边走来。

年少心动的人时隔多年依旧能把瞌睡的老鹿赶起来跳舞。

肖厌神色很淡，黑色的头发被水打湿搭在额头，混乱里是随性。他正打电话跟人联系，薄唇开合，处理事情有条不紊。

他明明穿得斯文，却无端叫姜晚橘看出一股子欲来。

随后他在她身旁停步，两人中间隔着一扇透明车窗。

肖厌蜷指敲了敲两下玻璃，不轻不重。

姜晚橘缓缓按下窗："前男友这么不放心，跟我一路？"

肖厌低笑："前女友想多了，我顺路。"他说完，头一偏，"下车，带你回去。"

姜晚橘也不扭捏，走下车来。

肖厌脱下外套盖在她头顶上，没有越界，有一丝暧昧，却又不至于过火，距离感刚好。

她跟着他，看雨水打湿他内里的白衬衣。

风吹过来，身上发凉，姜晚橘望着身前为自己遮风挡雨的肖厌，泛起了一丝心疼。

她把手伸直撑起外套，试图把肖厌也揽到大衣下，但男人个子高，做比想难。

快到车边时，肖厌回眸，恰好看见姜晚橘那样一副有点滑稽且笨拙的姿势。

他扬唇："干什么呢？"

姜晚橘如实回答："良心有点痛，想给你挡挡。"

肖厌看了她一会儿，一双沉默又深邃的眼挪开视线，语气不咸不淡："我还以为你是石头心。"

姜晚橘念在自己良好的道德情操和不算差的素质，没有把脏话说出口，而是像小学生一样回骂："你才石头心，金刚石。"

拖车来得很快，肖厌办事效率极高，没多久就处理好了问题，后续有人去安排，他带姜晚橘先回住处。

车快速往前，两旁的景色迅速倒退。

两人没什么话，姜晚橘在看窗外，肖厌眼落前方。

忽然，肖厌的手机亮了亮，姜晚橘下意识一瞥，手机很新，可用的依旧是熟悉的背景。

时隔多年，两人当时的合照稳居这个门面位置。

肖厌这般的精英人士，按理说应当是矜贵、冷漠、疏离的，与生活相关的一切简而又简。

按这人的性子，用原始风景图正常，用高级简色正常，用情侣合照就好像人设里出现一个莫名其妙的违和点。

姜晚橘说："还没换呢。"

肖厌回道："金刚石念旧。"

姜晚橘"哧"了一声："别是最近又翻出来换上了。"

若真是这样珍重，当时又怎么会变淡走散，怎么会说出那种狠话？

姜晚橘看不透肖厌，索性保持观望，偶尔玩笑。

到翰庭大门时，肖厌正打转向，姜晚橘拦了一句："不用进去，在这里把我放下就行。"

肖厌并没听劝，固执己见，执意往里拐，朝地下停车场去。

这个小区非住户的车辆不给进，姜晚橘正等着肖厌被拦，没想到那横杆往上升起来。

"嗯？"姜晚橘一愣，"你什么身份？哪儿都出入自由了？"

肖厌笑着回道："对，我直接刷脸。"

这人嘴里说出来的话真假难辨，姜晚橘看了他一会儿，没出声。

肖厌把车停在一个还没贴车牌的车位上，姜晚橘正准备下车，就看见肖厌从那头绕过来给她开门。

"服务真周到。"

"我们当车夫的都比较自觉。"

"嗯，浅夸一下，下次还找你。"

"不如包个月，上班送下班接。"

姜晚橘下车整了整衣角,她湿得不多,不像肖厌肩头都是潮意。

她笑了笑,似乎想起先前的某些事:"不是你当我金主吗?怎么换我包养你了?"

"那也行,给包吗?"

姜晚橘抬脚上电梯,回过身做了个再见的手势,眉眼黯然:"不给。"

眼见电梯门就要合上,肖厌伸手一拦,门又打开了。男人手臂上搭着外套,慢条斯理地跨入狭小空间,紧逼姜晚橘,垂眸落眼。

门关上了,这里成了个小型密室,姜晚橘退无可退,仰头跟他对视,小臂还保持着先前拜拜的姿势。

她正要把手收回去,就被男人的大掌扼住腕骨,抵在四方电梯的一面上。

肖厌正经话语里掺着笑:"那我只能强取豪夺了。"

姜晚橘心跳如擂鼓,面上强作镇定。

她望了望角落,用眼神示意:"监控拍着,不合适吧?"

电梯往上,她话刚结束,数字停在六层,门悠悠地打开。

外面站了两个小孩,大概是兄妹俩,大的带着小的刚准备跨进来,看到面前的场景,顿了顿,随后哥哥很识相地后退一步,并且抬手遮住了妹妹的眼。

姜晚橘正对门口,有几分尴尬。

肖厌回眸,跟小朋友对视,理智克制地松手退到一旁,没继续在祖国的花朵面前表演所谓的"强取豪夺"。

小男孩很有眼力见儿,牵着妹妹停在外边,"贴心"地摁下了开关。

电梯门重新合上。

妹妹问:"哥哥,他们在干吗?"

哥哥半懂,婉转道:"他们在搞对象。"

姜晚橘和肖厌沉默不语,电梯在十七层停下。

姜晚橘往外走,肖厌跟在她身后。

她走了几步停住回头:"真打算跟到我家去?"

肖厌说:"没有。"

姜晚橘视线一扫:"那你现在在这儿是干什么?"

肖厌漫不经心地回道:"回家。"

姜晚橘气笑了,觉得这厮真是越发不要脸:"我家什么时候成你家了?"

肖厌眉梢微扬,没回话,好整以暇地往前两步,伸手放在姜晚橘家隔壁那户的门把上,指纹轻贴,"嘀"一声响,开锁成功。

一套动作行云流水。

他什么都没说，又好像什么都说了。

姜晚橘愣了愣："……你住这儿？"

肖厌说："三天前刚搬进来。"

男人把门打开，姜晚橘往里一望，视线所到之处空荡荡的，只放了些该有的大件，极简风格的佼佼者。

姜晚橘翻了个白眼："真有你的。"

肖厌说："以后我们就是邻居了，多多指教。"

她哑然两秒："谁要跟你当邻居？"

肖厌笑了一声："那不是邻居，是同居。"他说着，下巴从1702轻点到1701，话里带了一些不正经，"我争取从这屋搬到那屋。"

姜晚橘不语，心情微妙，有些复杂。

犯贱不分年龄，二十七岁的肖厌跟十八岁相比只有更欠，没有最欠，但她莫名生出点难以名状且可耻的愉悦。

肖厌见她不言语，故意问一句："你男朋友会介意吗？"

"会。"姜晚橘逗他，想看他的反应。

肖厌确实有一瞬微不可察的神色微变，但只是一闪而过。

"那我就放心了，毕竟我就是来硌硬他的。"

姜晚橘被逗乐了："缺不缺德。"

"我没有那种东西。"肖厌回道，"白月光回来，这位置也该让让了。"

"真潮流，又是强取豪夺又是白月光，吕小言那里借的书里学的？"

"公司小姑娘聊的时候旁听过，第一次当总裁，向前辈们学习学习。"

"也没见有哪个恬不知耻自称白月光的。"

"现在有了。"

姜晚橘默了默，回道："不愧是你，没脸没皮的月亮狗。"

肖厌笑了笑，供认不讳："挖人墙脚，要什么脸。"

姜晚橘一手开着门，已经换完鞋准备往里走，肖厌就那样倚在门边等着她关门，像条不被欢迎进家但乖顺的大狗。

"有事找我。"他语调轻松，心底暗藏了一些杂乱的情绪，又补了一句，"没事也可以找找。"

她看着他半干的黑发和好看薄情的眼，站直身，招了一下手。

肖厌眉尾上挑，走近几步。

顶上灯光投下来，照得他的乱发毛茸茸的。

他微沉的声线传来："什么事？"

姜晚橘抬眼看着他,有些突兀地说道:"我没男朋友。"

"嗯?"肖厌鼻音微重,有点沉。

姜晚橘继续解释:"我们分开后我就没谈过了,他只是学长。"

肖厌逐渐回过味来,看着表情起伏不大,但眼底生出点波澜。

肖厌回道:"懂了。"

姜晚橘自己都没明白为什么要莫名其妙说这事。

她问:"懂什么了?"

肖厌:"位置还给我留着。"

第十六章 /骗子，没长嘴吗？

那天之后，肖厌出现在姜晚橘生活里的频率明显高了许多。

姜晚橘早上一开门，就能看到男人手提早餐等在电梯旁。他话不算多，道声"真巧"，然后把东西递到她手上。

姜晚橘一开始嗤之以鼻，笑着说"有钱人追姑娘的手段不过如此"。

但日复一日便生出习惯。

而习惯是个可怕的东西。

比如某一天早上出门，那张面孔没照常等着自己，白瓷砖墙上空荡荡的，姜晚橘的心里便也空荡荡的。

她垂眼看时间，不早不晚，是肖厌会出现的点。

这段时间她没有外出科考，照常上下班去研究所，生活规律，一环扣一环，肖厌也成了其中一个环。

姜晚橘把手机放回包里，按下电梯按钮，目视前方。

电梯门即将关上时又打开，神情淡漠的男人出现在了眼前，长身鹤立，凛若秋霜，在对上她的双眼时敛起了些冷意。

姜晚橘胸口处的空落无形消了下去，她抢了他的台词："真巧。"

肖厌手上不止拎了早餐，还有一袋子其他东西，透过塑料袋看，似乎是些药。

肖厌说："不巧，晚了。"

姜晚橘垂眸："病了？"

"有点感冒。"

肖厌这话出来，姜晚橘才觉出他的嗓音确实有些沙哑。

"看你这一大袋，还以为你怎么了。"

"我比较惜命。"

"放心，感冒死不了人。"

肖厌看她一眼，轻飘飘地笑着回道："不一定。"

姜晚橘没跟他继续扯下去。

随后两人到地下一层，各自去车位，启动车辆去上班，就好似已经生活在一起，度过平平无奇又安稳的某个早上。

姜晚橘到研究院，正跟新来学习的研究员交代植物培养时"玻璃苗"的问题。

"植培室温度控制在20℃～25℃，山桐子培养基添加4%的蔗糖。再注意看看通风，用透气性好的封口材。"

徐雪琪站在门边盯着姜晚橘，眼神里都是震惊，还掺杂着难以置信。

姜晚橘走到她身边，瞟了一眼："什么表情？你的标本活了？"

"比这个离奇。"

"嗯？"

姜晚橘平静地等着下文，徐雪琪拿出手机往她眼前一放："那些争气的今天拍到他正脸了，他还带了个女人。"

徐雪琪说完，指着上面那张熟脸质问："是你吗？是你吧！这衣服褶子都一样。"

姜晚橘沉默两秒："邻居，他住我隔壁。"

"隔壁。"徐雪琪冷哼一声，"隔壁床是吧？你以为就这一张吗？你们一起出门的照片放一块儿都能凑一套日常穿搭合集。"

姜晚橘腹诽：多狗的东西，平常能耐大得就只被拍到背影，现在正脸无码还组图。

徐雪琪依旧很惊讶："看不出来啊，姜晚橘，这才多久就拿下了。建议出书，我默写全文顺着背一遍倒着背一遍。"

姜晚橘摆摆手："想多了，没拿下。人家没准逗我玩呢，扭头一扔，我找谁哭都不知道。"

"这种痛苦，我愿意替你承受。"徐雪琪道，"不仅是我，网上万千少女都是这么想的。"

肖厌跟姜晚橘的照片上热门之后被铺天盖地地传。

这世界上，有脸能火，有钱能火，有才华能火。

两人可谓焦点群集。

评论区还算和善，有夸男人帅的，有赞女人美的，有跟女娲对线的，有嗑生嗑死的。

可见网民生态多样性。

姜晚橘最近切回了旧号，想着给肖厌发条消息，可忽然发现找不到这个联系人。

她皱眉沉思，继而在陈旧的回忆里翻出了点什么。

当年她喝多了,一气之下好像把人拉黑删了。

姜晚橘默然,怪不得六年没红点,找不到肖厌的头像。

她犹豫了会儿,搜号码,发过去个好友申请,备注"晚晚"。

日理万机的肖总裁秒通过……

姜晚橘:嗨。

肖厌:嗨。

姜晚橘:你要不要处理下?

她直入主题,好似没有过曾经的拉黑事件。

肖厌:处理什么?

姜晚橘:网上热门,你不是喜欢低调?

肖厌:突然想高调了。

姜晚橘:男人,你的名字叫善变。

肖厌:我对你没变过。

姜晚橘:好土的情话。

他们的聊天没再进行下去,姜晚橘决定随它去。当事人男一号不介意,热门女一号操心也没用。

薛晟很快打了电话来,问:"你跟他在一起了吗?"

姜晚橘想了想,不做过多解释,将错就错:"嗯。"

薛晟在留学那一回被拒绝后没有再明着正式告白过,姜晚橘对于他的示好不接受,态度明确。

薛晟沉默了会儿:"他是你那个放不下的前任?"

姜晚橘回道:"对。"

现如今肖厌的颜值财富都数一数二,薛晟自然明白自己比不过。

"恭喜,破镜重圆,希望这次别再碎了。"

"谢谢。"

"如果觉得辛苦,可以回头找我。"

"不会的。"

姜晚橘不给薛晟留一丝一毫的希望,心里却毫无底气。

她跟肖厌硬碰硬,两人性格都尖锐,难免受伤。

照片事件发酵持续了一段时间,当事人都没发声,"吃瓜"的似乎已经认定他俩是一对。

半个月后,生态环境工程跟全联环境商会合作开办环保展。

姜晚橘被老冯忽悠去参加生态修复工程，协助相关人员在一些重点区域开展山水林田湖草的绿化试点，提供理论支持顺便当顾问。

她因为还算不赖的形象以及高才生的身份，被推上去给这项目代表讲话。

比起编稿子，姜晚橘宁愿跑去深山老林挖土掘树，但活接了只能做，她低头写下美好展望，凭空画饼。

参会那天，姜晚橘意外在那里碰见了肖厌。

他站在远处，周围是有些年纪的商界老手以及出色的青年才俊。

不像酒局觥筹交错，这里只是互相侃谈，招呼着聊天，在不轻不重的闲话里交换信息。

姜晚橘见过肖厌私下的样子，难得看到他作为生意人的一面。

全联环境商会带了个"商"字，一些相关产业链也借政府搭台的机会谈技术合作和项目引进。肖厌附近的区块有新技术成果展示，姜晚橘来时没细看，只是随意一瞥，那里摆着除污装置、环境监测设备和噪声隔振材料之类的，远处还有个新能源汽车的部分。

姜晚橘属于学术界，跟这块隔得远，没过去凑热闹。

她就环境工程里的修复部分发表演说，之后其他人依次介绍自己负责的相关内容，主持人做总结，最后才请肖厌上去。

他似乎是个压轴人物。

白色灯光下，肖厌背脊笔挺，言辞妥帖，游刃有余。

大概这个人在自己面前太过生活化，以至于姜晚橘当下生出一点不切实际的陌生和距离感来。

他的优秀众人有目共睹，配得起高高在上这个词。

身边有人在闲聊，她听了会儿，听出个所以然来。

"真年轻。听说一开始是个穷小子，瞧准摩托车弄了批独款设计，先赚年轻人的钱，后来往四个轮子发展。报废的车玩出新花样，脑子灵活跟废物处理站技术部的搭上，再之后搞新能源，又趁了那两年扶持这类产业的势，起来了。"

"怎么感觉我也行？"

"人家二十几岁眼光毒辣手段狠，该要的要，不要的白给都嫌，看准的项目投一个火一个，你去试试？"

姜晚橘在一旁沉默，视线追在台上。

肖厌已经结束了他的个人演讲，正往下走。虽然不明显，但姜晚橘还是捕捉到了他内心的一丝百无聊赖，像是十几岁被迫上台当学生代表，机械地说完一通后的乏味离场。

真实又鲜活，属于他本身，而非这个社会地位。

她平静的心里无来由落进颗石头，正中她那奇怪又难以理解的心动点。

时隔多年，肖厌还是肖厌。

如果在这种时候问他怎么得到现在的成就，这人真实的回答大概是那嚣张的两个字：天赋。

光晕离开时，肖厌望了姜晚橘一眼，焦点准确无误，直指她的双眸。

刚刚在边上闲聊的那个人小声惊呼："哎，我说，他是不是在看我们这儿？"

另一个人说道："还真是，盯上哪个熟人呢？我先去扒个腿拉拉关系。"

姜晚橘平静地偏过了头。

手机里来了一条消息。

肖厌：*怎么不看我？*

姜晚橘：*大佬太刺眼，凡人不配看。*

她回完没太在意，但肖厌从前排站起了身。

姜晚橘一窘。

五分钟后，肖厌出现在了她右侧，跟她旁边的男人打商量，垂眸还算礼貌："不好意思，有点私事处理下。"

对方很识相地站起了身。

大男人不刷娱乐消息，也没注意邻座就是之前传得沸沸扬扬那组图的女主角，这会儿才觉出点眼熟，拉着朋友腾出空间来。

那人走时感慨一句："我出息了，坐肖厌的老婆边上。"

肖厌慢条斯理地占位置，语气自然："这么不待见我？"

"挺多人看你，多我一个不多，少我一个不少。"

"他们跟我没关系，看不看的无所谓。"

姜晚橘笑了笑，出口挺伤人："我跟你也没关系。"

三十几度的嘴，零下三十几度的话。

肖厌虽然神色暗了暗，但也只是一瞬。

"怎么没有？"

姜晚橘扬眉："那你说说我们什么关系？"

肖厌漫不经心地后靠："你猜猜修复项目的投资人是谁？"

姜晚橘并非项目主负责人，无非是研究所派来的某个知识分子。

上一回出意外弄伤腿，老冯叫她好好养养，便给弄到这里来了。

姜晚橘穿得利落，看着远处被簇拥的肖总，心道自己这几年大概都得活在这个所谓的金主的眼皮底下。

生态修复这类工程时间长，起码两三年。

她甚至怀疑这厮是不是给老冯他们什么好处了。

施工现场大型机械正在进行土方的填挖和山体的整形，姜晚橘无所事事，在一旁思考自己在这里的意义。

天气阴沉，她在这里没什么熟人，但人人对她和善，不知是因为专家身份，还是因为流言里肖总对象的身份？

休息时，姜晚橘正翻着修复项目实施书，肖厌站定在她身后。

姜晚橘没回头，不咸不淡地说："你们社会资本还带实地考察的？"

所谓的"社会资本"说："我来看你，不来看地。"

姜晚橘放下手里东西，扭头往后，对上肖厌意味深长的视线："这保亏的东西，也就你钱多投着玩玩。"

PPP项目公益属性强，回报周期长收益低，处处泡沫到处是坑，当下在做的EOD模式也算试点，正常来讲真要赚钱的不太会选投这种项目。

肖厌并不打算跟姜晚橘聊生意或者投资上的事，大概有点能耐的人都有自己的路子和想法。

他回道："我恋爱脑。"

这话里的玩笑意味重，姜晚橘倒也没躲这一茬，乐着接道："我跟这又没利益关系，你不如直接把钱给我。"

"好说，一会儿去领证，都是你的。"

姜晚橘被噎得无言，看他一眼。

肖厌重复一遍："这项目包赚，你考虑一下。"

大多时候他说这类话都带着揶揄，那一丝轻佻叫他的话听起来不那么真挚，太过真挚会让人可怜。

肖厌年少时骨子里的傲留存至今，不轻不重的玩笑像是给自己的退路和余地。

但当下不带虚浮的调子里听来都是真。

姜晚橘想过这人可能是心血来潮记起当年的初恋又来追，追来腻了又再放开，但没想到肖厌会直接越过这一部分跳到领证，好像真打算跟她定终身一样。

两人无言地对视几秒，姜晚橘没有回应，肖厌手机来电话了，他垂眸接通走远了些。

随后他没再回来。

姜晚橘心里被搅乱，坐那儿半晌。

下午肖厌没出现，工程暂时用不上姜晚橘这个植物类的专家，她兜兜转转无事可做，闲得甚至能就地摸鱼。

手机来了消息。

肖厌：有点事，下回找你。

其实没必要跟她解释，肖厌是自由身，去哪儿、做什么，都跟她没关系，也不需要报备，但她莫名还想往深里问一句"什么事"。

姜晚橘：好的。

她不进不退，语气得当。

一天之后，姜晚橘知道了这个"有点事"是什么事。

她爸爸公司出意外的通知是下午来的，问题解决的消息是次日上午到的。姜晚橘跟父亲简单地碰头，不用脑子想都知道是谁暗中相助。

受人之好，不以身相许都说不过去。

肖厌忙，最近似乎没住在翰庭，他虽然自称恋爱脑，但也没天天往姜晚橘这里跑，两人隔了几天才又见面。

男人眼下乌青，在工程附近的小办公室里休息。姜晚橘进去时，他正一手搭在额上，眉心微皱。

她倒了杯水放在他手边："没睡好？"

肖厌听到声音顿了顿，没抬眸，淡淡地"嗯"了一声。

今天温度低，姜晚橘搓搓手在一旁坐下。

肖厌瞥了一眼，没说什么，外套一脱一递，毫不犹豫。

姜晚橘犹豫两秒，生出点不忍："因为我爸的事？"

肖厌今天有点不太舒服，一丝不好的预感叫他情绪有些低落，但听了这话，他还是揶揄地回了一句："别见外，迟早也是我爸。"

姜晚橘咬咬牙："真会说话。"

他谦虚道："还行吧。"

中午几个小负责人约着出去吃饭，带着姜晚橘，肖厌很给面子一起去了。

肖厌的存在叫周围的人有点紧张，略显低沉的气压让人惴惴不安。

姜晚橘轻声说："不知道的还以为你一个人讨一桌的债。什么事这么闷闷不乐？"

肖厌笑了笑，压下些不适，回道："追不到人，烦。"

姜晚橘默了默。

一餐下来肖厌没怎么动筷子，看起来胃口不佳。

一起吃饭的几个人倒了点酒，酒精入肚，放开了些，敬肖总几杯，又劝着这位顶头投资人喝。

肖厌没摆脸色，吃到一半，说是有事，提前离场结了账。

姜晚橘看着他的背影，暗色外套还留在办公室，他身上只穿了一件薄衣，看起来萧瑟落寞。

中午休息时间，因为降温降得厉害，姜晚橘回了趟住处取厚衣服。

房间里微暗，她站在玄关，打开了肖厌修好的那盏灯，随后在客厅坐了会儿。

看着手机屏幕最上面加回来的肖厌，她点开往下翻了几页，发现自己好像是连带着把那三个人也给删了，断得干干净净坚定果决，只剩一个半死不活的群。

中间空白的几年好似一团浓雾。

姜晚橘想了想，从卧室柜子里翻出了没被修理过的旧手机。

趁着空闲，她索性把过去理清理清。

她开门准备下楼，周围三扇门，1701、1702、电梯。姜晚橘手里搭着肖厌的外套，心里痒痒的，冒出个想法——要不要把衣服还回去，再往深里挖，要不要也猜猜他的密码。

犹豫三分钟，她决定拿自己大门的密码试一试。

"嘀"一声响，一猜就中，姜晚橘愣了愣。

她心里暗暗觉得不道德，进门脚步大迈径直去房间放衣服，外套一甩，来去匆匆。她刚要走，听见"啪"一声响。

姜晚橘低头往回看，光线发暗的卧室地上躺着一部手机。她没多想，以为是自己兜里掉的，捡起塞包里就走，权当无事发生。

多年未开的机子躺在手机店的台面上，老板左瞧右看，拆开后又装好，没修，直接开机。

黑色屏幕重新亮起，老板疑惑："哪儿坏了？正常得很。"

姜晚橘正接电话，一心二用，囫囵地应了声"好"。

霍浪子从国外飞回来了，姜雅兰正问姜晚橘要不要一起去接机。

作为姜晚橘，她懒得去，但作为住对方家整整两年欠人情债的妹妹，她不得不去。

通话结束她才发现不对，兜里那部手机还在。

当年学生时代用的老式机模样大差不差，刚她没看清，也没想到肖厌床头会放这玩意儿，进人家屋里还捎回点个人财产……

她刚准备把自己那部手机修一修，抓紧时间启程赶路。

老板在一旁还在检查肖厌的旧手机，点开了摆她面前："信息真不少。看看，应该没什么问题。"

姜晚橘控制自己不瞥过去，奈何内容太有吸引力。

她设想过肖厌那样冷淡的人分手后追悔莫及，可能会给她打很多电话，但她没想过会有四位数。

一年365天，六年，他对着没回应的号码拨了1463次。

信息往下翻，通通都是发给她的，每一条内容都简短，还会带一张照片，好似日常分享。

小花猫打滚的照片，配文"小猫，像你"。

日出的照片，配文"二缺一"。

一张很模糊的月亮的照片，配文"我，失焦野狗"。

这条大概是他喝多了拍的。

一张锦安园的橘子树的照片，配文"长得不错，结果了"。

…………

没什么他自己的情绪跟生活，想念藏于暗处。

那样一个内里淡漠的人，做了这般跟性格相悖的事，像是要把过去没给补齐。

姜晚橘心绪复杂，点开后零零散散地看着，最前面一条是分开半年后发的。

△嗨，又活了。

语调轻松，没有照片。

光看文字，欠得厉害。

她唇线半扬，但很快就又敛下去。

消息里还掺了条唐杰的。

唐杰：如果有需要直接讲，兄弟不白当。

姜晚橘有几分不解，需要什么？钱？

再往后一条，是符长柳发的。

符长柳：真的不要见姜晚橘？

她没再看。

路上空荡，姜晚橘提前到了机场，趁还有些时间，坐车上低头摆弄自己的旧手机。开屏是两人的合照，点开往里，虽然蒙尘旧旧的，但还能用。因为一直关机，也就没成功收到肖厌那漫长零碎的六年发的消息。

接机时间快到了，她先下了车往里走，繁杂的人群从眼前走过。

姜晚橘思绪万千，总觉得有什么东西呼之欲出要给她当头一棒。

她停在接机口发呆，姜雅兰正一如既往地数落刚出来的霍成文。

霍成文还是吊儿郎当样，在姜晚橘前边喊："喂，姜晚橘，想什么呢？接你还是接我啊？"

"嗯？"姜晚橘回过神。

她刚要动脚，那人闲侃一般开口："怎么不把我那优秀的妹夫带来给我撑撑场面？"

她沉默。

霍成文自说自话："虽然我在地球那边，但是这里的事门儿清，那些照片远传海外。说真的，他能活到现在混成这样，真是医学奇迹，励志人生。"

姜晚橘停住步子："什么意思？"

霍成文一愣："怎么你还不知道？他没跟你说？"

姜晚橘不解："说什么？"

霍成文看着姜晚橘认真严肃的脸，犹豫片刻，把手机里压在某个角落的照片翻出来发给了她。他当年犹犹豫豫的，删除后又从回收站拖出来放着。

"他那会儿好像病得挺重的，血液病，不好治。"

姜晚橘低头看那图。

窗前的少年身穿病号服，边上是死气沉沉的绿色植物，他眼眸半垂，手上是她给的那片平安叶。

画面过于安静清冷，肖厌给她的感觉跟那年第一次在公交车站见时如出一辙，与世界矛盾地隔开，却又真实地根植在这片土地上，不声不响，不言不语，那片叶子似乎成为连接的唯一媒介。

姜晚橘内心泛上一阵酸涩，用旧手机给肖厌打了个电话。

铃声响了几声后，电话被接起，男人声线微沉沙哑："喂。"

姜晚橘问道："你在哪儿？"

肖厌沉默了会儿。

医院充满了消毒水味，周围都是男女老少的嘈杂和孩子的哭声，是私家医院没有的热闹，叫人觉得不至于那么荒凉。他视线落在前侧白瓷砖的某条交界线上，问道："怎么，想我了？"

不远处传来机械喊号声，他所在的地点暴露无遗。

姜晚橘轻轻地说："是，想你了。"

江南女人声线温婉，跟本身的性子不算合，无端透出点颤音。

姜晚橘跟姜雅兰打了个招呼先一步离开，回到车上，从机场径直朝先前那家餐馆附近的医院赶去。

姜雅兰在后面望着："这是干吗去了？火急火燎的。"

霍成文淡淡地接话："找男人去了。"

通话没断，连上车载蓝牙。

肖厌从姜晚橘的声音里听出一些异样来，鼻音微沉地问："怎么了？"

姜晚橘胸腔里被大片酸涩的情绪挤压，难言的憋闷要从眼里流下来。她说道："被人骗了。"

肖厌低笑一声："还有人能骗得了你？"

姜晚橘没说话，肖厌又开口了，隐约能听出来点哄人护短的意思："说吧，谁？肖老板今非昔比，帮你出头。"

姜晚橘稳住语调，声音不响，除了微不可察的鼻音，听来轻松："你说的，录音了。"

电话挂断，肖厌的视线焦点从一个相交点移到另一个相交点。他不紧不慢地垂手搭在膝盖上，脸上表情淡下来，平静无波。

另一边有张验血单子，薄纸上的白细胞异常指标像尖刺一样竖着，不是宣判书，而是像一柄悬在头顶不知何时落下的达摩克里斯之剑。

要么小病，要么复发。

手机里又有其他电话打进来，肖厌照常接听，情绪不起半点波澜。自上至下，他完美符合一个出色的、稳妥的、优秀且无畏的成年人以及优秀人士。

随后这插曲一般的短暂工作结束，他放下手机，放空自己。

姜晚橘看见肖厌时，他正背靠蓝色塑料椅，神情倦怠，好像把自己也融在了那一抹蓝色里。

她不由得想起肖厌说过的很多话、做过的很多事——

他打趣讲要把叶子带进棺材。

他夸她能把死的救成活的。

也许还有些她不知道的。

例如夏日里拿外套遮住手臂上的斑驳、在医院脸对镜头跟她视频……

当下场景跟蒙尘的过去叠在一起,一桩桩一件件直戳她心窝。

姜晚橘走近,站在肖厌跟前,弯腰伸手拿过那张纸,再开口时声音带了些细微的颤抖:"骗子,没长嘴吗?"

肖厌手里一空才回过神。他抬眼自下而上跟姜晚橘对视,光听这一句话,心下便了然。

他扬唇:"哪个嘴多帮我讲了?"

姜晚橘把阴错阳差到手的旧机子还回去,看着检查单子上不正常的指标,把视线重新放回到肖厌身上。

肖厌看上去总是若无其事,无所不能,立于她的天地间。

她憋着情绪质问:"为什么当时你不告诉我?你就这么喜欢当悲情男主,觉得自己很伟大,还是觉得自己很深情?"

"没。"肖厌一动不动看向她,半真不真的表情,语气不算沉重,"怕你可怜我,怕你不要我。"

不知是不是因为中午喝过点酒,姜晚橘从他毫无破绽的神色和双眸里找出一丝难见的无力。

像破碎的风穿堂而过。

那年他不满二十,两手空空,负债累累。

前路不明,生死天定。

爱不爱的……

拿什么爱?

姜晚橘听了后半句,靠近两步,伸手搭在他后脑乱糟糟的黑发上,轻轻一揽。

"我发现你也没有很聪明。"

肖厌没说话,大概摸爬滚打的硬骨头见了温柔乡,也想喘口气靠一靠。

姜晚橘问道:"明天有空吗?"

肖厌沉声说:"你约就有。"

姜晚橘说道:"那领个证,这项目我投了。"

前日的降温持续到第二天,但太阳好,暖融融的日光打在人脸上都映出了暖色来。

肖厌昨晚去了另一个住处,取了点东西和换季的衣物。回翰庭时,他在1701门口站了会儿,没敲门,俯身把姜晚橘家门前歪了的方正垫子摆整齐才进屋。

白天姜晚橘照常翻监控看门口的情况。长期独居，这事就跟吃饭睡觉一样习以为常，随后她便看见肖厌早早离家，以及前一晚的小动作。

她还在品味男人弯腰时身体线条以及手腕那块突出骨头的明暗韵味，手机就响了。

姜晚橘看着当事人的来电，接起电话，将手机放在耳边。

肖厌说："我在楼下等你。"

姜晚橘低头看了看没换的睡衣和棉拖鞋，抬眼与镜子里蓬头垢面的自己对视："干什么？"

"领证。"

"我知道你很急，但是你先别急。"

"不急不行，我怕自己时日不多。"

这是句玩笑话，却像是藏匿在柔软里的刺，被提及就是一抹酸楚隐痛。

姜晚橘沉默两秒："把晦气话收回去，这就来。"

肖厌等在大门口，没去地下停车场，他给姜晚橘拍了张照片说明位置。消息刚发出去没多久，就看到一身米白棕的漂亮女人从里边出来。

他们隔得不远，姜晚橘可以看到肖厌半倚着车门，身上一片苍青和暗灰。

他昨天配了药，详细检查还没做，这会儿脸色算不上好。

姜晚橘走近，老夫老妻一般把他的外套拉拢，末了把手里的一条围巾往他脖子上一挂，绕过两圈，保暖到位。

肖厌有些愣怔。

大概前段时间都是他跟在人身后追，姜晚橘当下突然的主动跟贴心叫他受宠若惊。

姜晚橘问道："什么表情？"

肖厌说："有点开心，但因为人设不好而太夸张的表情。"

她笑开："快三十的人了，包袱还这么重。"

肖厌纠正："二十七。"

"四舍五入。"

"真会算，当年八题错五题还是保守了。"

"你还是别有嘴了。"

两人准备出发去民政局，今天不是什么特殊的日子，平平无奇，随机落定。

姜晚橘打开副驾驶位的车门，碰一鼻子玫瑰香。

她视线后扫，后座夸张的花束撑满半辆车，满眼人民币，浪漫且俗气。

姜晚橘愣了愣："肖总这是进货去了？"

肖厌没头没脑地回了三个字："仪式感。"

有钱人的领证程序跟普通人一样，登记、填表、写保证、按手印，走时纪念留影。

姜晚橘大概明白了为什么肖厌要去买花，车后座里其中一束被带来登记所楼上，红似烈火精致吸睛，在一堆人中衬托得她颇为惹眼。

不少姑娘朝她这里看，看她手里的玫瑰，看她身旁的男人，看她未施粉黛却漂亮的脸。

她能猜出直男的一些心思，当下她手里拥着他准备的爱意，不需要羡慕在场任何一个人。

拍照前一秒，姜晚橘拦住摄像，从口袋里拿出那枚廉价又劣质的假戒指，骄傲且坦荡地戴在无名指上，末了在肖厌眼下伸手一展，难得看到一些青春期时的幼稚心性："牛不牛？到现在还没丢。"

肖厌笑了笑，附和："真牛！"

她戴着玩具戒指留下合影。

岁月侵蚀，几年过去，那东西已经旧得斑驳不堪，但有些东西自始至终没有改变。

先前因为花而接收的视线又一次聚在姜晚橘身上。

有人小声讨论，掺了点微妙的笑声。

"买得起花却买不起戒指。"

"没准是人家过去的定情信物。"

"这得多久以前，小学生吗？也太上不了台面了。"

大概年纪到了，不像年少时候，听到一些言论就会恼火就会不爽，现在的姜晚橘不比当年，大概跟花草树木待久了，心态都好了不少，不争没必要的理。对方这话就像 2+2=5 一样不能在她心里激起半点波澜，她只会点头表示对方说得真对。

算不上心胸开阔，顶多是"佛系"且无所谓。

身边那个看上去更无所谓的倒是掀起眼皮望了眼。

他视线随意一扫，两人收声没再聊，等他们走远后才小声喃喃"这人是不是跟最近网上那个新富商长得有点像"。

他们下楼来到车旁，"肖司机"服务到位帮姜晚橘开门关门，随后回驾驶位坐下，没急着发动车辆离开，而是不知从哪里摸出一个戒指盒，顺手又自然地打开递了过去。

姜晚橘挑眉："干什么，坐着就把婚求了？"

肖厌说："没有，给你换换戴着玩。"

戒指盒里躺着一枚漂亮的钻戒，看起来就价格不菲。姜晚橘不扭捏，拿出来看了看。

肖厌侧眸，伸手握住她的手腕，轻轻往前一拉，把那旧的摘下来，换上了新的。

姜晚橘轻笑揶揄："厌厌被刚才那话刺激到了？"

肖厌风趣地接话："是，恨不得盘个店下来，十个指头十个花样。"

半路富起的人大多都有招摇过市的共性，恨不得全世界看到他财多金足过得好。肖厌本身没有这样的性子，这一点大概体现在他恨不得把最好的捧给姜晚橘。

姜晚橘被逗乐："为人低调，炫不动这个富。"

她把两块钱的那枚戒指戴在另一只无名指上，双手摆在一起比较："我念旧，还是喜欢这个花的。"

她说这话时，刚刚讽刺的那一对正好从民政局出来，男人瞥见了肖厌的车，女人瞥见了姜晚橘那扎眼的钻戒，两人表情微妙又丰富，沉默地扭头不言，尴尬地走了。

姜晚橘下巴抬了抬："喏，刺激回来了。"

肖厌笑了笑，没说话，垂眼，红本子拿在手里，轻飘飘又沉甸甸的。

尘埃落定，姜晚橘在轻松氛围里提了一嘴不可避免的沉重话题："你昨天的检查结果是不是不太好？"

肖厌面上表情淡淡的。好不好的，他说了不算，索性回了一句囫囵话："还行。"

车上静下来，姜晚橘猜是不好，毕竟肖厌是那种断了骨都能说没事的人。

肖厌看她略微凝重的神情，开口带着几分轻松："怎么，刚领证就在想守寡的事了？"

"我不守寡，追我的人排遍余马街，你最好活久一点。"

姜晚橘玩笑般的狠话跟恐吓里是她的不知所措，她还不敢想没有肖厌的生活。

原本没有跟有了再失去就是两码事。

肖厌听到她的话，不气不恼，打趣："没良心的，这就想着跟别人跑了。"

姜晚橘侧眸，带着几分乖巧："你在就不跑。"

那张年少时就极具欺骗性的脸上露出几分乖顺，看得肖厌心发软："高低活到九十九岁。"

姜晚橘明白这是类似哄骗的话，但她愿意信。

肖厌把姜晚橘送到了工作地，说有事回公司，先一步离开。

姜晚橘没来得及挽留，站在原地看车行驶到路的尽头，拐弯消失在转角。

医院的详细检查安排在下午，肖厌没做什么心理建设，既来之则安之。

复发概率很大，生存率很低。

当年跟姜晚橘分开的时候，他以为人生戛然而止，但没有，他活下来了。撑过化疗，熬过入舱出舱，吃遍移植和排异的苦，命运难得给他顺风顺水一回，叫他成为少见的幸存者。

姜晚橘给他发消息约见面的那天，他拖着摇摇欲坠的病躯去了。

兰花温室的喷雾白茫茫一片，他在隐蔽处，看了她许久许久。直到看到她身边出现另一个高大男人，看到他们并肩而行，他打道回府，溃不成军。

他算不得是多么乐观积极的人，放出狠话提前死在她的世界，颓然松手，听天由命。

可他又执拗地生出一副硬骨，那一丝若有似无不知在大洋彼岸哪里发亮的光叫他垂死挣扎，跟世界对峙。

好在结局不算太糟，他们也没错过。

日光落绿荫，投下一片阴影。

肖厌身份特殊，在私家医院做的检查，大概要花一下午时间。

针入身体不好受，但骨髓穿刺这种事于他而言算不上什么。

结果出来时，姜晚橘恰好来了个电话。

肖厌接起，脸上的表情一如既往很平淡，眼眸轻松。

他手拿诊断内容，应了声："喂。"

对面女声悠悠，开口直白："想你了。"

肖厌回道："车夫一会儿就接你下班。"

姜晚橘问："你现在在哪儿？"

肖厌没瞒，答得直接："医院。"

姜晚橘沉默片刻，没继续问下去，声线温和："知道了，早点回来。"

肖厌甚至没来得及说自己没什么大问题，只是最近过于劳累有些低烧，电话就已经挂断。

傍晚光线昏黄，肖厌去见姜晚橘，对方还是早上那副模样，但看他的眼神似乎又不太一样。

有工作人员从肖厌身边经过，说了一句："姜老师今天捧着手机不知道查什么，发呆好久。"

肖厌扫了眼姜晚橘，她正打开车门，退开做了个请的手势："你坐。"

肖厌不解："嗯？"

姜晚橘说："你歇着，司机小姜为你服务。"

肖厌没拦，饶有兴致地看她要玩什么花样。他坐在副驾驶位，看她犹犹豫豫地把四轮开出两轮的速度，开出带翅膀的复杂程度和郑重。

路上遇红绿灯急刹，肖厌不咸不淡地说："你当初驾照考了几回？"

姜晚橘平静地回道："不多，也就两三回。"

肖厌点头："这个车技对得起这个补考费。"

姜晚橘懒得继续这个显得她蠢的话题，红灯落到"1"，绿灯亮起，她有几分突兀且认真地问道："肖厌，你现在有没有什么想做的事？"

这话给肖厌一种"你有没有什么遗愿"的错觉。

他看她一眼，开口露骨："想你算吗？"

第十七章 / 饭前加餐

姜晚橘侧眸看肖厌一眼。
后面的车响了两声喇叭,她回头望前路,小声骂了一句:"不正经。"
肖厌笑了笑,不置可否。
姜晚橘不再搭理他,适应肖厌这高档车后速度提上去不少。
回去路上,她拐弯去了趟超市。自几年前那一次之后,他们没再一起逛过这满是人烟生活气的地方。
曾经的小商店扩大了几倍,斗转星移,时间长河往前奔流,商品的标价在通货膨胀的路上涨了好几倍。
肖厌随意地推着车,姜晚橘并肩站在他身旁,一手搭在购物车一侧。
车子空荡,两人漫无目的地走着。
肖厌问道:"来买什么?"
"旺仔吧。"
八百年前的喜好被翻出来,肖厌笑着说:"真当我七岁小孩。"
"当你二十七岁老狗。"
说着,她伸手拿了几罐幼稚包装的牛奶放在购物车里。
肖厌淡淡地瞥一眼,揶揄:"谁家总裁喝这个?"
姜晚橘莞尔一笑:"我家。"
这话肖厌很是受用,他压下了把那玩意儿放回去的冲动,捧读一句:"谢谢老婆,老婆真好。"
姜晚橘点头接下,玩笑里带着认真:"应该的,你现在要什么姜姐都给你搞来。"
少年时候的自称难得再现,肖厌莫名品出几分无条件依顺的宠溺来,这种情况大多出现在一个人命不久矣之前。
肖厌大概知道这会儿姜晚橘有微妙变化的原因是什么了。
不出意外是以为他那病又复发,还治不好。
狗男人决定狗得淋漓尽致,狗得天昏地暗、人畜不分。
他个子高,站在姜晚橘身后,落下一小块阴影。

男人声线低，掺了一点玩味："是吗？那亲一下。"

姜晚橘扫他一眼，没想答应，笑着拒绝："你好歹是个正面积极的企业家，像样吗？"

她的反应在肖厌的预料之内，男人露出几分装模作样的失落："说得是，我自省一下。"

肖厌说着退开两步，视线挪到别处，掩唇低咳了几声，好似隐忍着什么情绪，声音闷哑。

他原本就在低烧，病色真实至极。

姜晚橘回头看了眼，女人对男人生出心疼的时候，大抵就已经完蛋得比较彻底了。

她生出几分不忍，伸手招了招。

肖厌得逞，把那些尽在拿捏的恶劣藏于云淡风轻之下，精明的双眸里是演出来的无知。

他缓步靠近："怎么？"

姜晚橘拽他的衣领，凑上去唇贴唇，满足他后，暗骂一句："狗东西，少装了。"

角落没别人来往，头顶不见监控，小小亲昵不为人所知，但依旧叫人脸红心跳。

他们有着正经的职业，身份光鲜，这类情侣间的过火小动作放在众人视线下大抵会被指指点点，但当下只有他们知道这个蜻蜓点水般接吻的存在。

不碍他人眼，只补自己的青春账。

肖厌眼眸藏笑，坦然道："狗惯了。"

他们从饮料零食区转到蔬菜区买了些食材。结账时，肖厌随手拿了几支橙子味棒棒糖，突然发现姜晚橘面色随意但耳尖红着，丢了一小盒不好上台面的生活用品进购物车。

肖厌扫了那个盒子一眼，动作顿了顿，随后视线挪回到姜晚橘身上。

车上他那随意的一提似乎被她听进耳里放在心上，大概是真把他当成时日不长的重病患者了。

事事有回应。

当真感人肺腑，让他都不好意思说出真实情况。

有点良心不安，但良心不多。

翰庭十七层，两人分别站在两道门前，肖厌手里拎着大袋东西，等姜晚橘开门后放在玄关，随后起身看她进门。

男人没说什么话，只是视线半落望着她。

姜晚橘沉默片刻，换完鞋站在门边，肖厌在她半米之外。

他绅士地立在那里，没有邀请就不私自越界，像是无声的兽，在外抬手翻云覆雨，当下老实巴交毫无攻击性，甚至有几分虚伪的乖顺。

微妙的尴尬持续两秒，肖厌出声："不请我进去坐坐吗？"

他声音有点哑，"沙沙"的。

姜晚橘没说话，肖厌又补一句："那我先回去了，今天挺冷的。"

他意味深长地卖完惨，垂眼，脖子上是那条跟本身衣物不搭的毛绒围巾，中和了他身上的凌厉感，莫名有些可怜巴巴的。

姜晚橘于心不忍，把门往里拉开了些，伸手拽他的小臂。

"行了，进来。"

简短一句，不算温柔，利落直白。

姜晚橘看着他眼里的那点似笑非笑，说道："大尾巴狼装什么矜持。"

肖厌不紧不慢地说："怕狼得太过，把你吓着。"

玄关处不算宽敞，面积狭窄，让两人的距离更加紧凑，气氛暧昧。

姜晚橘被那双眼睛定然望着，内里是藏不住的烈烈欲念。

她退开两步沉默不作答，用行为果决地把这个火星掐灭，拎着食材去了厨房。

肖厌没闲着待在客厅沙发上，贴着姜晚橘去锅碗瓢盆的地界凑热闹，走之前顺势打开了电视。

模糊不清的声音传来，姜晚橘低头择菜的手微不可察地停了半秒。

十几岁时的习惯保留至今，那时她独自在空屋子里，空荡寂静里除了她自己，半天不会有一点声音。

自言自语显得可怜，索性打开无意义的电视叫里面的人多说些话。

当下听不清内容的嘈杂对话不轻不重，正好充当背景音。

他对她细枝末节处的留意不明说，放在暗处，留至今日。

当事人并没在意自己这不经意的行为，沉默不语来到她身边帮忙。

轻车熟路，得心应手。

一般而言，商业上的成功男士都心高气傲，肖厌也傲，但又跟自小含着金汤匙长大的少爷们不一样。那些纨绔十指不沾洗碗水，两眼不见天然气，在他们眼里，食材都会自己加工好，等吃就行。

会做菜的肖厌在商业巨亨里也算个例外。

姜晚橘看着似乎比自己更熟悉她家厨房的肖厌,她给的围巾还挂在他脖颈上,在不大的空间里显得有些违和且碍事。

姜晚橘问道:"在屋里了,还不摘吗?"

肖厌漫不经心地说:"嗯,打算带坟里去。"

姜晚橘无言地笑了,伸手把自己围上去的玩意儿又拿下来,随意放到了客厅沙发上。

她回头时,肖厌背对她而站,正单手拿碗,把锅里的菜往外盛。

生活气息很重,除她之外,无人可见。

谁能想象在外杀伐果决的男人在家里有如此温和的一面。

在姜晚橘不算完美的童年里,父母各有所求,不愿意退那一步因在生活的琐碎里,因为一个觉得憋屈,一个觉得无趣。父母的婚姻并没给年幼的她留下什么好印象,以至于成年后难免对"婚姻"这个词望而却步。

但当下她突然觉得婚姻好像也没那么糟糕可怕。

跟肖厌组个家庭,似乎是件挺不错的事。

厨房里烟火气重,一身衣服不搭调的男人转身在餐桌上放下瓷盘,抬眼看她:"想什么呢?"

姜晚橘说:"我以前总觉得厨房这块的装修没装好,差点什么,现在明白了,差个男人。"

这清冷跟俗世的融会和谐感,不可言说。

她眯眼感慨,诚心可鉴:"你做起菜来是真好看啊!"

肖厌扬眉,暗自低语:"做起人来也好看。"

油烟机声音太大,盖过了他这句略微不着调的话,姜晚橘没听清,问道:"什么?"

肖厌一脸正经,瞟她一眼,回道:"我说给你随便找个野男人来看。"

"那不用了,我喜欢家花,外面的没你养眼。"姜晚橘笑了笑,"况且肖老板打十几岁起就是个野的。我嘴挑,就好你这口。"

肖厌说:"你这话出来下个菜能少放两瓶油。"

他接手后,两人位置互换,姜晚橘打打下手。

最后一道菜炒完,肖厌关火洗锅上桌,夹起一点菜递给姜晚橘,眉眼半掀:"尝尝。"

因为热,肖厌脱了外套,身形勾勒得恰好,修长的手指搭在筷上,骨节分明,被顶上的光一照,明暗间衬得这处绝对领域越发出挑。

男人单手撑桌，好整以暇，闲散之下一双狭长的眼配上那道声线，蛊惑得要命。

姜晚橘骚话没收住，不过脑地脱口而出："尝它还是尝你？"

肖厌动作一顿，随后慢条斯理地把手里的长筷放下，逼近两步："知道自己在说什么吗？"

姜晚橘慢半拍的理智姗姗来迟，昂起头："人话。"

肖厌意味深长地看着她的双眼，神态自若，说话声音都不见太大起伏，离斯文败类只差一副金丝框眼镜："我要是说尝我，你打算怎么尝？"

姜晚橘有点懊恼自己刚刚被男色迷了心智，犹豫两秒破罐子破摔，把放荡不羁进行到底："还能怎么尝？用嘴尝。"

话说到这份上，这餐饭一时半会儿是吃不上热的了。

你情我愿，饭前加餐。

彼此都是成年人，爱欲不是什么难以启齿的话题。姜晚橘背抵白墙，唇齿被侵入，肩骨后撤无意碰到开关，"啪"一声轻响，餐厅连着厨房的唯一亮着的灯被关闭，四下昏暗，只有电视机叽喳不止，亮着隐隐的光。

男人哑声笑了笑："真贴心，还熄灯。"

肖厌走过暗里苦等的一年又一年，压抑已久的欲念终于寻到一个宣泄口，在她温湿的口腔里夺城略地。原始的、炙灼的、不成熟的技巧横冲直撞，却满是情绪。

姜晚橘打十几岁起就不是嘤嘤作软的性子，即便腰身被环，站不住脚，依旧不知轻重地激他："是，关灯给实战经验为零的老处男留点面子。"

肖厌的动作明显滞了滞，随后力道重了几分。他占主动权，声线却微愠掺了点恼："这不是为你守身如玉？"

姜晚橘吃痛，难得见肖厌这气不过的嘴脸，拧着秀眉，笑了笑，话里玩旧梗，伸手环脖迎唇而上："嗯，朕很满意，今天就翻你的牌了。"

饭是八点吃的，觉是十点睡的。

肖厌出色的学习能力表现在方方面面，时隔多年重逢，倒凤颠鸾，拨云撩雨。

就他这个无师自通的本事，生意顺利不足为奇。

洗漱前，肖厌去隔壁取衣服，手机放在姜晚橘床上。

姜晚橘并非有意，但手机屏幕亮起还振了振，她视线下意识往那边一偏。

是一条短信，备注"林琳"，看着就是个女生名。

内容简短，亲密暧昧。

林琳：肖厌哥哥，最近身体怎么样？

后面还有别的内容，出于礼貌，姜晚橘没继续看，也没去点开屏幕试密码。

她刚洗完澡，躺在软床上，原本放松的神经蓦地因为这一句紧绷起来。

肖厌为人如何她很清楚，可这无意看见的消息叫她浮想联翩。

好似见了浮冰的一角，小小的一块露在海面上，看上去没有什么严重性，但没人知道海面底下是什么。

背景图还是他们之前的合照，跟上面那条消息撞在一起，挺刺眼。

姜晚橘不觉得肖厌是那种表面谈一个私底玩一个的烂人，这种事出现在霍成文身上理所当然，但出现在他身上只有违和。

这顶多是哪个追求他的妹妹。

肖厌打学生时代起就吃香，更别说当下。

姜晚橘正准备把肖厌的手机放床头去，手机又振了一下，新消息明晃晃地显示在她眼前。

这回不是林琳，是另一个邵小姐。

邵小姐：肖先生，钱已到账，谢谢。

姜晚橘眯了眯眼，这高岭之花看着油盐不进，私底下手机联系人怎么这么多小野花，还有给转账的？

肖厌回来时，姜晚橘已经盖上被子。

他随意放在被上的手机被摆在床头，屏幕朝下。

床不大，姜晚橘背对门口，一副不太想搭理人的样子，跟之前情欲上头紧扒在他身上喘息时的样子截然不同。

肖厌洗漱完过去，站在床边，抬手拿手机，漫不经心地说："怎么翻脸不认人？我伺候得不够满意？"

姜晚橘冷哼嗤笑。

"嗯？"

肖厌没明白自己哪里招惹到了这个女人，沉默了一会儿，眼里难得露出些疑惑。

他还没开口，姜晚橘忽然接话，阴阳怪气的："哥哥是只伺候我一人，还是别的都有？要是后者，那我便不要了。"

"哥哥"二字加了重音，强调意味明显。

肖厌被她这腔调噎了噎，低头翻手机消息，随后看出些所以然来。

他顺着她的话悠悠地回道："放心，哥哥只伺候你。"

这种正经里掺了点不正经的样子还挺好磕。

肖厌站在姜晚橘身旁,伸手轻敲床头。

裹被窝里的人拿一双眼望他,没明白他的意思。

肖厌当着她的面输入一串数字。

有点熟悉,姜晚橘想了想,好像是自己的生日。

密码正确,手机被打开,肖厌不紧不慢地递过去,示意里面的内容随她看,随她翻。

他的坦诚只真不假。

姜晚橘有点小感动,但这并不妨碍她继续阴阳怪气:"冷知识,不喜欢的女性追你可以拒绝删除拉黑。"

姜晚橘不打算窥探肖厌的隐私,也没想看他手机里成排的消息,乍一眼白的绿的,有来有往就足够叫人心烦意乱,索性闭眼不见为净。

肖厌脸上的表情有点淡:"你想的什么?她还是小孩,没追我。"

他说完又补了一句,语气轻松不算质问,但里面藏着一丝隐隐的不悦和醋意:"怎么不见你把那人删了?"

姜晚橘睁眼对上他的视线:"你怎么就知道我没删过?"

他们很少有矛盾,顶天嘴上互怼,说一些无关紧要的话,笑闹间更像打情骂俏。

但当下的氛围实属有些僵冷。

两人性子都烈,磕碰到一起,互不低头。

人跟人纵使再搭调适配,也会有不和的时候。

沉默持续片刻,寂静房间里手机的振动声很招摇。

姜晚橘话里有话:"肖总真忙。"

肖厌没接话,抬手查看,随后皱了下眉。

他踟蹰两秒起身往外走,开口不是回应,更像通知:"我去处理点事。"

姜晚橘不问不留,看着他走。

这一场不愉悦还没解决就戛然而止。

姜晚橘心里憋闷,没睡好,半夜醒来时身边依旧空荡。

她把肖厌的话思来想去好几轮,那句"小孩"叫她忽然想起回母校时他们遇到的女同学,十几岁,正值花样青春,性格跳跃胆大,一双眼招人,一张脸不需要修饰就足够漂亮。

姜晚橘知道怀疑不好,可她想不明白,是哪个手段高明的能跟肖厌有来有往。

她半夜看手机，白光在黑暗里刺得眼睛酸涩发疼。

肖厌没留消息，好似不告而别。

之后她照常上班，身上的酸痛无时无刻不提醒着她当时有多放纵，紧随其后的记忆便是两人的不欢而散。

项目开工有一段时间了，山体有了大致的形状。

姜晚橘在工地有自己的宿舍，但没怎么待过。她不想抬头低头见肖厌那张脸，索性决定在这条件设施都不怎么好的简陋宿舍住段时间。

最近她有了点小活，现在项目在设计方案，选绿化苗木，但她不主攻这行，只在植物分类上给些意见。

大批易活成本低的乡土树被购入，比如乌桕、悬铃木、杜仲，一部分观赏性强的巨紫荆、红千层和今夜白蜡也占了一席之地，后面跟了些抗污净化为主的刺槐、女贞和海桐。

活不多，动动嘴皮，算是轻松差事。

她甚至还能抽空回研究所见见同事们，分散自己的注意力。

一静下来，姜晚橘就不可自制地思考一些事——之前的那一场还没吵起来的架怎么收尾？现在算不算冷战？处理的事是谁的事？肖厌现在在哪里，做些什么？他会不会又病情加重一个人躲起来？

走廊上很安静，实验室植培的年轻研究员正在为植物褐变发愁，看见姜晚橘像看见了救星。

姜晚橘匀出点时间，帮她解决了褐变抑制剂和吸附剂的问题。

徐雪琪注意到姜晚橘，乐呵呵地打招呼："外派的活干得怎么样？"

姜晚橘回道："太闲了。"

徐雪琪笑了："歇着拿钱不是挺好，省得上山下水的，不舒服吗？"

"我求上边现在就把我打包扔回深山老林里。"

"别啊，那你怎么跟你的顶级男友搞对象？"

姜晚橘沉默不语，在徐雪琪跃跃欲试往下问时，切了话题："你们最近怎么样？"

徐雪琪把八卦且好奇的心往下压了压，回道："邵姐又帮我们领来一笔款，你说我们这地方是不是风水好，你上次提上去想换套新装置的申报，这才多久，就批下来了。"

"邵姐"两个字叫姜晚橘觉出一丝微妙。

她先前还没注意，现下一想，他们的邵姐会不会就是肖厌手机里那个邵小姐？

徐雪琪的话不轻不重，叫她忽然思绪清明。

哪儿来那么多钱款给他们拨来研究？

姜晚橘当即怀着微妙心情去查了查，自三年前起，但凡她提的意见，能用钱满足的基本都满足了。

徐雪琪大发感慨："原来你才是我们这儿的贵人。"

贵不贵人不好说，东西确实都挺贵的。

打一开始的小建议到后来的大要求，说换新试剂就换，说要玻璃房就给玻璃房，靠一纸薄书，生态温室平地起。当时她只道自己眼光独到，建议挑得精准，现在想来，顺风顺水都是天真无知。

幕后的大慈善家是谁不用脑子都能猜到。

哑巴狗没声没响，对她的好无人所知。

姜晚橘内心复杂，五味杂陈。

在她不知道的远处，肖厌拿自己的财力支撑着她较为合理的野心勃勃，纵容、依顺、无法无天。

姜晚橘夜里回工地。

她想打电话听听肖厌的声音，又找不到合适的开场白理由，捏着手机犹豫不决。

心烦意乱之下，她打开另一个软件，登上自己当初"骚扰"他的小号，点开私信，连撩带钓：嗨老公，睡了没？

冬季气温低，冷得人手脚发僵。

上两条信息肖厌都没回，一直是她在说话，"肖汪汪"惜字如金，只给过一个问号。

她等了五分钟，百无聊赖，觉得自己好笑，正准备关机，对面有了回复。

肖厌：没有。

姜晚橘心里一跳。

她想他回，又不想他回。

回了说明他也不过如此，泯然众人。

就像常言道，测试一块玻璃的坚硬程度，注定这块玻璃会碎。

可不回，又平白叫她觉得自己像个跳脚小丑。

对话沉默下来。

姜晚橘：在干什么？

肖厌：等老婆。

姜晚橘走在路上，这里偏僻，没亮堂的灯，当下四处无人，风吹过来带着一股寒意。

这个回答叫她心跳落下一拍。

她抬头望向周围，在临时住处附近看见个熟悉的背影。

肖厌穿一身暗色长衣，碎发微乱，背脊笔挺，单手入兜，发完消息，正眼落远处。

他脚边有不少烟蒂，还有一丝未灭的火星。

画面透着寂寥。

姜晚橘走近两步。

背对她而立的男人像是觉察到她的视线，回过了头。

两人目光相接，肖厌脸上神情跟夜风一样令人捉摸不透。

下一秒，姜晚橘的手机屏幕上跳出来三个字。

肖厌：等到了。

月夜里亮着点点星光。这里非市区，远山寂静，长路上连成线的灯像千丝万缕的纽带。

姜晚橘盯着那三个字，随后视线上移看先前自己有些放飞的言论，心情略微复杂地打下一排字。

姜晚橘：汪汪什么时候知道的？

明明走几步就能面对面说话，她硬是线上交流。

对面那个人瞥了眼手机，转身朝她靠近，步子不缓不急。

远山不来，我自向山去。

他们有一段时间没见，肖厌没什么变化，依旧那副浅淡的神情，黑色的发，黑色的眸。

他站定在她面前，视线落下，开口坦言："一开始就知道。你对我的智商有什么误解？"

姜晚橘有点局促尴尬："知道你也不明说拦着我点，什么心态？"

肖厌回道："想骗几声老公听听的心态。"

先前的不联系没生出多少隔阂，男人该欠依旧欠，揶揄味道一点不少。

肖厌性子傲，当下也算先一步低头。

姜晚橘抬头看他："这用骗？"

"那你叫一声我听听。"

她笑了："不叫，唤狗呢？"

他们没聊那件叫他们起隔阂的事，好似恢复平日里的你来我往。

姜晚橘心里虽然因为那条消息起了个疙瘩，但台阶搭在前面，不走下去多少有点不识好歹。

冷战消耗太大，姜晚橘挑了个有助于情绪升温的话题："之前那些拨款，都是你资助的？"

肖厌往前走的脚步顿了顿，末了也不推辞，把丢过来的陈年功劳揽下："不然呢？"

"真花得下手。"

"应该的，都是养老婆的钱。"

两人并肩往前，姜晚橘笑了笑："你也不怕我跟别人跑了。"

"这不是没跑吗？跑了就再追回来。"

"你这么自信满满怎么不早点来找我？"

两旁萧瑟荒凉，是还没布好的景，地上坑洼不平，走起来偶尔趔趄。

肖厌伸手把姜晚橘揽在怀里："我怂。"

姜晚橘好似听见了句匪夷所思的话："你什么？"

肖厌重复："我说我怂。"

姜晚橘还是觉得这个字从他的嘴里说出来不真实，她侧眸越过他优秀的下颌线看他的眼："你被夺舍了？"

肖厌的唇线里带着一点笑意，随后慢悠悠地开口，笑意掩下去："分开之后你没理过我，我不知道该怎么办。"

他不确定找上门后是旧情再燃还是各自两清。

姜晚橘身边人来人往，这几年来，当初温廊植物馆里见过的男人自始至终都在，肖厌下意识把那人放在姜晚橘身边人那个位置上，以旁观者姿态走过一日又一日。

肖厌不说，但他确确实实想过就此退出姜晚橘的人生。

年少时的暗恋拉长战线，人心不足蛇吞象，他以为活个三五年，把所有的好给她就是余生计划，不料侥幸得生。大病初愈那会儿他吃了很久的排异药，好一点，念想就多一点。

那回意外之后，他的念想日渐疯长。

"听着怎么这么委屈？"

姜晚橘嘴上这么说，心里换着位置在他立场上想。

四位数的未接通话、翻不到头的消息……

怎么能不委屈？那可太委屈了。

"是，前女友铁石心肠。"肖厌打趣完，又低声接了一句，"不过放狠话的是我，被忘了也活该。"

姜晚橘心想：这人可真会劝自己。

她安抚一般开口："前女友手机坏了没看到，不然不会不理你。"

空气渐冷，工地里亮着的灯光拉长了交叠的影子。

肖厌微微侧头："是吗？"

姜晚橘回道："你也不照照镜子看看自己样子，谁能忍得住不回你？"

肖厌被她这明贬暗捧的话逗乐："谁教你这么夸人的？"

姜晚橘看他一眼："用教？我张嘴就来。"

两人走到车边，姜晚橘不问目的，先上了车。

"不好奇去哪儿吗？"

"你总不至于把自己老婆卖了。"

肖厌失笑。

第十八章 / 无价之宝

　　车子行驶在夜路上，细碎的光留在身后，车匀速前行拐了几拐，末了停在一家医院前。
　　姜晚橘心里莫名紧张，去看肖厌的脸色："怎么了？病情加重了？"
　　肖厌坏种一个，随意应了一句："嗯，没几个月了，对我好点。"
　　姜晚橘没再说话，先前跟他逗趣的情绪偃旗息鼓，落下去沉底一般安静。肖厌在前，没注意到她眼里的细微变化。
　　天冷风寒，他自然地牵住她的手。
　　姜晚橘垂眸，用力地、认真地、紧紧地回握住，跟在肖厌身后，末了步子走快了些，挡在他的前面，试图拿瘦弱身躯抵挡住冬季里席卷而来的刺骨夜风。
　　她身后的肖厌见了，轻轻一拉，环腰贴身，比肩齐行。
　　他们去的是住院部，大厅冷清，跟萧瑟的天气一样。
　　电梯往上到四楼。
　　姜晚橘还没明白来这里做什么，只好跟着肖厌走。
　　两人在走廊尽头倒数第二个病房前停下，里面的人声隔着门传出来，隐隐约约能听出些吵嚷。
　　肖厌开门朝里走，姜晚橘跟在他身侧。里面是个单人间，病床上躺着一个吊着腿护了脖的男人，有几分面熟。
　　周围还有其他人，热热闹闹的。
　　她视线扫一圈，除了躺着的那个伤患，还有两男一女。
　　女生非常年轻，一双眼正打量她。
　　刚聊到兴头上的几人整齐划一停下，好似按了暂停键。
　　随即那个看起来只有十几岁的女生开了口："这莫非就是传说中的嫂子？"
　　姜晚橘一脸疑惑。
　　对方生得明眸皓齿，嫩脸配一双圆眼，编了很精致的两根辫子，看着就是个跳脱活跃的。

"磊子诚不欺我，我哥好眼光。"

姜晚橘脑子里就一个想法：这谁？

她跟三人组六七年没见，那些脸变化不多，还能分出一二三来。

除了这个陌生的小姑娘，有绑着夹板躺在床上的唐杰，头发染回黑色但叛逆地挑染了一撮绿的符长柳，以及反差极大穿着白大褂双手插兜的邹磊。

肖厌朝女生一望，介绍道："这就是那个发'肖厌哥哥'的林琳。"

肖林琳补充说明："真妹妹，同父异母。"

姜晚橘想了想，肖厌似乎是有一个活着跟死了差不多的爹。

她低声说："我十几岁那会儿要是喊霍成文一声成文哥哥，高低会硌硬得把这张嘴捐出去。"

肖厌回道："一般这么个喊法后面都会跟个烂摊子，要么是账单、买裙子、买包或机票报销。"

姜晚橘挑眉："这么好待遇？回去我试试。"

身旁的男人意味深长："行，我帮你记着。"

正经语气、正经表情，却藏着一股荤意。

姜晚橘斜他一眼："注意点场合。"

两人声音不大，就彼此能听见。

姜晚橘说完，把视线重新放回到那个女生身上，随后又扭头看肖厌，来回两轮，没看出来他们哪里像。

肖林琳说："如假包换，一个渣爹产的。你放心，姐，他眼里只有你没有我。"

"渣爹"这词用得很是六亲不认。

肖林琳又说道："我眼里也没有他，只有他的钱。"十来岁的小姑娘说完这话又感觉不太对，补了一句，"当然，他的钱都是你的，我就拿一丁点儿。"

姜晚橘突然觉得这位妹妹也挺有意思，是真拿肖厌不当人。

她用打趣的语气说道："我这么优秀的丈夫竟然不入你的眼。"

肖林琳笑了笑，冲一旁这些年反差颇大的邹磊努了努嘴："我喜欢这个。"

邹磊沉着脸，当初学生时代吊儿郎当，现在意外的还挺沉稳，一样的可能就是那张凶相的脸和听起来不善的语气："喜欢个啥？能不能读你的书去？"

姜晚橘沉默，在心里感慨自己像是那错过电视剧重点情节的无知观众。

她看了眼肖厌，小声问："怎么回事？"

肖厌说："没什么，他们就是开开玩笑。"

姜晚橘无言以对。

病床上那个看不过去，终于开口："你们是来看我的，还是来聊天的？搞对象出去行不行？本来瘸了就心烦。"

肖厌的话不好听："下回比赛装备往贵的挑，真走了还体面。"

唐杰反驳："配置已经够顶级了，这不运气差了点才出意外。"

可见时至今日唐杰还在玩这肉包铁的东西，少年时的摩托车梦不知现在实现到哪一步了。

姜晚橘心里猜出个大概："你前几天说有事，就是这事？"

"嗯。"肖厌回道，"当时说情况不好。"

他看了眼唐杰："一晚上就醒来了，命还挺硬。"

唐杰又瞅回去："哪有你命硬，高烧四十几度吐血进抢救室两三回都还能救回来。"

姜晚橘安静听着，稍一设想肖厌那副样子，心里就憋着疼。

符长柳瞄着姜晚橘的表情，打了个哈哈给，总结："都命硬，全是不死之身。"

邹磊接话："悠着点吧，一个个的。"

肖林琳跟在后面复读，捏着语调："悠着点吧，一个个的。"

邹磊瞪她一眼，小姑娘噤声，但依旧嬉皮笑脸的。

肖厌说："没大没小。"

姜晚橘没有参与的六年里发生太多事，以至于她在这个地方好似局外人。

肖厌把她领到靠里的位置，看似无意，实则有心，还丢了个橘子给她，说："胖子现在在帮我做事。唐杰还在玩车，偶尔比赛，富二代。邹磊家里当医生的多，那会儿叛逆完就被按头学医去了。"

寥寥几句，交代大概，信息对等。

姜晚橘望了望肖林琳，头一次理解了吕小言心态，说道："我想八卦下他俩。"

肖厌一如既往的话语简短："为救我命扯上的关系。"

"什么意思？"

符长柳解释道："我们林妹妹被邹磊找来跟肖老板配型，一来二去就混熟了。"

肖林琳的嘴欠跟肖厌一脉相承："磊子，邹叔叔，给你老牛吃嫩草的机会，你得好好把握啊。"

姜晚橘眯眼："我现在相信她是你妹妹了。"

肖厌笑了笑，没说什么。

肖林琳见姜晚橘看着她，冲对方招了招手。

姜晚橘有些疑惑："嗯？"

肖林琳问道："嫂子，你以前怎么追我哥的？给我支几招。"

肖厌站在她们旁边，话里半真半假："支不了，她没追，是我死乞白赖跟着跑。"

姜晚橘挑眉："对，他暗恋我。"

病房里的灯亮堂，她剥开橘子，正垂眸看那一瓣瓣"弯月亮"，就听见男人不轻不重地给了两个字加以纠正。

"明恋。"

这场医院小型会面结束得很快。

邹磊干这一行很忙，没在病房待很久。肖林琳看他走了，扒拉在门口张望许久。

她身上那种少女春心不加遮掩，比十六七岁的姜晚橘要更放得开，正值青春，无所畏惧。

姜晚橘看着肖林琳，好似在看当年的自己。

她把剥好的半个橘子递给肖厌："你妹妹这次过来干什么？又要配型？"

肖厌说："没，自己偷跑出来的，明天打包送回去。"

门口的肖林琳听到了回头："就不能让我再待两天？"

肖厌回得毫不犹豫："不能。"

"我好歹是你的救命恩人，你就这么不欢迎我？"稚嫩的肖林琳语重心长道，"上一辈的恩怨不要放到我身上。我爸纵然该死，但我是无辜的。"

女孩说完，也不等他回应，往外一迈，约莫是去找她的邹叔叔了。

姜晚橘喃喃道："这女儿当得也蛮大义灭亲的。"

她评价完，望向肖厌，提了一嘴陈年往事："你跟你爸怎么样了？"

肖厌说："不怎么样，老死不相往来。"

既然说了断绝关系，就该断彻底，当年他开口拿了一笔不小的钱当养育费，血缘上的父子没有父子的样子，像是敲定协议，互不干涉。

他们之间唯一的联系恐怕就是肖林琳。

肖林琳命里缺木，名字往死里加"木"，人却跟着"石头"跑。

病房里除了他们，只剩下唐杰跟符长柳。

唐杰脑袋动不了，一双眼往他们那边瞟："像样吗，肖大总裁，空手来还顺个橘子走？"

肖厌不在意地吃着姜晚橘递来的小瓣甜橘，冲符长柳抛了个眼神："胖子，去把他病房跟药退了。"

唐杰马上求饶："别，哥，我错了。"

许多年过去，姜晚橘觉得好像什么都没变。

她眼望肖厌，男人身高腿长，青涩褪去，气质里多了几分成熟，风趣依旧。

他光是站在这里，就像根顶天立地的柱子。朋友被安排得妥妥当当，世间风雨都能处理应对得很好。

只是不知道他自己头顶的那一片乌云是不是阴沉得要落雨。

走之前，姜晚橘把他们重新加了回来。

几年过去，头像昵称都改过了，跟那时候的差别挺大。

重回车上，肖厌手搭在方向盘上，姜晚橘在副驾位子低头看手机。她随意点进去翻了翻，在邹磊的动态圈子里找到一张合照。

三人里面，符长柳的日常内容最多，吃吃喝喝的。唐杰则在这个基础上还加了摩托车。相比之下，邹医生没那么多话，表达欲只比肖厌多了那么一丝丝，没翻几下就到底了。

那张陈年旧照夹在中间，姜晚橘盯了许久。

是在医院的某个绿化带拍的。

肖厌在正中央，坐着轮椅，面色苍白病态明显，相较他们分开的那一天他瘦了很多，轮廓越发凌厉。

他病号服加身，头戴冷帽，松松垮垮的，原本就不多的生气被化疗折磨得所剩无几，眸里恹然，空空荡荡的。

身旁是他们几个和肖林琳，三人都整齐划一剃了头发。

照片配了"加油"两个字。

红灯亮起，车停下后，肖厌淡淡地瞥一眼："黑历史，看什么？"

姜晚橘回的话轻松，声音却发闷："不黑，你那张脸白到反光。"

肖厌觉出她有点低落情绪，打趣道："离剃度出家就差点支香了。"

姜晚橘"哧"一声："那我当尼姑陪你。"

车子开在笔直的长路上，一眼好似望不到边际。

姜晚橘偶尔觉得自己是个良心浅薄的女人，决绝得头也不回。

肖厌最难熬的那几年，傲骨碎得一塌糊涂的那几年，从烂泥里挣扎着爬起来的那几年，她通通缺席。

雨落下来，砸在挡风玻璃上"啪啪"直响，瞬间模糊一片。

他余光瞥见她低着头，扫了一眼，问："想什么呢？"

姜晚橘说："想我当时要是没出国就好了。"

"怎么？"

"能陪陪你。"

"别了，划不来。"肖厌眼神淡淡落在前路，"现在陪陪我就好。"

从当下看过去一眼清明，但那时什么都摸不清，他只赌他自己的命，不赌姜晚橘的大好未来。

目前的结局是万千里很好的一个。

肖厌并不贪心。

但他的那句话听到姜晚橘耳里，跟先前唬人的"时日不多"凑到一起，多了另一层微妙曲解的意思。

姜晚橘眼睛酸得发胀，没抬起头来看他，就那么半垂着接话："你打算什么时候去医院？我陪你去。"

肖厌没反应过来："嗯？"

"不是情况不好？不住院吗？"

肖厌搭在方向盘上的手滞了滞，面露几分尴尬，胡话随口而出："不去，跟你在一起好得比较快。"

姜晚橘不去深究，心酸地笑了笑："我真了不起。"

肖厌低低"嗯"了一声。

雨下得大，汽车行驶在路上，前路不清。

肖厌前两天因为处理唐杰的事，加上公司原本的工作，几乎没怎么睡，当下有点疲倦，为了安全起见，他放缓了速度。

车辆没往翰庭去，换了方向，拐上了一条陌生长路。

"去哪儿？"

"我家。"

"你家？"

肖厌马上改口："我们的某套房子。"

这个"们"字用得很灵性。

车开进一扇旧铁门，往里穿过满是草树的花园，到了一栋别墅前。

这里非市区，有些偏僻，地皮便宜。
　　姜晚橘感慨："怎么买在这儿？"
　　肖厌回道："清静。"
　　院子不小，他叫不出名的花草树木曾经代替姜晚橘陪他度过日日月月。
　　大雨没停的意思，肖厌把姜晚橘领进大门。
　　里面空无一人。
　　姜晚橘："大总裁文不都是豪宅配保姆，你怎么没这配置？"
　　肖厌回道："打扫完下班了。"
　　姜晚橘没说什么，一双眼在他这旧住处里扫过一圈。
　　色调清冷，家具复古，四处都被打理得很干净，看起来像没什么人住。
　　两人一前一后顺着楼梯往上。
　　别墅很大，不缺房间，地方太大便显得寂寥，很难想象肖厌一个人半夜在这里是怎样一番光景。

　　姜晚橘去二楼浴室洗漱，出来时穿了肖厌的衣服，又披了件睡袍，宽宽大大的。
　　她走在并不熟悉的长廊上，原路绕回去时，停顿在书房前，站了半响。
　　肖厌现在的身份很高，有必要时也摆出商圈上流的架子，清冷疏离，一丝不苟，甚至可以说精致完美，而这个高高在上的男人现在正趴在书桌上。
　　恍惚间，姜晚橘好似看见十九岁的肖厌在高三班级后排瞌睡小憩。
　　她靠近两步。
　　肖厌黑发遮眉，蓬松又乱糟糟的，露出些眉眼，眉心一如既往微微皱着。
　　就像那年公园长椅上的无心一瞥，刻在心上。
　　姜晚橘在肖厌身边站了会儿，伸手用指腹轻点他眉间的"川"字："怎么睡在这儿？"
　　声音不大，低低的。
　　肖厌睡得浅，她话音刚落没多久就半掀起眼皮。
　　男人手肘撑桌直起身来，抬手掌根抵住额头，浑浑噩噩间哑着嗓音回道："有点累，困了就趴会儿。"
　　桌上有工作文件，电脑屏幕亮着。
　　姜晚橘说："走吧，到床上睡去。你要是没了，赚这个钱给谁用？"
　　是不太好听还有点强硬的语气，大概是因为对方的身体状况，她话里掺了一点恼。

肖厌:"给你用。"

姜晚橘:"我殉情,用不上。"

话里真假掺半。

肖厌望着她的眼睛,许久没说话。她正穿着他的衣服,尺码太大,显得她更娇小。

姜晚橘见他这副模样,问道:"干什么?太感动了要给我哭一个吗?"

男人脸上还有些倦意,扬唇起身:"放心,你没那机会。"

姜晚橘淡淡回道:"那最好不过。"

她从书房离开往卧室去,是客房的方向,肖厌见了伸手揽着她肩一转:"走这边。"

姜晚橘笑他:"我也没说要跟你睡。"

肖厌顿住步子,分明是狼眼,却硬是流露出一些狗里狗气的可怜:"那你跟谁睡?"

"我跟自己睡。"

"不是说要陪我?"他顿了顿,声线沉沉,"过一天少一天,睡一次少一次。"

姜晚橘的心当即痛了,看他一眼,沉声不语换了方向往主卧走。

毕竟一个本子上的人,睡一起也合情合理。

肖厌得逞后离开去洗漱,姜晚橘无所事事地躺在宽大的床上。

床上很干净,没什么特别的留香剂味道。

柜子角落里摆了个保险箱,放在里面不明显。

姜晚橘生出点好奇,起身凑近去看。

保险箱不算特别,挺普通,就是不知道里面放了些什么不普通的。

姜晚橘甚至觉得这是个摆设。

她的视线停在密码锁的位置,迟疑片刻,不知出于什么心态,输入了跟手机密码一样的一串数字。

"啪嗒"一声响,锁开了。

姜晚橘愣了愣。

突然,身后传来一个男声:"干什么呢?"

姜晚橘听见肖厌的声音时,手指刚从那密码键上收回,气氛尴尬,空气仿佛都停滞了两秒。

姜晚橘回过头,像个被抓包的贼一样沉默半响。

肖厌站在门口,眉梢微微扬着,居高临下。

姜晚橘说了个离谱的："没干什么，帮忙擦擦灰。"

肖厌点点头："嗯，擦出个密码。"

姜晚橘还蹲在那里，小小一团，大言不惭："是，挺巧的。"

姜晚橘在收敛停手跟破罐子破摔之间摇摆不定，好奇心驱使她堂而皇之在他眼皮子底下继续刚刚的动作，不多的素质礼貌劝诫自己老实地把柜门关上。

就在她犹豫不决的时候，肖厌已经走到她身旁。

男人弯腰伸手一按，把柜门又合上了。

姜晚橘打量他一眼，刚刚偃旗息鼓的好奇猛烈跳动起来。

往日事事无所谓的男人难得对一样东西表现出一丝在意，甚至隐隐有种拦着不叫她看的意思。

姜晚橘问道："里面到底有什么见不得人的东西？"

肖厌回得漫不经心："没什么，别想太多。"

姜晚橘眯眼，质问里带着打趣和玩笑："你这样我很难不多想，别是其他女人的情书吧？我没在的那几年，你是不是和别人在一起过？如实交代。"

肖厌扫她一眼，有几分无奈，末了拿句老话回道："谈过你这样的，别人很难入我眼。"

姜晚橘笑了笑："这词有点熟。"

她依旧蹲在保险柜旁，没准备就此罢休。

芥蒂这种东西，囫囵略过也会在之后的日子里冒出来，随后生出新的矛盾，倒不如现在把这个未知数解开来。

肖厌垂眸对上她的视线。

两人没说话，视线碰撞，继续僵持。

最终，位置在上的人选择了退步。

男人手搭膝盖蹲下去，轻不可闻地叹了声，随后伸手重新输入一回密码。

柜门打开，肖厌冲暗格里一偏头，没说话，但意思不言而喻——

看去。

姜晚橘顺利得逞，席地而坐，朝里面张望一眼。

暗处空荡荡的，没有金银财宝、存折、票子，她视线落在低处，东西不多，都是小玩意儿，零碎地放着。

一片不绿的平安叶，一支橘子味的真知棒，一张被压在最底下的纸。

她保持着这个姿势大概三秒，然后伸手把那片叶子拿起捏在手里，扭头问道："你是怎么想到在这地方放这种不值钱的玩意儿的？"

肖厌说:"无价之宝,谈钱就俗了。"

姜晚橘低头,用指腹轻磨,说不出心里的滋味:"什么宝,丢外面都没人要。"

肖厌没说什么。

姜晚橘又拿了躺在一旁的棒棒糖。

"谁猜得到肖总裁家的保险柜里会放这些叫人匪夷所思的东西。"

她打量着这支真知棒,塑料纸包装很旧,廉价的色彩印在花里胡哨的版面上。

不出意外,历史悠久到已经过期。

姜晚橘又问:"你留着这个干什么?"

肖厌的神情平淡无波,望着她好似看到遥远的过去。

空旷且安静的房间内,男人缓缓起身,漫不经心地回道:"这是第一个礼物,留作纪念。"

太多年过去,姜晚橘自己都记不清那时有这么一茬,冥思苦想了好一会儿,终于在尘封的回忆里找出点痕迹。

当时自己好像是给过他糖,还特地去失物招领处找了好几回。

"你那会儿不是说吃了吗?"

"随口说的。"

"怎么不吃?不喜欢?"

"不是。"

"舍不得?"

肖厌沉默。

姜晚橘说:"这有什么舍不得,给你买一车来。"

肖厌笑了笑:"大可不必。"

那年什么都青涩,什么都迷蒙,满目未知的空妄将来。

在十八岁的某一天,他在医院门口丢下脚边那袋药,放弃那担不起的费用打算听天由命回去等死的时候,姜晚橘把他落下的东西捡起来硬塞在了他手里,连带着一朵怏怏的黄色唐菖蒲。

那会儿他刚无意听到姜晚橘对他好再不理他的宏伟大业,很有骨气地把花丢了回去,没要。

随后,另一样无足轻重的甜嘴玩意儿出现在装药的袋子里。

有点幼稚的棒棒糖跟苦涩的药盒子对比鲜明,他灰蒙无趣了无生机的生活确实有一处被上色。

肖厌偶尔消极，一些不为人知的负面情绪在日复一日的乏味里堆积压抑。
　　他把整袋东西丢进垃圾桶，只留下了那支真知棒。
　　橘色的糖在工作台上放了五分钟，肖厌面无表情耷拉着手看了五分钟。
　　店外车来车往，人影匆匆。
　　一只鸟停在树上，有片叶子落下来，打了个转飞进他的店铺，张牙舞爪的。
　　肖厌盯了半晌，站起身，从垃圾桶里捡回了装药的塑料袋。
　　他当时想，那就留条命陪她玩吧。

　　时间一晃便是几年。
　　当下姜晚橘正盘腿而坐，抬眸，卧室的灯照得她的眼睛更加明亮。
　　室内温温融融，岁月安好。
　　她已经放下那陈年旧糖，把注意力落在薄纸上。
　　"这又是什么？
　　"我记得我没写过这么大张的字条。"
　　她说着，垂眸，手上翻面摆弄，随后乐呵呵地嘲笑他："别是你写的情书吧？不敢给我，自己收了好几年，最后藏到保险柜里。"
　　"对，是，屎狗自己的。"肖厌不反驳，不回怼，伸手掌心朝上，"打个商量，留点隐私。"
　　姜晚橘眉梢半挑："都到我手上了，你还想拿回去？比我十六岁时都天真。"
　　白纸质量很好，姜晚橘捏在手里打开从上往下看。
　　先前女人脸上带笑的轻松表情慢慢地消下去，嘴角弧度逐渐落平。
　　手上的并不是什么情书，也不算字条。
　　上面白纸黑字写的东西有些严肃，落到姜晚橘眼里，上一秒的甜突然就被噎住，酸涩一片。
　　她粗略看完所有，规矩的格式，字里带风骨，笔势利落又干净，前面是自认身份，往后是遗产处理意见，全部财产权益继承人留了她的名字，日期离现在有点远。
　　姜晚橘不知道肖厌当时是用什么心态写下的"因身体原因可能随时发生意外，故立此遗嘱"，视线一挪，朝向他。
　　男人肩头落光，发梢也亮着，正一动不动看着自己。
　　姜晚橘试图把语调放轻松，想让这个话题不那么沉重："问过我的意见吗？就把我名字放遗嘱上去？"

"你那时候不是做梦做得挺欢？没准能让你实现一下。"

"嗯？"

姜晚橘沉默，末了追本溯源，想起肖厌生日那天她的玩笑话。

她看那些"如果你被富商娶为妻留有亿万财产，但丈夫病入膏肓即将去世"的揶揄白日梦，给他看评论区，问他好不好笑，他不说话，只点了一下头。

之后的销声匿迹里，他白手起家杀伐果断立足风云之上，带着厚重钱财家底和摇摇欲坠的病躯来娶她。

她想起十七岁的那句"我也想要"，忽然就一点都笑不出来了。

第十九章 / 看着哄吧

晨曦落眼，次日醒来时，光从窗子照进来。

床被有春光潋滟后生出的褶皱，地上衣服胡乱丢着，床头的白纸被风掀起，糖滚出一段，叶子落在地上。

混乱无序里是及时行乐和活在当下的放纵肆意。

姜晚橘睡眼惺忪。

别墅虽偏僻但适合养老，从窗往外望是丰富多彩的花草，日出时分，绿叶尖尖都染了一层光亮。

身旁的位置空荡，有种昨晚一场大梦，她一个人在这陌生地方睡了一晚的错觉。

大多时候，姜晚橘自认为是个比较积极的人，以至于没有在肖厌面前表现出太多的唉声叹气和心事重重，有种虚假的无所谓和没关系。

但那位病人不在的时候，她望着天花板，仍旧不知所措，脑袋空空的。

姜晚橘坐起来一些，早晨还有些凉，她瑟缩着又窝回被子里。门恰好在这时被推开，男人穿得休闲又日常，手搭在门把上，上身微侧，拿肩膀抵着门框，另一只手拎着袋东西，声线懒洋洋的："起了？"

最近肖厌没怎么穿正式的西装，当下这件看着比前段时间的长款风衣还要休闲一些。

姜晚橘说："你现在乍一看就像那刚毕业的大学生。"

"是吗？"肖厌装模作样的，"那姐姐喜欢吗？"

故作单纯之下是一片明晃晃的老奸巨猾。

姜晚橘没好气地说："大早上的，你发什么骚？"

要论装得像没事人这点，还是她本人更胜一筹。

肖厌半扬眉，散漫地回道："没事调点情。"

他把手里那袋东西放在床头柜上，不紧不慢地交代自己的行程："去给你买了点衣服，不会挑，将就穿一下。"

姜晚橘好奇地问道："谁家服装店会这么早开门？是什么让他们这么想不开？"

肖厌淡淡地回道："是人民币。"

"那没事了。你怎么知道的尺码？"

两人有一搭没一搭地聊着，姜晚橘慢悠悠地起来。

肖厌说："昨晚实测过了。"

荤话冠冕堂皇地摆在台面上，女人动作顿了顿。

横竖上下看都不像个病入膏肓的，可这人又偏生很会装很能忍，叫她看不穿。

肖厌站了一会儿没再待下去，转身留了句温暾话："我去准备早餐，你带着嘴来吃就行。"

姜晚橘回道："什么早餐还要我们肖大总裁自己做？"

肖厌头也没回，语气漫不经心，有股子轻佻敷衍调："爱心早餐。"

姜晚橘出去时，所谓的爱心早餐已经上桌。

这是张肉眼可见昂贵程度的长桌，夸张到最远两端的人能谈异地恋，说话得用电话沟通。

她一度认为这种配置的家具只会出现在电影里，现实中放这玩意儿多少看着不太现实。

她选择坐肖厌身边，贴着坐。

"你怎么选这款桌子？"

"买房子的时候就在，懒得换了。"

姜晚橘突然又问："你一个人坐这桌子什么感觉？"

"嗯？"肖厌平视空荡的前方，"没什么感觉。"

他收回眼，视线半落，动作不大。

姜晚橘跟着往那个方向看，对面是一堵白墙，其他什么都没有。

她觉得自己可能是有点毛病，一想到过往几年肖厌就这样一个人坐在这里吃饭，莫名其妙开始觉得酸涩心疼。

早餐很平常，有面包有鸡蛋有牛奶，摆得干干净净，并没有花里胡哨的装饰。

肖厌问道："发什么呆？"

姜晚橘从那种情绪里跳出来，说："在想你的爱心早餐怎么没爱心？"

肖厌扭头看她两秒。

就在姜晚橘以为肖厌要拿那张能言善辩会忽悠的嘴哄骗她时，他起身走了。

姜晚橘很疑惑，视线跟着他走，腹诽：这么玩不起。

下一秒，肖厌拿了样东西回来。

他走到她身后，一只手撑桌，另一只手绕过她的肩臂往前，停顿在面包上方的位置。

这样的动作亲昵又满是生活气息。

姜晚橘仔细看了看，他拿来的是番茄酱。

肖厌显然不是很习惯做这种幼稚的事情，歪歪扭扭地画了个红色爱心。

她笑道："你也有不擅长的。"

肖厌不在意，并不反驳。直到完成收尾动作，他才眉梢半扬留了一句："不是挺像吗？"

姜晚橘点头附和，拿手机对准面前漂亮盘子里不太漂亮的爱心拍了张照。

肖厌还保持着半围合的姿势，上午正好的光从侧窗打进来，被有些复古的横栏切割成一块一块的。

阳光照在身上暖融融的，过了早晨的点，气温开始上升。

姜晚橘低头看手机里记录下的一刻，肖厌正要起身，被摁住了手。

肖厌没问，垂眼静等下文。

姜晚橘把摄像头一转，两人入镜，发丝沾了点光，不是适合拍照的角度，但因为皮囊出挑，照样好看且耐看。

她按下快门，留下几张合影，说道："你那壁纸都旧出年代感了，换张新的。"

商圈里没人敢对他提要求的男人很听话："好。"

姜晚橘满意地点了点头。

她的手机前置摄像头还没关，两人一站一坐，两双眼通过镜头撞在一起。

她忽然回过头去看他："你今天有空吗？"

"怎么？"

"去医院。"

肖厌沉默。

狗男人觉得自己可能要狗到期限了。

天下没有密不透风的谎话。

不过打一开始他也就随口无心一说，虽然说后续发展缺不了他含混不清的推波助澜。

"不用去，之前检查出来没什么事。"

"你看我像是信的样子吗？那一套我已经不吃了。"

听过《狼来了》的儿童故事，没见过反向没病硬以为有病的。

肖厌拿了先前的那些诊断书来，但姜晚橘始终持怀疑态度。

她来回地翻看，不由得感慨："跟真的一样。"

肖厌无奈地说："就是真的。"

姜晚橘大概是那几年有了阴影，固执地坚持己见。肖厌拗不过，应了她的提议。

过段时间他有事需要离开两天，走之前再看看唐杰，顺道找一趟邹磊，把这事跟姜晚橘交代清了也好叫她心里踏实。

医院的消毒水味一如既往往鼻腔里钻。

姜晚橘跟着肖厌到了先前唐杰的病房，唐杰还躺着，估摸着得躺上个把月。

没营养的对话来回两轮，肖厌接了个电话，又收了条短信，回复得挺快。

姜晚橘侧眸瞥一眼，肖厌很自觉地把手机放在了她眼皮下。

还是之前那个号码，发过来的内容是：你觉得我学医现实吗？

没有哥的尊称，叫姜晚橘想起自己对于霍成文猖狂不知收敛的态度。

肖厌回得很不近人情，揶揄里都是直白和残忍：挺魔幻的。

姜晚橘笑他："怎么打击小孩的积极性？我十几岁那会儿你不是挺会哄我的吗？"

肖厌回道："我双标。"

姜晚橘评价："真是好哥哥。"

肖厌点点头："还行吧。"

"人有理想是件好事，你也不支持支持。"

"她那是学医吗？我都不好意思戳穿她。"

姜晚橘扬唇乐呵呵地道："那怎么不是呢？跟你兄弟玩，顺便学一学。"

"就那倒数七八的成绩，去干这行我都怕她数不清针。"

"全班？多大事，我也考过。"

"全校。"

姜晚橘顿了顿，口风一改："学生确实还是得以学业为重。"

她又瞥了一眼，后知后觉发现号码的备注有些地方不太一样，原本的"林琳"改成了"肖林琳"。

大概上回两人短暂的矛盾就是打这起，这会儿有点亲密的二字名字前非常生疏地加了一个姓，细节到她一开始都没注意。

姜晚橘望向肖厌，他已经收回手机，屏幕上是早上拍的那张照片。

医院到处都是白色，姜晚橘跟在肖厌身后，牵住了他垂下的手。

肖厌找到邹磊的时候,这位面相板正的医生正在休息,唇边带着一抹笑,手里回着消息,他看到他们愣了愣。

虽然有点距离,但姜晚橘优秀的视力还是窥见了一点端倪。

邹医生对话的界面上方是两棵树,不出意外就是那个考倒数七八名的痴心小姑娘。

姜晚橘抬手侧挡在嘴侧,轻声打小报告:"你奔三的兄弟在跟你那奔二的妹妹聊天。"

肖厌不咸不淡地"嗯"了一声:"蛮好的,学费省了。"

"你是真不上心啊,以前不是当哥哥当得尽职尽责吗?"

姜晚橘话说出口才觉得不妥,可说出的话收不回去,只好悄悄看肖厌的表情和反应。

肖厌动作微不可察地一顿,但看起来没怎么在意,出口随意:"我除了你的事,对什么东西上过心?"

他跟肖林琳并非传统意义上的好兄妹,她要的他会给,能帮的会帮,其余随缘。

邹磊看着他俩,按灭手机:"干什么来了?"他侧眸看了看姜晚橘,又扫回去看肖厌,"有了?"

"没,早着呢。"肖厌把带来的那沓纸放在桌上,点了点,"你给她翻译一下。"

邹磊打开文件袋拿出来,认认真真地自上而下看了看,随后道:"这不都是中文,翻译什么?"

肖厌说:"中译中,你简单点说有事没事就行。"

邹磊坦诚道:"没复发,挺好。"

姜晚橘双眼微眯,半信半疑,视线在他俩身上扫了个来回,给邹磊看得有点不自信。

"你们是不是说好了的?没事,我接受得了,不用拿假的唬我。"

医院休息的地方亮堂,三人一坐两站。

可见先前瞒了几年,现在后遗症挺严重。

邹磊扫了眼肖厌,把手机往里推进去一些,对姜晚橘说道:"我看他没病,你倒是有点疑心病。"

姜晚橘沉默不言,看着邹磊的态度,心里那点笃定突然开始动摇。

邹磊随手招了个同样一身白的医生过来,把手里的东西递过去。

那人半路被截,一脸疑惑地接过检查报告,瞟了眼边上像是夫妻的两人,犹犹豫豫轻声问:"干什么?医患纠纷?"

邹磊说:"结果太好,一时接受不了,怀疑我造假。"

"嚯,真稀奇。"那人乐了,看了眼单子,"以后不敢保证,现在确定是没问题的。收拾收拾回去吧,定期检查就行。"

姜晚橘没说话。

肖厌看着她的脸色:"不放心我再做次穿刺,就是浪费点时间。"

她伸手毫不留情地拧他的小臂:"怎么没狗死你呢?"

两人从医院出来,天光正好,先前下过雨,地上还未干。

一样的景,却觉得离开时比来时顺眼不少。

除了身边欠揍的男人,看什么她都觉得可爱。

心里难言的重担突然被卸下,叫人生出一种不真实感,姜晚橘站在门口,还在细品这会儿是梦是真,是虚幻还是现实。

肖厌问道:"开心得半天不出声?"

姜晚橘冷哼一声,说反话开玩笑:"没,不能继承亿万财产走上人生巅峰了有点失望。"

肖厌扬扬唇:"我活着影响你花钱的速度了?"

姜晚橘说:"多少有点,主要你在,我不方便找其他男人和年轻弟弟。"

"真敢说。"肖厌瞥她一眼,拿平淡的语气讲着浮夸的台词,"找去,来一个我做掉一个。"

姜晚橘笑了:"上市公司老总跟黑道头子一样。"

肖厌配合她那话演出恶人的腔调:"小混混出身,偶尔手段比较见不得人也正常。"

"怎么不把我做了?还挺怜香惜玉?"

"做过了。"

猝不及防一个拐弯,好似一脚油门,把人带回昨晚潮湿的云雨,重温尽兴时的光怪陆离。

姜晚橘很快从及时行乐的乐里回味起对方拙劣的哄骗。

"算了,不乐意搭理你。"

"肖骗子"明知故问:"为什么?"

姜晚橘白了他一眼:"也不知道哪只狗说自己时日不多,浪费我感情。"

"我错了。"肖厌服软服得很快,认错的话从嘴边一溜就出来了。

女人自顾自地抱臂往前走:"一天天的跟我卖惨,今天别跟我讲一句话。"

肖厌的欠在这种时候显得更加惹眼突出："刚刚二三四五六句不是聊得挺好？"

　　姜晚橘提心吊胆过了这么些日子，尘埃落定不再惴惴不安，但这人的贱样叫她气得牙根发痒，想咬他一口。

　　回停车场的路不远，在太阳底下吹冬天的风，半热不冷。

　　肖厌见姜晚橘不吭声，走近两步。

　　姜晚橘余光瞥见，挪开两步。

　　两人一前一后保持距离走在医院外的路上，肖厌又靠前，姜晚橘正要顺势躲，被一把拽住小臂拉回。

　　他下手不轻，难得品出点他施加在力量上的强势。

　　肖厌个高，姜晚橘后撤时重心不稳往他身上靠了靠，这才发现前面有车驶过。

　　肖厌声音严肃了点："气得这么厉害，路都不看。"

　　姜晚橘做戏做全套，没出声。

　　男人垂眼："我有时候是不太聪明，你给点提示，我赎个罪。"

　　人精看起来确实有点不知所措，姜晚橘心里是劫后余生般的庆幸，面上装模作样地松了口："看着哄吧。"

　　男人哄女人无非那些俗套东西，鲜花、首饰、化妆品。

　　姜晚橘在小办公室里把这些都收齐了。

　　肖厌虽然直男，但审美不直男，送的东西还看得过眼，至少没有奇怪的妻离子散开花眼影盘，也没感动女友见者落泪的排行榜一二三。

　　花是正常大小的花束，配色统一和谐，不浮夸。项链、戒指之类都很高档，但不高调。

　　没有霸道总裁爱上我那样9999朵漫天玫瑰和鸽子蛋一样的钻，专人定制，品位在线。

　　肖厌来了几趟，次次手里带东西，频繁得像是在这工程干活的人员之一，不像投资商。

　　看得出来，这位无所不能脑子好使的男人在某些领域还是有些生疏，像是头次追人。

　　姜晚橘也从"那个挑树的美女"成了"大老板他老婆"。

　　肖厌再一次出现时，两手空空，西装笔挺，跟周围的土石树木融不到一起。

　　办公室依旧是原来的模样，只是多添了一个小太阳电器。

这里的冬天干冷，周围的工作人员或真情或假意地待姜晚橘好，体贴地买来给她摆着，虽然看起来不像正规货，但开起来依旧暖融融的。

坐里面无所事事的姜晚橘看了门口的男人一眼，又把头低下，一手托腮。

肖厌搬了里面的一把椅子坐到她对面："准备住这里多久？"

姜晚橘慢悠悠地夸张着回道："住到天荒地老，海枯石烂。"

"气性真大，这茬什么时候才过去？"肖厌视线落在她的长睫上，复而收回，耐心地说了一句离谱的话，"我再想想办法得一回病？"

回应他的是姜晚橘的一记眼刀。

姜晚橘不接他这话，往他手里瞄了瞄，没拿东西："今天不哄了？"

她其实也没生气，单纯跟十几岁时一样蔫坏，想看万事游刃有余的人面对棘手事时候的模样，以及好奇这厮还能玩出什么花样来。

肖厌从口袋里拿出支糖，橘子味的，往姜晚橘面前一推："暂时哄不了了，之后有事出差。"

一丝不苟的灰色西装搭配幼稚的花皮肤棒棒糖，反差挺大。

姜晚橘开始没接，还在思考这句话的意思。

肖厌以为她不要，又收回去，拆了包装，体贴至极地伸手一递。

姜晚橘没怎么犹豫，即便二十多岁了，照样不顾忌年龄直接拿过叼在嘴里，脸颊因为糖球突出一个浅浅的圆弧，显得她幼稚了几分。

两人对视。

姜晚橘面上带着一点笑意："那就回来了再继续，别送东西，俗。"

肖厌背靠椅子，西装底下灵魂不羁，漫不经心地回道："想要什么，想我给你哭一个？"

姜晚橘心里乐开了花："可以有。"

"十几岁盼到二十几岁，你还挺坚持。"

"为人专一，谁不喜欢看男人哭？"

肖厌失笑："有点难度，下次来带袋洋葱剥给你看。"

他起身，视线在那个有点粗制滥造的取暖器上停留了片刻，绕到她身后把窗关了一半，又回原位往外面走，中途看了眼时间："我先走了。"

很笼统的一个有告而别。

"这就走了。"

"舍不得？"

"别想太多，只是还有个事没问。"

司机已经把车开进来停在门口，看着有点急。

惜字如金的肖总却不紧不慢地说："问。"

姜晚橘说："我能不能提前回研究所去干老本行，远程给你们指导？"

"等我回来去打点一下。"

"怎么，我不是你硬拉来的？"

"我看着像那种滥用私权的人？"

"不像吗？人民币玩家不都比较随心所欲？"

"说得是，我下次考虑直接安排你当小秘。"

姜晚橘下巴一抬，指向门口："走吧，车在等你呢。"

她目送肖厌离开，等肖厌真上车关了门，她才起身到门口看。

那黑车渐渐开远，越发变小，小到消失在拐角不见踪影，她心里某块地方迟钝地空缺下来。

手机一振，是条消息。

肖厌：望夫石回吧，外面冷。

姜晚橘"哧"了一声，抬手关门。

姜晚橘：再冷也没被你骗的时候心冷。

对面安静沉默，不知是不是被她这波顾影自怜堵了心噎了声。

几个小时后，有人出现在小办公室门口，说是来装东西。

姜晚橘一脸蒙，还没明白当下的情况，就看见对方异常熟练地找位置装空调。

她大概能猜出是谁做事如此雷厉风行。

干冷的冬天，不大的房间，夸张地挂着一台空调。

姜晚橘拦不住这些男人，任由他们热闹开工再收拾离开。

空调一开，温度上升，确实暖和。

一个大壮汉甩下一条毛巾，恰好盖在不太正规的取暖器上。

姜晚橘正拍照给肖厌看，没注意这细节，手机电量低，办公室信号差，她往外走了几步。

屋外天色已暗，月亮高升，落日挂在远方。

寡淡的月亮和浓墨重彩的夕阳处在同一片天，世间日月最为公平，平等地给每一个人免费观看。

她举着手机寻找信号。

远远的景都漂亮，姜晚橘站了会儿，等那头回她消息，视线瞟向地平线看红橙黄橘。

过了一会儿，手机终于成功收到消息。

肖厌：到了？

姜晚橘：嗯，中国速度。霸总甜宠文之我给大山脚下的老婆送温暖，蛮接地气的。

肖厌：听着像村头地主的乡间爱情故事。

姜晚橘：这你自己说的。

两人的聊天看起来到此为止，可对面难得没话找话又问了一句。

肖厌：现在在干什么？

姜晚橘站在冷风里，手被冻得有点僵，想了想。

姜晚橘：准备洗洗睡，等你回来接着哄我。

肖厌：行，我多学几招。

聊天结束，姜晚橘往回走进了办公室。

房间里暖和，她把被风吹僵的手塞进衣兜。桌上是白天看的书，柜子上摆着花，脚边是取暖器，糖纸躺在垃圾桶的最上面。

她坐着发了会儿呆，决定先回去休息，虽说这个点洗洗睡确实为时过早了点。

突然，她后知后觉瞥见了取暖器上面盖着的布。

姜晚橘迅速切断电源，把差点酿出事故的东西拿下丢在一旁。

简朴的蓝布已经被烫成了焦黑的弧形，两头尖尖的。

乍一看挺后怕的。

手机屏幕里的两人已经静下来。

姜晚橘随手一拍分享日常。

肖厌这会儿约莫还空闲着，回得挺快，就是内容很简单，就一个问号。

半秒后，男人又发了一条。

肖厌：这什么？

姜晚橘：跟你一样黑的月亮。

肖厌：十分钟没聊就这么惦记我，看什么都能想到我。怎么弄的？

姜晚橘：烫的，小太阳烫的。

肖厌：质量看着不行，注意点，别用了。

姜晚橘几乎同时发过去一张刚拍的取暖器照片：你那儿冷吗？送你了，电子云取暖。

肖厌戏挺足地配合她：有点烫，放远点。

姜晚橘面上露笑，隔远了些自拍一张发过去。

二十多岁的两人隔着屏幕犯蠢幼稚。

姜晚橘：肖总还满意吗？

肖厌：就那样，还是喜欢我那款。

姜晚橘：你们有钱财阀也这么接地气？

对面发了张截图，截的她的头像。

姜晚橘：这是？

肖厌：我的小太阳。

姜晚橘：油得我满地乱爬。

另一边的手机主人唇线微提。

词是俗了点，讲出来难免有一些甜腻，但轻浮下是认真，于他而言，分量只重不轻。

肖厌：忙去了。记得吃晚饭，别点快餐。

姜晚橘：跟爹一样絮叨，也不知道是谁十几岁时天天吃泡面。

肖厌没再回复。

姜晚橘把门关好准备回宿舍休息，月亮投下来拉出个长长的黑影，她一路上都踩着影子。

第二十章　/ 人间共白头

办公室没出火灾，但有些事好似逃不脱。

用取暖器的不止姜晚橘一个，当晚有个职工因为操作不当，加上取暖器本就质量略差，出了事。

生态修复是个长期活，地点偏僻不比市区，附近也没像样的屋子，为了工作干活方便，除了部分划来当宿舍的旧楼，都是现搭的临时简易房。

这里人员素质有高有低，多的是图便宜不讲究东西好坏的普通人，还有偷偷抽烟的。

屋里一个火星加上突然自燃的机器足以酿出一场灾难。

肖厌是在上飞机前一个小时接到的消息。

干燥的天和恰好的风把小火苗催成了烈焰。

好在不是半夜，大家还没睡，嘈杂的动静和噼里啪啦燃烧的声响拉响了警铃，能跑能走的都往空地逃。

有些人试着救火，即便杯水车薪。

有些人清点人数，看有没有落下谁。

救火电话拨出去，上司通知给出去，之后生死有命一切都随天定。

肖厌原先正想闭眼歇上小半刻，电话突然响起，接着就是嘈杂的呼喊声和风声落到耳边，嗡嗡作响。

几分钟前他发了晚餐照片，但姜晚橘没回，好似突然失去联系。

不祥的预感充斥胸口带出一丝窒闷。

他看似平静地听完相关负责人略显惊慌的报告，某根神经被抽丝剥茧一般拎出来绷紧、拉直，底下挂着一块巨石。

从机场回去临嘉生态修复地有段不近的路程，肖厌一路踩着油门，不见往日的冷静，虽然脸上没有过于夸张的表情，但当下的行为可以说是疯狂。

即便翻身起高楼，家财万贯，他的成熟稳重和万事无所谓的态度在这一刻依旧摇摇欲坠。

肖厌仍旧是那个不顾一切飙车赶去锦安园的十八岁少年。

只是四个轮子比两个轮子顾虑的东西更多。

霓虹灯亮在两边，黑影穿梭其中。

他眉头锁起，掌心浸出一层冷汗。

在他到达现场时，消防车还被堵在某一处入口。

清点人数的人拿着张破旧带褶皱的纸挨个统计，肖厌在人群里来回一扫，粗略而过，没见到那张熟悉的脸。

沉重的石头几乎要拉断神经。

周围有人议论感慨。

"我都跟他说了别往上盖衣服，非得这么干，这下好了，一把火全烧干净。"

"大老板来了，是不是管我们来的？"

"别想太多，他只管他老婆。"

"说起来怎么没见那姑娘，困在里面了？"

这头还没聊完，那头就传来几声惊呼。

肖厌脱了外套，一瓶水兜头盖面浇一身，半个字没说便冲了进去。

几个管理层小领导一个都没拦住他，互相甩锅。

闲扯的继续闲扯。

"完了，这进去还出得来？"

"年纪轻轻赚好多钱，还挺讲情义，女人在里面，死也跟她死一起。"

"消防车是不是快到了？急死个人！"

这些临时搭建的房子空间都小，离得又近，风一带，火苗就往边上蔓延，这会儿已经烧得七七八八。

冲进去像把"送死"两个字写在脑门上。

肖厌自诩是个理智至上的人，自然知道这一脚踏进去凶多吉少。

但他跟少年时一样，对上姜晚橘，理智都是其次。

世界于他意义不多，她算一个，有且仅有的一个。

烈焰灼烧着钢筋铁皮，炙热火舌卷在周围，走在这样一处地方可谓寸步难行。

有残败的碎板砸在背上手上，撞击的疼痛在炙烤里显得不值一提。烟雾刺激口鼻，疼得发烫，大脑缺氧的眩晕叫他跟跄不稳。

火光里睁不开眼，肖厌只能喊姜晚橘的名字，但火场里最忌讳说话和大口呼吸。

多一秒，命数就难说一分。

肖厌的声音卡在喉咙被闷咳盖过，外面忽然传来那道熟悉的声音。

"肖厌！你在干什么呢？"

姜晚橘带着没电的手机刚从外面吃完饭回来，还没走近就先听见了消防车和救护车的声音。

她带着几分好奇，手里拎了一箱旺仔和一些零食，正跟在车后往里走。

"这是怎么了？"

边上那人回道："好像取暖器坏了，着火了。有人冲进去找人去了，难保不会搭进去哦。"

姜晚橘"嗯"了一声，远远望了一眼，随即在不远处看见了辆眼熟的黑色汽车。

车停得歪七扭八，不像样，大灯亮着，车门没关。

可见主人走得多急。

她脚步一滞，一些不切实际但又好似合情合理的想法跳了出来。

周围吹来荒凉的野风，混着燃烧的呛人焦味，姜晚橘看着火舌烈烈，失神半秒后直冲进去。

她鼻腔干涩，大口喘气。

一连排的员工临时宿舍被火吞噬，面目全非，一片狼藉。

有人见到姜晚橘，惊呼起来："你没在里面？肖总直接冲进去找你了！"

火势正猛，耳边有混乱的风声、燃烧的杂音，还有救援车辆的鸣笛声。

中心温度高得难以靠近，众人三三两两围在安全线外，没人愿意赌上命去看这场戏。

姜晚橘不管不顾径直朝里冲，歇斯底里地喊出肖厌的名字。

自己甘愿进死局的肖厌愣怔原地，循声往回走，浑噩的意识在一瞬间得到一片短暂的清明。

倒塌的铁皮划伤他的腿，火焰烫伤小臂，即便走得不深，往回的路仍旧步履维艰。

消防队赶到时，肖厌正跌跌撞撞地走出来，一身狼狈。

姜晚橘错愕地对上那双眼，心里的某一块忽然被击中，散落一片。

一直以来高昂头颅浑身硬骨的男人眼眶一圈红，眉心紧锁，眸里充血，看得出来遭足了罪。

不知是因为火场的浓烟，还是他难以压抑的极端情绪，他狭长眉目里潮湿一片，下一秒就要溢出来。

姜晚橘第一次见到肖厌这副表情，看得她心碎。

肖厌一动不动地盯着面前完好无缺活生生的姜晚橘，伸手一揽把她拉进怀里，力道不小，好似失而复得般珍重。

男人站得不稳，抱得却很紧。

姜晚橘轻声安慰，有股子顺毛安抚的意思："我长脚了，会自己跑，不至于笨到在里面等死。"

"我以为你在睡觉。"肖厌的声音很低，在火场里吞了太多毒烟，沙沙哑哑的，回得吃力。

"没有，我听你的话没点快餐，出去吃饭了。"

肖厌"嗯"了一声。

两人抱在一起，像是灾后重逢，一场闹剧收官。

周围依旧嘈杂不止。

肖厌的沉默持续颇久，姜晚橘抬手摸他染了尘的头发："刚刚有个人好像哭了。"

肖厌视线模糊，呼吸不算顺畅，坦然承认："圆你念想，满意吗？"

姜晚橘说不出心里是什么滋味，只好语调轻松地说："没看清，再掉个眼泪看看。"

肖厌的声音比刚才又低了一些，语速慢慢的，掺了点笑："烧干了。"

姜晚橘回顾今晚的这场阴错阳差，后怕爬上背脊。如果自己再晚来一些，肖厌真的出不来，那可能掉眼泪的就得是自己了。

她没继续这个话题，问道："你打算抱到什么时候？"

肖厌没出声，人微微前倾，好似把重量都交到了她身上。

"知道自己多沉吗？可以起了。"

没人回应，姜晚橘后知后觉发现对方不太对劲。

"肖厌？"

医院病房里安静无声，肖厌醒来时是凌晨。

他做了个梦，有点长，一如既往不怎么样。

梦里有一张张面孔，发疯的、鄙夷的、血肉模糊的……好似走马观花般从眼前晃过，他站在一旁，看那小男孩在没人的大马路上走一段，停一段，前不见尽头，后没有归路。

错乱无序的片段穿插在一起。

他又看到自己被神志不清的女人丢到门外，也看到自己站在门前捡女人上吊后掉下的鞋。小女孩"哇哇"哭得很大声，他当时小，不觉得吵，只觉得妹妹帮他一起喊了叫了。

肖厌不是石头，不记事时也哭，但后来他知道哭没什么用，也就收住了泪。往后很多年，他再没掉过一滴眼泪，再往后，想哭都哭不出来。

熟悉的病房和病号服叫肖厌记起那段不太好的日子。

胸口浸过毒烟，呼吸都困难。

他刚醒，思绪还没清明，浑浑噩噩间生出种还在大病苦熬的错觉。

肖厌皱眉，认真地确认着重新见到姜晚橘至今是不是一场虚妄大梦，侧眸就看见了俯在床边的女人。

床头亮着盏小灯，姜晚橘牵着他的手，正闭眼在睡，这姿势舒服不到哪里去。

肖厌心里的那点茫然陡然落下，就像先前说的那句烂俗的情话——凌晨三点半，他见到了他的小太阳。

肖厌看了姜晚橘许久。

他呼吸轻轻的，反握的力道不重，但陪在身边的人还是睁开了眼。

姜晚橘抬头对上肖厌那双沉而深的眼睛，沉默了半晌，从迷蒙里回过神："你醒了？"

肖厌鼻音低沉，"嗯"了一声。

姜晚橘坐起来一些："脑子也醒了？"

"嗯？"

"你就好像那大傻子，怎么想的，烧成那样了还冲进去？"

她出口就是一句不好听的，肖厌依旧哑笑着回道："这就是你对伤员的态度？"

"有意见吗？"

"没有，你说什么就是什么。"

姜晚橘显然吃软不吃硬，男人一放软态度，她就哑了火，一时半会儿不知该说什么。

肖厌是被救护车送到这里。

当时他一身的伤，大火并没有因为他长得好看或者钱多就仁慈几分，往日一丝不苟的矜贵男人满身狼狈，白衬衣都被染成了黑的。

姜晚橘看在眼里，难免心疼。

病房里安静，肖厌接了刚才那句骂他的话。

"万一你真的在里面，出不来，我还能给你做个伴。"

是个比较长的句子，以他现在的状态说起来有些吃力，因为语气轻描淡写，听来飘飘然没分量。

姜晚橘知道，他心里的情绪只重不轻。

聪明人冲动做蠢事时，都带了点破釜沉舟的味道。

追根溯源，是太在意。

她回道："真爱我，心甘情愿殉情，命都不要了。"

肖厌哑着嗓子散漫道："是，我说过我是恋爱脑。"

姜晚橘看他一眼："看出来了。"

冬天气温低，医院里本就不是什么暖和的地方，姜晚橘坐了前半夜，手脚难免冻僵。

肖厌一只手挂水，一只手牵着她，随后挂水的手拉起白色被子，牵她的手收了收力。

病房里安静，他这一套动作意思明显——邀她共享被窝。

姜晚橘看着他的双眼，明知故问："干什么？"

肖厌开门见山："一起睡个素的。"

姜晚橘没好气地说："你看看这病床的大小，躺你一个身高腿长的差不多了，还硬要我来挤。"

肖厌瞄了一眼她因为冷而微微泛红的指节，拐着弯给出四个字："我有点冷。"

男人那副好皮囊上的疲乏病色，配着沉哑声音，叫人心硬不起来。

姜晚橘沉默片刻，最后无奈一声叹："也不知道是谁说要学几招来哄我，就这么哄的？卖惨大户，一招鲜，吃遍天。"

她脱下自己的鞋，随后顺着他的意思做了这离谱事，睡在了病人的病床上。

肖厌的情况不算危重，住院观察挂了个水，该处理的伤口都包扎过了，问题不大。

他往侧边退开一些，让出个不大不小的位置。

姜晚橘窝进去。

两个成年人躺在一张床上有些滑稽不像样，但差不多能一起躺下。

她今天穿得不多，一身单薄，出事之后也没机会添衣服，从头到尾还是昨天那一套，上面还有抱肖厌时沾上的黑色痕迹。

乍一眼看有些凌乱，头发都有几绺散落着没去管顾，距离拉近后，甚至能看到她眼下淡淡的乌青。

被子里暖和，确实要比干巴巴坐着舒服得多。

病床不大，正常规格，当下两人几乎贴在一起。

姜晚橘一开始觉得有些尴尬,但很快注意力就被另一件事吸引——她发现肖厌的体温有些高。

她伸手去试温度,问:"你是不是又在烧?"

伤口难免带出点症状,肖厌不在意地笑着回道:"可以给你暖手。"

姜晚橘短暂地默了默,刚刚对方卖惨的那句"我有点冷"出发点大概是"我看你有点冷"。

"都这样了还甜言蜜语挂嘴边。"

姜晚橘正准备把手收回去,手腕就被大掌扣住了。

"顺便帮我降降温。"

肖厌这话一出口,好似笔合理生意有来有回。

单方面接受另一方的好难免叫人有负担,肖厌漫不经心的话一出口,确实叫她心里舒服了点。

姜晚橘对上他的双眸,唇线勾起,带了一点小坏:"降得了吗?别擦枪走火了。"

一男一女身贴身,搞不好体温还会升上去一点。

"不要刺激伤员。"

肖厌伸手把姜晚橘揽进怀里,掌心搭在她后背紧了紧。

肖厌说到做到,好似正人君子柳下惠,没动手动脚,只是单纯拥抱。

姜晚橘甚至有点怀疑自己的魅力。

男人偏高的温度围住了她,催生出一些困意。

姜晚橘半眯着眼,睡意朦胧里回抱他,耳边是震耳欲聋的心跳声。

她自己笑自己:"你的纯情老婆被你抱一下还紧张上了。"

"嗯?"

"没听见吗?心跳声,'扑通扑通'的。"

肖厌低声说:"那是我的。"

次日光打进窗户,赶在医护人员进病房之前,姜晚橘整理好自己离开了病床。

毕竟睡一起挺叫人浮想联翩,有损形象。

不同楼层的唐杰知道肖厌出事后在手机上发来了友好慰问。

唐杰:**不愧是兄弟,陪我住院,病号餐味道怎么样?**

消息发在尘封已久的那个群里。

肖厌似乎很闲,当即回复:**挺好。**

唐杰：我们肖总是懂苦中作乐的，嘴比石头硬。

正在肖厌那儿探望的符长柳帮忙发了张实时照片上去——肖厌半坐着看手机，姜晚橘正端着一碗煲好的热汤，上面还能看见一丝白雾。

画面温馨而氤氲，岁月静好。

唐杰：当我没说，我伤更重了。

屏幕那头的肖厌跟姜晚橘显然没有照片里看起来的那么宜室宜家、琴瑟调和。

姜晚橘："伤了不是瘫了，自己来吃。"

肖厌："手疼，举不起来。"

姜晚橘扬眉，看他一眼："那饿着吧。"

肖厌重复："那饿着吧。"

姜晚橘被气笑了，最后拿了勺子装模作样地给他喂。

肖厌显然只想逗逗她，凑过去接过东西，没真让喂，动作自然，行为得当，对眼睛很好，看不到多少尴尬油腻。

肖厌自顾自地喝汤，姜晚橘看着他的表情，问道："味道怎么样？"

"还行，没你做得好。"肖厌没有丝毫拐弯抹角，直白如斯，"外面哪条街买的？"

装汤的容器是经典配色保温瓶，住院楼里不说有十个也能撞见五个雷同。

正常情况下，保温瓶里面装的都是亲属熬的营养鸡汤，姜晚橘这张脸，拎着保温瓶走在路上，大家都以为贤妻良母带着煲好的食物来了。

符长柳暗自腹诽：有钱都治不了直男癌的低情商。

下一秒，姜晚橘挺坦荡地回了一句："什么嘴，这也尝得出来？"

符长柳一愣："嗯？还真是买的？"

姜晚橘说："煲起来太花时间，没来得及。"

符长柳："你甚至还给它换了个皮肤。"

姜晚橘："拎着塑料袋进来不太好看。"

用心了，但没完全用。

肖厌说："没事，我可以装瞎。"

两人的相处很和谐，还带了一点逗趣，不至于从头到尾都是甜腻腻的你侬我侬。

肖厌住院时间不长，没严重问题就没继续浪费医疗资源，一方面个人原因不喜欢医院，另一方面因为意外留下的烂摊子还等着他处理。

南方的冬天冷，风一吹，从皮肤冻到骨头里。

但温度再低，也没北方那么离谱，下雪这种天气还是比较少见的。

出院的那天，天上零零散散地落着雪，不大。

南方人遇到下雪天，总有一种喜出望外的兴奋，拍照分享到朋友圈，巴不得跟全世界分享快乐。

自从学生时代那一场雪之后，姜晚橘似乎没怎么再见过这种天气。

两人去了趟临嘉看修复工程，火灾之后的狼藉还在，虽然处理过，但灰灰黑黑的痕迹依旧铺了一地。

他们站在颓败的废墟前。

姜晚橘问道："要赔钱咯？"

肖厌点点头："偶尔做点公益。"

"好歹是个资本投资。"姜晚橘说完，侧头看了看他，笑道，"我是不是参与了你人生中唯一一笔亏本的生意？"

"这不还没亏嘛。"

"这么自信？"

"投来一个老婆，已经赚了。"

当下一片空阔，身后烧坏的屋子残败不堪，往前是填的山、种的树、挖的河，满目是初生的新鲜未来。

姜晚橘笑开了："真会说话。"

肖厌淡淡地说："向来很会。"

姜晚橘没反驳，这点从她年少时候就已经领悟透。

肖厌之后去处理了些公司的事务，毕竟先前因一场意外没赶上飞机，问题堆起来总要解决。

修复项目还在继续，因为火灾中途耽搁了两天，实施营造林面积大，山体屏障建设跟拆违复绿齐头并进。

姜晚橘在这里管山管水管得无趣，恰好老冯来电，通知她过两天回去做事。

她收到消息时正百无聊赖地托着腮，记不清脸的小学同学在八百年前的社交软件上给她发了消息，她没搭理，随后老冯的电话就来了。

她接完先是心口一跳，带了点兴奋，随后想到了肖厌的那句打点。

野外科考的职业对另一半来说，确实不是什么好工作，一走就是很长一段时间，深山里一窝，人也联系不上，异地且失联。

下班时，姜晚橘给肖厌打了电话，问了问这件事。

肖厌的语气很肖厌："你留在那里大材小用了。"

姜晚橘的态度也很姜晚橘："说得是。"

天上还在下雪，这两天的雪时大时小，已经积起一层厚度。她走在路上，问："你怎么这么爽快就把我送走了？"

肖厌："不好吗？你想做什么就去做。"

姜晚橘："不强取豪夺？不霸权主义？不偏执，不控制，不搞鸟笼文学？"

肖厌很轻地低笑了一声，笑得好听："怎么，你很期待这些情节？"

姜晚橘默了默，回道："那倒不是，主要是你毫不犹豫的态度叫我有点多想。"

肖厌："多想什么？"

"花花世界迷人眼，万一很长时间不见面，我在外面挖野菜，你在城里摘野花怎么办？"

身后传来个声音："放心，我这人长情。"

姜晚橘顿了顿，回头，看到肖厌，笑道："还有这么自夸的，能信吗？"

肖厌说："六七年都过来了。"

姜晚橘低头摆弄手机，边挂断电话，边往他那边走。

两人相向而行，好似一场小型的双向奔赴。

"也不是天天在找我，谁知道中间搭没搭别的姑娘。"

姜晚橘打趣地讲着，垂眼发现那个坚持不懈发小广告的小学同学还在继续。她登进去，正准备把那人拉黑删了，手滑点进了自己的资料卡。

姜晚橘顿住步子，身旁肖厌的视线落过去。

蒙尘的陈年资料卡里新增了 29310 个赞，姜晚橘点开查看，一个月亮头像每天固定点十下。

肖厌淡淡地说："这不，联系不上，只能打打卡。"

姜晚橘看了眼自己最后一条无聊动态。

——谁给我点赞资料卡就喜欢谁。

飘飘摇摇的雪落在树上、路上，姜晚橘觉得自己的心也飘飘摇摇的。

算着时间，八年有余。

她侧眸问肖厌："你这么正经一个人，怎么会这么幼稚？什么时候开始的？"

"高三秋游看落日那天。"肖厌回道。

姜晚橘有些惊讶:"记得真清楚。"

肖厌借着她那小孩儿心性言论逗她:"给你点赞了,喜欢吗?"

姜晚橘贴在他身旁,对着他的脸看了又看:"这怎么可能不喜欢?"

"那有点表示吗?"

"你想要什么表示?户口入了,觉也睡了。"

肖厌笑了笑:"手有点冷。"

姜晚橘说:"巧了,我也冷。"

两人走在一起,并肩齐行,风吹起头发。

闲谈说笑声飘远,听得不清不楚。

男人揽着女人,女人伸手贴男人的脸,男人不客气地掌压女人的脖颈,随后女人躲开两步,抓了把雪,像十来岁青春时的打闹,只是女人还没得逗就被男人一把捞进怀里。

白茫茫的雪地里,黑大衣裹着卡其绒深一脚浅一脚。

过去的日子走得不算轻松,往后还有漫漫长路。

细碎的雪掉在肩膀和发梢,他们的黑发被盖了淡淡一层白,脚下有积雪,一踩就是一个脚印。

淋得冬日雪,好似人间共白头。

番外一　/ 亲亲你

十二月末有一场演讲。

作为系里特邀的年轻学者,姜晚橘准备好内容去了Ａ大。

原本这事不在计划内,但肖厌在Ａ大读过,她不由得想看看他在这边见过的风景。

姜晚橘的大学时期不在国内度过,放荡玩乐少,整整几年闷头搞研究,成日是论文、实验、实操和成堆的理论书籍,对国内大学生活了解不多。

最近日子凑得好,赶上平安夜,她晚上闲来无事逛逛,顺便等肖厌过来接。

学校里的节日氛围很浓,处处都有装饰,还有不少人在路旁卖平安果。

她蹲下来挑了一个,想了想,又拿起一个。

盒子算不上多精致,价格也不高,就买个乐子。

卖苹果的是个男同学,穿得青春活力,白毛绒厚外套裹着,看姜晚橘垂眸伸手又抬眼。

夜里灯光恰好,映得她更漂亮了——妆很淡,涂了点口红,姿色天成。

那男同学不动声色地把收款二维码一盖,在姜晚橘付款时伸出了手机。

扫码很快,跳出来个账号。

姜晚橘眉一挑,瞟了他一眼。

对方开口直白:"苹果送你了,学姐加个联系方式。"

姜晚橘笑了笑,刚要说话,身后传来一个熟悉的声音:"真不好意思,你学姐有家室了。"

肖厌不动声色地站在她身边,往前半步蹲下身,伸手把男同学盖下的二维码重新放好,扫完给钱,得理自然,看起来很了解这儿的行情。

那男生尴尬地打了个哈哈,来回看一眼,夸了句"真配"。

肖厌今天戴了口罩,黑色的,衣服颜色依旧单一,但看起来不沉闷不老气,和谐地融在大学校园里。

姜晚橘扫了他一眼,对方手上也拎了两个花里胡哨的盒子,画着圣诞老人和圣诞树。

姜晚橘看着他的双眼:"感冒了?"

肖厌:"没。"

她的手在脸上一比画:"那你?"

肖厌:"为人低调,怕被认出来。"

姜晚橘笑开了:"你还挺当自己是回事。"

肖厌:"一般一般,小有名气。"

他牵住她的手,低头递给她一个口罩。

姜晚橘垂眼一瞟:"放心,这里没人认识我。"

肖厌扬眉:"那不一定。"

她笑了笑:"我在大洋彼岸养草,谁知道我是谁?"

他们往长路走,周围是二十几岁男男女女的嘈杂笑谈跟风声。

姜晚橘刚说完这句,有个女生扫她一眼,接着视线顿了顿才收回去,扭头就跟边上的小姐妹小声交流,女生身旁那两个立马也扭头朝她望了望。

姜晚橘不理解,哪怕颜值惹眼,以前走大街上也没这效果啊。

"她们看什么呢?"

"看你漂亮,认出你来了。"

"认出什么?认出我要给她们做演讲吗?她们就差把八卦那两个字印脑门了。"

姜晚橘说完,接过肖厌手里的口罩戴上,跟他一起保持低调。

肖厌说:"认出你是我对象。"

她笑了:"省省吧。"

平安夜的晚上,学生都出来凑热闹。

路过操场时,姜晚橘扫视了一圈,不少学生扎堆聊天,也有拿着吉他弹曲子的。会一样乐器确实吸引姑娘,男同学周围是一圈女生,很聚焦。

姜晚橘跟肖厌中间横亘着空白未联系的几年,她不知道肖厌大学时都在做什么,不禁好奇。

"要是里面那个男生换成是你,三圈起底。"

肖厌望了一眼,嘴角轻挑:"我为你守身如玉,不做招摇的花蝴蝶。"

姜晚橘被他这番话逗乐:"那你忙着干什么?"

"读书,赚钱。"

"这不巧了,我也是。"她说完又感慨一句,"可惜了,青春大好时光,竟然都没谈场恋爱。"

"我谈了。"

姜晚橘侧眸看他:"嚯,跟谁?你刚还说为我守身如玉。"

"除了你还能跟谁?"

她笑了笑,权当他随口甜言蜜语。

那会儿他们都分开了,也没有过联系,何来谈?

学校广播里正放着圣诞节歌单,*Merry Christmas Mr.Lawrence* 不是什么欢快的调子。

肖厌领着姜晚橘漫无目的地逛。

然后是一首《圣诞劫》。

姜晚橘说:"这歌选得……你们广播站的同学是不是过节没人陪?"

肖厌回道:"差不多年年都是这几首。"

歌词还在继续:"望着电视里的无聊节目,瘫在沙发上,变成没知觉的植物……"

姜晚橘脑海里很快跳出肖厌一个人的模样,就着这种音乐走在路上,茕茕独立。

她忽然有些好奇:"你之前怎么过节的?"

肖厌说:"我不过节。"

姜晚橘没再说什么。

两人走了一圈,路过一堵墙时,姜晚橘停下脚步。

这是堵花里胡哨的墙,一看就是小情侣们炫爱的杰作,风格不算俗,融合了不少元素,顶上有三个字:告白墙。

"你们还搞个实体墙,这种事不都放网上?"

姜晚橘说着上下随意地瞄,大学生都是二十几岁,刚好是谈对象最恰当的年纪。

墙上到处都是粉红泡泡跟爱心,贴着些情侣的照片,写着各种各样的便利贴,配上一些涂鸦,可以当个网红打卡地。

肖厌站在她身边,回道:"说来话长。"

"还有故事呢?"姜晚橘侧眸瞟他,"看不出来,你竟然知道这种东西的历史。"

姜晚橘说完接着看那些恋爱上头时候表白的甜腻话,随后在角落看到了一张不起眼的照片。

她愣了愣,凑过去确认,走近之后,上面的面目越发清晰。

岁月漫长,风雨已经把照片的颜色洗淡了一轮又一轮。

可即便薄纸模糊,那样的眉眼唇鼻依旧一眼就能认出是谁。

姜晚橘站在五颜六色的表白墙前，看着那张旧时面无表情的大头贴，过往蒙尘的记忆在脑海里苏醒。

两人在那小机器里别扭的模样历历在目。

姜晚橘仔细端详，应该不是原版大头贴，而是拍下来后洗出来的图，放上去有些时间了。

下面是一张很简单的便利贴，跟这图一样旧，用透明工字钉固定着。

字不多，一看就是出自当事人之手。

△我喜欢姜晚橘。肖厌。

除了告白，没别的内容。

跟告白墙非常贴合。

便利贴在照片下面，字体一如既往透着点狂，不端正，但笔锋有力漂亮。

姜晚橘下巴一抬："这是干什么？也不留张好看点的。"

肖厌回道："不是挺好看？"

最开始，这堵墙不是拿来表白的，而是正正经经展示大学校园里的优秀学生的风采。

肖厌那时因为病得久，入学晚，病色还没消，本身也闷，冷脸冷面自然就带了点颓，可偏偏他一张脸又讨喜，皮囊出挑性格臭，脑子活络优秀，矛盾渐渐初露头角。

再加上他出现的节点跟别人不一样，那点特殊让他的名气越涨越高。有人喜欢有人厌，他得奖上墙，墙上有人贴表情包，玩乐性质，之后有人跟风写了些不好听的嘲讽，觉得他装。

肖厌不在意这些，甚至路过时都懒得撕。

忽然，某天他吃排异药的照片不知怎么传了出去，过往的大病也一并被捅了出去，那不爱搭理人的性格在别人的解释下有了缘由，过去说坏话的甲乙丙丁突然偃旗息鼓没了动静。

可能人生来就有莫名其妙的慈悲心，对于他人的苦难难免生出同情。

墙上不好的言论被清理得干干净净，变成了一水的正能量和善言善语，其中夹杂着或真或假的表白。

那样出色的男生，除了不爱和人有过多接触独来独往了些，相貌好成绩优，再加上叫人怜悯的过往，被女同学暗恋喜欢都是顺理成章的。

有些喜欢很浅，有些很深。

告白愈演愈烈。

原先把这面墙当空气的肖厌打了张自己跟姜晚橘的合照贴在一旁，在一众花花绿绿里,干净但吸睛。

随后肖厌有对象的消息传遍全校,即便有人不死心想试试挖墙脚,也都被当事人不怎么友善地劝退了。

但这面墙还是留了下来,学校很开明,顺势就改头换面交给学生打理。

贴着的话没撕,告白变祝福,姜晚橘靠一张脸在肖厌的学校里叫一帮姑娘知难而退。

姜晚橘还在等肖厌的下文。

肖厌散漫道:"通知一下大家我心有所属。"

她笑了:"分了还要给你挡桃花。"

"分了吗?我没印象。"

姜晚橘扬扬唇,没搭理这赖皮。

她在包里摸索一阵子,找出一支黑笔,在那张斑驳的旧标签下写了一排小字。

△我也喜欢肖厌。姜晚橘。

在这种快餐爱情时代,光明正大地直白表达爱意并断绝所有可能,这种行径本身就是一件非常了不起的事。

他们绕了一圈回到原点。

操场中央已经围了不少人,音响被拉出来,有学生正在唱歌,中间空出一块地方,周围的树上绕着彩灯,很是漂亮,氛围烘托到位。

姜晚橘看了两秒,被肖厌揽肩带了进去。

他们看着二十几岁的年轻人笑闹,像在看他们彼此错过的那几年。

这会儿热场子的人玩起了游戏,奖品是一束玫瑰,十元参与费,六人一场,不知是社团出来搞活动还是学生们单纯无聊在平安夜找点事做。

游戏环节不难,先转魔方,再掰苹果,最后绕椅子转十圈,最快完成的那个拿花走人,规则的意思是可以就地找个心仪对象要联系方式送花。

奔着这点,社牛不少。

姜晚橘跟肖厌看热闹似的站在内圈,大概中间空白太久,她侧眼往上看,远处的灯光勾勒出肖厌侧脸的线条,眸里是被社会磨砺过的沉与静。

她完美错过了他二十出头的青涩与茫然。

游戏新开一局,上一场玫瑰送出去之后的惊呼声刚歇下来,主持人开始拉新一拨人。

姜晚橘起了坏心思,稍稍在肖厌后背推了一把。

很尴尬，没推动，两人对视一眼。

肖厌的第一个想法是他的老婆想要花。

男人扫过于他这个年纪而言有些幼稚的竞技场，默了默，抬步自告奋勇地报了名。

姜晚橘左眉轻挑，看他扫码付了十元，然后跟大学生站在一排。

他个子高，身形匀称，乍一瞥还挺和谐。男人口罩遮面，只露出一双眼，拿掺了点无奈但顺依的眸色望了望姜晚橘，随后垂下打量魔方，眉形眼廓都抓人得很。

小姑娘多，肖厌往那儿一站，招来不少视线。

看起来大家年纪相差不大，但细瞧了，肖厌懒散里的态势好似慵懒的狮子，身上的气韵碾压另外几个同性。

游戏开始没几分钟，肖厌就已经把魔方归位。

那双修长的手来回摆弄冰凉的小玩意儿，不急不躁的，可动作不见慢，步步都不浪费。

姜晚橘看肖厌跟大学生一起拧魔方、掰苹果，不禁觉得有趣好笑，半眯起眼留了照片。

动作间，她的手碰在耳侧，碰掉了口罩。

身旁有个男人站得近，视线在她脸上落了半秒，随后不太确定地叫了她一声。

"姜晚橘？"

姜晚橘抬眼，在脑子里搜罗一圈，不认得。

她没说话，对方又开口自我介绍："哦，我是肖厌的室友，我们学校挺多人认识你的。"

姜晚橘打量对方一眼，男人大概毕业后留在学校，跟肖厌差不多年纪，挺干净阳光，看起来有点健谈。

她不解："我这么有名气吗？他都怎么宣传我的？"

那男人回道："他一天都没两句话，宣传什么？别人传的。有段时间不知道哪里来的照片，都是你们学生时期的，传火了，成了我们学校异地恋的榜样。"

这个男人叫李忆贺，乐呵呵地继续说："属于你们要是分了就没人相信爱情的那种重量。有些女生夸张，都想把你剪下来贴床头拜拜，赐她个肖厌那样的男朋友。"

姜晚橘听着笑了笑，重新把口罩戴好，在一摞信息里随意挑了个重点：

"他一天说两句话？"

李忆贺视线往前，像是在回忆往昔："两句话都是奢侈，没事就哑巴一个，当然不包括辩论赛这种特殊情况，一张嘴杀人于无形。他平常可能跟你打电话的时候话最多吧？"

姜晚橘每听一句，脑袋里就多一个问号。

她低声开口："跟我打电话吗？"

"是啊，我有次半夜三点醒来，他还在阳台听电话。谈对象的就是不一样，能有那么多话讲。不过他挺体谅我们的，基本都是一个人去走廊，有时候还带包烟。"

姜晚橘越听心越沉："他经常抽烟吗？"

对方忽然静了两秒，好似在犹豫要不要讲，最后还是开了口："有点频繁，烟酒都来，你管管，别说是我说的。不过酒是因为在外创业接触社会上的人，男人要混得好有时候难免。"

提起过去，李忆贺就像打开了话匣子。

他讲得来了兴致："你是不知道他那次喝醉，神志不清地回来，都吐血丝了还在翻手机。我们以为有什么紧要事，他居然说那天的资料卡没给你点，都给大家整不会了。"

姜晚橘远望一眼，空白那几年里的肖厌，模模糊糊被拼出个轮廓。

沉默的、孤傲的、挣扎的、爱她的。

身旁的女生有一下没一下地看她，接着试探地询问："姐姐，你好，你是姜晚橘吗？"

姜晚橘回过神，认出是之前路上碰到的那几个女生。

见她点头，几人当即议论开。

"碰到活的传说人物。"

"本人比照片还绝，确实配得不行，怪不得能谈这么久，天长地久。"

姜晚橘莫名其妙生出种错觉。

这里人人都认识她，就好像她一直在肖厌不远处生活，而非大洋彼岸。

她没在的那几年里，肖厌把这场戛然而止的感情虚假地经营了下去。

他每天想些什么无人可知，罩子一盖，没人走近。

就他一个人过活。

李忆贺问道："他人呢？没跟你一起？最近学校讲座请的人跟你一个名字我还觉得巧，没想到还真是你。果然，优秀的人都凑一对。"

姜晚橘有些失神，还没回答，周围忽然爆发一阵呼声。

肖厌完成得很快，慢慢悠悠地绕完了十圈，遥遥领先。

这会儿他刚拿起花。

一束玫瑰不算精致，数量也不多，但在这男人手里，身价看着突然涨了好几倍。

肖厌在起哄声里径直朝姜晚橘靠近，随后站定把花递了过去。

刚刚闲谈的两个女生往姜晚橘前面一挡，防范打量写在脸上："不好意思，这姐姐有对象了。"

被遮住半张脸的肖厌抬眸跟往日的室友打个招呼，单指轻巧一勾，摘下口罩，随后隔着那两人望向姜晚橘，笑着说："我知道，挖挖自己的墙脚。"

李忆贺顿了顿，那两人也愣了愣，一脸惊讶。

小姑娘回过神，识相地让步，撤到一旁跟着围观群众起哄。

姜晚橘接过玫瑰，红艳艳的花衬得她白皙好看，夜里朦朦胧胧的光把人也一并照得朦胧。

氛围到位，不明情况的也能看出他们之间的暧昧情丝。

"在一起"的高呼声四起。

肖厌还没把口罩挂回去，手刚抬起，就被姜晚橘拦住。

她摘了自己的口罩，凑近踮脚，环住他的脖颈，带着几分强势贴唇而上，直截了当的动作好似勇敢者的宣示。

肖厌身上闻不出烟味，干干净净的。

错过的岁月不会回来，但爱不迟。

姜晚橘对上肖厌的眼，他们在彼此的瞳孔里坍缩成一片很小的影子。

肖厌声音里掺了笑意："真主动。"

姜晚橘说："欠你四年，替那时候的我亲亲你。"

他们错轨、偏航，而后重逢，齐头并进。

番外二 / 跨年

跨年那会儿他们一行人出去玩过一趟。

选的地方在海边，大冬天，风一吹，冻得不行。

唐杰提过去三亚，至少那儿不至于冷成这样，不过这趟出行是临时起意，加上姜晚橘过两天被安排出趟远门——中缅联合项目，在缅甸境内，德曼迪那块地界。她没太多时间出去浪，他们就在附近的沿海城市挑了个看得过去的。

肖林琳又偷跑出来找肖厌，准确来说是找邹磊。她死皮赖脸不回家，最后没法，他们只好捎带着她一起上路。

海风吹乱头发，几个人都穿着冬装，搭了帐篷，准备了椅子。

现代化科技味重的彩灯和装饰恰到好处，配上远处不见边际的海面，环境氛围都很不错。

除了符长柳，一行人都已经到齐。

肖林琳不知从哪里拿出包仙女棒，很常见普遍的那种小烟花。

她伸手给姜晚橘递了两支，随后比了个打火的姿势，又冲肖厌抬抬头。

意思给得清清楚楚——嫂子帮忙要个火。

姜晚橘笑了笑，收下仙女棒，但没立马动身："怎么不自己去？"

"未成年不方便，一会儿问完不打火先打我。"

"那不会，他顶多不理你。"

"要不怎么说你们俩是夫妻呢。"

姜晚橘扬扬眉，没说话，毕竟拿了人家东西，还是得帮一把。

远处三个男人正有一搭没一搭地聊天。

唐杰说："胖子怎么还没到？"

邹磊接话："到了也就吹风，急什么。"

唐杰"呵"了一声："你们都一对一对的，我也就只能等等我们的小柳，跟他一起单身局。"

邹磊摆摆手："可别，我也单身。"

肖厌在一旁回道："他堵路上了。"

唐杰"哦"了一声，闲来无事摸出两支烟分了分，邹医生没要，肖厌垂眸顿了两秒，接了过去。

邹磊瞥了眼肖厌："你不是戒了？"

肖厌说："偶尔来一支。"

"怎么，最近工作压力挺大？"

"还行，之前有个烧亏本的烂摊子收拾收拾，看能不能起死回生。"

邹磊笑道："你自己都能起死回生，还愁手上的活起不来？"

唐杰正点打火机，唇边放烟拆肖厌的台："他那哪是因为工作，分明老婆要出远门了，排遣排遣。"

邹磊不明白："这有什么？"

唐杰："你要以后跟那小的好了，对方今天跑青藏高原，明天去香格里拉，后天走缅甸，你也会跟他一样将愁字写脸上。"

邹磊摇头："那不会，小的没那能耐，正常毕业都得给祖宗们磕三个响头，跑不到外面。"

唐杰眼一眯："看看，是只字不提前面半句啊，板上钉钉了是吧？人家亲哥还在边上呢。"

肖厌眼里带趣看他们你来我往，回道："哪只眼睛看到我愁？"他顿了顿，"还有，我没意见，你钉你的。"

入夜，远处有航船亮了灯，海的尽头跟天连在一起。

三人点了两团火星，在暗处燃出点猩红，时明时暗。

姜晚橘还没到他们跟前就闻见了烟味。

肖厌在她面前很少抽这玩意儿，至少当下很少，几乎没有。

她从远处走近，肖厌的侧脸被不亮的光稍稍笼着，另一侧是暗处，中间线条勾勒得恰好，叫她无端想起些过去的画面。

那时候肖厌十几岁，手里夹了支烟，站在医院大门外，点燃了给风抽。

时过境迁，少年不再是少年，但他皮囊依旧出挑，混人群里瞟一眼就能被锁定。

当时他眼里空无一物，看不清里面的情绪。

姜晚橘走近两步，肖厌回过头来，那年空无一物的双眼里映着她的身影。

她径直向前，一手捏着两支烟花棒，凑到他身边自然地往他肩上一搭，带着点逗趣的语气："兄弟，借个火。"

她倒也没因为他抽有害身体健康的玩意儿表现出不悦，也没责怪或勒令他当场灭了。

肖厌侧头垂眼看了看她，唇边带着一点笑意，伸手把燃烧的火星凑在她的烟花棒上。

银色圆顶碰在火光上，"刺啦"一声迸出一团亮色。

小型烟花被点亮，缓慢往下燃烧，跳出的金色火光在昏暗的海边显得炙热又夺目。

姜晚橘挥了两下仙女棒，拽出一条亮光和一团朦胧的烟雾。

她扭头准备走，被拽住了小臂。

"工具人用完就走？"

肖厌声线微沉，是打趣的调子。

姜晚橘回头抬眼："怎么，你还要收个费吗？生意做到老婆身上。"

肖厌应声："也不是不行，怎么付？"

另外两人很是有眼见儿地勾肩搭背去了一旁，给他们腾出二人空间。

姜晚橘盯了肖厌一会儿，身高原因，她微微昂头。

她扬眉，对上那双挑逗她的眼，腾出只手，食指中指并拢在自己嘴上一点，末了轻贴肖厌的薄唇，笑道："这么付。"

肖厌一侧唇线微挑："怎么还有中间商？"

姜晚橘回道："你身上烟味太重，我不抽二手的。"

肖厌没说什么，不动声色地捻灭了烟上时亮时暗的火。

姜晚橘问道："有心事？想什么呢？"

肖厌转了话题："再不玩就灭了。"

"灭了再换支点咯。"姜晚橘满不在乎，静等他开口。

肖厌视线往远处扫一圈，最后说道："在想我老婆这次走多久？"

从某方面来讲，唐杰这张嘴说得挺准。

他们别离重逢，经历过这滋味，倒也不是受不了，只是分开就是未知。

他的能力不包括预知姜晚橘在他看不到的地方过得如何。

人不能把另一个人拴在身边一辈子，用感情的名义强留或者所谓的占有不过都是一己私欲。肖厌自认为是个自大的人，但还没自大到因为自己的情绪捆绑另一个个体。

爱来爱去是亘古不变的俗谈。

他的爱人并非他的附属品，姜晚橘生了一双看山川湖海的眼，她要在密林高山里寻找她爱的根和叶。

而他在钢筋水泥的高楼广厦里。

不困住她，任她走，送她去。

病态的占有和偏激隐忍在克制之下，肖厌不多做别的，也就点支烟。

姜晚橘手里拿着两支烟花，一支燃到一半，拿另一支去接，眼里神色不清地回道："一个月吧。"

烟花照得她眼睛亮晶晶的。

她摆弄着手上的东西："我还没走你就先想上了？"

肖厌说："提前适应。"

姜晚橘看着他手里的烟尾巴："就是这么适应的？"

肖厌笑了笑："人设得立住。不然你教教我？"

他笑得散漫，姜晚橘把视线焦点从烟蒂转移到他的眉眼，忽然想起平安夜那晚他大学室友说的那通话，说他半夜拿包烟去走廊上打电话。

姜晚橘脑海里不受控地跳出一幅画面来——

凌晨两三点，世界安静无人，肖厌独自肘搭栏杆，点着烟，不厌其烦地拨她那串没人接的号码。

她还记得当时手机重新开机，几年没用的号码还是能打能接，显而易见是肖厌一直有在帮忙缴话费。

思绪走远又回来，姜晚橘没回答他的问题，风马牛不相及地开口："我先去交个货，不然灭了。"

姜晚橘说完捏着烟花朝肖林琳那儿去。

她走在海边，海风吹起几绺头发，小小一团亮光耀眼地挪动着。

肖厌在她身后看，没跟上去，望着两人凑近，像某种交接仪式一般接过火，然后亮起了两团光。

他回过身重新看海，浪声不轻不重。

手机振了振，是符长柳还堵在半路的消息。

他关了手机放回原位，身后突然有只手轻搭他的肩。

肖厌转头垂眸，刚去跟青少年玩的姜晚橘又折了回来，手里还捏着支新的，"刺啦刺啦"炸着火星。

姜晚橘说："最后一支了。"

肖厌一开始不明白她的意思："没玩够？"

姜晚橘扬扬眉："有点。"她说着把半垂的手抬起冲着他，双指间夹着一支不知从哪里要来的烟，"唐杰的，最后一支了。"

肖厌眼一落又半起，没说话，带着几分不解等她的下文。

姜晚橘拿行动解释了自己的意思。

她用燃着的仙女棒去点烟，低着头开口像是闲聊："你知不知道有个经典的花絮，就是金城武给周迅用烟点烟花，跟你刚才一样，挺浪漫的。"

肖厌说："现在知道了。"

姜晚橘回道："所以刘亦菲拿烟花给吴彦祖点烟，也给你浪漫一下。"

陈年旧梗被翻出来，肖厌笑了笑："真是谢谢你。"

姜晚橘低着头，唇线轻轻地牵动，弧度不大，样子很是认真。

火光照亮她的眉睫，勾出她鼻尖的弧线。

她把烟往肖厌那头一递，肖厌没推托，接了夹在指间。他的手生得好看，松松垮垮的身姿也好看。

姜晚橘问："怎么不抽？"

肖厌说："你在，抽这个没意思。"

姜晚橘不解："怎么，我不在它就有意思了？"

肖厌回道："也没意思。"

他手上的烟还在烧，跟那年在医院门口的抽法如出一辙。

姜晚橘过去抬起他的手，那支烟被海风吹得时明时暗，橘红色的火星亮了又灭。

她把自己的仙女棒举起凑在他手边，另一只手拿手机留了张影，配文：

△我的烟花和我男人的烟花。

这条动态被发在朋友圈，徐雪琪评论得很快。

徐雪琪：你男人的烟花真别致。

姜晚橘：都会亮，都有烟，就是贵了点。

唐杰：6。

肖厌看了姜晚橘一眼："干什么呢？"

姜晚橘头也没抬："秀恩爱。"

她把手机放回去。

烟花灭得差不多了，烟还在烧。

姜晚橘问道："真不来一口？"

"你下什么不可言说的药了，这么盼着我抽。"

"你就是这么想我的？我要是想做点不可言说的事，还用下药？"

男人失笑，捏着烟尾解决了最后一口，过肺而出，白雾迷迷蒙蒙。

"你这嘴里说出来的话显得我特别便宜。"

姜晚橘默然："怎么会？你现在贵得，我跟了你都是飞上枝头变凤凰。"

两人往回走。

肖厌扔了烟蒂,姜晚橘逗他:"老婆点的烟抽起来是不是更带味?"

肖厌配合:"可不是,都甜的。"

姜晚橘自说自话:"以后我不在,你拿了烟就想起今天,接着就会觉得手里的有害物质索然无味。"

他勾唇:"你这个戒烟法挺新颖的。"

"你说有用吗?"

"怎么没用?你的话我都当圣旨供着。"

"夸张了,厌厌。"姜晚橘笑开,"下次给你备点棒棒糖,想我了来一支。"

"这就没必要了。"

姜晚橘不搭理他,又接一句:"再配个旺仔。"

肖厌对于这个儿童待遇无话可说,最后依顺道:"你开心就行。"

符长柳来得晚,几人一起吃完饭,回海边看夜景。

传说中的蓝眼泪一层叠一层打在沙滩上,很美,但一瞬即逝。

那年学生时代散场前也在海边,当时的他们一无所有,篝火燃烧的火光映在每个人脸上,他们还没算出彼此的未来,只是没心没肺地笑谈。

那一句"长命百岁",肖厌记了好多年。

几人在海边玩得尽兴。

肖厌靠近,刚好对上姜晚橘的眼,这副漂亮皮囊给他比了个俗气的爱心。

烟花放得差不多了,肖林琳回来休息,恰好看到姜晚橘走到肖厌跟前。

女人的手浸过海水,没轻没重地往男人身上一甩。

肖厌侧头闭眼,脸上溅了点水滴。

姜晚橘笑着,湿漉漉的一双手凑上去抱他,还上下一抹。

肖厌也不恼:"干什么呢?"

姜晚橘说:"擦擦手,标记一下。"

他笑了:"这谁跟你抢人?"

姜晚橘声音里带了点委屈意味:"我不在的时候,外边全是跃跃欲试的小姑娘。"

肖厌垂着眼,把她的手拉过来擦干净:"放心,我为人专一。"

姜晚橘点点头:"也是,八年如一。"

肖林琳看着她冷情冷意的哥哥用纸巾仔仔细细抹干净另一个女人的手,随后又极为贴心地递上一杯热水暖手,忽然就意识到,成年人的爱情,如细水长流。

　　远处的唐杰跟符长柳正把那个大的烟花摆好，火苗燃起，不久就是"刺啦"一声，接着"嘭"一声炸开，黑暗的穹顶燃出一大团彩光。

　　他们站在烟花之下，肖厌揽住姜晚橘的腰，寒风间，他把人紧紧裹在怀里。

　　姜晚橘："新一年有什么愿望没？"

　　肖厌："这话不该我说？"

　　姜晚橘："倒也没必要这么讲究，说吧，满足你。"

　　肖厌总是很知足常乐："没什么要的，该有的都有了。"

　　姜晚橘笑了："真没追求，好歹是跨年。"

　　烟花绽放，海风拂面，姜晚橘靠在肖厌身侧，面上被吹得微微泛红，唇色粉嫩。

　　肖厌听了低笑一声，手上力道一重。

番外三　/ 生活

七八月的气温居高不下。

天亮的时候，蝉鸣鸟叫堪比闹钟，姜晚橘睡眼惺忪侧躺着，床上只有她自己，空调冷风被设置在不高不低的 26 度。

忙完回来三天，废人当了三天。

卧室外面是拖鞋踩在地上不轻不重的声响，以及厨房油烟机工作的动静。

床头时间显示是八点，姜晚橘换了个姿势，头发蓬乱地散着，素面仰躺看着天花板。

蝉鸣一刻不停，像白噪音。

她还没清醒的思绪跟着飘飘忽忽，在梦境和现实之间徘徊。

"咚咚"两声敲门响，接着是个对耳朵很友好的男声："醒了？"

"嗯。"姜晚橘用鼻音应了应。

肖厌用没什么起伏的高冷语气讲着反差颇大的狗腿台词："皇上抬抬脚，用早膳了，还是小的给你端过来？"

姜晚橘闭眼又睁开，干净的白色天花板上是窗外透进来的亮光，她眯眯眼，双手一撑，半坐起来看他。

肖厌侧身倚着门框，接住她的视线："怎么？"

姜晚橘说："你现在温柔得像个假人。"

肖厌扬扬眉："我去把早餐倒了。假人伺候你两天也该原形毕露了。"

"哎，别！"姜晚橘声调一高，故作腔调，"是朕失言了。"

她穿着夏季的睡裙，肩膀露出刚好的弧度，虽然刚睡醒跟精致不搭边，但也可爱好看。

两人对望着，姜晚橘盘起腿，很生活很自然地跟他有一搭没一搭聊天："我做梦了。"

肖厌很配合："梦见什么了？"

姜晚橘："一男的。"

肖厌："你倒是坦率。"

姜晚橘："可不是，长得又帅又高，人还聪明。"

肖厌挑眉:"是吗?跟我比呢?"

姜晚橘笑着瞥了一眼自己不大要脸的丈夫,起身整理头发,用昨晚手腕上忘了摘的皮筋扎个松松垮垮的马尾,然后拇指和食指靠近比出手势,话里透着一点小欠:"说实话,他略胜一筹。"

肖厌眼里还是带着笑意,只是脸上没什么表情地摇了摇头,转身往客厅走去。

姜晚橘问道:"干什么去?"

肖厌说:"去倒早餐。你再睡会儿,争取续上,让梦里那个给你做。"

姜晚橘知道肖厌只是嘴上讲点揶揄话跟她斗斗,像平淡温开水里的一点调味剂,不至于让生活太枯燥乏味。

她笑嘻嘻地下床,光脚凑过去拽他的手臂:"吃醋了?梦里那个脾气太别扭,还是你好。"

肖厌视线一低,往回走,拿起拖鞋放在她面前,接着带着散漫的笑调陪她演:"那男的姓肖是吧?"

姜晚橘眉眼弯弯:"真聪明。"

梦里的肖厌十七八岁,跟她一起过暑假。

青春离现在这个年纪太远,算起来肖厌那时候跟她一起过假期的时间确实不多,他们总是变着花样错过,一会儿这个走,一会儿那个回老家,再后来高三毕业的夏天,终于在一起,在一起没多久,又散了。

姜晚橘还记得梦里的片段,他们骑着车,在大街上漫无目的地逛,夏天的风呼啦啦吹乱头发。接着画面毫无征兆地跳到"呼啦啦"被吹起的书页上,他们坐在一起写暑假作业,她在摸鱼画橘子,肖厌在帮她画重点,淡灰色的马克笔划过书面,停了一下,把她画的橘子也一并圈进去。

她不解地问:"你干什么?"

肖厌笑着回道:"挺重要的,圈一下。"

于是她又在浅灰色块里添了一个月亮。

是个不错的梦,甜味的。

那个岁数不知道长大会怎么样,过怎么样的日子,变成什么样的人。

桌上的早餐冒着热气,姜晚橘洗漱完走过去,揉揉眼坐下。肖厌往她碗里放勺子,一只手抵在桌上,微微弯腰,赏心悦目。

学生时代的问题有了答案,生活落在地上,她觉得自己这张卷子答得还算可以。

手机响了两声。

姜晚橘看了一眼,是肖林琳发来的语音消息:"嫂子,起了没?"

往上还有群消息的红点,是那伙热闹的人发来的。

群是临时拉的,里面都是熟人,组局的是肖林琳。年轻人在放暑假,活力满满要去音乐节,听说姜晚橘出远门回来,当即把哥嫂一起拉上组队。

姜晚橘把没什么营养的聊天记录匆匆扫完,视线往旁边一挪,落在了肖厌的手机上——屏幕亮着,仰面朝天,没有防窥膜,有一种"想看随便看"的坦荡。

肖厌就着原来的姿势长按屏幕,帮姜晚橘给了回应:"你嫂子在吃早餐。"

群里又跳出来消息,肖厌没再看,转身去收拾出门要带的东西。

姜晚橘看着他的手机,逗他道:"放这儿了?不怕我看?"

他笑了:"尽管翻,你要是嫌累,我还可以帮你一个个点开。"

姜晚橘顺势随口说:"服务还挺周到,那先来个相册看看。"

肖厌很自然地走回去按她的要求打开,将手机递进她掌心,接着做了个手势:"您请。"

黑底黑壳的手机从桌面移到手里,前后不过两秒。

姜晚橘愣了愣。她没有查肖厌手机的习惯,也没有那种看别人隐私的习惯,以至于反应了一会儿才往屏幕上瞥,照片平铺在眼皮下,一览无余。

照片里很少有人物,景色占大头,还有一些可能是工作所需留下的。

她没往下翻,只打算草草瞄一眼可见范围的那几张,但囫囵一扫完,她停住了视线。

里面的照片跟自己的相册重合率高到她以为他存了自己的。

在进山蹚水或者去其他城市甚至国家的日子里,她拍了很多景色给肖厌,比如新疆西天山的白番红花、华北的银红槭,样式很杂,花花草草,冷山绿树,当然也有她心血来潮时记录的午饭或者路上遇到的有趣的人,这种感觉就好像跟另一个人分享自己的眼睛。

大多数时候肖厌会回复她,有时候晚一些,日常回日常,有趣的也都能接上梗,主打一个情绪价值拉满。

姜晚橘还记得有段时间她心情不好,发了一张橘瓣背对背变蝴蝶的照片,说:"我飞走了。"肖厌回了一张弯月亮映在高楼大厦玻璃上背对背也像蝴蝶的照片,说:"等着,来了。"

然后第二天她从演讲厅出来,横跨半个中国来到她所在的城市的肖厌就在外面逆着人群一步步朝她走来。

见姜晚橘还愣愣的没回过神,肖厌调侃:"'姜英台'准备飞哪儿去?"

姜晚橘笑他:"'肖山伯'动作挺快。"

他回道:"嗯,跟你双宿双飞来了。"

姜晚橘坐着盯着手机陷在回忆里,没收住笑。

肖厌已经收拾完回来:"看什么了,这么开心?"

姜晚橘:"我发的照片你存得挺勤。"

肖厌很是淡然:"内存大。"

"啊,是是是,嗯,对对对。"姜晚橘乐呵呵地应着,退出相册,手机锁屏,看到他壁纸用的都是她随手发的风景图。

姜晚橘把手机还回去,逗他:"怎么现在不用合照了?你当初不是很喜欢吗?我还盼着你给外面的壳也换个皮肤,让别人一看就知道你有主。"

肖厌:"年纪大了,成熟了。"

姜晚橘点点头:"嗯。老夫老妻了,淡了也正常。"

她说笑着去换衣服准备出门,肖厌站在桌边轻笑一声,开始整理碗筷。

一个小时后出发,那几个兴奋的人已经在楼下等着。

肖厌跟姜晚橘看着眼前有些过于高调的摩托车车队,一时没出声。

旧友三人组一个不落,旁边还跟了个孙墨。邹磊后边坐着肖林琳,孙墨后边是戚白,胖子跟唐杰一起,另外还空了一辆黑色的。

姜晚橘眯着眼望了望曾经的班长,语气意味深长:"黑白配还是给你配上了。"

孙墨咧嘴一乐:"那是。"

肖厌的视线悠悠地扫过曾经年少时试图跟他成情敌的男人,评价:"这一趟人挺多。"

肖林琳:"只准你有朋友?叫几个你老婆熟悉的一起玩,热闹。"

肖厌点头配合:"行,热闹。"

戚白还是明朗如当年,跟姜晚橘寒暄几句,顺便交代吕小言已经提前过去了,这一次也算小范围老同学聚会。

其实聚不聚的怎么都好,就是这交通工具年轻得有点过头。

姜晚橘问道:"我们坐这个过去?"

邹磊说:"某些人强烈要求的,一把年纪了也不知道收敛一点。"

孙墨虽然做了跆拳道教练,但本着男人至死是少年的想法,依旧揣着一颗耍摩托车的心，跟唐杰一来二去的也就混熟了。

这回去玩，这两位加上胖子和肖家小妹，以绝对的票数差把肖厌带上了贼船。

这么多年里，肖厌几乎没有碰过这两轮东西。他在边上站了会儿，伸手一搭姜晚橘的肩膀往一旁带："我们换车。"

姜晚橘微微抬头，看着正经人脸上写的"婉拒"，玩心一起："别啊，今天也不算很热，吹吹风。"

肖厌垂眸："快三十岁的人了，合适吗？"

姜晚橘："想梦里的十八岁男生了，你扮演一下，我怀念怀念青春。"

肖厌失笑："怎么，我年老色衰讨你嫌了？"

姜晚橘讨巧一哄："哪能，我特别喜欢成熟男人。主要是四个轮子坐腻了，想换点新鲜的。"

肖厌没说什么，眼底笑意浅浅淡淡，长腿一跨，依了她："来，老男人带你重回十八。"

唐杰嗤之以鼻："你们是真不把边上的人当人啊。"

摩托车轰鸣阵阵，比起那年花花绿绿的配色，现在这一队的色调明显内敛很多。

姜晚橘坐在肖厌身后，耳边是呼啸而过的疾风。

夏日当头，这个季节好像是生命力的代名词，满目绿意疯长。

姜晚橘很少看肖厌骑摩托车，学生时代，他总是骑着改装卡勒慢悠悠地跟在她的共享单车旁边或者后面。

时间一跳就过去了好些年，姜晚橘双手环在他腰际，声音隔着头盔，混在风里："肖老板，车技不减当年。"

肖厌漫不经心且大言不惭："一直很好。"

姜晚橘笑开，点头："不要脸这方面也是的。"

他们虽然穿得低调，配色低调，但也只是自认为的低调，摩托车轰轰烈烈地停放在该放的地点，周围都是年轻人，一双双眼睛都往他们这里瞟。

音乐节场地设置在山野间，环境很好，姜晚橘到了站在现场环顾一圈，莫名觉出点熟悉来。

"我之前是不是来过这里？"

肖厌站在她身旁，视线远望，不疾不徐地说："何止来过，那个山头种的都是你挑的树。"

姜晚橘愣了愣，随即恍然，几年过去，之前那个环境项目顺利换上了新面孔，新得她一下都没认出来。

当初施工现场被一把火烧了，事情过去这么久，她只记得因为那场火碰巧见到了肖厌眼睛通红的模样。这个男人前半生过得苦，她遇到他的那些年里，就见他哭了那一回。

姜晚橘从回忆里缓过神，把语调放轻松："还得是你，怎么都能救回来，天选生意人。"

肖厌看着很远的地方，不知道在想些什么，最后点了一下头："嗯，没点本事娶不到你。"

音乐节搞得年轻化，来的大多也都是二十出头的年轻人，身上穿搭个性鲜明，发色丰富，一个个都透着撒开了的疯劲。

台上音乐躁动，肖林琳在底下蹦得欢，试图拉着身边双手插兜的邹磊一块儿疯。

"来了不跳等于白来，别罚站，动起来！嗨起来！"

邹磊看了一眼后边的肖厌，用眼神示意：你管管孩子。

肖厌拿极为平静的目光望回去：送你了，管不了。

肖林琳看老男人拽不动，往后转移目标，挽上姜晚橘的手臂："嫂子，一起啊。"

姜晚橘本想婉拒，然而休息懒散了两天，加上刚刚摩托车迎风，已经把成年人心底的那点好玩的性子勾了出来。她很少来这种场合，平时生活里都是不会讲话的植物，安静是主调，玩乐太少，难得一次索性也放纵放纵。

她伸手一举，学着旁边那些人的手势上下晃动。

成年人身体里也住着曾经的很多个自己，偶尔当当活泼的小孩也没什么不好。

两个女生凑一起，后边两个高大的男人保驾护航。

台上镜头扫过人群，被拍到的让接吻，前面几对打了样，人群里是此起彼伏的呼声。

姜晚橘原本还笑嘻嘻地看着别人，回头跟肖厌说笑："怎么没拍你这张脸？他们审美不行。"

肖厌倒也没想高调上大屏幕，但眼睛一抬就看见他俩被拍到了。

姜晚橘正看着肖厌，后脑勺对着摄像机。肖厌穿着一身黑，不算显眼，然而个子高，鹤立鸡群，一副皮囊出挑优秀。

他的视线从屏幕收回落到姜晚橘的眼睛里，周围是哄闹和尖叫声。

姜晚橘还没明白过来，听着组团来的那几个也"吱哇"乱叫，刚想问怎么了，肖厌就已经俯下身去。

两人唇贴唇，背景音乐和人声组合在一起，嘈杂、燥热。

在满是生命力的雀跃欢呼里，他们好似回到过去，心里是年少时的悸动。

姜晚橘停滞两秒，后知后觉地回头去看。

俊男美女压轴，镜头虽迟但到。

肖厌："拍上了。"

姜晚橘欣慰地点评："挺上镜的。"

肖厌侧头看向一旁举着手机的肖林琳："照片一会儿发我。"

血缘上沾点关系的妹妹扬扬眉："给点好处。"

姜晚橘感慨："妹妹你也很有商业头脑，一点不吃亏。"

肖林琳："跟他学的。"

肖厌一副懒得跟小孩计较的表情，手指在屏幕上划两下："把钱收了。"

肖林琳："好嘞，哥！发过去了，哥！"

邹磊："我看他们除了一个姓，不像半点，一个四平八稳，一个上蹿下跳。"

肖林琳："能不能别捧一踩一，之前求我的时候你可不是这样的嘴脸。"

姜晚橘扬唇瞥一眼："他还求过你呢？"

小妹妹正笑嘻嘻地看着屏幕上的转账，脱口回道："可不是，三顾茅庐。不过说实话，没有他，我也不会眼睁睁看着我哥死的。"

姜晚橘顿了一下，随即反应过来这提的是她没参与的一段故事。

肖林琳："看完我哥留下的传说和照片我单方面认亲，特别优秀一张脸，学校第一，buff 叠 buff。还好当年叛逆有眼光，跟我爹唱对台戏唱到底，靠他不如靠哥，呼风唤雨腰缠万贯。"

年轻小姑娘讲起过去像是打开了闸门："嫂子，你是不知道他那时候的颓样，也就听见你的消息会给点反应。"

肖厌："讲完没？"

四下音乐震耳，他们几人在吵闹中短暂地静了两秒。

突然，肖林琳像是意识到什么，打了个哈哈："讲完了。不提了，不翻你的黑历史，也不说你半夜做梦叫人名字……"

她话还没说完，中间挡进来一道人影和一个熟悉的声音："我带她去买点吃的塞塞嘴。"

邹磊下巴一抬，眼神示意，赶着咋咋呼呼的小林就往人群外走。

现场有些闷热，剩下的两人对视一眼。

一阵风悠悠而过，带来一丝凉意。

姜晚橘静了两秒，打破沉默："当年我缺席得不太是时候。"

肖厌语调轻松："没缺，上桌早，一直有你的位子。"

如果说肖林琳这恰好横生的一株枝丫移植在枯树上给了肖厌生的可能，那姜晚橘就是一场年少的雨落在地上，死气沉沉的树在决定顺天意倒下时生出牢抓入土的根，往后年年都记着青春的潮湿和求生的不甘。

她是他精神上的达沙替尼。

人潮拥挤，姜晚橘被肖厌护在怀里走到空地。

她没回话，身边男人垂眸看她一眼，开口："你要是过意不去也可以回家补偿一下。"

姜晚橘知道这人情商高，不想看她情绪低落，要把她的思绪往其他地方带。她笑了笑，很配合地问："你想我怎么补偿？"

"那得看你了，我不挑地方。"

肖厌后半句意向明确，肖狗变老狗，不正经起来还是那个调调。

姜晚橘咬牙："你这人。"

肖厌笑着念她的词，等下文："我这人。"

姜晚橘："衣冠楚楚，表里不一。"

这场酣畅淋漓的团建结束时赶上夕阳西下，红橙黄橘的天衬着翠绿山头，景色颇好。

姜晚橘跟旁边的人正有一搭没一搭聊天，肖厌买完东西朝他们走来，手拎小吃。

那个在别人眼里西装革履高不可攀的男人穿着日常休闲的衣裤，走得不紧不慢，低头看手机，没有高高在上的架子，自洽地融入其中。

姜晚橘在这稀松平常的一眼里看到了生活。

肖厌走近，不知有意还是无意，屏幕亮着，上面换了新的屏保，是刚刚被镜头扫到的两人合照。

姜晚橘瞥了一眼，笑道："不是年纪大了成熟了？"

肖厌说："拿你的话当圣旨，八十岁也按十八岁来。"

姜晚橘刚想侃回去，眼尖地发现手机后面的图案变了花式。应该是在附近的手机壳定制机器上做的，有些潦草，好在有颜值撑着，还能看。

姜晚橘："连外边的手机壳都换上了。"

肖厌："嗯，争取表里如一。"

她被逗乐，眉眼一弯。

夏日的晚霞铺天盖地地落在身上，姜晚橘站在三十岁的交界处，看着年少的爱人，像又回到十七岁那年。

世人总说生活是柴米油盐的琐碎，激情和幸福总会在日复一日中被消耗殆尽。

姜晚橘想，没关系，他们可以再制造新的。

新鲜的地点，新鲜的对话，新鲜的爱。

后记

2022年我开始构思这个故事。

严格意义上来讲，这是我的第一本现代言情小说，也是我的第一本出版小说。写作是个相互的过程，读者是创作支柱中的一根，我很感谢一路陪到最后的你们，让我有机会在故事最后写这些无关紧要的碎碎念。

一直以来，我都对校园生活有一些情怀和滤镜，大概是因为脱离那种生活太久，记得的好超过了不好。也可能是因为那时候看多了这类小说，觉得十几岁的年纪总是很好，青春无价，横冲直撞，生机勃勃。说起来好笑，大学毕业那年有次做梦回到高中教室，前后左右地聊，醒来满心落差感。写下这个故事时，我已经工作几年了，因为夜里对着电脑容易瞌睡，索性把生物钟往前调了两小时。九十点睡，凌晨四点起来写，七点多去上班。自律以一种诡异的方式出现在我身上，然后我发现早起其实没有那么难以接受，我甚至觉得这种规律的生活很满足。

在动笔之前，我把它命名为《绿皮野兽》，觉得植物被赋予动物的生命力和攻击力听起来很有意思。但我又是个普通的俗人，想要一些吸引人的噱头和一眼就懂的明白坦荡，后来换了又换，最终定下来叫《让他哭》。

最开始故事里只有一个橘子，青皮的橘子，酸口带点甜。

姜晚橘作为故事的女主角，有着好看乖巧的皮囊和不那么乖巧好拿捏的性格。她的家庭背景其实很常见——不错的经济条件，一对不好不坏的、分开了的父母。这对父母并不是不爱她，但他们的爱也没有那么多，于是孩子就像一艘飘摇的小船，翻不了，但也靠不了岸。

姜晚橘觉得无所谓，没关系，日子一天又一天含混过，总有一天会过完。跟人相处不如跟植物相处，至少后者不会让她暂时闭嘴改日再议，运气好还能开花结果给一点情绪价值。

她不愁未来，她的喜好止步于喜好。

然后她碰到肖厌。

肖厌是那种青春疼痛文学的男主角。

堪称糟糕的身世、算得上悲惨的家庭、发疯的妈、生病的身体，注定他不会有什么好脾气，他甚至有些阴郁，还带了点"摆烂"的自毁倾向。

在姜晚橘看来，这是个有点特别的男同学。

他优秀，但不是传统意义上的好学生的优秀，她微妙地在他身上闻到了一点同类的味道。

姜晚橘有过一段独来独往不算愉快的过去，现在这种独来独往以另一种形式出现在肖厌身上。

同样，他也很自由，这是一种他们并不需要的无可奈何的自由。

他们好像同病相怜，又与众不同。

碰撞之下有摩擦，有冲突，有你来我往。

姜晚橘成绩并不好，优渥家底和父母的放养模式让她得过且过得很是无畏坦荡。

但她在混日子的路上，遇到了看似飞在天上其实踩在实地上的肖厌。

肖厌自己养自己，台风天一件一件地处理泡水的物件，题目一道一道地从头答到尾，还会写上两种解题思路，活得真实又认真。

姜晚橘觉得自己也应该认真一点，比如把植物研究得深入一些，比如用点心学习去考个像样的学校，喜好不再只是喜好，还连上几分未来。

但矛盾的是肖厌才是真正意义上没什么活着念想的人。

这个"活"是指字面意义上的生存。

他无牵无挂，没钱没明天。

于是这件事就变得很有意思。

他们在彼此身上得到了一些玄而又玄的动力，一个变好，一个要活，看起来像是一种互相救赎，蓄势待发的力量在一些巧合或者不巧合的情况下被激活。

故事的中间有过暂停，时间被快进，命运又重逢，破镜重圆，重归于好。

爱情小说后期走向往往都是趋同的大欢喜结局。

姜晚橘和肖厌也一样。

他们在一起，但不是一直在一起。

我其实跟读者们一样，喜欢开始时的矛盾拉扯，喜欢他们之间新鲜的、或好或坏的生命力。

临近结束时，我开始思考犹豫，是不是应该在番外里给他们一场盛大热闹的婚礼，也许还有幸福的婚后生活和一家三口的欢声笑语。

我的笔力有限，我的眼界也算不得宽广。

也许我能给姜晚橘跟肖厌一个完美的环境，切断其余没有必要的支线，省略和外界人事物的关系，他们只有彼此，只需要彼此，时刻在一起，合二为一，你就是我，我就是你，圆满甜蜜。

姜晚橘放弃外出考察给肖厌一个惊喜留在他身边，肖厌叫停工作拒绝朋友邀约用休息时间为姜晚橘做饭，爱是牺牲，爱是退让。

但这是我让他们实现的心甘情愿的放弃。

他们是我笔下的人物，却也有自己的性格、追求、思想。

像姜晚橘这样的人，大概不会轻易放弃她所爱的事业，肖厌也不会独断地把她或者自己圈在家庭和生活里。婚姻跟爱情本身不是坏事情，这里应该存在一个平衡点。

他们足够优秀，大可以追求更自由的亲密关系。

在番外里，我其实删除过一部分无关紧要的剧情，大概是几人在一起玩MOBA游戏，肖厌跟姜晚橘各自打斗，肖林琳不理解为什么他们不像那些情侣时刻贴在一起，最后却发现他们在对方需要的时候总会及时出现，在小缩影里看到了他们的相处模式。

分开的那几年，他们从十几岁的少年成长为独立的合格的成年人，闯荡江湖，各自升级，相逢之后也不需要另一个人无限的依顺跟陪伴。

再说回原来那句。

他们在一起，但不是一直在一起。

我看过一些话，觉得很有道理。

你是你，我是我。

人是自由个体，而非捆绑关系。

所以姜晚橘依旧奔赴山野，爱允许分离。

姜晚橘跟肖厌之间也没有附属品这一说，他们是平等的。

作为握笔的人，大多数时候，我只是把他们放在同一个场景里，人物说的话、发生的事，都是一刹那间出现的，带着不可控的随机性。

我创造他们，他们创造一切。

最后，再次感谢各位愿意把宝贵的时间留给这个青涩的故事。

雀食菜